LA POURSUITE

Clive Cussler est né aux États-Unis en 1931. Après avoir servi dans l'armée en tant qu'ingénieur mécanicien, il entame une carrière dans la publicité et se lance également dans l'écriture. Dès ses premiers romans, *Mayday !* et *Iceberg*, il donne naissance à son héros récurrent Dirk Pitt. Clive Cussler a également acquis une solide réputation de chasseur d'épaves, il est d'ailleurs président de l'Agence nationale maritime et sous-marine (NUMA). Cette activité inspire nombre de ses romans dont *Renflouez le Titanic !*, qui lui a valu un grand succès.

CLIVE CUSSLER

La Poursuite

ROMAN TRADUIT DE L'ANGLAIS (ÉTATS-UNIS)
PAR LUC DE RANCOURT

GRASSET

Titre original :

THE CHASE
Publié par G. P. Putnam's Sons en 2007.

À Teri, Dirk et Dana

Jamais père n'eut d'enfants plus aimants

UN FANTÔME DU PASSÉ

15 avril 1950,
lac Flathead, Montana

Il sortait des profondeurs comme un monstre malfaisant au milieu d'une mer du mésozoïque. Un dépôt gluant et verdâtre recouvrait la cabine et la chaudière, de la vase de fond qui dégoulinait des roues de deux mètres de diamètre retomba en éclaboussures dans l'eau froide du lac. S'élevant lentement au-dessus de la surface, la vieille locomotive à vapeur resta un instant suspendue au bout des câbles d'une grosse grue montée sur une barge en bois. Toujours visible sous la couche de boue, derrière la portière latérale de la cabine, on lisait sur sa plaque : numéro 3025.

Fabriquée par les Ateliers ferroviaires Baldwin de Philadelphie, en Pennsylvanie, la 3025 était sortie d'usine le 10 avril 1904. La « Pacific » était une grosse machine à vapeur assez répandue ; ses énormes roues motrices pouvaient tirer dix wagons de voyageurs sur de longues distances à la vitesse de cent quarante à l'heure. On la connaissait sous le nom de 4-6-2 à cause de ses quatre roues motrices à l'avant, juste derrière le pare-buffle, des six autres roues motrices sous la chaudière, et enfin de deux autres roues plus petites montées sous la cabine.

L'équipage de la barge regardait avec appréhension l'opérateur de la grue jouer avec ses manettes. Il posa doucement la vieille 3025 sur le pont principal et la barge s'enfonça d'une dizaine de centimètres supplémentaires dans l'eau. Elle resta ainsi une petite minute avant que les six hommes se reprennent et larguent les câbles.

— Elle est dans un état remarquable, quand on pense qu'elle est restée presque cinquante ans dans l'eau, murmura le responsable des opérations de récupération.

La barge délabrée était d'ailleurs presque aussi vieille que la locomotive. On l'utilisait depuis les années 1920 pour des travaux de dragage dans le lac et dans ses affluents.

Bob Kaufman était un gros gaillard, l'air sympathique, toujours prêt à rire à la moindre blague. Le visage rougi d'avoir passé tant de longues heures en plein soleil, cela faisait vingt-sept ans qu'il travaillait sur la barge. Agé maintenant de soixante-quinze ans, il aurait pu prendre sa retraite depuis longtemps, mais, tant que la compagnie de dragage le gardait, il continuait à travailler. Rester assis chez lui à faire des puzzles n'était pas exactement l'idée qu'il se faisait de l'existence. Il regarda l'homme qui se trouvait à ses côtés, qui, pour autant qu'il puisse en juger, était un peu plus vieux que lui.

— Qu'en pensez-vous ? lui demanda-t-il.

L'homme se retourna. A près de quatre-vingts ans, il était grand et encore mince. Sa chevelure abondante grisonnait, il avait le visage tanné comme du cuir. Perdu dans ses pensées, il fixait la locomotive de ses yeux bleu lavande qui n'avaient pas encore besoin de lunettes. Une grosse moustache argentée recouvrait sa lèvre supérieure, comme s'il l'avait laissée pousser depuis des années. Elle était assortie aux sourcils, qui s'étaient embroussaillés avec l'âge. Soulevant son panama de prix, il s'épongea le front avec son mouchoir.

Puis il s'approcha de la locomotive qui était maintenant solidement fixée sur le pont et se concentra sur la cabine. De l'eau et de la boue continuaient de s'écouler le long des échelles sur le plancher de la barge.

— Même avec ce maquillage, elle est encore agréable à regarder. Il ne faudra pas longtemps avant qu'un musée ferroviaire trouve de quoi la restaurer. C'est un coup de pot qu'un pêcheur du coin ait dragué le fond pour retrouver le moteur hors-bord qu'il avait perdu. Sans ça, cette machine aurait pu encore passer cinquante ans dans l'eau.

— Un sacré coup de pot, oui, répéta lentement le grand type aux cheveux argentés.

Kaufman s'approcha et passa la main sur l'une des grosses roues motrices. Il prit l'air ému.

— Mon père était mécanicien à l'Union Pacific, dit-il enfin. Il me disait toujours que la Pacific était la plus belle locomotive qu'il ait jamais conduite. Souvent, il me laissait m'asseoir dans la cabine quand il emmenait sa machine au dépôt. La Pacific servait surtout au transport de voyageurs, à cause de sa vitesse.

Une équipe de plongeurs équipés de combinaisons faites de toile entre deux couches de caoutchouc se trouvait sur une plate-forme que l'on sortait des eaux froides. Ils portaient un casque en laiton Mark V, une grosse ceinture lestée autour de la poitrine et des bottes de plongée en toile avec renforts en laiton et semelles de plomb. Le tout pesait dans les dix-huit kilos. Ils se retenaient aux cordons ombilicaux qui les reliaient à une pompe à air en surface. La plate-forme se balança en l'air avant de se poser sur le pont. Ils n'étaient pas plus tôt à bord qu'une autre équipe descendit par les échelles sur la plate-forme d'intervention que l'on affala aussitôt dans les eaux du lac. A la fin du long hiver du Montana, l'eau était encore glaciale.

L'homme de haute taille observait en silence. Il détonnait au milieu de tous ces marins debout sur la barge dans leurs combinaisons maculées de graisse. Lui était vêtu d'un pantalon brun impeccablement repassé, d'un beau chandail en cachemire et d'une veste dans le même lainage. Ses chaussures très bien cirées avaient, fait étrange, conservé tout leur poli sur ce pont plein de gazole, parmi les câbles rouillés.

Il revint aux couches de limon déposées sur les marches qui menaient à la cabine et se tourna vers Kaufman :

— Faites donc mettre une échelle en place, que nous puissions monter là-dedans.

Kaufman donna un ordre à un matelot qui se trouvait là. On sortit une échelle que l'on posa sur le rebord du plancher de la cabine, derrière le siège du mécanicien. Le chef de chantier grimpa le premier, suivi du vieil homme. De l'eau dégoulinait du toit, du charbon réduit en poudre mélangé à de la vase s'écoulait par la porte ouverte de la boîte à feu et, de là, sur le plancher métallique.

Ils crurent tout d'abord que la cabine était vide. Le fouillis de vannes, de tuyaux et de manettes qui encombrait la chaudière était recouvert de plusieurs couches de limon où les herbes aquatiques avaient proliféré. Sur le plancher, on s'enfonçait dans la boue jusqu'à la cheville, mais le vieil homme n'avait pas l'air de se rendre compte qu'il en avait dans ses chaussures. Il s'agenouilla pour examiner de plus près trois bosses qui sortaient du limon comme de petits tumulus.

— Le mécanicien et le chauffeur, annonça-t-il.

— Vous êtes sûr ?

Il hocha la tête :

— Parfaitement sûr. Le mécanicien s'appelait Leigh Hunt. Il avait une femme et deux enfants maintenant adultes. Le chauffeur s'appelait Robert Carr. Il devait se marier juste après.

— Et qui était le troisième ?

— Un certain Abner Weed. Un dur. Il a forcé Hunt et Carr à mettre en route la machine en les menaçant de son pistolet.

— Ils n'ont pas l'air en très bon état, murmura Kaufman, dégoûté par ce qu'il voyait. Je suis surpris qu'il en reste autre chose que des squelettes.

— Il n'en resterait rien s'ils étaient morts dans de l'eau salée, mais l'eau douce et froide du lac Flathead les a préservés. Ce que vous voyez, ce sont les tissus adipeux dans lesquels la graisse est stockée. Lorsqu'ils sont immergés, ils finissent par se déchirer pour donner aux cadavres cet aspect cireux, savonneux. C'est ce qu'on appelle la saponification.

— Il va falloir qu'on appelle le shérif et qu'on fasse venir l'officier d'état civil.

— Cela va-t-il retarder la suite des opérations ? demanda l'étranger.

Kaufman fit non de la tête.

— Non, ça ne devrait pas causer de retard. Dès que les plongeurs auront saisi les câbles de hissage, nous remonterons le tender.

— Il faut absolument que je voie ce qu'il y a dans le wagon.

— Ça sera fait.

Kaufman regardait l'homme, essayant de lire dans ses pensées.

— Vaut mieux remonter le tender d'abord, ça simplifie les choses. Si nous nous occupons de la voiture avant qu'elle soit désaccouplée du tender, tout ça peut se terminer en désastre. Il n'est pas aussi lourd que la locomotive, mais si on fait pas attention, il peut partir en morceaux. L'opération est délicate. En plus, l'avant du fourgon à bagages est à moitié enfoui sous le tender.

— Ce n'est pas un fourgon à bagages. C'est un wagon de marchandises.

— Comment le savez-vous ?

L'homme ne répondit pas à la question.

— Remontez le tender en premier. C'est vous le chef.

Kaufman baissa les yeux sur ces tas immondes qui avaient été autrefois des êtres humains.

— Comment est-ce qu'ils sont arrivés là ? Comment un train a-t-il pu se perdre au milieu d'un lac et y rester toutes ces années ?

L'homme contemplait les eaux calmes et bleutées.

— Il y a quarante-quatre ans, il existait un bac qui transportait des wagons chargés de grumes.

— Sûr que c'est étrange, reprit lentement Kaufman. Les journaux et les responsables de la Southern Pacific ont dit qu'un train avait été volé. Pour autant que je me souvienne, c'était le 21 avril 1906.

Le vieux se mit à sourire.

— La compagnie a inventé une histoire. Le train n'a pas été volé. C'est un aiguilleur qui s'est laissé acheter pour détourner la machine.

— Fallait qu'y ait des choses bien précieuses dans le fourgon, pour qu'ils en arrivent à tuer, dit Kaufman. Quelque chose comme un chargement d'or.

Le vieil homme acquiesça.

— Il y a eu des rumeurs, on a dit que ce train transportait de l'or. A la vérité, il ne s'agissait pas d'or, mais d'espèces.

— Quarante-quatre ans, répéta lentement Kaufman. Ça fait un bail, pour un train qui disparaît. Peut-être que l'argent est toujours dedans.

— Peut-être, fit le vieux en contemplant l'horizon, comme s'il avait une vision dont lui seul pouvait profiter. Et peut-être que nous aurons la réponse en allant jeter un œil à l'intérieur.

LE BOUCHER

Chapitre 1

Quiconque aurait pris l'épave humaine qui titubait dans Moon Avenue cet après-midi-là pour un homme vieilli avant l'âge d'avoir travaillé dans les mines d'exploitation du riche gisement enfoui sous la ville se serait trompé. Sa chemise était sordide, il puait le type mal lavé. Des bretelles soutenaient vaille que vaille un pantalon déchiré et plein de trous, enfoncé dans des bottes usées et éraflées qu'on aurait dû jeter depuis longtemps dans la décharge derrière la ville.

Des cheveux gras et mal peignés tombaient jusqu'à ses épaules, mêlés à une barbe hirsute qui lui descendait jusqu'au milieu de la bedaine. Ses yeux étaient d'un brun si sombre qu'on les aurait crus presque noirs. On n'y lisait aucune expression ; des yeux froids, presque mauvais. Des gants de travail recouvraient des mains qui n'avaient jamais tenu une pelle ni une pioche.

Il portait sous le bras un vieux sac de jute qui paraissait vide. Pour ajouter au saugrenu de l'affaire, on lisait sur ce vieux truc, en lettres imprimées : DOUGLAS FEED & GRAINS COMPANY, OMAHA, ILLINOIS.

Le vieux réfléchit une minute avant d'aller s'asseoir

21

sur un banc au coin de Moon Avenue et de Tombstone Canyon Road. Il tournait le dos à un saloon, presque désert car on était au milieu de la journée et qu'à cette heure-là, les clients habituels travaillaient dur à la mine. Les gens qui passaient ou faisaient leurs courses dans cette petite ville minière lui jetaient des regards furtifs et un peu dégoûtés. Lorsqu'ils arrivaient devant lui, il sortait une bouteille de whisky d'une poche de son pantalon et en ingurgitait de longues rasades avant de la reboucher et de la ranger. Personne ne pouvait savoir qu'il ne s'agissait pas de whisky mais de thé.

Il faisait chaud pour un mois de juin ; il estimait la température à 27° bien tassés. Il se rassit pour regarder ce qui se passait des deux côtés de la rue lorsqu'un tramway arriva, tiré par un vieux cheval. Les tramways électriques n'avaient pas encore fait leur apparition à Bisbee. La plupart des voitures en circulation étaient toujours des chariots et des carrioles à cheval. Il n'y avait que quelques automobiles ou camionnettes dans la ville, et il n'en vit aucune.

Il en connaissait assez sur la ville pour savoir qu'elle avait été fondée en 1880 et devait son nom au juge DeWitt Bisbee, l'un des investisseurs de la mine de cuivre Queen. L'agglomération avait une taille conséquente et, avec ses vingt mille habitants, c'était l'une des plus grosses villes entre San Francisco et Saint Louis. En dépit des nombreuses familles de mineurs qui vivaient dans de modestes maisons de bois, l'économie locale reposait essentiellement sur les cafés et une armée de femmes de petite vertu.

L'homme avait la tête qui tombait sur la poitrine ; on aurait dit un ivrogne qui s'était assoupi. Mais c'était pour la galerie. Rien de ce qui se passait autour de lui ne lui échappait. De temps à autre, il levait les yeux et observait la Banque nationale de Bisbee. Il regarda avec le plus vif intérêt, les yeux mi-clos, une camionnette à entraînement à chaîne, équipée de pneus pleins, qui s'arrêtait devant la banque dans un grand bruit de ferraille. Il y avait un seul agent de sécurité, qui descendit avec un gros sac rempli de billets tout neufs. Quelques minutes plus tard, le caissier de l'établissement arriva pour l'aider à embarquer un gros coffre dans la camionnette.

L'homme savait qu'il s'agissait d'or, une partie des quatre-vingt-dix kilos produits par les mines locales. Mais l'or n'était pas ce qui l'intéressait. C'était trop lourd et trop risqué pour un homme agissant seul. C'étaient les espèces qui l'amenaient à Bisbee, pas le précieux métal jaune.

Il vit la camionnette s'en aller et deux hommes, qu'il avait déjà identifiés comme étant les agents de sécurité de l'énorme Phelps Dodge Mining Company, sortirent à leur tour de la banque. Ils étaient venus déposer les espèces destinées à payer les salaires le lendemain. Il sourit tout seul, les actifs de la Banque nationale de Bisbee venaient de gonfler solidement.

Cela faisait deux semaines qu'il observait les gens qui entraient et sortaient de la banque, il était maintenant capable de les reconnaître de vue. Rassuré désormais sur le fait qu'il n'y avait plus personne à l'intérieur, à l'exception du caissier et du banquier, il consulta sa montre et hocha la tête.

Le vieux débris se leva sans se presser, franchit la chaussée de brique et les rails du tramway, et se dirigea vers la banque. Il avait jeté son grand sac de jute sur l'épaule. Comme il allait entrer, une femme arriva à son tour, ce qui n'était pas prévu. Elle lui jeta un regard passablement méprisant, fit un détour pour l'éviter, et pénétra dans les lieux. Elle ne figurait pas dans son plan, mais il décida d'y aller quand même sans attendre. Après avoir jeté un dernier coup d'œil dans la rue, il la suivit.

Il referma la porte. Le caissier se trouvait dans la chambre forte et la femme attendait qu'il en sorte. Le vieux sortit de sa botte un automatique, un Colt calibre .38 modèle 1902, assomma la femme d'un coup de canon sur la nuque et la regarda avec le plus grand détachement se recroqueviller sur le plancher de bois. Tout s'était passé si vite, sans un bruit, que le gérant de la banque n'avait rien vu ni rien entendu depuis son bureau.

Le vieil ivrogne se changea soudain en pilleur de banque. Il sauta lestement par-dessus le comptoir, entra dans le bureau du propriétaire, et lui enfonça le canon de son arme dans la tête.

— Si vous résistez, vous êtes mort, lui intima-t-il à voix basse, mais d'un ton qui n'admettait pas la réplique. Dites à votre caissier de venir dans votre bureau.

Le banquier encore sonné, un homme enrobé et chauve, le regardait de ses grands yeux bruns écarquillés de terreur. Ne trouvant rien à répondre, il cria :

— Roy, venez donc ici.

— J'arrive, Mr. Castle, répondit Roy qui était sorti de la chambre forte.

— Dites-lui de laisser la chambre ouverte, ordonna tranquillement le voleur.

— Roy, ne refermez pas la porte de la chambre forte, reprit Castle comme on lui en avait donné l'ordre.

Il louchait à force de regarder le pistolet appuyé sur son front.

Roy sortit de la chambre forte, un registre sous le bras. Il ne pouvait apercevoir la femme allongée sous le comptoir. Sans se douter de rien, il entra dans le bureau de Castle et se figea sur place en voyant le voleur qui appuyait une arme sur la tête de son patron. Le malfrat recula son arme avant de faire pivoter le canon dans la direction de la chambre forte.

— Vous deux, dit-il calmement, là-dedans.

Aucun des deux ne songea seulement à résister. Castle se leva de derrière son bureau et prit le chemin de la chambre forte, tandis que le voleur s'approchait de la fenêtre pour voir ce qui se passait au-dehors et vérifier que personne ne s'approchait de la banque. A part quelques femmes qui faisaient leurs courses et une camionnette de livraison de bière qui passait, la rue était tranquille.

La chambre forte était très bien éclairée, grâce à une lampe Edison en laiton accrochée au plafond. En dehors du coffre qui renfermait l'or, des piles de billets, principalement la paye des compagnies minières, remplissaient les étagères. Le voleur jeta son sac au caissier.

— C'est bon, Roy, remplis-moi ça avec tous les billets verts que tu as.

Roy fit ce qu'on lui disait. Les mains tremblantes, il entreprit de pousser les liasses de diverses sortes de billets dans le sac. Quand il eut terminé, la toile était tendue à craquer et ressemblait à un sac de linge bien ventru.

— Maintenant, allonge-toi sur le sol, ordonna le voleur.

Castle et Roy, croyant que le malfrat était sur le point de s'enfuir, s'étendirent de tout leur long par terre, les mains croisées sur la tête. Le voleur sortit un châle en grosse laine de l'une de ses poches et l'entortilla autour du canon de son automatique. Puis il leur tira avec précision une balle dans le crâne. Le bruit fut plutôt celui de deux chocs sourds que le craquement sec d'une arme à feu. Sans hésiter une seconde, il jeta le sac sur son épaule et sortit de la chambre forte sans un regard en arrière.

Malheureusement, il n'avait pas terminé. La femme allongée sous le comptoir geignait en essayant de se dresser sur ses coudes. Avec une indifférence incroyable, il se pencha, abaissa son arme et lui tira une balle dans la tête, comme il l'avait fait pour le banquier et pour le caissier. Pas le moindre remords, pas la moindre trace d'émotion. Il ne s'occupait pas de savoir si tous ces gens-là laissaient une famille derrière eux. Il avait assassiné de sang-froid trois êtres sans défense, avec aussi peu d'attention que s'il avait marché sur une procession de fourmis.

Il s'arrêta pour rechercher l'une des douilles qu'il croyait avoir entendue tomber sur le sol malgré le châle qui entourait son arme, mais ne put la retrouver. Il finit par abandonner et par sortir de la banque d'un pas tranquille, notant non sans satisfaction que personne n'avait entendu les coups de feu assourdis.

Son sac rempli de billets sur l'épaule, l'homme prit la rue qui passait derrière la banque. Il s'arrêta dans une petite niche sous un escalier où personne ne le verrait, se débarrassa de ses nippes crasseuses, retira perruque et barbe, et jeta le tout dans un sac. Désormais vêtu d'un costume du meilleur faiseur, il posa un chapeau melon un peu de travers sur sa tête. Il avait des cheveux roux, soigneusement coiffés. Il enfila une lavallière et se fit un nœud de cravate avant de jeter ses bottes éculées dans la valise. Il était de petite taille, les talons et les semelles des bottes avaient été rehaussés de près de cinq centimètres. Il sortit ensuite une paire de chaussures en cuir de marque anglaise, elles aussi munies de talonnettes pour le faire paraître plus grand qu'il n'était. Il s'occupa ensuite d'une grande valise en cuir qu'il avait dissimulée sous une toile avec sa Harley-Davidson. Tout en inspectant sans cesse le haut et le bas de la ruelle, il transféra les grosses liasses de billets du sac de jute dans la valise avant de la fixer sur le porte-bagages arrière. Puis il accrocha sur le porte-bagages avant le sac qui renfermait ses déguisements.

C'est à ce moment qu'il entendit des cris qui venaient de Tombstone Canyon Road. Quelqu'un avait découvert les corps à l'intérieur de la Banque nationale de Bisbee. Pas plus troublé que cela, il poussa sa moto et fit démarrer le moteur de trois chevaux, un monocylindre de cinquante centimètres cubes. Il passa une jambe par-dessus la selle et prit les ruelles désertes qui menaient au dépôt des chemins de fer. Il arriva sans s'être fait repérer le long d'une voie de garage où un train de marchandises s'était arrêté pour refaire le plein d'eau.

Le minutage était parfait.

Dans cinq minutes, le train serait revenu sur la voie principale pour reprendre le chemin de Tucson. Sans s'être fait remarquer par le mécanicien et le chauffeur qui tiraient un gros tuyau depuis la citerne en bois jusqu'au tender pour le ravitailler en eau, eau qui se transformerait en vapeur, l'homme sortit une clé de la poche de sa veste et ouvrit le cadenas posé sur la porte d'un wagon de marchandises où l'on pouvait lire : O'BRIAN FURNITURE COMPANY, DENVER. Il fit glisser la porte sur ses roulements. La présence de ce wagon en ce lieu et à cet instant n'était pas simple coïncidence. Se faisant passer pour le représentant de la tout aussi fictive société O'Brian Furniture Company, il avait payé comptant pour se joindre au convoi de fret qui passait par Bisbee en se rendant d'El Paso, au Texas, à Tucson, dans l'Arizona.

Il prit une planche assez large fixée sur des supports sur le wagon et s'en servit comme d'une rampe pour hisser la Harley-Davidson à bord. Puis il referma sans traîner la porte et passa la main par une petite trappe montée sur des charnières pour remettre le cadenas en place. Le sifflet de la locomotive se fit entendre et le train s'ébranla de la voie de garage vers la ligne.

Vu de l'extérieur, le wagon ressemblait à n'importe quel wagon de marchandises comme ceux que l'on utilisait depuis des années. La peinture était vieillie, les planches abîmées et tout écaillées. Mais ce n'était qu'une apparence. Même le cadenas sur la porte était faux, il servait à faire croire que le wagon était hermétiquement fermé. Mais c'était à l'intérieur que les choses étaient les plus trompeuses. Au lieu d'un fourgon vide ou d'un chargement de meubles, on avait affaire à un wagon luxueux, bien décoré et meublé avec autant d'ostentation que la voiture privée d'un président de société de chemin de fer. Les cloisons et le plafond étaient lambrissés d'acajou, le plancher tapissé d'une épaisse moquette, la décoration et le mobilier d'un goût recherché. Il y avait là un vaste salon, une chambre à coucher digne d'un palais, et une cuisine parfaitement fonctionnelle dotée des derniers équipements qui permettait de préparer des mets de choix.

Mais il n'y avait aucun domestique, aucun portier, pas le moindre cuisinier.

L'homme opérait seul, sans complices qui auraient pu révéler sa véritable identité et la nature de ses occupations. Personne n'était au courant de ses activités clandestines de pilleur de banque et d'assassin. Le wagon avait même été construit et décoré au Canada, avant d'être transféré clandestinement aux Etats-Unis à travers la frontière.

Le voleur alla s'asseoir pour se détendre dans un gros fauteuil de cuir, déboucha un bordeaux 1884, un Château La Houringue qu'il gardait au frais dans un seau, et se versa un verre.

Il savait que le shérif de la ville n'allait pas tarder à constituer une petite troupe de recherche. Mais ces gens-là allaient se lancer à la poursuite d'un vieux mineur galeux qui avait commis des meurtres alors qu'il était fin saoul. Les hommes du détachement allaient se disperser, fouiller la ville, certains ou presque qu'il était trop pauvre pour posséder un cheval. Pas un habitant de la ville ne l'avait vu passer à cheval ni conduire une bagnole.

Fort content de lui, il commença à déguster le vin, servi dans un verre en cristal, en contemplant sa valise en cuir. Etait-ce là sa quinzième, ou bien sa seizième opération couronnée de succès ? songeait-il. Mais les trente-huit hommes, femmes et enfants qu'il avait abattus, cela ne lui traversait jamais l'esprit. Il estimait le montant de la paye des mineurs à une somme comprise entre 325 000 et 330 000 dollars. La plupart des malfrats n'auraient pas pu évaluer le contenu de la valise avec une telle précision.

Mais pour lui, c'était chose aisée, car il était lui-même banquier.

Le shérif, ses adjoints et les hommes du détachement ne retrouveraient jamais le meurtrier. C'était comme s'il s'était évaporé dans la nature. Personne ne songerait seulement à faire le rapprochement avec le fringant jeune homme qui avait traversé la ville en moto.

Ce crime atroce allait devenir l'un des mystères les plus insondables de Bisbee.

Chapitre 2

15 septembre 1906,
sur le Mississippi en aval d'Hannibal

Peu après le début du vingtième siècle, le trafic des bateaux à vapeur sur le Mississippi avait commencé à diminuer. Il restait bien peu de navires de passagers sur le fleuve. Le *Saint-Pierre* était l'un des derniers à avoir survécu à la concurrence impitoyable des chemins de fer. Long de quatre-vingts mètres et large de vingt-cinq, c'était un superbe exemple d'élégance, digne d'un palais, avec ses escaliers arrondis, ses cabines somptueuses, une salle à manger où l'on servait les mets les plus raffinés que l'on puisse imaginer. Des salons magnifiques étaient réservés aux dames, tandis que les hommes fumaient le cigare et jouaient aux cartes dans de jolies pièces décorées de miroirs et de tableaux.

A bord des bateaux à vapeur qui sillonnaient le fleuve, les parties de cartes étaient bien connues pour leurs tricheurs. De nombreux passagers en avaient débarqué plus pauvres que lorsqu'ils étaient montés à bord. A une table de la salle de jeu du *Saint-Pierre*, dans un coin tranquille à l'écart des autres, deux hommes se livraient à une partie de stud[1].

---

1. Forme ancienne du jeu de poker, inventée au cours de la guerre de Sécession. Les mains distribuées comptent cinq cartes ouvertes et fermées (toutes les notes sont du traducteur).

A première vue, ils n'étaient pas différents de tous les autres gens présents dans la salle, mais un examen plus attentif aurait permis de constater qu'il n'y avait pas un seul jeton sur la table.

Joseph Van Dorn examina sa main avec attention avant de sortir deux cartes.

— Encore heureux que nous ne jouions pas pour de l'argent, lâcha-t-il en souriant, sans quoi je vous devrais huit mille dollars.

Le colonel Henry Danzler, directeur du Service fédéral d'enquêtes criminelles, sourit à son tour.

— Si vous trichiez autant que moi, nous serions à égalité.

Van Dorn était un homme jovial, le début de la quarantaine. Ses joues et son menton étaient cachés sous une magnifique barbe rousse assortie à la couronne de cheveux qui lui restait autour de son crâne chauve. Un nez romain, des yeux marron pleins de tristesse et de mélancolie, mais il ne fallait pas se fier aux apparences.

Né en Irlande, il portait un nom connu et respecté dans tout le pays à cause de la ténacité dont il faisait preuve quand il se lançait sur les traces d'assassins, de voleurs et autres desperados. Le petit monde souterrain du crime savait qu'il allait les traquer jusqu'aux extrémités de la terre. Fondateur et directeur de la célèbre agence de détectives Van Dorn, lui et ses collaborateurs avaient déjoué des assassinats politiques, pourchassé beaucoup des hors-la-loi de l'Ouest, parmi les plus redoutables, et contribué à mettre sur pied les premiers services secrets du pays.

— Vous vous arrangeriez encore pour avoir plus d'as que moi, dit-il d'un ton affable.

Danzler était un être énorme, grand, large comme un mammouth et qui pesait près de cent cinquante kilos. Mais il était pourtant capable de bondir sans effort, comme un tigre. Ses cheveux poivre et sel impeccablement peignés brillaient à la lumière dispensée par les vastes fenêtres du bateau. Il émanait de ses yeux bleu-vert une espèce de douceur, mais il n'avait pas son pareil pour analyser et enregistrer tout ce qui se passait autour de lui.

Vétéran et héros de la guerre hispano-américaine, il était monté à l'assaut de la colline de San Juan avec le capitaine John Pershing et ses troupes noires, les « Buffles » du 10e de cavalerie. Il s'était distingué ensuite aux Philippines contre les Moros. Lorsque le Congrès avait autorisé la création du Service fédéral d'enquêtes criminelles, le président Roosevelt lui avait demandé d'en être le premier directeur.

Danzler souleva le couvercle d'un gros oignon et jeta un coup d'œil aux aiguilles.

— Votre homme a cinq minutes de retard.

— Isaac Bell est mon meilleur agent. Il retrouve toujours l'homme qu'il cherche – et, parfois, les femmes aussi. S'il est en retard, c'est qu'il y a une bonne raison.

— Vous me dites que c'est lui qui a appréhendé cet assassin, Ramos Kelly, avant sa tentative d'assassinat du président Roosevelt ?

Van Dorn acquiesça.

— Et il a également coincé le gang de Barton dans le Missouri. Il en a tué trois avant que les deux derniers se rendent.

Danzler observait le célèbre détective.

— Et vous pensez que c'est l'homme capable d'arrêter notre assassin en série, notre pilleur de banques ?

— Si quelqu'un doit y arriver, c'est Isaac.

— D'où sort-il ?

33

— Il vient d'une famille très riche, répondit Van Dorn. Son père et son grand-père étaient banquiers. Vous avez entendu parler de la Banque nationale de Boston ?

Danzler fit signe que oui.

— Parfaitement, j'y possède même un compte.

— Isaac est très riche. Son grand-père lui a laissé cinq millions de dollars, persuadé qu'Isaac prendrait un jour sa place à la tête de la banque. Mais il a préféré se faire détective plutôt que banquier. J'ai de la chance de l'avoir récupéré.

Danzler vit une ombre avancer sur son bras. Il leva les yeux et se retrouva en face d'yeux bleus avec une très légère nuance violette, des yeux habitués à regarder plus loin que l'horizon pour essayer de savoir ce qui se cache au-delà. L'effet de ce regard était presque hypnotisant, Danzler avait l'impression qu'on fouillait dans ses pensées les plus intimes.

Danzler était capable de vous évaluer la taille d'un homme aussi précisément que celle d'un cheval. Le nouveau venu était grand et mince, plus d'un mètre quatre-vingts, et ne pesait pas plus de quatre-vingts kilos. La longue moustache cirée qui couvrait sa lèvre supérieure se mariait agréablement à une chevelure blonde bien fournie et parfaitement coiffée. Il avait des mains et des doigts fins, agiles, qu'il laissait pendre, presque négligemment. Il donnait l'impression d'un homme carré. Le colonel jugea qu'il était le genre d'homme à s'en tenir aux faits sans se laisser avoir par des bêtises, les détails insignifiants et autres erreurs d'appréciation. Le menton était décidé, l'homme avait un sourire engageant. Danzler lui supposait une trentaine d'années.

Il portait un costume blanc immaculé sans un pli. Une grosse chaîne en or pendait du gousset gauche de son gilet avant de s'enfoncer dans la poche droite, accrochée à une grosse montre du même métal. Un chapeau bas à large bord était solidement enfoncé sur sa tête. Danzler aurait pu le prendre pour un dandy, mais une paire de bottes en cuir usagées qui avait dû passer bien des heures dans des étriers venait gâcher son élégance.

Bell portait une petite valise qu'il posa à côté de la table.

— Mon colonel, lui dit Van Dorn, je vous présente l'homme dont je vous ai parlé, Isaac Bell.

Danzler lui tendit la main, mais sans se lever de son siège.

— Joe me dit que vous attrapez toujours votre homme.

Bell esquissa un sourire.

— J'ai peur que Mr. Van Dorn ait un peu exagéré. Je suis arrivé dix minutes trop tard lorsque Butch Cassidy et Harry Longabaugh ont appareillé de New York pour l'Argentine, voilà trois ans de cela. Leur navire a largué les amarres avant que je les arrête.

— Combien avez-vous d'agents et de collaborateurs avec vous ?

Bell haussa les épaules.

— J'ai l'intention de traiter seul cette affaire.

— N'est-ce pas ce Longabaugh que l'on surnommait le Kid de Sundance ? demanda Danzler.

Bell approuva.

— En effet. Il a gagné ce surnom quand il a essayé de dérober un cheval à Sundance, dans le Wyoming. Il s'est fait prendre et a passé dix-huit mois en prison.

— Vous n'espériez tout de même pas les maîtriser sans violence ?

— Je pense que l'on peut dire qu'ils auraient résisté, dit Bell sans expliquer plus avant comment il aurait pu, tout seul, arrêter les anciens membres de l'infâme Wild Bunch.

Van Dorn se laissa aller dans son fauteuil, ne fit aucun commentaire, et jeta au colonel un regard plein de suffisance.

— Pourquoi ne vous asseyez-vous pas, Mr. Bell, vous pourriez faire une petite partie avec nous ?

Bell regarda la table vide, l'air perplexe, avant de dire à Danzler :

— On dirait que vous n'avez pas de jetons ?

— Juste une partie amicale, répondit Van Dorn en étalant les cartes avant d'en faire trois tas. Pour l'instant, je dois huit mille dollars au colonel.

Bell s'installa, moins perplexe. Il avait compris. La partie n'était qu'un prétexte. Son chef et le colonel s'étaient installés à l'écart des autres et jouaient comme si c'était pour de vrai. Il posa son chapeau sur ses genoux, ramassa ses cartes et fit mine de se plonger dans de profondes réflexions.

— Avez-vous eu connaissance de la série de vols et d'assassinats qui ont lieu dans des banques des Etats de l'Ouest depuis deux ans ? demanda Danzler.

— J'en ai seulement entendu parler, répondit Bell. Mr. Van Dorn m'a mis sur d'autres affaires.

— Que savez-vous exactement de tous ces crimes ?

— Seulement que le voleur assassine tous ceux qui se trouvent dans la banque quand il agit, qu'il disparaît comme par enchantement, et ne laisse aucun indice derrière lui.

— Autre chose ? demanda Danzler.

— Quel qu'il soit, répondit Bell, il est doué, vraiment très doué. Les enquêtes n'ont rien donné, pas la moindre piste.

Il se tut, puis s'adressant à Van Dorn :

— C'est la raison pour laquelle on a fait appel à moi ?

Van Dorn acquiesça.

— Je souhaite que vous preniez la direction de cette enquête.

Bell jeta une carte, prit celle que Danzler avait distribuée, et la glissa dans l'éventail qu'il tenait dans sa main gauche.

— Etes-vous gaucher, Mr. Bell ? lui demanda Danzler, incapable de résister à la curiosité.

— Non. Je suis droitier.

Van Dorn se mit à rire doucement.

— Isaac est capable de sortir le derringer[1] qu'il cache dans son chapeau, de l'armer, et de presser la détente en moins d'un clin d'œil.

Le respect de Danzler pour Bell ne fit que croître au fil de la conversation. Retroussant sa veste, il découvrit un automatique, un Colt 1903 calibre .38 sans chien.

— Je crois Joe sur parole, mais il serait intéressant de faire un essai.

Danzler n'avait pas terminé sa phrase qu'il se retrouva avec les deux canons du derringer sous le nez.

— Avec l'âge, Henry, vous devenez un peu lent, nota Van Dorn. Ou alors, vous pensiez à autre chose.

— Je dois admettre qu'il est très rapide, fit Danzler, impressionné.

— A partir de quel bureau vais-je opérer ? demanda Bell à Van Dorn tout en glissant son derringer à l'intérieur d'une petite poche de soie ménagée dans son chapeau.

---

1. Petit pistolet de calibre 9 mm.

— Les crimes ont été perpétrés depuis Placerville en Californie, dans l'Ouest, jusqu'à Terlingua au Texas, dans l'Est, expliqua Van Dorn. Et depuis Bisbee en Arizona, au Sud, jusqu'à Bozeman dans le Montana, pour le Nord. Je crois que le mieux serait d'opérer au centre.

— Ce qui donne Denver.

Van Dorn approuva.

— Comme vous savez, nous avons un bureau là-bas, avec six agents expérimentés.

— J'ai travaillé avec eux il y a trois ans, dit Bell. Curtis et Irvine, ce sont des bons.

— Ah oui, j'avais oublié, répondit Van Dorn, à qui cela revenait. Je peux ajouter, mon colonel, qu'Isaac a procédé à l'arrestation de Jack Ketchum, pendu plus tard pour deux meurtres qu'il avait commis pendant l'attaque d'un train.

Il s'interrompit pour se baisser et sortit de dessous la table une valise identique à celle que Bell portait à son arrivée. Bell, quant à lui, remit sa valise vide à Van Dorn.

— Vous trouverez là-dedans les rapports relatifs à tous ces crimes. Mais, jusqu'ici, toutes le pistes ont conduit à des impasses.

— Quand dois-je commencer ?

— A l'escale suivante, Clarksville, vous descendrez et prendrez le premier train pour Independance. De là, vous recevrez un billet de l'Union Pacific Express pour vous rendre à Denver. Vous aurez le temps de lire et de digérer les maigres éléments et indices que nous avons rassemblés. Une fois arrivé, vous vous lancerez à la poursuite de cet ignoble meurtrier.

Un éclair de colère et de dépit passa dans les yeux sombres de Van Dorn.

— Désolé, je ne vous ai pas laissé le temps de prendre vos affaires avant de quitter Chicago, mais je voulais que vous puissiez commencer le plus vite possible.

— Pas de problème, monsieur, répondit Bell avec un léger sourire. Heureusement, j'ai fait deux valises.

Van Dorn haussa les sourcils :

— Vous vous en doutiez ?

— Disons que j'avais fait une hypothèse étayée.

— Tenez-nous informés de votre traque, lui dit Danzler. Si vous avez besoin d'aide de la part du gouvernement, je ferai tout ce qui est en mon pouvoir pour vous l'obtenir.

— Merci, mon colonel. Je reprendrai contact dès que j'aurai la situation en main.

— Je serai au bureau de Chicago, reprit Van Dorn. Comme le téléphone transcontinental ne marche pas encore entre Saint Louis, Denver et la Californie, vous devrez utiliser le télégraphe pour m'informer de vos progrès.

— Si progrès il y a, murmura Danzler, sarcastique. Vous vous trouvez face au plus grand cerveau criminel qu'on ait jamais connu dans ce pays.

— Je vous jure que je ne resterai pas en paix tant que je n'aurai pas capturé le coupable.

— Bonne chance, lui dit Van Dorn d'un ton chaleureux.

— Pour rester dans le même domaine, déclara Danzler, assez satisfait, en étalant sa main sur le tapis vert, j'ai trois reines.

Van Dorn jeta ses cartes en haussant les épaules.

— Vous me battez.

— Et vous, Mr. Bell ? lui demanda Danzler avec un sourire malin.

Isaac Bell étendit lentement ses cartes, une par une.

— Un flush simple, laissa-t-il tomber négligemment.

Puis, sans ajouter un mot, il se leva et sortit du salon d'un pas rapide.

Chapitre 3

Tard dans la matinée, un homme qui conduisait un vieux chariot attelé à une paire de mules passa le long du cimetière de Rhyolite, dans le Nevada. Les tombes étaient entourées d'une simple barrière en bois, les noms des défunts étaient gravés sur des pancartes également en bois. Il y avait là beaucoup d'enfants, morts de la typhoïde ou du choléra, maladies aggravées par les conditions de vie misérables propres aux villes minières.

La chaleur de ce mois de juillet, en plein désert Mojave, avec le soleil qui tapait, était insupportable. Le conducteur du chariot essayait de s'abriter sous un parapluie déchiré fixé au siège. Ses cheveux noirs lui tombaient dans le cou, sans toutefois dépasser les épaules. Il se protégeait la tête sous un sombrero mexicain tout taché. On ne voyait pas ses yeux, mais il regardait tout ce qui se passait à travers des lunettes de soleil bleutées, et il s'était noué un mouchoir sur le bas du visage pour éviter d'avaler la poussière que soulevaient les sabots des mules. Il se tenait voûté, si bien qu'il était difficile, voire impossible, de se faire une idée de sa stature.

Il examina avec intérêt la maison qu'un mineur s'était bâtie avec des milliers de canettes de bière vides récupérées dans des bars. Les bouteilles étaient noyées dans du pisé. Les culs de bouteilles étaient tournés vers l'extérieur, les goulots à l'intérieur, et le verre verdâtre plongeait la maison dans une espèce de lumière irréelle.

Arrivé à la voie ferrée, il fit tourner ses mules et prit la route qui longeait les rails. La semelle des tronçons métalliques brillait comme deux miroirs étroits sous le soleil. C'était la voie ferrée de la Las Vegas & Tonopah, qui passait ensuite au milieu du quartier résidentiel.

Le chariot longea les quelque quatre-vingts wagons arrêtés sur une voie de garage. On les avait déchargés et on les remplissait maintenant de minerai destiné aux hauts fourneaux. Le conducteur jeta un regard bref à un wagon de marchandises attelé à un convoi qui en comportait trente. On lisait sur le flanc O'BRIAN & SONS FURNITURE COMPANY, DENVER. Il jeta un coup d'œil à sa montre bon marché – il ne portait rien sur lui qui puisse permettre de l'identifier – et nota que le train ne partirait pas pour Las Vegas avant quarante-cinq minutes au moins.

Quatre cents mètres plus loin, il arriva à la gare de Rhyolite. Ce bâtiment imposant était un mélange d'architecture gothique et de style espagnol primitif. La gare, richement décorée, avait été construite avec les pierres d'une carrière de Las Vegas. Un train de voyageurs en provenance de San Francisco stationnait le long du quai. Les voyageurs étaient descendus, les employés avaient nettoyé les sièges et les passagers qui se rendaient sur la côte commençaient à monter.

Le conducteur atteignit ainsi le centre-ville dont les rues étaient pleines d'activité. Il se retourna pour regarder de plus près un grand magasin, à l'enseigne de HD & LD PORTER STORE. Sous le panneau figurait une déclaration peinte sur une planche de bois accrochée au-dessus de l'entrée principale : *Nous vendons de tout, sauf du whisky.*

La ruée vers l'or de 1904 avait fait de la ville une petite cité assez importante dont les constructions avaient été conçues pour durer longtemps. En 1906, Rhyolite comptait plus de six mille âmes. Le village de tentes était rapidement devenu une ville destinée à connaître un long avenir.

Les principaux bâtiments étaient construits en pierre et en ciment, ils faisaient de cette petite métropole la ville la plus importante du Nevada méridional. L'homme aperçut enfin une banque, belle construction de quatre étages dont émanait une impression de solidité et de richesse. Un demi-bloc plus loin, on construisait un bâtiment de bureaux de trois étages, en pierre lui aussi.

La ville possédait un bureau de poste, un opéra, un hôpital de vingt lits, des hôtels confortables, deux églises, trois banques et une école importante. Dotée des dernières inventions, Rhyolite était équipée d'un réseau téléphonique et d'une centrale électrique. La ville avait également son quartier réservé, quarante bars et huit salles de bal.

L'homme qui conduisait son chariot ne s'intéressait à rien de ce que pouvait offrir la cité si ce n'est aux actifs de la banque John S. Cook. Il savait que le coffre renfermait plus d'un million de dollars en pièces d'argent. Mais il était bien plus facile d'emporter les espèces destinées à la paye des mineurs, et il tenait pourtant à prendre quand même une pièce, d'or ou d'argent, au choix. Il se disait qu'avec quatre-vingt-cinq compagnies minières en activité dans les collines alentour, le montant de la paye devait être considérable.

Comme d'habitude, il avait tout prévu à la perfection. Il était descendu dans une pension pour mineurs, était entré plusieurs fois dans la banque Cook pour y faire de petits dépôts sur un compte qu'il avait ouvert sous une fausse identité. Il s'était même lié d'amitié ou presque avec le directeur, lequel avait fini par croire que son nouveau client était un ingénieur. Il avait modifié son apparence extérieure : perruque noire, moustache, barbe à la Van Dyck. Il boitait et prétendait que c'étaient les séquelles d'un accident dans une mine. Expérience faite, ce déguisement était parfait, il lui permettait d'étudier les habitudes des gens qui venaient à la banque et de déterminer les heures pendant lesquelles l'activité était réduite au minimum.

Cela dit, maintenant qu'il se dirigeait vers la banque, juché sur son chariot, il avait une tout autre allure. Ce n'était plus l'ingénieur, mais un conducteur qui travaillait pour la mine. Il ressemblait à tous les cochers de la ville qui se démenaient pour essayer de gagner leur vie en été, lorsque le désert était brûlant. Il arrêta ses bêtes derrière une écurie. Après s'être assuré que personne ne l'observait, il sortit un mannequin vêtu exactement comme lui et l'attacha au banc. Puis il fit repartir ses mules, direction Broadway, l'artère principale qui traversait toute la ville. Juste avant d'atteindre le trottoir cimenté devant la banque, il fouetta ses bêtes et les abandonna à leur sort. Elles continuèrent ainsi à tirer leur chariot dans le centre-ville avec le mannequin qui tenait les rênes, bien campé sur le siège.

L'homme observa, guettant des clients qui se seraient dirigés vers la banque. Aucun des passants ne semblait aller dans cette direction. Il leva les yeux vers le sommet du bâtiment de quatre étages. Sur les fenêtres du dernier, il aperçut les réclames d'un dentiste et d'un médecin, peintes en lettres d'or sur les vitres. Un autre panneau, avec une main dirigée vers le bas, indiquait que la poste se trouvait au rez-de-chaussée.

Il pénétra dans la banque et examina l'entrée. Elle était déserte, à l'exception d'un client qui effectuait un retrait. L'homme prit l'argent que lui remettait le caissier, fit demi-tour, et sortit sans un regard pour cet étranger.

En voilà un qui a de la chance, songea le voleur.

Si ce client avait seulement fait mine de le remarquer, il serait déjà mort. Le braqueur ne laissait jamais personne derrière lui qui puisse avoir noté le moindre détail de sa personne. Et puis, restait toujours la possibilité, même si elle était mince, que quelqu'un le reconnaisse malgré son déguisement.

En discutant avec des gens dans les cafés voisins, il avait appris que la banque était tenue par un directeur pour le compte d'un groupe d'hommes d'affaires qui possédaient les mines les plus riches de la région, en particulier la mine Montgomery-Shoshone dont la valeur était estimée à près de deux millions de dollars.

Pour le moment, tout va bien, songea le malfaiteur en sautant par-dessus le comptoir avant d'atterrir sur ses pieds près du caissier éberlué. Il sortit son automatique de sa botte et lui appuya le canon sur la tempe.

— Ne bouge pas, n'essaye pas d'appuyer sur le bouton d'alarme sous ton comptoir, ou je te tartine la cervelle sur le mur.

Le caissier ne pouvait croire à ce qui lui arrivait.

— C'est *vraiment* un hold-up ? bredouilla-t-il.

— Exact, répondit le braqueur. Bon, maintenant, marche très lentement jusqu'au bureau du directeur et fais comme si de rien n'était.

Le caissier, terrorisé, avança jusqu'à un bureau dont la porte était fermée. La vitre était en verre dépoli et il était difficile de voir ce qui se passait, à l'intérieur comme à l'extérieur.

— Entrez, fit une voix de l'autre côté.

Le caissier, un certain Fred, ouvrit la porte et se fit pousser d'une bourrade. Il perdit l'équilibre et tomba sur le bureau du directeur. Le petit panneau posé sur le bureau, au nom d'HERBERT WILKINS, tomba lui aussi. Wilkins comprit très vite ce qui se passait et se pencha pour prendre un revolver sous son bureau. Mais c'était trop tard. Le malfaiteur avait appris du directeur lui-même l'existence de cette arme en discutant dans un café.

— Ne touchez pas à ce pistolet ! aboya-t-il comme un malade mental.

Wilkins n'était pas homme à se laisser impressionner si facilement. Il fixait le voleur, essayant de voir chaque détail.

— Vous ne réussirez jamais à partir avec votre butin, fit-il, dédaigneux.

Le malfaiteur répondit sans se laisser démonter le moins du monde :

— Je l'ai déjà fait, et j'ai l'intention de recommencer.

Il s'approcha d'un coffre imposant qui devait bien faire deux mètres cinquante de haut.

— Ouvrez-le !

Wilkins le regarda droit dans les yeux.

— Non, je ne pense pas.

Le voleur ne perdit pas de temps. Il enveloppa le canon de son automatique dans une épaisse serviette de toilette et logea une balle entre les yeux du caissier. Puis, se tournant vers Wilkins :

46

— Il est possible que je sorte d'ici sans un seul cent, mais vous ne serez plus là pour voir ça.

Wilkins se leva, horrifié, et baissa les yeux sur la flaque de sang qui s'étalait autour de la tête de Fred. Il regardait la serviette fumante trouée par la balle, il savait qu'il était peu probable que quelqu'un ait entendu le coup de feu dans le bâtiment. Il se dirigea vers le coffre dans un état second et commença à faire tourner les molettes de la combinaison pour afficher les chiffres ad hoc. Au bout d'une demi-minute, il baissa la poignée et l'énorme porte d'acier pivota.

— Prenez tout et allez au diable, glissa-t-il entre ses dents.

Le voleur esquissa ce qui ressemblait à un petit sourire et tua Wilkins d'une balle dans la tempe. Le directeur de la banque s'était à peine effondré que le malfaiteur se dirigeait d'un pas vif vers la porte d'entrée qu'il claqua. Il accrocha la pancarte FERMÉ devant la fenêtre et baissa les rideaux. Puis il vida méthodiquement le coffre-fort de tous ses billets avant de les enfourner dans un sac de linge qu'il avait accroché autour de la taille, sous sa chemise. Lorsque le sac fut plein à en faire craquer les coutures, il mit les billets qui restaient dans les poches de son pantalon et dans ses bottes. Le coffre débarrassé de tout ce qu'il contenait, il jeta un regard rapide aux pièces d'or et d'argent et en prit une seule en souvenir, une pièce en or.

La banque possédait sur la façade arrière une lourde porte en fer qui donnait sur une rue étroite. Le voleur déverrouilla la serrure, ouvrit le battant et passa la tête dehors pour observer la ruelle. Le trottoir d'en face était bordé de maisons d'habitation.

Une bande de petits garçons jouaient au base-ball, un pâté de maisons plus loin. Pas fameux. Le malfaiteur s'attendait à tout sauf à ça. Au cours des nombreuses heures qu'il avait passées à surveiller la rue près de la banque Cook, il n'avait pas une seule fois vu de gamins dans les parages. Il était dans les temps, il devait avoir rejoint le dépôt des chemins de fer et son wagon d'ici douze minutes. Il jeta son sac sur l'épaule pour dissimuler la moitié droite de son visage, contourna la partie de base-ball et continua à remonter la rue avant de se glisser dans une allée.

La plupart des petits garçons ne firent pas attention à lui. Sauf un, qui regarda cet homme mal habillé avec un sac sur l'épaule droite. Ce qui frappa l'enfant, ce fut le fait qu'il portait un sombrero mexicain, coiffure rare à Rhyolite. En ville, la plupart des hommes avaient des feutres mous, des chapeaux melon ou des casquettes de mineur. Et puis, il y avait autre chose de bizarre chez cet homme déguenillé... Mais un de ses camarades l'appela, le petit garçon retourna à ses jeux, juste à temps pour récupérer une chandelle.

Le voleur passa le sac sur ses épaules pour l'accrocher dans son dos. La bicyclette qu'il avait laissée un peu plus tôt derrière le cabinet dentaire était toujours là, cachée par un tonneau destiné à récupérer l'eau de pluie des gouttières. Il enfourcha l'engin et commença à pédaler dans Armagosa Street, traversa le quartier réservé, et arriva enfin au dépôt.

Un serre-frein marchait le long de la voie et se dirigeait vers le fourgon de queue du train. Le malfaiteur n'arrivait pas à croire sa déveine. En dépit de son plan minutieusement mis au point, le mauvais sort s'acharnait contre lui. A la différence de ce qui s'était passé lors de ses vols et meurtres précédents, cette fois il s'était fait repérer par un gamin stupide. Et maintenant, ce serre-frein. Il n'avait jamais été vu par autant de paires d'yeux au moment de la retraite.

Il ne pouvait rien faire d'autre qu'essayer de deviner ce que l'homme allait faire.

Heureusement, le serre-frein ne regardait pas dans sa direction. Il passait d'un wagon au suivant pour vérifier le graissage des boîtes d'essieux et inspecter les roues. Si le manchon de laiton qui tournait dans la boîte n'avait pas assez de graisse, la friction risquait de faire chauffer l'essieu, ce qui pouvait être dangereux. Le poids du wagon pouvait alors rompre l'axe, ce qui aurait des conséquences désastreuses.

Tandis que le voleur avançait le long du train, toujours pédalant, le serre-frein ne leva même pas les yeux. Il continua à faire ce qu'il avait à faire, il fallait qu'il ait tout terminé avant que le train s'ébranle pour Tonopah puis Sacramento.

Le mécanicien avait commencé à vérifier les niveaux afin de s'assurer qu'il aurait assez de vapeur pour faire démarrer son lourd convoi. Le voleur espérait que le serre-frein n'allait pas se retourner et le voir grimper dans son wagon de marchandises. Il ouvrit rapidement le cadenas et fit glisser la porte. Il jeta son vélo à l'intérieur, monta grâce à une petite échelle et tira son gros sac par-dessus le seuil.

Une fois dedans, il inspecta du regard le train sur toute sa longueur. Le serre-frein montait dans le fourgon de queue où voyageaient les agents de la compagnie. Apparemment, il ne l'avait pas vu s'installer dans son wagon de marchandises.

Bien en sécurité dans son palace roulant, il se détendit et entreprit de lire le *Rhyolite Herald*. Il ne pouvait s'empêcher d'imaginer ce que le journal allait raconter le lendemain, l'attaque de la banque, l'assassinat du directeur et de son caissier. Mais cette fois encore et comme toujours, il ne ressentait pas le moindre remords. Il n'avait jamais aucune pensée pour les morts.

Plus tard, et en dehors du mystère qui entourait la fuite du voleur assassin, disparu sans laisser de traces, s'en ajouta un autre. On retrouva le chariot sur la route qui allait à Bullfrog. La voiture était vide, elle était conduite par un mannequin. Le détachement qui s'était lancé à sa poursuite revint bredouille.

Le shérif Josh Miller essaya de recoller les morceaux, sans aboutir à rien. Tout cela n'avait ni queue ni tête. Le desperado n'avait pas laissé le moindre indice.

Le vol et les meurtres de Rhyolite s'ajoutèrent à la liste des affaires classées sans suite.

Chapitre 4

A plus de mille cinq cents mètres d'altitude, la lumière de l'été accentuait le contraste des couleurs sur les hauteurs du Colorado. Le ciel vide de nuages, d'un bleu profond, s'étalait au-dessus de la ville de Denver comme une courtepointe. Il faisait bon, la température était de 27 °C.

Isaac Bell referma la porte de son compartiment de luxe et descendit du train par la plate-forme située à l'arrière de la voiture Pullman. Il s'arrêta un instant pour regarder la tour de l'horloge de la gare de l'Union, construite en style gothique. Bâti avec des pierres extraites des montagnes Rocheuses, cet ensemble de bâtiments imposants s'étendait sur quatre cents mètres de long.

Les aiguilles en forme de flèche de la grande horloge indiquaient 11 h 40. Bell sortit son oignon de la poche de son costume en lin blanc et jeta un regard au cadran en chiffres romains. Son heure à lui était 11 h 43. Il sourit tout seul, satisfait. Il en était certain : la grosse horloge retardait de trois minutes.

Il s'engagea sur le quai de briques rouges pour rejoindre le fourgon à bagages, identifia ses malles et héla un porteur.

— Je m'appelle Bell. Pourriez-vous je vous prie

veiller à ce que l'on dépose mes malles à l'hôtel Brown Palace ?

Le visage du porteur s'illumina lorsque Bell lui mit une pièce d'or dans la paume. Il la frottait presque avec respect.

— Certainement monsieur. Je vais m'en occuper moi-même.

— J'attends également une grosse caisse en bois qui doit arriver par un autre train. Puis-je compter sur vous pour vous assurer qu'on la dépose dans le hangar de l'Union Pacific ?

— Bien sûr, monsieur, ce sera fait.

Il souriait toujours autant en continuant de frotter sa pièce.

— Je vous en remercie.

— Voulez-vous que je vous prenne ceci ? dit le porteur en montrant à Bell la valise qu'il tenait à la main.

— Non, je la garde avec moi, merci.

— Souhaitez-vous que j'appelle un taxi ?

— Ce ne sera pas nécessaire, je vais prendre le tram.

Bell traversa le hall de la gare, très haut de plafond et majestueux avec ses colonnes en fonte, passa devant les bancs en bois de chêne de la salle d'attente et sortit par l'entrée principale, elle-même flanquée de deux colonnes grecques. Après avoir traversé Wyncoop Street, il tourna dans la 17e Rue et passa sous l'arche Mizpah qui venait d'être achevée. C'était un monument en forme de porte, couronné de deux drapeaux américains. On l'avait construit pour souhaiter la bienvenue aux voyageurs qui arrivaient, et bon voyage à ceux qui repartaient. *Mizpah*, comme Bell le savait, signifie tour de guet en hébreu.

Deux femmes vêtues de légers vêtements d'été et

de chapeaux décorés de fleurs arrivèrent dans un véhicule électrique. Bell se découvrit pour les saluer, elles firent des courbettes à leur tour en voyant qu'elles avaient affaire à un homme plutôt séduisant. Puis elles remontèrent la 17ᵉ Rue en direction de l'hôtel de ville.

Les chariots et charrettes tirés par des chevaux étaient encore bien plus nombreux que les quelques rares automobiles qui circulaient dans les rues. Un trolleybus de la compagnie locale tourna avec fracas au coin de Waze Street, et, arrivé au bout de l'îlot, s'arrêta pour laisser descendre les voyageurs. Les trams hippomobiles appartenaient au passé et les trolleybus électriques étaient de règle dans les rues, permettant d'atteindre tous les quartiers excentrés de Denver.

Bell monta et donna dix cents au machiniste. La cloche sonna, le gros trolley rouge poursuivit son chemin dans la 17ᵉ Rue. Les quatorze îlots suivants étaient faits de bâtiments à trois ou quatre étages. Les trottoirs étaient noirs de monde, comme chaque jour ouvrable. Les hommes portaient des complets noirs ou gris et des cravates assorties, les femmes se promenaient dans de longues jupes qui leur descendaient jusqu'aux chevilles. La plupart d'entre elles arboraient des chapeaux multicolores et tenaient une ombrelle à la main.

Bell remarqua avec grand intérêt un magasin qui vendait des automobiles Cadillac. Les stores étaient baissés pour abriter les vitrines du soleil, mais on pouvait voir les véhicules rangés à l'intérieur. Il chercha une plaque avec le nom de la rue pour se souvenir de l'endroit où se trouvait ce magasin. Fanatique d'automobiles, il possédait lui-même une voiture de course Locomobile. Elle avait été pilotée par Joe Tracy lors de la Coupe Vanderbilt dans Long Island, à New York, en 1905. Il avait terminé troisième. Bell l'avait reconvertie en voiture de ville en l'équipant de pare-chocs et de phares.

Il possédait également une motocyclette rouge vif. Le dernier modèle de moto de course dont le moteur en V développait une puissance de trois chevaux-vapeur et demi. Elle était dotée d'un accélérateur tout nouveau que l'on actionnait à l'aide d'une poignée rotative. Elle ne pesait que quatre-vingts kilos et roulait sur route à une vitesse de près de quatre-vingt-dix kilomètres à l'heure.

Lorsque le trolley s'arrêta à l'angle de la rue de Californie et de la 17ᵉ Rue, Bell descendit et décida de faire une petite promenade. Cela faisait trois ans qu'il n'avait pas mis les pieds à Denver. De hauts immeubles se dressaient un peu partout, les chantiers de construction n'arrêtaient jamais. Il marcha un bloc plus loin jusqu'à l'immeuble Colorado, un bâtiment marron foncé en pierre qui s'élevait sur huit étages au coin de la 16ᵉ Rue et de la rue de Californie.

Les fenêtres étaient tout en hauteur, protégées par des auvents assortis à la couleur foncée des murs extérieurs. L'encorbellement du dernier étage débordait de près de trois mètres au-dessus du trottoir, beaucoup plus bas. Le rez-de-chaussée était occupé par Hedgecock & Jones, ainsi que par la société de confection Braman. Les étages abritaient plusieurs sociétés diverses, dont la Compagnie d'assurances mutuelles des pompiers et l'agence de détectives Van Dorn.

Bell pénétra dans le hall d'entrée au milieu d'un groupe de salariés qui sortaient pour la pause de midi. Le sol, les murs et le plafond étaient revêtus d'un beau marbre d'Italie, couleur de jade. Il entra dans un ascenseur Otis derrière deux jolies jeunes femmes et avança jusqu'au fond de la cabine, tandis que le préposé refermait la porte coulissante en métal. Comme il avait coutume de le faire, Bell joua le gentleman et ôta son chapeau.

Le préposé fit tourner son levier sur le curseur en arc de cercle et l'ascenseur entama la montée à un pas de sénateur. Les deux femmes descendirent au quatrième en papotant gaiement. Elles se retournèrent et jetèrent à Bell un dernier regard intéressé avant de disparaître dans le couloir.

Le garçon d'ascenseur arrêta sa cabine et ouvrit la porte.

— Septième étage, bon après-midi, monsieur, lui dit-il gentiment.

— A vous aussi, lui répondit Bell.

Il sortit dans un couloir peint en rouge mexicain clair, aux lambris tapissés de coco. Il tourna sur sa droite, arriva devant une porte sur laquelle était indiqué : AGENCE DE DÉTECTIVES VAN DORN. Sous le panneau, le slogan publicitaire de l'agence : *Nous ne laissons jamais tomber, jamais.*

L'antichambre était peinte en blanc. Deux chaises en bois capitonnées, un bureau derrière lequel était assise bien sagement une jeune femme sur un siège pivotant. Van Dorn n'était pas homme à dépenser sans compter en décorations ostentatoires. Le seul ornement consistait en une photo du directeur accrochée au mur derrière la secrétaire.

Elle leva les yeux et sourit gentiment à Bell, admirant l'homme fort élégamment vêtu qui se tenait devant elle. Une jolie femme avec de doux yeux noisette et de larges épaules.

— Puis-je vous aider, monsieur ?

— Oui. Je voudrais voir Arthur Curtis et Glenn Irvine.

— Ils vous attendent ?

— Dites-leur je vous prie qu'Isaac Bell est arrivé.

Elle sursauta.

— Oh, Mr. Bell. J'aurais dû m'en douter. Mr. Curtis et Mr. Irvine ne vous attendaient pas avant demain matin.

— J'ai réussi à trouver un train plus tôt au départ d'Independence dans le Missouri.

Bell jeta un coup d'œil à l'étiquette posée sur le bureau.

— Vous êtes Miss Agnes Murphy ?

Elle leva sa main gauche, qui portait une alliance.

— Mrs. Murphy.

Bell lui adressa son sourire le plus charmeur.

— J'espère que vous ne m'en voudrez pas si je vous appelle Agnes. Je vais rester ici un certain temps.

— Pas du tout.

Elle se leva de derrière son bureau et il vit qu'elle portait une jupe plissée en coton bleu sous son chemisier bouffant. Elle avait rassemblé ses cheveux sur le haut de sa tête, à la manière de la Gibson, si populaire à cette époque. Ses bas crissèrent lorsqu'elle franchit la porte qui menait aux bureaux.

Toujours aussi curieux, Bell fit le tour de la table pour jeter un coup d'œil à la lettre que Mrs. Murphy était en train de taper sur sa Remington. Elle était adressée à Van Dorn ; le responsable des Etats de l'Ouest disait tout le désagrément que lui causait l'arrivée de Bell pour prendre la responsabilité de ce dossier toujours non résolu. Bell n'avait jamais rencontré Nicholas Alexander, chef du bureau de Denver, mais il avait décidé de se montrer courtois et poli envers cet homme, quel que puisse être leur antagonisme.

Il s'était éloigné du bureau de Mrs. Murphy et avait gagné la fenêtre d'où il contemplait les toits de la ville lorsque Alexander arriva dans l'antichambre. Il ressemblait plus au comptable d'une entreprise de pompes funèbres qu'au chef détective qui avait résolu de nombreux crimes et conduit leurs auteurs en justice. De petite taille, sa tête arrivait à peine aux épaules de Bell. Sa veste était trop grande pour lui et son pantalon partait en accordéon. Le col de sa chemise était usé, taché de sueur. Pas un poil ou presque sur le caillou, si ce n'est autour des tempes et dans le cou, des sourcils aussi soigneusement peignés que lesdits cheveux, et un pince-nez perché devant des yeux gris-vert et presque tristes.

Alexander lui tendit la main et ses lèvres se tordirent en un sourire dénué de tout humour.

— Mr. Bell, je suis honoré de faire la connaissance du plus célèbre agent de Van Dorn.

Bell ne crut pas une seconde à la sincérité du compliment qui manquait par trop de chaleur.

— Tout l'honneur est pour moi, répondit Bell à contrecœur.

C'était évident, Alexander voyait simplement en lui un intrus qui venait empiéter sur son territoire.

— Suivez-moi, je vous prie. Avant que je vous montre votre bureau, j'aimerais vous parler.

Alexander fit volte-face sans crier gare et se dirigea vers la porte. Mrs. Murphy s'effaça en leur faisant un sourire gracieux.

Le bureau d'Alexander se trouvait dans le seul coin de l'étage disposant d'une vue panoramique sur les montagnes ; les autres bureaux étaient exigus et aveugles. Bell nota qu'ils n'avaient pas de porte, impossible ou presque de s'y sentir seul. Le domaine d'Alexander était meublé de canapés et de fauteuils en cuir. Son bureau en bois de tremble était luxueux et exempt de tout papier. Même s'il portait des costumes médiocres et froissés, Alexander était pointilleux dès qu'il s'agissait de son environnement de travail.

Il alla s'asseoir dans un fauteuil à haut dossier derrière son bureau et fit signe à Bell d'en faire autant sur une chaise en bois sans coussin, en face de lui. Il ne manquait plus qu'un élément d'intimidation, songea Bell, une plate-forme sous son bureau qui aurait permis à Alexander de surveiller ses employés et ses visiteurs comme une divinité secondaire sur le mont Olympe.

— Non merci, fit tranquillement Bell. Après être resté assis dans un train pendant deux jours, je préfère quelque chose de plus moelleux.

Et il étendit sa grande carcasse sur le canapé.

— Comme vous voudrez, fit Alexander, pas très content de voir que Bell prenait des airs supérieurs.

— Vous n'étiez pas ici lorsque je suis venu travailler sur une affaire, il y a trois ans de ça.

— Non, je suis arrivé six mois après, lorsque j'ai été promu. Je venais de notre bureau de Seattle.

— Mr. Van Dorn m'a dit le plus grand bien de vous.

C'était un gros mensonge. Van Dorn ne lui avait rien dit de tel.

Alexander croisa les doigts et se pencha sur le vaste désert qu'était son bureau.

— Je pense qu'il vous a décrit cet assassin et raconté ses méfaits.

— Pas par oral.

Bell se tut, le temps d'attraper sa mallette.

— Mais il m'a remis plusieurs rapports que j'ai lus dans le train. Je comprends pourquoi ce criminel coupable de vols et de meurtres est si difficile à attraper. Il prépare ses méfaits avec un soin extrême et sa technique est apparemment sans faille.

— Voilà qui explique pourquoi il nous échappe.

— Après avoir lu tout cela, je pense que sa manie du détail finira par le perdre.

Alexander le regardait d'un œil soupçonneux.

— Et puis-je vous demander ce qui vous a amené à cette conclusion ?

— Ce qu'il fait est trop parfait, trop bien minuté. Sa première erreur de calcul pourrait être la dernière.

— J'espère que nous travaillerons en étroite collaboration, conclut Alexander avec une sourde animosité.

— Je l'espère aussi. Mr. Van Dorn m'a indiqué que je pourrais utiliser Art Curtis et Glenn Irvine, si vous en êtes d'accord.

— Ce n'est pas un problème. Je ne vais pas m'opposer aux volontés de Mr. Van Dorn. En outre, ils m'ont dit qu'ils avaient déjà travaillé avec vous, il y a quelques années.

— C'est exact. Je les ai trouvés très dévoués.

Bell se releva.

— Puis-je voir mon bureau ?

— Naturellement.

Alexander se sortit de derrière son bureau et s'engagea dans le couloir.

Bell put constater que tous les bureaux étaient de taille modeste et dépouillés. Le mobilier était chichement compté, aucune décoration aux murs. Un seul des locaux était occupé, Bell ne connaissait pas cet agent et Alexander ne se soucia pas de le lui présenter.

Avant qu'Alexander ait eu le temps de lui montrer un placard microscopique, Bell lui demanda innocemment :

— Disposez-vous d'une salle de réunion ?

Alexander fit signe que oui.

— Nous en avons une, de l'autre côté du couloir.

Il s'arrêta, ouvrit une porte et s'effaça pour permettre à Bell d'entrer.

La salle faisait une bonne dizaine de mètres de long sur cinq de large. Elle possédait une longue table en pin foncé, bien lisse sous deux lustres. Dix-huit fauteuils en cuir avec accoudoirs étaient alignés tout autour. La pièce était lambrissée de pin assorti à la table, le sol recouvert d'une épaisse moquette rouge. De hautes fenêtres occupaient tout un mur et le soleil de cette fin d'après-midi illuminait la salle.

— Très joli, dit enfin Bell, fort impressionné. Vraiment très joli.

— C'est vrai, répondit Alexander dont les yeux de limier brillaient de fierté. Je l'utilise souvent pour des rencontres avec des hommes politiques ou certains personnages influents en ville. Cela donne de l'agence Van Dorn une image respectable, une impression d'importance.

— Voilà qui fera parfaitement l'affaire, laissa tomber Bell comme une chose entendue. Je viendrai travailler ici.

Alexander le fixa, le regard soudain sombre, les yeux brillants de colère.

— C'est impossible, je ne le permettrai pas.

— Où est le télégraphe le plus proche ?

Alexander fut pris de court.

— Deux rues plus loin, au croisement de la 16ᵉ Rue et de Champa. Pourquoi cela ?

— Je vais envoyer un télégramme à Mr. Van Dorn pour lui demander l'autorisation d'utiliser votre salle de réunion et d'en faire mon centre d'opérations.

60

Compte tenu de l'importance de cette affaire, je suis certain qu'il me donnera sa bénédiction.

Alexander savait qu'il était battu à plate couture.

— Je vous souhaite de réussir, Mr. Bell, finit-il par admettre. Je vous apporterai tout le soutien possible.

Et il retourna dans son bureau, mais, arrivé devant la porte, crut bon d'ajouter :

— Oh, j'allais oublier, je vous ai réservé une chambre à l'hôtel Albany.

Bell lui fit un grand sourire.

— Ce ne sera pas nécessaire. J'ai réservé une suite au Brown Palace.

Alexander n'en revenait pas.

— Je n'arrive pas à croire que Mr. Van Dorn vous autorise à mettre cette dépense sur votre note de frais.

— Pas besoin. Je règle de ma poche.

Le responsable des Etats de l'Ouest, qui ne connaissait pas la fortune de Bell, en resta comme deux ronds de flan. Dans l'impossibilité où il était de comprendre quoi que ce soit, mais ne voulant pas poser de questions, il regagna son bureau, encore tout éberlué, et referma la porte. Oui, il était battu à plate couture.

Bell, un sourire sur les lèvres, entreprit d'étaler sur la table les documents de sa mallette. Il retourna ensuite dans l'antichambre pour aller voir Agnes Murphy.

— Agnes, pourriez-vous me dire à quelle heure Curtis et Irvine doivent arriver ?

— Je n'espère pas les revoir avant demain matin. Ils sont à Boulder pour une affaire d'attaque de banque.

— Parfait. Et auriez-vous la gentillesse d'appeler le chef des services généraux et de lui demander de monter ? J'ai quelques aménagements à faire dans la salle de réunion.

Elle le regarda, l'air perplexe.

— Vous dites bien la salle de réunion ? Mr. Alexander n'en autorise l'accès qu'à titre exceptionnel. Il s'en sert surtout pour recevoir les grosses légumes de la ville.

— Pendant tout mon séjour, ce sera mon bureau.

Agnes l'en considéra avec davantage de respect encore.

— Descendrez-vous à l'hôtel Albany ? C'est là que nos agents logent habituellement.

— Non, au Brown Palace.

— Et Mr. Alexander a autorisé le surcoût correspondant ?

— Il n'a pas eu son mot à dire.

Agnes Murphy le regarda s'en aller comme si elle venait de voir le Messie.

Isaac Bell retourna dans son bureau et modifia l'agencement des sièges de façon à disposer d'un grand espace de travail à un bout de la table. Le chef des services généraux arriva quelques minutes plus tard. Bell lui décrivit les modifications qu'il souhaitait apporter à la salle. Il fallait coller un matériau mou sur le mur du fond pour pouvoir y épingler une carte de l'Ouest et les plans des villes où le tueur avait frappé. Il aurait également besoin d'un second panneau sur la cloison intérieure pour y fixer des notes de renseignement, des photos et des dessins. Le chef des services généraux, après que Bell lui eut glissé une pièce de vingt dollars en or, promit que tout serait fait le lendemain avant midi.

Bell consacra la fin de l'après-midi à organiser et à planifier la traque du tueur des banques.

A cinq heures précises, Alexander passa la tête dans l'embrasure de la porte avant de rentrer chez lui.

— Tout va bien ? demanda-t-il sur un ton glacial.

Belle ne leva même pas la tête.

— Oui, merci.

Il finit par se retourner et par le regarder dans les yeux. L'homme était vert de rage.

— A propos, je vais effectuer quelques changements dans cette pièce. J'espère que vous n'y voyez pas d'inconvénient. Je m'engage à tout remettre exactement en état lorsque cette affaire sera réglée.

— Je vous demande d'y veiller.

Alexander hocha la tête en guise d'au revoir et quitta les lieux.

Bell n'était pas très content de la tournure que prenaient les choses entre Alexander et lui. Il n'avait pas prévu de devoir se livrer à un bras de fer avec le responsable de l'agence, mais s'il n'était pas passé à l'attaque le premier, il savait pertinemment qu'Alexander ne l'aurait pas loupé.

Chapitre 5

Érigé en 1892 par Henry C. Brown sur le terrain où il avait coutume de faire paître sa vache avant de devenir riche, l'hôtel était très à propos nommé Brown Palace pour la cité « Reine des Plaines », comme l'on avait baptisé Denver. Construit en granite rouge et en grès, le bâtiment avait la forme d'une étrave de navire. Ceux qui avaient fait fortune dans les mines d'or et d'argent y descendaient avec leurs épouses, qui venaient y prendre le thé, et leurs filles, qui dansaient toute la nuit au cours de bals somptueux. Les présidents McKinley et Roosevelt y avaient séjourné, ainsi que quelques rois ou empereurs et autres membres de familles royales, sans oublier les célébrités de l'époque, en particulier d'illustres acteurs et actrices de théâtre. Le Brown Palace était également très apprécié des résidants et des visiteurs de passage car c'était le cœur du quartier de la finance et de la culture.

Il faisait presque nuit lorsque Bell pénétra dans l'hôtel par l'entrée de la 17ᵉ Rue. Il s'enregistra d'abord à la réception, tout en admirant le superbe hall dont l'atrium montait jusqu'au huitième étage. Les colonnes et les lambris, acheminés par voie ferrée du Mexique et incrustés d'onyx jaune, reflétaient la pâle lumière pastel qui descendait de l'énorme plafond en vitrail. Plus de sept cents balustrades en fer forgé ornaient les balcons qui entouraient le hall jusqu'aux étages supérieurs.

Ce que la plupart des gens ignoraient, c'est que le propriétaire de l'hôtel-restaurant Navarre, de l'autre côté de la rue, avait fait installer un système de voie ferrée souterraine qui reliait les deux établissements. Ce qui permettait aux messieurs désireux d'user des services des dames qui vivaient de leurs charmes dans le bordel installé aux étages supérieurs, d'y aller sans se faire voir ni à l'entrée ni à la sortie.

Après avoir pris sa clé, Bell entra dans l'ascenseur et indiqua au liftier le numéro de l'étage de sa suite. Une femme arriva derrière lui. Elle s'arrêta devant la cloison recouverte d'une glace, avant de se retourner face à la porte. Elle portait une robe longue en soie bleue agrémentée de bouillonnés dans le dos. Elle avait des cheveux roux magnifiques, soyeux, tirés en arrière en chignon avec des accroche-cœurs dans lesquels elle avait fixé deux plumes. Il émanait d'elle un grand charme. Elle se tenait bien droite. A en juger par son cou de cygne et sa peau d'albâtre, Bell lui donnait entre vingt-cinq et vingt-sept ans, peut-être moins. A ses yeux, elle était particulièrement séduisante – pas exactement une beauté, peut-être, mais assez ravissante. Il remarqua enfin qu'elle ne portait pas d'alliance.

Elle était habillée comme pour se rendre à une réception dans l'une des salles de bal de l'hôtel, se dit Bell. Et comme d'habitude, il avait vu juste. L'ascenseur s'arrêta au premier étage, celui des salles de bal et de réception. Il s'effaça, son chapeau à la main, et s'inclina légèrement pour la laisser passer.

Elle lui décocha un léger sourire, mais étonnamment chaleureux, lui fit un signe de tête avant de lui dire d'une voix douce, mais un peu rauque :

— Merci, Mr. Bell.

Sur le moment, il n'y fit pas attention. Puis cela le frappa comme un coup de marteau sur le doigt. Comment se faisait-il qu'elle le connaisse, il ne l'avait jamais vue ? Il prit le bras du garçon d'ascenseur :

— Gardez la porte ouverte un instant, je vous prie.

Elle avait disparu dans la foule qui se pressait sous la porte en arcade menant à la grande salle de bal. Les femmes portaient des robes ravissantes de couleurs extravagantes – cramoisi, bleu paon, vert émeraude –, les chevelures agrémentées de rubans, de lacets et de plumes. Les hommes avaient endossé leurs plus belles tenues de soirée. Au-dessus de la porte, une banderole indiquait : AU PROFIT DES ORPHELINS DE ST. JOHN.

Bell recula d'un pas et fit signe au liftier :

— Merci. Vous pouvez monter.

Il ouvrit la porte de sa suite et y découvrit un bureau, un salon, une belle salle de bains, une chambre avec un lit à baldaquin, le tout élégamment meublé en style victorien. On avait ouvert ses malles, une femme de chambre avait accroché ses vêtements dans la penderie, service réservé aux clients qui louaient une suite. Les malles avaient disparu, stockées au sous-sol. Sans perdre de temps, Bell prit un bain rapide et se rasa.

Il souleva le couvercle de sa montre pour voir l'heure. Trente minutes s'étaient écoulées depuis qu'il était sorti de l'ascenseur. Il lui en fallut encore quinze pour nouer sa cravate noire, fixer son col, mettre en place les boutons de manchettes, toutes opérations qui exigent généralement d'avoir quatre mains. C'était une des rares occasions où il aurait aimé avoir une épouse pour l'aider. Puis ce fut le tour des chaussettes et des chaussures noires. Il ne portait pas de smoking, mais un simple gilet noir avec une chaîne en or qui sortait de la poche gauche par une boutonnière. Sa montre en or reposait dans la poche droite. Il enfila enfin une veste noire à revers de satin.

Une dernière inspection devant la glace de deux mètres de haut, il était paré pour la soirée, quoi qu'elle puisse lui apporter.

Le bal de bienfaisance battait son plein lorsqu'il arriva dans la grande salle de réception. Il resta discrètement derrière un grand palmier en pot. La salle était spacieuse et même majestueuse. Le parquet de danse était fait de motifs en rayons de soleil, des fresques ornaient le plafond. Il observa la femme mystérieuse assise à la table six et qui lui tournait le dos. Elle était en compagnie de trois couples. Apparemment seule, sans chevalier servant. Bell se dirigea vers le responsable de l'hôtel chargé de cette soirée.

— Pardonnez-moi, lui dit-il avec son plus beau sourire, mais pourriez-vous m'indiquer le nom de cette dame, celle qui porte une robe bleue, à la table six ?

Le responsable prit l'air un peu hautain.

— Je suis désolé, monsieur, nous ne sommes pas autorisés à fournir des renseignements sur nos hôtes. En outre, je ne peux pas connaître toutes les personnes qui assistent à ce bal.

Bell lui glissa un bon d'une valeur de dix dollars-or.

— Ce petit coup de pouce vous rafraîchira peut-être la mémoire ?

Sans un mot, l'homme prit un petit registre relié de cuir et le parcourut des yeux.

— Cette dame seule à la table est Miss Rose Manteca, une femme fortunée de Los Angeles dont la famille possède un ranch immense. C'est tout ce que je peux vous dire.

Bell lui donna une tape sur l'épaule.

— Je vous suis très reconnaissant.

— Bonne chance, conclut le responsable avec un grand sourire.

Un orchestre jouait un pot-pourri de ragtime et d'airs modernes. Des couples dansaient au son d'une chanson, « Viendras-tu chez moi ? ».

Bell se dirigea vers la chaise de Rose Manteca, toujours dans son dos, et lui murmura à l'oreille :

— M'accorderiez-vous une danse, Miss Manteca ?

Elle se retourna puis leva les yeux. Des yeux noisette, mordorés, qui regardaient ses yeux violets et presque hypnotisants. Elle est bien calme, songea Bell, mais son apparition inattendue en tenue de soirée la prenait totalement par surprise. Elle baissa les yeux et se reprit très vite, mais elle avait tout de même piqué un fard.

— Pardonnez-moi, Mr. Bell, je ne m'attendais pas à vous voir si tôt.

— Si tôt ? lui répondit-il.

Quelle réaction étrange.

Elle s'excusa auprès des gens installés à sa table et se leva. Il la prit doucement par le bras et la mena vers le parquet de danse. Il passa ensuite le bras autour de sa taille de guêpe et commença à danser au rythme de la musique.

— Vous êtes très bon danseur, lui dit-elle après quelques passes.

— C'est grâce à toutes ces années pendant lesquelles ma mère m'a obligé à suivre des cours, pour que je puisse impressionner les débutantes de la ville.

— Et vous êtes fort élégamment mis, pour un détective.

— Je suis né dans une ville où les personnages influents vivent en smoking.

— Il doit s'agir de Boston, n'est-ce pas ?

Pour une fois, après avoir enquêté pendant des années, Bell était pris de court. Mais il se reprit et lança :

— Et vous, vous venez de Los Angeles.

Elle est forte, se dit-il. Elle n'avait même pas eu un battement de cils.

— Vous savez beaucoup de choses, répliqua-t-elle, incapable de pénétrer ce regard.

— Pas tant que vous. Que cherchez-vous ? Où en avez-vous appris autant sur mon compte ? Ou plutôt, pourquoi ?

— J'ai eu l'impression que vous adoriez résoudre des énigmes.

Elle essayait de regarder derrière lui, par-dessus son épaule, mais elle était irrésistiblement attirée par ces yeux incroyables. Elle éprouvait une sensation, un frisson, comme elle n'en avait jamais connu.

La photographie qu'on lui avait montrée ne lui rendait pas justice. Il était beaucoup plus séduisant que ce qu'elle avait imaginé. Il se révélait également d'une intelligence supérieure. Cela, du moins, elle s'y attendait, et comprenait à présent pourquoi il était si réputé pour son intuition. C'était comme s'il la filait alors que c'était en principe elle qui le suivait.

La musique se tut, ils s'arrêtèrent pour attendre le morceau suivant. Il se recula un peu et laissa ses yeux errer sur ses cheveux magnifiques.

— Vous êtes très belle. Qu'est-ce qui vous a conduite à vous intéresser à moi ?

— Vous êtes très séduisant. J'avais envie de mieux vous connaître.

— Vous connaissiez mon nom, vous saviez d'où je venais avant de me croiser dans l'ascenseur. Notre rencontre semblait préméditée.

Avant qu'elle ait eu le temps de répondre, l'orchestre s'était remis à jouer « A l'ombre du vieux pommier » et Bell l'entraîna dans un fox-trot. Il la serrait contre lui et lui tenait plus fermement la main. Elle avait la taille fine, mais son corset la rendait plus mince encore. Le haut de sa tête lui arrivait au menton. Il était tenté de presser ses lèvres contre les siennes, mais renonça à cette idée. Ce n'était ni le lieu ni le moment. Et il ne se sentait pas d'humeur câline. Elle l'espionnait. Voilà qui était sûr. Il essayait d'en trouver la raison. Qu'est-ce qui, chez lui, pouvait bien intéresser une parfaite inconnue ? La seule hypothèse qu'il pouvait formuler était qu'elle agissait pour le compte de l'un des nombreux criminels qu'il avait fait mettre sous les barreaux, qu'il avait abattus ou fait pendre. Un parent, un ami qui voulait se venger ? Mais elle ne collait pas à l'image de quelqu'un qui aurait fréquenté des voyous comme ceux qu'il avait appréhendés au cours de toutes ces années.

La musique était finie, elle dégagea sa main et recula.

— Vous m'excuserez, Mr. Bell, mais je dois aller rejoindre mes amis.

— Pourrons-nous nous revoir ? lui demanda-t-il avec un sourire engageant.

Elle secoua lentement la tête.

— Je ne crois pas.

Il ne tint pas compte de sa réponse.

— Dînons ensemble demain soir.

— Désolée, je suis prise, répliqua-t-elle avec hauteur. Et même avec votre smoking, vous n'arriverez pas à entrer au bal des banquiers de l'Ouest au Country Club de Denver comme vous avez réussi à faire ce soir au bal des orphelins de St. John.

Elle redressa le menton, rassembla sa longue jupe, et retourna à sa table.

Une fois assise, elle jeta un regard furtif vers Bell, mais il s'était évanoui dans la foule. Il avait complètement disparu.

Chapitre 6

Le lendemain matin, Bell arriva le premier au bureau. Il s'était servi d'un passe capable d'ouvrir quatre-vingt-dix pour cent des serrures. Il était occupé à consulter les rapports sur les vols commis dans les banques au bout de la longue table lorsque Arthur Curtis et Glenn Irvine entrèrent dans la salle de réunion. Bell se leva pour les accueillir et leur serra la main.

— Art, Glenn, ravi de vous revoir tous les deux.

Curtis était petit et trapu, avec un début de bedaine dans une veste dont les boutons étaient tendus à l'extrême limite. Des cheveux blonds clairsemés, des oreilles en plat à barbe, des yeux bleus, et un sourire toutes dents dehors à vous illuminer la pièce.

— Nous ne nous sommes pas vus depuis que nous pourchassions Big Foot Cussler, quand il avait attaqué cette banque de Golden.

Irvine accrocha son chapeau au portemanteau. Il avait une épaisse chevelure châtain, les cheveux tout ébouriffés.

— Pour autant que je me souvienne, ajouta-t-il – il était aussi grand et aussi maigre qu'un épouvantail –, vous nous avez menés tout droit à la grotte dans laquelle il se cachait.

— Simple affaire de déduction, répondit Bell en

esquissant un sourire. J'ai demandé à deux petits garçons s'ils connaissaient un endroit où ils auraient aimé aller se cacher pendant quelques jours. La grotte était le seul endroit qu'ils connaissent à trente kilomètres à la ronde, suffisamment proche de la ville pour que Cussler puisse aller se ravitailler en cachette.

Curtis s'approcha de la grande carte des Etats de l'Ouest. L'air pensif, il examina les petits drapeaux qui marquaient tous les endroits où le tueur avait frappé. Il y en avait seize.

— Et alors, vous avez une intuition, pour le Boucher ?

Bell se tourna vers lui.

— Le Boucher ? C'est comme ça qu'on l'appelle ?

— C'est un journaliste du *Bugle*, à Bisbee, qui lui a trouvé ce nom. Les autres journaux s'en sont emparés, et maintenant, tout le monde ne l'appelle que comme ça.

— Voilà qui ne nous aidera guère, répondit Bell. Avec ce nom sur toutes les lèvres, nos concitoyens vont sérieusement en vouloir à l'agence Van Dorn si nous ne mettons pas la main dessus.

— Cela a déjà commencé, nota Curtis en posant sur la table devant Bell le *Rocky Mountain News*.

Bell se mit à lire.

La une était consacrée au pillage et aux meurtres qui s'étaient produits à Rhyolite. La moitié de l'article traitait de cette question : « Pourquoi les forces de l'ordre n'ont-elles fait aucun progrès et n'ont-elles pas réussi à arrêter le Boucher ? »

— Ça chauffe, dit simplement Bell.

— Ça chauffe pour nous, rectifia Irvine.

— Bon, où en sommes-nous ? leur demanda Bell en leur montrant une pile de documents de soixante centimètres de haut posée devant lui. J'ai lu les rapports dans le train. On dirait que nous n'avons pas affaire à un vulgaire cow-boy qui se serait reconverti en pilleur de banques.

— Il travaille seul, lui répondit Curtis, il est sacrément habile et malfaisant. Mais le plus désespérant, c'est qu'il ne laisse jamais la moindre trace derrière lui.

Irvine approuva en hochant la tête.

— C'est comme s'il se volatilisait en quittant la ville.

— On n'a jamais retrouvé ne serait-ce qu'une seule trace dans la campagne environnante ? leur demanda Bell.

Curtis fit signe que non.

— Les meilleurs limiers du métier sont restés secs à chaque fois.

— Aucun indice qu'il aurait pu se terrer en ville en attendant que les choses se tassent ?

— On n'a jamais rien trouvé, répondit Curtis. Après chaque vol, on ne l'a plus jamais revu.

— Un vrai fantôme, murmura Irvine. Nous avons affaire à un fantôme.

Bell ne put réprimer un sourire.

— Non, c'est un humain, ce n'est qu'un être humain.

Il fouilla dans la pile de documents et les étala sur la table. Il en choisit un et l'ouvrit : le rapport sur l'affaire de Rhyolite dans le Nevada.

— Notre homme utilise un mode opératoire très strict et il s'y tient à chaque fois. Nous pensons qu'il rôde dans le coin pendant quelques jours pour observer la ville et ses habitants avant d'attaquer une banque.

— C'est un joueur-né, il adore prendre des risques, commenta Curtis.

— Vous avez tout faux, le corrigea Bell. Notre homme est intrépide et très astucieux. Nous pouvons imaginer qu'il utilise des déguisements pour faire son sale boulot. En effet, ceux qui l'ont vu dans les différentes villes où il a frappé ne sont jamais d'accord sur la description des étrangers un peu louches qu'ils ont pu apercevoir.

Irvine commença à arpenter la salle de réunion, se penchant de temps à autre sur un drapeau piqué sur la carte.

— Les citoyens de ces villes se rappellent selon le cas avoir aperçu un clochard en état d'ivresse, un soldat en uniforme, un marchand à la sauvette, ou un conducteur de charrette. Mais aucun n'est capable de les rattacher aux meurtres.

Curtis fixait la moquette avec obstination. Il haussa les épaules.

— C'est tout de même bizarre, personne n'arrive à fournir une description crédible.

— Non, cela n'a rien de bizarre, répliqua Irvine. Il les assassine tous. Les morts ne parlent pas.

Bell ne les écoutait pas, comme s'il était perdu dans ses pensées. Puis il se tourna vers la carte et dit lentement :

— La grande question que je me pose, c'est pourquoi il tue tous ceux qui se trouvent à l'intérieur de la banque. Y compris les femmes et les enfants. Que gagne-t-il à se livrer à pareils massacres ? Ce n'est pas simplement parce qu'il ne veut laisser aucun témoin, alors qu'il a déjà été vu en ville avec son déguisement...

Il se tut un instant.

— Les psychologues ont inventé une nouvelle définition pour les tueurs qui assassinent aussi facilement qu'ils se brossent les dents. Ils les appellent des sociopathes. Notre homme est capable de tuer sans ressentir le moindre remords. Il n'éprouve aucune émotion, il ne sait ni rire ni aimer, il a le cœur aussi froid qu'un iceberg. Pour lui, abattre un petit enfant revient à abattre un pigeon.

— On a peine à croire qu'il existe des gens aussi cruels et sans pitié, murmura Irvine, écœuré.

— La plupart des bandits d'autrefois étaient des sociopathes, répondit Bell. Ils flinguaient quelqu'un aussi facilement qu'ils éternuaient. John Wesley Harding, le célèbre brigand du Texas, a abattu un jour un homme pour la seule raison qu'il reniflait.

Curtis le regarda longuement.

— Pensez-vous vraiment que s'il abat tout le monde dans la banque, c'est parce qu'il aime ça ?

— Je le crois, répondit Bell d'un ton assuré. Ce malfaiteur trouve une satisfaction malfaisante à commettre des crimes de sang. Et il y a autre chose. Il s'enfuit de la ville avant que les habitants, shérif compris, comprennent ce qui s'est passé.

— Ce qui nous laisse quoi ? demanda Irvine. On cherche de quel côté ?

Bell se tourna vers lui.

— Une autre de ses habitudes consiste à négliger l'or et à n'emporter que des billets. Glenn, vous allez vous rendre dans chacune des banques qui ont été attaquées et vérifier les numéros de série des billets dérobés. Vous commencez par Bozeman, dans le Montana.

— Les banques des villes minières n'ont pas l'habitude de noter les numéros des billets qui leur passent entre les mains.

— Vous pouvez avoir de la chance et tomber sur une banque qui aura enregistré les numéros des billets qu'elle aura reçus d'une banque d'une grande ville pour la paye des mineurs. Si vous y arrivez, nous pourrons remonter cette piste. Soit le voleur les a utilisés, soit il les a échangés en effectuant des dépôts et des retraits. Ce sont des opérations qu'il est impossible de dissimuler.

— Il a pu passer par l'intermédiaire d'établissements étrangers.

— Peut-être, mais il aurait fallu qu'il dépense son magot hors du pays. Il courrait un risque trop grand en essayant de le rapatrier aux Etats-Unis. Je parie qu'il a gardé son butin dans le pays.

Puis Bell se tourna vers Curtis.

— Art, vous allez vérifier les horaires des diligences et des trains qui ont quitté les différentes villes le jour des attaques. Si notre homme a échappé aux recherches, il a pu prendre un train ou une diligence pour s'enfuir. Vous pouvez commencer par Placerville, en Californie.

— C'est comme si c'était fait, lui assura Curtis.

— Et vous, demanda Irvine, comptez-vous rester ici et en faire votre PC ?

Bell fit signe que non, avec un sourire.

— Non, je vais aller sur le terrain, en commençant par Rhyolite, pour reconstituer l'historique des attaques. Peu importe de savoir si le voleur est bon ni comment il a préparé ses crimes, il faut bien qu'il ait laissé un indice quelconque. Il doit exister une preuve ou une autre qui aura échappé à tout le monde. Je vais interroger les habitants des villes minières qui auraient pu voir quelque chose, même si c'est insignifiant. Ils auraient pu oublier de le signaler au shérif ou à l'administration.

— Vous nous donnerez votre programme, que nous puissions vous joindre par télégraphe si nous tombons sur quelque chose ? lui demanda Curtis.

— Ce sera fait d'ici demain, lui répondit Bell. Je vais également me rendre dans les villes minières où les payes sont importantes et auxquelles notre voleur ne se serait pas encore intéressé. Peut-être, mais je dis bien peut-être, pourrais-je deviner les intentions du Boucher, monter un piège et le pousser à s'attaquer à une banque à un endroit choisi par nous.

Il ouvrit un tiroir et en sortit deux enveloppes.

— Voilà de l'argent, vous en avez assez pour couvrir vos dépenses.

Curtis et Irvine furent surpris.

— Jusqu'ici, nous avons toujours voyagé en troisième classe, payé les dépenses de notre poche, et on se fait rembourser après, dit Curtis. Alexander exige que nous logions dans des hôtels de seconde zone, et que nous ne fréquentions que des restaurants bon marché.

— Cette affaire est trop importante pour que nous rechignions à la dépense. Croyez-moi, Mr. Van Dorn acceptera toutes les notes de frais que je lui présenterai, à la seule condition que nous obtenions des résultats. Ce criminel essaye de faire croire à tout le monde qu'il est invincible et que personne ne réussira à le prendre, mais il a forcément des failles. Il a ses faiblesses comme tout le monde. Il se fera pincer pour une minuscule erreur qu'il aura laissée passer. Et ceci, messieurs, c'est notre boulot, trouver cette faille insignifiante.

— Nous ferons de notre mieux, lui assura Irvine.

Curtis fit signe qu'il était d'accord.

— Je parle en notre nom à tous les deux, permettez-moi de vous dire que c'est un privilège de travailler une fois encore avec vous.

— Tout l'honneur est pour moi, lui répondit Bell, très sincère.

Il se disait qu'il avait de la chance de travailler avec des agents aussi intelligents et expérimentés, qui connaissaient l'Ouest comme leur poche.

*

Le soleil baissait à l'ouest sur les Rocheuses lorsque Bell quitta la salle de réunion. Toujours prudent, il ferma la porte à clé. Comme il traversait les bureaux extérieurs, il se cogna à Nicholas Alexander dont on aurait dit qu'il sortait tout juste de chez un bon tailleur. Il avait troqué son habituel costume, passablement miteux, contre un élégant smoking. Il se donnait ainsi un air de respectabilité, en apparence seulement. La dernière touche n'y était tout simplement pas.

— Vous m'avez tout l'air d'être un bon vivant, Mr. Alexander, lui dit Bell avec courtoisie.

— Oui, j'emmène ma femme à une soirée au Country Club de Denver. Vous savez, j'ai en ville de nombreux amis haut placés.

— C'est ce que j'ai entendu dire.

— Quel dommage que vous ne puissiez venir, la réception est réservée aux membres cotisants du club.

— Je comprends parfaitement, conclut Bell, en essayant de ne pas se montrer trop sarcastique.

Dès qu'il fut seul, il descendit jusqu'au bureau du télégraphe et envoya le message suivant à Van Dorn :

AI PLANIFIÉ INVESTIGATIONS POUR CURTIS, IRVINE ET MOI-MÊME. VOUS INFORME QU'AVONS ESPION DANS LA MAISON. FEMME INCONNUE QUI M'A APPROCHÉ À L'HÔTEL, CONNAISSAIT MON NOM ET MON PASSÉ, SEMBLAIT SAVOIR QUE J'ÉTAIS À DENVER. SE NOMME ROSE MANTECA, APPARTIENT À RICHE FAMILLE, PROPRIÉTAIRE RANCH DANS RÉGION LOS ANGELES. MERCI

DEMANDER BUREAU DE LOS ANGELES DE VÉRIFIER.
VOUS TIENDRAI INFORMÉ DE NOS PROGRÈS.
BELL

Après avoir envoyé ce télégramme à son supérieur, Bell prit le trottoir fort encombré pour regagner le Brown Palace. Il alla dire deux mots au concierge qui lui fournit un plan de la ville avant de l'accompagner dans les sous-sols et dans la chaufferie installés sous la réception. Là, il fut accueilli par le responsable des services généraux. Un homme affable en bleu de travail tout sale, qui le conduisit jusqu'à une caisse en bois que l'on avait ouverte. Sous l'ampoule qui pendait au plafond, le technicien lui indiqua une motocyclette rouge vif qui attendait sur un support près de la caisse.

— La voilà, Mr. Bell, dit-il avec fierté. Prête à démarrer. Je l'ai briquée moi-même.

— Je vous en remercie, Mr...

— Bomberger. John Bomberger.

— Je vous rétribuerai de vos services avant de quitter l'hôtel, lui promit Bell.

— Heureux d'avoir pu vous être utile.

Bell monta dans sa chambre et trouva dans la penderie le smoking que l'hôtel avait fait nettoyer pendant la journée. Il prit un bain rapide, s'habilla, sortit du placard un long manteau de toile qu'il enfila. Il descendait jusqu'aux semelles de ses bottes soigneusement cirées. Il mit ensuite une paire de guêtres pour protéger son pantalon des fuites d'huile qui risquaient de sortir du moteur et, enfin, une casquette équipée d'une paire de lunettes.

Il prit l'escalier de derrière pour redescendre au sous-sol. La motocyclette rouge, avec ses pneus en caoutchouc, l'attendait comme un destrier, prête à le mener à la bataille. Il saisit l'engin par les poignées et poussa les soixante kilos sur la rampe utilisée par les charrettes qui venaient prendre le linge de l'hôtel pour l'emporter au pressing, ou encore par les marchands qui approvisionnaient le restaurant et les cuisines du room service.

Bell se retrouva dans Broadway, la rue qui descendait du Capitole, avec son dôme doré. La selle était dure et étroite, montée sur le réservoir, au-dessus de la roue arrière. Comme il s'agissait d'une machine de course, le siège se trouvait à hauteur des poignées et il était obligé de se coucher presque à l'horizontale pour la piloter.

Il mit ses lunettes en place et se baissa pour ouvrir le robinet qui permettait à l'essence de tomber par gravité du réservoir dans le carburateur. Puis il posa les pieds sur les pédales, semblables à des pédales de bicyclette, et mit le contact. Le courant fourni par trois batteries sèches alimenta la bobine et produisit une étincelle haute tension qui fit exploser l'essence dans les cylindres. Il n'avait pas fait trois mètres que le moteur à deux cylindres en V se mit en route avec un bruit aigu.

Bell saisit la poignée droite, celle des gaz, et la fit tourner de moins d'un demi-tour. La motocyclette de course bondit, entraînée par la chaîne de transmission. Il se retrouva vite dans Broadway, au milieu des voitures à cheval et de quelques automobiles qui roulaient à quarante-cinq à l'heure.

Conçue pour le sport, la moto ne possédait pas de phare avant, mais un quartier de lune éclairait le ciel et la rue était bordée de réverbères. Il y voyait assez pour esquiver les tas de crottin.

Au bout de trois kilomètres, il s'arrêta sous un lampadaire pour consulter son plan. Après s'être assuré qu'il roulait bien dans la bonne direction, il continua jusqu'à l'avenue Speer, avant de bifurquer vers l'ouest. Encore trois kilomètres et il était en vue du Country Club de Denver.

Le gros bâtiment, tout en hauteur, était illuminé, grâce aux lampes allumées derrière les nombreuses grandes fenêtres percées sur toutes les façades. L'allée qui menait à l'entrée était encombrée de voitures et d'automobiles garées là. Les chauffeurs, réunis par petits groupes, discutaient en fumant une cigarette. Deux hommes en cravate blanche et queue de pie vérifiaient les invitations des gens avant de les laisser entrer.

Bell savait bien qu'il attirerait trop l'attention en arrivant à moto. Et, sans invitation, il était peu probable qu'il réussisse à entrer, même avec la tenue adéquate. Mettant à profit la lueur blafarde que répandait la lune, il tourna le guidon et prit la direction du terrain de golf. Il faisait très sombre. Attentif à rester loin des pelouses et des zones sableuses qui risquaient de le piéger, il fit un large détour et arriva près de l'abri des caddies derrière le bâtiment principal, près du début du parcours. Il faisait sombre à l'intérieur et l'abri était désert.

Il coupa le moteur et s'enfonça dans un gros buisson qui se trouvait derrière. Il mit sa moto sur sa béquille, se débarrassa de son grand manteau de toile et l'étala sur le guidon. Il enleva ensuite guêtres, casquette et lunettes, rectifia sa coiffure et s'avança au grand jour sur le chemin qui menait au majestueux bâtiment du club. Les lieux étaient éclairés par les lustres allumés derrière les fenêtres et par les grands lampadaires plantés le long du chemin qui allait de la route à l'arrière du club. Plusieurs camionnettes étaient garées près d'une vaste rampe qui donnait accès à l'entrée de service. Des traiteurs vêtus de tenues bleues, à la coupe presque militaire, en sortaient des plateaux et des ustensiles qu'ils allaient livrer aux cuisines.

Arrivé en haut des marches, Bell se glissa entre deux employés et pénétra dans la cuisine comme si de rien n'était. Les serveurs qui entraient ou sortaient de la salle du banquet, les chefs, personne ne lui prêta la moindre attention. Pour ce qu'ils en avaient à faire, ce grand type en smoking devait être l'un des gérants du club. S'il avait craint d'avoir du mal à entrer dans la salle, c'était inutile. Il n'eut qu'à pousser une des portes battantes des cuisines et se glisser dans la foule des invités, tous plus élégants les uns que les autres. Zigzaguant entre les tables, il se mit à la recherche de Rose Manteca.

Il ne mit pas deux minutes à la retrouver sur le parquet de bal.

Mais Bell se figea sur place.

Rose dansait avec Nicholas Alexander.

Il sentit un plaisir pervers à l'idée de la tête qu'ils auraient faite en le voyant arriver et se mêler à leur conversation comme si de rien n'était. Mais mieux valait oublier son ego et privilégier la méthode discrète. Il en avait vu plus que ce qu'il avait escompté et savait maintenant qui était l'espion. Bell était pourtant certain qu'Alexander n'était pas à la solde du Boucher et de la femme qui espionnait pour son compte. Il s'était tout au plus laissé tromper par sa beauté. Il fut pourtant soulagé de constater qu'ils ne l'avaient pas remarqué.

Bell mit une serviette sur son bras et s'empara d'une cafetière, comme s'il allait servir une table. Il pourrait ainsi placer la cafetière devant son visage, au cas où Rose et Alexander se retourneraient dans sa direction. La musique cessa, ils regagnèrent leurs places. Ils étaient installés à la même table, Alexander assis entre Rose et une femme plus âgée avec de grosses bajoues. Bell supposa qu'il s'agissait de son épouse. A défaut d'autre chose, cela prouvait au moins qu'ils ne s'étaient pas rencontrés le temps d'une danse. Qu'ils soient assis là côte à côte impliquait que la table avait été réservée. Ils se connaissaient.

Bell regardait Rose sans se cacher. Elle portait une robe de soie rouge assortie à sa chevelure flamboyante. Ce soir-là, elle avait un chignon et des accroche-cœurs retombaient sur son front et ses tempes. Ses seins étaient comprimés sous une bordure de soie qui recouvrait le bustier avant de se terminer en deux bouillonnés blancs. Elle était tout simplement ravissante.

Elle riait, les lèvres entrouvertes, un rire adorable, ses yeux dorés brillaient tant elle s'amusait. Elle posa la main sur le bras d'Alexander, et Bell en conclut qu'elle était assez sensuelle. Sa présence répandait une excitation communicative qui gagnait ses compagnons. C'était une charmeuse, elle était superbe, jolie comme un cœur, mais Bell y était insensible. Il ne se sentait aucun élan, aucune passion à son égard. Pour son cerveau rationnel, elle était l'ennemie, non un objet de désir, car il devinait derrière sa beauté trop d'habileté et de duplicité.

Il décida qu'il en avait assez vu, se baissa derrière un serveur qui retournait aux cuisines et marcha à côté de lui jusqu'à ce qu'ils aient franchi les portes battantes.

Bell enfila les équipements qu'il avait laissés sur sa moto et pensa qu'il avait eu de la chance. Il s'était retrouvé dans une situation pour le moins imprévue, mais dont il allait tirer parti. En regagnant le Brown

Palace, il se dit que tout ce qu'il allait livrer à Alexander serait inventé et propre à l'induire en erreur. Il pourrait même en rajouter un peu, histoire de duper Rose Manteca.

Cette partie de son plan le laissait pourtant perplexe. Il avait l'impression de traquer une lionne sur le qui-vive.

Chapitre 7

Le lendemain matin, alors que Bell venait d'arriver au bureau, un coursier du télégraphe vint déposer un télégramme de Van Dorn.

CHEF AGENCE À LOS ANGELES M'INDIQUE QUE PAS TRACE D'UNE ROSE MANTECA. AUCUNE FAMILLE PORTANT CE NOM QUI POSSÉDERAIT UN RANCH DANS RAYON DE 300 KM. SEMBLERAIT QUE CETTE DAME VOUS A ENFUMÉ. EST-ELLE JOLIE AU MOINS ?
VAN DORN

Ce qui fit sourire Bell. Il enfourna le télégramme dans sa poche, prit le chemin du bureau d'Alexander et frappa à la porte.

— Entrez, dit tranquillement Alexander, comme s'il parlait à quelqu'un dans la pièce.

Bell avait à peine entendu, mais entra tout de même.

— Vous venez faire votre rapport, j'imagine, lui dit le chef de l'agence de Denver sans plus de préliminaires.

Bell acquiesça.

— Je voulais vous faire part de nos activités.

— J'écoute, répondit Alexander sans lever les yeux des papiers étalés sur son bureau ni lui proposer de prendre un siège.

— J'ai envoyé Curtis et Irvine sur le terrain pour interroger les enquêteurs ou tous ceux qui auraient été témoins des braquages et des meurtres, lui dit Bell en faisant un gros mensonge.

— Il est peu probable qu'ils découvrent quelque chose qui aurait échappé aux autorités locales.

— Pour ma part, j'ai l'intention de prendre le prochain train pour Los Angeles.

Alexander leva les yeux, l'œil soupçonneux.

— Los Angeles ? Pourquoi vous rendez-vous là-bas ?

— Je n'y vais pas, répondit Bell. Je compte descendre à Las Vegas et attraper la correspondance pour Rhyolite. J'ai l'intention d'y interroger personnellement des témoins, si j'en trouve.

— C'est un bon plan.

Alexander semblait presque soulagé.

— J'ai cru un moment que vous alliez à Los Angeles à cause de Miss Rose Manteca.

Bell feignit la surprise :

— Vous la connaissez ?

— Elle était à notre table, avec ma femme, pour la soirée dansante du Country Club. Nous nous sommes déjà rencontrés. Elle nous a dit vous avoir croisé au bal de bienfaisance des orphelins, elle a l'air très intéressée par votre travail et par vos antécédents. Elle semble particulièrement fascinée par notre pilleur de banques.

Je m'en doute, qu'elle s'intéresse à ce que je fais, songea Bell. Mais il répondit :

— Je ne pensais pas lui avoir fait une telle impression. Elle a très bien su se débrouiller pour m'envoyer paître.

— Ma femme pensait que Miss Manteca en pinçait pour vous.

— J'en doute fort. Tout ce que je sais d'elle, c'est qu'elle appartient à une riche famille de Los Angeles.

— C'est exact, répondit innocemment Alexander. Son père possède de vastes propriétés dans les environs.

De toute évidence, Alexander n'avait jamais lancé d'enquête sur Rose, pas plus qu'il n'avait eu de soupçons lorsqu'elle l'avait interrogé sur lui et sur l'affaire du Boucher.

— Et quand comptez-vous rentrer ? reprit Alexander.

— Il faut que je boucle mon enquête à Rhyolite, je pense être de retour d'ici cinq jours.

— Et Curtis et Irvine ?

— Dix à quinze jours.

Alexander revint à ses papiers.

— Bonne chance, dit-il d'un ton bref, laissant Bell disposer.

De retour dans la salle de réunion, Bell se vautra dans un fauteuil pour se détendre, les pieds sur la table. Il dégusta le café que Mrs. Murphy lui avait apporté un peu plus tôt. Puis il se renversa en arrière, les yeux au plafond, comme s'il voyait quelque chose sur le plancher du dessus.

Ainsi, ses soupçons à l'égard de Rose Manteca étaient fondés. Elle était bien plus qu'une simple simulatrice, elle avait peut-être des liens avec le Boucher, qui l'avait envoyée se renseigner sur l'enquête de l'inspecteur de Van Dorn. Il ne fallait pas sous-estimer le gibier que Bell traquait. Ce n'était pas un bandit ordinaire. Utiliser les services d'un joli espion en jupons était la marque d'un homme qui préparait avec soin tout ce qu'il projetait de faire. Rose, peu importait sa véritable identité, était elle aussi de premier brin. Elle avait sans problème réussi à capter la confiance du directeur de l'agence de Denver. Elle avait soigneusement préparé le terrain, c'était très clairement du travail de professionnelle. Utiliser un personnage d'emprunt signifiait que le bandit avait des ressources illimitées, des tentacules qui s'étendaient peut-être jusqu'aux plus hautes sphères du pouvoir.

*

De retour au Brown Palace, Bell se rendit à la réception pour demander le numéro de chambre de Rose Manteca. L'homme de l'hôtel prit son ton le plus pincé pour lui répondre :

— Je suis désolé, monsieur. Nous ne pouvons fournir les numéros de chambre de nos clients.

Mais, prenant l'air suffisant, il ajouta finalement :

— Je peux vous dire que Miss Manteca a quitté l'hôtel à midi.

— A-t-elle dit où elle allait ?

— Non, mais on a fait porter ses bagages à la gare pour les embarquer dans le train d'une heure pour Phoenix et Los Angeles.

Ce n'était pas exactement ce à quoi Bell s'était attendu. Il se maudit de l'avoir laissée lui filer entre les doigts.

Qui était réellement cette Rose Manteca ? Pourquoi prenait-elle le train de Los Angeles, alors qu'on n'y trouvait aucune trace de son existence ?

Une autre pensée commença à le tourmenter. Où cet instrument de la vengeance allait-il frapper la prochaine fois ? Il n'en avait pas la moindre idée, et cela commençait à l'agacer. Dans toutes les affaires qu'il avait eues à traiter jusqu'ici, il avait toujours eu le sentiment de maîtriser la situation. Mais cette fois, c'était différent, beaucoup trop différent.

Chapitre 8

L'homme à l'abondante chevelure blonde, avec sa moustache épaisse brun-jaune bien cirée, raide comme un bâton de chaise, respirait la prospérité. Après avoir traversé le dépôt ferroviaire, il s'installa sur la banquette arrière d'un taxi, une Ford modèle N, et décida de profiter de cette belle journée sans nuages. Il apercevait Salt Lake City, nichée en bas des monts Wasatch. Il était habillé de manière raffinée, à la mode des dandies de ce temps-là, mais avec l'air d'un homme d'affaires de haut vol. Il avait sur la tête un huit-reflets, portait une jaquette à trois boutons, un gilet et un col haut, le tout complété par une cravate élégante. Aux mains, des gants gris perle ; des guêtres assorties lui entouraient le mollet jusqu'au niveau de la cheville.

Il se tenait légèrement penché en avant pour regarder par une fenêtre, puis par l'autre, les mains posées sur le pommeau d'une canne en argent ornée d'une tête d'aigle, bec dehors. Sous ses airs inoffensifs, cette canne était en réalité une arme à canon long. La détente sortait en pressant un bouton. La canne tirait une balle calibre .44 à étui éjectable et on pouvait la recharger en actionnant un petit levier dans une aile de l'aigle.

Le taxi dépassa l'église des Saints-du-Dernier-Jour – le temple, le tabernacle et le bâtiment de l'assemblée. Construits entre 1853 et 1893, les murs de granite épais de deux mètres étaient surmontés par six clochers dont le plus haut supportait une statue de l'ange Moroni.

Après avoir quitté la place du Temple, le taxi tourna dans la 300e Rue Sud avant de s'arrêter devant l'hôtel Peery. Construit en style européen peu de temps avant l'explosion de l'exploitation minière, c'était l'hôtel le plus luxueux de Salt Lake City. Tandis que le portier prenait les bagages dans le coffre, l'homme ordonna au chauffeur de l'attendre. Puis il franchit les doubles portes en verre taillé et pénétra dans le hall.

Le réceptionniste lui fit un petit signe en souriant. Puis, jetant un regard à la grosse horloge posée dans l'entrée, il lui demanda :

— Mr. Eliah Ruskin, j'imagine ?

— Vous avez vu juste, répondit l'homme.

— Deux heures quinze. Vous êtes pile à l'heure, monsieur.

— Pour une fois, mon train était à l'heure.

— Si vous voulez bien signer le registre...

— Je dois aller à un rendez-vous. Pouvez-vous veiller à ce que mes bagages soient montés dans ma chambre et mes vêtements rangés dans la penderie et dans les commodes ?

— Bien sûr, Mr. Ruskin. Je m'en occupe personnellement.

Le réceptionniste se pencha par-dessus son pupitre pour mieux voir et indiqua d'un signe du menton une grosse mallette en cuir que Ruskin serrait entre ses jambes.

— Voulez-vous que je fasse monter cette valise dans votre chambre ?

— Non merci. Je la garde avec moi.

Ruskin fit demi-tour et sortit, sa canne dans une main et tenant de l'autre la poignée de sa mallette dont le poids lui faisait pencher l'épaule droite. Il la déposa dans le taxi et s'installa sur la banquette.

Le réceptionniste trouvait bizarre que Ruskin n'ait pas laissé son sac dans le taxi. Il se demandait pourquoi il avait amené avec lui un bagage aussi lourd jusqu'à la réception, avant de lui faire faire le chemin inverse. Il se dit finalement qu'il devait contenir des objets de valeur. Mais un nouveau client qui se présentait le tira de ses réflexions.

Huit minutes plus tard, Ruskin descendit de son taxi, régla le chauffeur, et entra dans le hall de la Salt Lake Bank & Trust. Il se dirigea vers le garde assis sur sa chaise près de la porte.

— J'ai rendez-vous avec Mr. Cardoza.

Le garde se leva et fit un geste en direction d'une porte vitrée au verre dépoli.

— Vous le trouverez à l'intérieur.

Ruskin n'avait aucune raison de demander son chemin au garde. Il aurait pu tout simplement voir où se trouvait la porte du bureau du directeur. Le garde n'avait pas remarqué que Ruskin l'avait observé avec attention, sa façon de se déplacer, son âge, où se trouvait l'étui de son arme, un pistolet automatique nouveau modèle Colt Browning 1905 qui pendait sur sa hanche. Ce rapide examen lui montra que le garde n'avait pas l'air particulièrement vif ni très attentif. Voir jour après jour des clients aller et venir sans un accroc l'avait rendu mollasson et indifférent. Il n'avait semble-t-il rien trouvé d'anormal dans la conduite de Ruskin.

La banque employait deux caissiers qui se trouvaient derrière le comptoir dans leurs cagibis. A l'exception du garde, les seuls autres employés étaient Cardoza et sa secrétaire. Ruskin examina la grosse porte en acier de la chambre forte. On la laissait ouverte sur le hall pour impressionner les clients et leur laisser à penser que leurs avoirs étaient entre de bonnes mains.

Il s'approcha de la secrétaire.

— Bonjour, Eliah Ruskin. J'ai rendez-vous avec Mr. Cardoza à quatorze heures trente.

La femme assez âgée, la cinquantaine, les cheveux grisonnants, lui fit un sourire et se leva sans un mot. Elle se dirigea vers une porte où l'on pouvait lire : ALBERT CARDOZA, DIRECTEUR et se pencha :

— Un certain Mr. Ruskin qui souhaite vous voir.

Cardoza se leva d'un bond et fit le tour de son bureau. Il tendit la main et serra vigoureusement celle de Ruskin.

— Quel plaisir pour moi, monsieur. Je vous attendais. Ce n'est pas tous les jours que nous avons le plaisir d'accueillir un représentant d'une banque new-yorkaise qui nous confie une somme aussi importante.

Ruskin posa sa mallette sur le bureau de Cardoza, souleva les fermetures, et ouvrit le couvercle.

— Voici un demi-million de dollars en espèces que nous vous confions, en attendant de les retirer le jour où nous en déciderons ainsi.

Cardoza regardait, plein de respect, les coupons d'une valeur de cinquante dollars-or bien rangés et tassés, comme s'il s'agissait de son passeport pour la terre promise des banquiers. Puis il leva les yeux, fort surpris.

— Je ne comprends pas. Pourquoi ne pas nous avoir fourni un bon de caisse au lieu de cinq cent mille dollars en coupures ?

— Les directeurs de l'Hudson River Bank de New York préfèrent traiter leurs affaires en espèces. Comme vous le savez suite à nos échanges de courriers, nous comptons ouvrir des succursales dans les villes de l'Ouest qui nous semblent avoir un bon potentiel de développement. Nous trouvons plus pratique de disposer d'espèces à l'ouverture de nos bureaux.

Cardoza le regardait, l'air sombre.

— J'espère que vos directeurs n'ont pas l'intention d'ouvrir un établissement concurrent à Salt Lake City.

Ruskin lui fit un grand sourire en secouant la tête.

— Phoenix dans l'Arizona, et Reno, dans le Nevada, ce seront les premières succursales de l'Hudson River dans l'Ouest.

Cardoza paraissait soulagé.

— Phoenix et Reno sont certes des villes promises à une forte expansion.

— Avez-vous déjà été victime d'attaques, à Salt Lake City ? lui demanda négligemment Ruskin, le regard tourné vers la chambre forte.

Cardoza lui jeta un coup d'œil un peu étonné.

— Non, pas ici. Les habitants ne le permettraient pas. Salt Lake est l'une des villes les plus épargnées par le crime de tout l'Ouest. Les Saints du Dernier Jour sont des gens très religieux, très probes. Croyez-moi, Mr. Ruskin, aucun criminel n'essaierait de s'en prendre à cette banque. Votre argent sera bien à l'abri dans notre chambre forte, soyez sans crainte.

— J'ai lu des choses sur un certain Boucher qui aurait perpétré des attaques et commis des meurtres dans tout l'Ouest.

— Pas d'inquiétude, il ne frappe que dans de petites villes minières où il s'empare de la paye. Il ne serait pas assez stupide pour venir faire un casse dans une ville de la taille de Salt Lake City. Il serait abattu par la police avant d'avoir franchi les limites de la cité.

Ruskin montra la chambre forte du menton.

— Très impressionnante.

— La plus belle chambre forte à l'ouest du Mississippi, réalisée spécialement pour nous à Philadelphie, se vanta Cardoza. Un régiment entier équipé de canons n'y pénétrerait pas.

— Je vois que vous la laissez ouverte pendant les heures de travail ?

— Et pourquoi pas ? Nos clients apprécient de voir que leurs avoirs sont bien protégés. Et, comme je le disais, aucune banque n'a jamais été attaquée à Salt Lake City.

— Quel est le moment le plus calme de la journée ?

Cardoza eut l'air surpris.

— Le moment le plus calme ?

— L'heure à laquelle vous avez le moins de clients ?

— Entre treize heures trente et quatorze heures, c'est plutôt calme. La plupart de nos clients sont de retour à leur bureau après déjeuner. Et comme nous fermons à quinze heures, de nombreux clients viennent au dernier moment pour effectuer une opération. Pourquoi me demandez-vous cela ?

— Simple curiosité, je voulais savoir ce qui se passait ici en comparaison de ce que nous connaissons à New York. Ça m'a l'air d'être à peu près la même chose.

Il tapa sur sa mallette.

— Je laisse l'argent dedans et je reviendrai la prendre demain matin.

— Nous fermons bientôt, mais je demanderai à mon caissier de faire le compte dès son arrivée, demain matin.

Cardoza ouvrit un tiroir de son bureau, prit un dossier relié de cuir, et y enregistra un dépôt de cinq cent mille dollars. Il tendit le récipissé à Ruskin qui le rangea dans un gros portefeuille, dans la poche intérieure de sa veste.

— Puis-je vous demander une faveur ? fit Ruskin.

— Certainement. Tout ce que vous voudrez.

— J'aimerais être présent lorsque votre caissier comptera les coupures.

— C'est très aimable à vous, mais je suis sûr que votre établissement a déjà tout compté dans le détail.

— Merci de votre confiance, mais j'aimerais être là, pour assurer le coup.

Cardoza haussa les épaules.

— Comme vous voudrez.

— Une dernière demande.

— Vous n'avez qu'à dire.

— J'ai d'autres affaires à traiter pendant la matinée et je ne pourrai pas revenir avant treize heures trente. Et puis, comme vous êtes moins occupé à cette heure-là, ce serait peut-être le meilleur moment pour tout compter.

Cardoza acquiesça.

— Vous avez tout à fait raison.

Il se leva et lui tendit la main.

— A demain après-midi. Je me réjouis de vous revoir.

Ruskin agita sa canne en guise d'au revoir, fit un dernier signe d'adieu à Cardoza, et sortit du bureau. Il passa près du garde qui ne lui jeta pas même un regard, et, balançant sa canne comme un bâton de marche, gagna le trottoir.

Il souriait tout seul : il n'avait pas la moindre intention de revenir pour le simple plaisir de compter des coupures.

Chapitre 9

Le lendemain après-midi, Ruskin reprit le chemin de la banque, s'assurant que les passants le remarquaient bien ; il s'arrêtait devant les vitrines, glissant quelques mots aux commerçants. Il avait sa canne-fusil, plus pour la galerie que comme protection.

Arrivé devant la Salt Lake Bank & Trust à treize heures trente, il entra sans prêter attention au garde. Il actionna la clé dans la serrure de la porte d'entrée principale puis retourna la pancarte contre la fenêtre de façon à ce qu'on voie la face FERMÉ depuis la rue. Il baissa les rideaux, le garde était toujours là, assoupi dans sa torpeur, sans se rendre compte que la banque allait être attaquée. Ni la secrétaire d'Albert Cardoza, ni les caissiers, ni la cliente debout devant le comptoir ne remarquèrent la conduite étrange du nouveau venu.

Le garde se réveilla enfin, finit par comprendre que Ruskin ne se comportait pas comme un client normal, et que ça sentait le roussi. Il se leva, mit la main sur l'étui de son Colt Browning calibre .45, et demanda d'un air ahuri :

— Mais qu'est-ce que vous faites ?

Ses yeux s'écarquillèrent lorsqu'il se retrouva dans l'axe du canon du Colt 38 que Ruskin braquait dans sa direction.

— N'opposez aucune résistance et avancez lente-ment, passez de l'autre côté du comptoir, lui ordonna Ruskin en enveloppant son arme dans une vieille écharpe de laine épaisse assez décatie. Elle était per-cée de trous avec des traces de brûlures.

Puis il passa lui-même derrière le comptoir avant que les caissiers dans leurs guérites aient eu le temps de comprendre ce qui se passait et de saisir les fusils à canon scié posés à leurs pieds. Ils n'avaient jamais songé que leur banque puisse être attaquée et se trou-vaient totalement pris de court.

— N'essayez même pas de saisir votre arme ! aboya Ruskin. Allongez-vous par terre ou je vous loge une balle dans le crâne.

Il pointa sa canne sur la femme terrorisée qui se trouvait devant le guichet.

— Faites le tour, allongez-vous avec les caissiers, et il ne vous sera fait aucun mal, lui dit-il d'un ton froid.

Puis il braqua son arme sur la secrétaire de Car-doza :

— Vous ! Par terre !

Lorsque tout le monde fut allongé sur le parquet en acajou bien ciré, face contre terre, il frappa à la porte de Cardoza. Le banquier n'avait pas entendu les bruits de voix à l'extérieur de son bureau et n'avait aucune idée du drame qui se jouait dans sa banque. Il s'atten-dait à voir entrer sa secrétaire, comme d'habitude, mais elle n'apparut pas. Enfin, agacé d'avoir été interrompu, il se leva de son bureau et ouvrit la porte. Il lui fallut une bonne dizaine de secondes pour comprendre ce qui se passait. Il resta là, le regard fixe, avec en face de lui Ruskin et le pistolet qu'il tenait à la main.

— Mais qu'est-ce que ça signifie ? finit-il par demander.

Puis il vit les gens allongés sur le sol et se retourna vers Ruskin, désemparé.

— Je n'y comprends rien. Qu'est-ce qui se passe ?

— Il se passe que c'est la première fois qu'une banque est attaquée à Salt Lake City, lui répondit Ruskin visiblement amusé.

Cardoza restait immobile, figé sur place.

— Vous êtes le directeur d'une banque respectable à New York. Pourquoi faites-vous cela ? Cela n'a pas de sens. Qu'espérez-vous ?

— J'ai mes raisons, répondit Ruskin d'une voix froide et sans émotion. Je veux que vous me fassiez un bon de caisse pour un montant de quatre cent soixante-quinze mille dollars.

Cardoza le regardait comme s'il était devenu fou.

— Un bon de caisse à l'ordre de qui ?

— Eliah Ruskin, qui d'autre ? répondit Ruskin. Et dépêchez-vous.

Tout estomaqué, Cardoza ouvrit un tiroir, y prit un registre contenant des bons de caisse et en remplit à toute vitesse un du montant indiqué. Lorsqu'il eut terminé, il le tendit par-dessus son bureau à Ruskin qui le glissa dans sa poche de poitrine.

— Maintenant, couchez-vous par terre avec les autres.

Comme s'il vivait un véritable cauchemar, Cardoza s'allongea lentement sur le parquet à côté de sa secrétaire toute tremblante.

— Maintenant, personne ne bouge, ni même ne lève un sourcil tant que je n'ai rien ordonné.

Sans en dire davantage, Ruskin entra dans la chambre forte et commença à empiler les billets de banque dans des sacs en cuir qu'il avait repérés, rangés sur une étagère derrière l'énorme porte de presque cinq tonnes. Il remplit ainsi deux sacs, il estimait s'être emparé d'environ deux cent trente mille dollars en grosses coupures, pas de billets de moins de dix dollars. Il avait bien prévu les choses. A partir des renseignements qu'il avait recueillis de la banque elle-même, il savait que la Salt Lake Bank & Trust avait reçu de grosses sommes provenant de la Continental & National Bank de Chicago. Il laissa sur une autre étagère de la chambre forte sa mallette avec les billets qu'il avait apportés.

Posant alors ses sacs, il referma la porte. Elle se laissa faire avec autant de facilité que s'il s'était agi d'une porte de placard. Puis il fit tourner le volant de verrouillage qui entraînait les pênes et régla la minuterie sur neuf heures le lendemain matin.

Sans se presser, comme s'il se promenait dans un parc, il passa derrière le comptoir et abattit froidement ceux qui se trouvaient là d'une balle dans la nuque. Les bruits de balles, étouffés, s'étaient succédé si rapidement que personne n'eut le temps de comprendre ce qui se passait ni de crier. Puis il leva les rideaux, pour que les passants puissent voir que la chambre forte était close et en concluent que l'établissement était fermé. Les cadavres, alignés derrière le comptoir, étaient invisibles.

Ruskin attendit que le trottoir soit vide, pas de piétons ni de véhicules dans la rue, puis sortit nonchalamment de la banque, ferma la porte et s'en alla d'un pas tranquille en faisant tournoyer sa canne. A quatre heures, il était de retour à l'hôtel Peery. Il prit un bain avant de descendre au restaurant où il se régala d'un bon saumon fumé à la crème et à l'aneth, de caviar, le tout arrosé d'un bourgogne français, un Clos de la Roche 1899. Puis il passa une heure à lire dans le hall avant d'aller se coucher et de s'endormir comme une masse.

*

Tard dans la matinée, Ruskin prit un taxi qui l'emmena à la Salt Lake Bank & Trust. Une foule s'était rassemblée devant la porte, une ambulance en repartait. Il y avait des policiers en uniforme un peu partout. Il se fraya un chemin à travers la foule et, voyant un homme vêtu comme un inspecteur, se dirigea vers lui.

— Que s'est-il passé ? lui demanda-t-il avec courtoisie.

— La banque a été braquée, on a assassiné cinq personnes.

— Braquée, des meurtres, dites-vous ? Quelle catastrophe. J'ai déposé un demi-million de dollars en espèces hier après-midi pour le compte de ma banque à New York.

Le détective le regarda, l'air surpris.

— Vous dites un demi-million ? En espèces ?

— Oui, et j'ai même le reçu.

Ruskin lui agita le document sous le nez. L'inspecteur l'examina quelques instants avant de déclarer :

— Vous êtes Eliah Ruskin ?

— Oui, Ruskin, je représente un établissement new-yorkais, l'Hudson River Bank.

— Un demi-million de dollars en liquide ! fit l'inspecteur en s'étranglant. Pas besoin de se demander pourquoi la banque a été attaquée. Vous feriez mieux de venir, Mr. Ruskin, pour voir Mr. Ramsdell, l'un des directeurs. Je suis le capitaine John Casale, de la police de Salt Lake.

On avait évacué les cadavres, mais le parquet d'acajou était encore parsemé de vastes taches de sang séché. Le capitaine Casale le précéda et s'approcha d'un homme au fort embonpoint, dont la bedaine sortait d'une veste barrée par une énorme chaîne de montre. Il s'était installé dans le fauteuil de Cardoza pour examiner les registres des dépôts. Sous son crâne dégarni, ses yeux marron étaient ceux de quelqu'un qui n'en revenait pas. Il leva la tête et regarda Ruskin, irrité du dérangement.

— Je vous présente Mr. Eliah Ruskin, lui dit Casale. Il me dit qu'il a déposé hier un demi-million de dollars auprès de Mr. Cardoza.

— Désolé de faire votre connaissance dans des circonstances aussi tragiques. Je m'appelle Ezra Ramsdell, je suis directeur délégué de la banque.

Il se leva pour lui serrer la main.

— Quelle chose terrible, terrible, murmura-t-il. Cinq morts. On n'a jamais rien vu de pareil à Salt Lake City.

— Saviez-vous que Mr. Cardoza détenait de l'argent qui appartient à ma banque ? lui demanda Ruskin, impassible.

Ramsdell hocha la tête.

— Oui, il m'a appelé et m'a informé que vous aviez déposé vos fonds en espèces dans notre chambre forte.

— Mr. Cardoza, Dieu ait son âme, m'a fourni un reçu. Mes directeurs s'attendront à ce que votre établissement prenne cette perte à sa charge.

— Dites à vos chefs qu'ils n'ont pas à se faire de souci.

— De quelle somme ce voleur s'est-il emparé ? demanda encore Ruskin.

— Deux cent quarante-cinq mille dollars.

— Sans compter mon demi-million, reprit-il faisant mine de s'agiter.

Ramsdell le regardait d'un air bizarre.

— Pour une raison inexplicable, le voleur n'a pas embarqué votre argent.

Ruskin prit l'air faussement étonné.

— Que me dites-vous là ?

— Les billets, dans une grosse valise en cuir, expliqua le capitaine Casale. Est-ce à vous ?

— Les dollars-or ? Oui, ils viennent de la banque de New York que je représente.

Ramsdell et Casale échangèrent un regard étonné. Puis Ramsdell reprit :

— La valise que Mr. Cardoza et vous-même avez mise en chambre forte est toujours là.

— Je n'y comprends rien.

— On n'y a pas touché. Je l'ai ouverte et j'ai vérifié personnellement. Vos dollars sont tous là.

Ruskin prit un air perplexe.

— Cela est insensé. Pourquoi avoir emporté votre argent et laissé le mien ?

Casale se gratta l'oreille.

— Mon opinion, c'est qu'il était pressé, qu'il n'a pas fait attention à cette valise, sans se douter qu'elle contenait un trésor royal en coupures.

— Vous m'en voyez soulagé, lui répondit Ruskin en enlevant son huit-reflets pour éponger des gouttes de sueur imaginaires sur son front. A supposer que le voleur ne revienne pas, je compte tout laisser dans votre chambre forte jusqu'à ce que nous ouvrions nos succursales de Phoenix et de Reno.

— Nous vous en sommes reconnaissants. Surtout maintenant que toutes nos espèces disponibles ont disparu.

Ruskin se tourna alors vers les taches de sang séché qui couvraient le plancher.

— Je vous laisse à votre enquête. Et avec un signe

de tête à Casale : Je suis sûr que vous mettrez la main sur l'assassin et qu'il sera pendu.

— Je vous jure que nous allons le traquer, répondit Casale, plein d'assurance. Nous avons des policiers partout, sur toutes les routes et dans tous les dépôts ferroviaires. Il ne peut pas sortir de la ville sans se faire prendre.

— Bonne chance. Je vous souhaite d'appréhender ce monstre.

Puis il se tourna vers Ramsdell :

— Je serai à l'hôtel Peery jusqu'à demain après-midi, pour le cas où vous auriez besoin de mes services. Je prends le train de quatre heures, je vais à Phoenix pour superviser l'ouverture de notre nouvelle succursale.

— C'est très aimable à vous, monsieur. Je reprendrai contact dès que nous aurons pu rouvrir.

— Je vous en prie, lui répondit Ruskin qui s'apprêtait à se retirer. Bonne chance à vous, capitaine, dit-il à Casale en se dirigeant vers l'entrée.

Casale le regarda traverser la rue et héler un taxi.

— C'est très étrange, dit-il pensif. Si je connais mes horaires, il n'y a pas de train pour Phoenix avant trois jours.

Ramsdell haussa les épaules.

— On l'aura mal renseigné.

— Et il y a encore autre chose qui me tracasse.

— Quoi donc ?

— Il n'a pas eu l'air soulagé d'apprendre que le voleur n'avait pas embarqué l'argent de sa banque. On aurait dit qu'il le savait avant même de passer la porte.

— Quelle importance ? lui demanda Ramsdell. Mr. Ruskin doit être bien content que le voleur soit passé à côté de son demi-million de dollars.

Mais le policier restait songeur.

— Et comment savez-vous qu'il y a un demi-million de dollars ? Vous les avez comptés ?

— Mr. Cardoza a dû le faire.

— Vous en êtes certain ?

Ramsdell se dirigea vers la chambre forte.

— Le moment n'est pas plus mal choisi qu'un autre pour faire une petite vérification.

Il ouvrit la valise et commença à enlever la première couche de liasses qu'il posa sur une étagère à portée de main. La première couche consistait en vingt mille dollars-or. En dessous, il n'y avait que des piles de feuilles de papier soigneusement découpées.

— Bon sang ! hoqueta Ramsdell.

Puis, comme frappé par une révélation soudaine, il se rua dans le bureau du directeur et ouvrit le registre posé sur la table. Le registre contenait des bons de caisse – mais le dernier manquait et le talon n'avait pas été renseigné. Il devint gris cendre.

— Ce salopard a dû contraindre Cardoza à lui faire un bon pour un demi-million. La première banque où il le produit va supposer que c'est un vrai et exigera que la Salt Lake Bank & Trust honore sa signature. La loi fédérale nous y contraint. Et si nous refusons – procès, poursuites engagées par le Trésor fédéral – nous serons obligés de fermer.

— Ruskin n'est pas seulement un imposteur, lui dit Casale d'un ton ferme, c'est lui qui a attaqué votre banque et qui a tué vos employés ainsi qu'une cliente.

— Je n'arrive pas à y croire, murmura Ramsdell, toujours incrédule. Puis il déclara : Il faut que vous l'arrêtiez. Attrapez-le avant qu'il quitte l'hôtel.

— Je vais envoyer une équipe au Peery. Mais ce type n'est pas un débutant. Il a sans doute pris la fuite aussitôt le seuil franchi.

— Vous ne pouvez pas le laisser filer après l'horreur qu'il vient de commettre.

— S'il s'agit du célèbre Boucher, c'est un vrai diable qui s'évanouit comme un fantôme.

Une lueur passa dans les yeux d'Ezra Ramsdell.

— Il faudra bien qu'il dépose son bon de caisse dans une banque quelconque. Je vais envoyer un télégramme aux gérants de tous les établissements du pays pour les alerter et leur demander de prévenir la police avant d'honorer un billet à l'ordre d'Eliah Ruskin pour un montant d'un demi-million de dollars. Il ne va pas s'en sortir comme ça.

— Je n'en suis pas si sûr, rétorqua doucement John Casale. Je n'en suis même pas sûr du tout.

Chapitre 10

Le Boucher a dix longueurs d'avance sur moi, songeait Bell alors que le train dans lequel il se trouvait ralentissait en entrant en gare de Rhyolite. Il avait reçu un long télégramme de Van Dorn qui l'informait du massacre de Salt Lake, comme tout le monde l'appelait. Une banque dans une grande ville comme Salt Lake City, c'était bien le dernier endroit où lui ou quiconque aurait imaginé voir le Boucher frapper une nouvelle fois. C'était sa prochaine destination après Rhyolite.

Il descendit du train avec pour tout bagage un petit sac en cuir. La chaleur du désert lui tomba dessus comme une bouffée sortie d'une forge, mais, à cause de l'absence d'humidité, au moins, il ne transpirait pas sous sa chemise.

Après avoir demandé son chemin au chef de gare, il prit à pied le chemin du bureau du shérif et de la prison. Marvin Huey, le shérif, était un homme de stature moyenne, aux cheveux gris tout ébouriffés. Il leva la tête de la pile d'avis de recherche qu'il était occupé à consulter et se tourna vers Bell qui entrait dans son bureau. Il avait des yeux clairs, vert olive.

— Bonjour shérif, je m'appelle Isaac Bell, de l'agence de détectives Van Dorn.

Huey ne se donna pas la peine de se lever ni même

de tendre la main. Au lieu de cela, il fit gicler du jus de tabac à chiquer dans un crachoir.

— Oui, Mr. Bell, on m'a prévenu que vous arriviez par le train de dix heures. Alors, que pensez-vous de la température qui règne chez nous ?

Sans qu'on le lui ait proposé, Bell prit une chaise en face de Huey et s'installa.

— Je préfère l'air frais des montagnes, comme à Denver.

Le shérif eut un petit sourire en voyant le malaise de Bell.

— Si vous viviez ici depuis assez longtemps, vous finiriez par aimer.

— Je vous ai envoyé un câble au sujet de mon enquête, commença Bell de but en blanc. Je souhaite recueillir tous les renseignements possibles qui m'aideraient dans la recherche du Boucher.

— J'espère que vous aurez plus de chance que moi. Après les meurtres, tout ce que nous avons retrouvé, c'est une charrette abandonnée et les chevaux qui l'avaient amenée en ville.

— Est-ce que quelqu'un l'a vu ?

Huey hocha la tête.

— Personne n'y a prêté la moindre attention. Trois personnes nous en ont donné trois descriptions différentes. Aucune ne collait. Tout ce que je sais, c'est que le détachement que j'ai rassemblé n'a pas trouvé la moindre trace de charrette, de cheval ou d'automobile quittant la ville.

— Et la voie ferrée ?

Derechef, Huey fit signe que non.

— Aucun train n'est parti pendant les huit heures qui ont suivi. J'ai posté des hommes au dépôt, ils ont fouillé les voitures de passagers avant le départ, mais ils n'ont rien trouvé de suspect.

— Les trains de marchandises ?

— Mes adjoints ont inspecté le seul qui ait quitté la ville ce jour-là. Ni eux ni le mécanicien, le chauffeur ou les serre-freins n'ont vu quelqu'un qui aurait essayé de se cacher dans les wagons.

— Quelle est votre théorie sur ce bandit ? demanda Bell. A votre avis, comment fait-il pour s'en aller sans se faire voir ?

Huey attendit pour répondre, le temps de propulser un second jet de chique dans le crachoir en laiton.

— Je donne ma langue au chat, si vous me passez l'expression, je n'ai aucune idée sur la manière dont il s'y est pris pour semer mes adjoints et moi-même. J'en reste baba. En trente ans de métier, je n'ai jamais laissé échapper un seul homme.

— Si cela peut vous consoler, vous n'êtes pas le seul shérif ou capitaine à l'avoir laissé filer.

— C'est pas quelque chose dont je suis trop fier, murmura Huey.

— Avec votre permission, j'aimerais interroger les trois témoins.

— Vous perdez votre temps.

— Pouvez-vous me donner leurs noms ? insista Bell. Il faut que je fasse mon boulot.

Huey haussa les épaules, puis inscrivit les trois noms au dos d'un avis de recherche, ainsi que l'endroit où l'on pouvait les trouver, et tendit son papier à Bell.

— Je les connais tous. Ce sont de bons et honnêtes citoyens qui croient dur comme fer à ce qu'ils ont vu, même si ça ne colle pas.

— Merci, shérif, mais j'ai le devoir de vérifier le moindre indice, même s'il paraît insignifiant.

— Dites-moi si vous avez besoin d'aide, conclut Huey, qui finit par s'amadouer.

— Bien sûr, si nécessaire.

*

Bell passa la plus grande partie du lendemain matin à localiser et à interroger les gens dont le shérif lui avait fourni la liste. Il était considéré comme un expert dès qu'il s'agissait de réaliser des portraits-robots, mais cette fois-ci, il fit chou blanc. Aucun des témoignages ne concordait. Le shérif Huey avait raison. Bell reconnut sa défaite et rentra à l'hôtel, prêt à repartir pour la prochaine ville sur sa route, qui avait connu la même tragédie : Bozeman, dans le Montana.

Il dégustait un ragoût d'agneau au restaurant de l'hôtel, lorsque le shérif arriva et s'assit à sa table.

— Puis-je vous commander quelque chose ? lui demanda Bell aimablement.

— Non merci. Je suis venu vous voir parce que j'ai pensé à Jack Ruggles.

— Et de qui s'agit-il ?

— C'est un petit garçon, environ dix ans. Son père travaille à la mine et sa mère tient une blanchisserie. Il dit qu'il a vu un homme d'allure marrante le jour du braquage, mais je n'ai pas retenu la description qu'il en a faite. Ce n'est pas le gamin le plus futé de la ville. Je me suis dit qu'il voulait impressionner ses copains en soutenant qu'il avait vu le criminel.

— J'aimerais l'interroger.

— Prenez la 3ᵉ Rue, la direction de Menlo, puis tournez à droite. Il habite la seconde maison à votre gauche, une vieille baraque branlante dont on dirait qu'elle va s'écrouler d'un instant à l'autre, comme la plupart des maisons dans le quartier.

— Je vous remercie.

— Vous ne tirerez rien de plus de Jack que ce que vous avez obtenu des autres, sans doute moins.

— Il faut croire en son étoile, répondit Bell. Comme je vous le disais, je dois vérifier toutes les pistes, même celles a priori sans intérêt. L'agence Van Dorn veut mettre la main sur l'assassin, au moins autant que vous.

— Vous devriez vous arrêter à l'épicerie et acheter quelques boules de gomme, lui dit le shérif. Jackie a une passion pour les boules de gomme.

— Merci pour le tuyau.

*

Bell trouva la maison des Ruggles exactement comme Huey la lui avait décrite. La baraque en bois penchait d'un côté. Quelques centimètres encore, songea Bell, et elle s'effondrerait sur la chaussée. Il prit l'escalier au moment où un petit garçon sortait en trombe dans la rue.

— C'est toi, Jackie Ruggles ? lui demanda Bell en attrapant le gamin par le bras avant qu'il file.

Le petit garçon ne se laissa pas intimider le moins du monde.

— Et qui t'es, toi ?

— Je m'appelle Bell. Je travaille pour l'agence de détectives Van Dorn. J'aimerais te poser quelques questions sur ce que tu as vu, le jour de l'attaque de la banque.

— Van Dorn, répéta Jackie, admiratif. Putain, vos gars sont célèbres. Un détective de l'agence Van Dorn qui veut me parler ?

— C'est ça, lui dit Bell en portant la dernière estocade. Veux-tu quelques boules de gomme ?

Et il lui donna le petit sachet qu'il avait acheté à l'épicerie.

— Mince, merci m'sieur.

112

Jackie Ruggles, sans perdre de temps, déchira le sachet et entreprit de déguster un bonbon verdâtre. Il portait une chemise en coton, un pantalon coupé au-dessus du genou et des chaussures de cuir éculées dont Bell devina qu'elles avaient dû appartenir à un frère aîné. Ses vêtements étaient très propres, pas étonnant, avec une mère blanchisseuse. Le garçon était maigre comme un clou, avec une bonne bouille couverte de taches de rousseur, le tout surmonté d'une tignasse châtain de cheveux en broussaille.

— Le shérif Huey me dit que tu as vu le voleur de la banque.

Le garçon répondit sans cesser de mâcher sa boule de gomme.

— Ça c'est bien vrai. Le seul problème, c'est que personne veut me croire.

— Moi je te crois, lui assura Bell. Raconte-moi ce que tu as vu.

Jackie s'apprêtait à pêcher une seconde boule de gomme dans son sac, mais Bell l'arrêta.

— Tu auras le droit d'en prendre une autre lorsque tu m'auras dit ce que tu sais.

Le gosse parut fâché, mais finit par hausser les épaules.

— Je jouais au base-ball dans la rue avec mes copains quand ce vieux mec...

— Quel âge ?

Jackie le regarda.

— A peu près comme vous.

Bell n'avait jamais considéré que trente ans était le début de la vieillesse, mais, pour un petit garçon de dix ans, il devait avoir l'air assez vénérable.

— Je t'écoute.

— Il était habillé comme la plupart des mineurs

qui vivent ici, mais il portait un grand chapeau, comme les Mexicains.

— Un sombrero.

— Oui, j'crois qu'c'est comme ça qu'ça s'appelle. Et puis il avait un sac très lourd sur l'épaule. On aurait dit qu'il était plein de j'sais pas quoi.

— Et qu'as-tu remarqué d'autre ?

— Il lui manquait le petit doigt à une main.

Bell se raidit. C'était la première fois qu'on lui fournissait un indice susceptible d'identifier le tueur.

— Tu es bien sûr qu'il lui manquait un petit doigt ?

— Aussi sûr que je vous vois, répondit Jackie.

— A quelle main ? continua Bell, qui essayait de contenir son excitation.

— La main gauche.

— Tu es bien sûr qu'il s'agissait de la main gauche ?

Jackie hocha à peine la tête, et jeta un regard plein de convoitise au sachet de bonbons.

— Il m'a regardé comme s'il était complètement fou, quand il a vu que moi aussi, je le regardais.

— Et ensuite ?

— Il a fallu que je rattrape une balle en chandelle. Quand je me suis retourné, il avait disparu.

Bell lui donna une tape amicale sur le crâne et faillit se perdre dans ce fouillis de cheveux roux rebelles. Il lui fit un grand sourire.

— Allez, va-t'en et mange tes boules de gomme. Mais si j'étais toi, je les mâcherais lentement pour faire durer le plaisir.

*

Après avoir payé sa note à l'hôtel de Rhyolite et avant de monter dans le train, Bell alla rendre visite à l'employé du télégraphe et lui confia un message pour Van Dorn. Il y donnait la description du Boucher, à qui il manquait le petit doigt de la main gauche. Il savait que Van Dorn allait immédiatement communiquer cette information à son armée d'agents pour qu'ils signalent tout individu chez qui ils constateraient ce genre de mutilation.

Confortablement installé dans son siège, Bell regardait le paysage désolé du désert Mojave défiler par la fenêtre. Ce que le jeune garçon lui avait appris faciliterait la traque du bandit assassin. Dans tout l'Ouest, des agents allaient désormais être à l'affût d'un homme auquel il manque le petit doigt de la main gauche.

Au lieu de retourner à Denver, il décida sous l'inspiration du moment de se rendre à Bisbee. Peut-être la chance jouerait-elle en sa faveur et trouverait-il un nouvel indice qui lui permettrait de préciser l'identité du malfrat. Il se laissa aller dans son siège. La chaleur torride du désert avait transformé en four la voiture Pullman, mais Bell s'en rendait à peine compte.

Ce premier indice sérieux, fourni par un gamin efflanqué, n'était pas exactement une percée décisive, mais c'était un début, se disait-il. Il était assez content d'avoir fait cette découverte et se prit à rêver du jour où il se retrouverait en face du criminel et réussirait à l'identifier, grâce à cet auriculaire manquant.

LA TRAQUE S'ACCÉLÈRE

Chapitre 11

4 mars 1906,
San Francisco, Californie

L'homme dont la dernière identité connue était Ruskin se tenait devant un lavabo de cuivre décoré et se rasait devant une grande glace au moyen d'un coupe-chou soigneusement affûté. Quand il eut fini, il se rinça la figure et mit un peu d'une eau de Cologne de luxe française. Tout à coup, il perdit l'équilibre et dut se raccrocher au lavabo. Son wagon venait de s'arrêter net.

Il s'approcha d'une grande fenêtre qui, de l'extérieur, semblait faire partie de la cloison en bois, l'ouvrit avec précaution et regarda ce qui se passait dehors. Une locomotive de manœuvre avait été attelée à dix wagons de marchandises détachés du convoi, dont celui de la société O'Brian Furniture. Ils se trouvaient dans le vaste dépôt de la Southern Pacific Railroad, sur le quai dit d'Oakland. C'était un ponton énorme en maçonnerie et en pierre tirée de la baie de San Francisco, construit sur pilotis. Il se trouvait à l'ouest de la ville d'Oakland. Les quais où arrivaient les ferries s'amarraient là, à l'ouest du bâtiment principal, entre deux pylônes. Ces pylônes étaient manœuvrés par des équipes qui dirigeaient le chargement et le déchargement des gros bateaux qui assuraient la traversée de la baie de San Francisco.

Comme le quai d'Oakland était le terminus de la voie ferrée transcontinentale, il grouillait continuellement de gens de toutes conditions, qui pour les uns venaient de l'Est et pour les autres s'apprêtaient à traverser à leur tour le continent dans le sens opposé. Les trains de voyageurs se mêlaient aux trains de marchandises. En 1906, c'était un endroit très animé car l'économie des villes agglutinées autour de la baie était en plein boom et San Francisco, où arrivait la plupart des objets manufacturés fabriqués à Oakland, ne cessait de se développer.

Ruskin consulta les horaires et vit que sa planque, habilement camouflée, était à bord du *San Gabriel*, un ferry de la Southern Pacific Railway conçu pour transporter trains de voyageurs comme de marchandises. C'était un navire classique, à deux étraves, l'avant et l'arrière surmontés d'un abri de navigation. Il était propulsé par des roues à aubes entraînées par deux machines à vapeur à bielles qui possédaient chacune leur cheminée. Les ferries affectés au transport des trains étaient munis de deux voies ferrées parallèles sur le pont principal pour les wagons de fret, tandis que le pont des cabines était réservé aux passagers. Le *San Gabriel* mesurait quatre-vingt-dix mètres de long sur vingt-cinq de large, il avait une capacité de cinq cents passagers et vingt wagons.

Il arrivait au terminus de la Southern Pacific, dans Townsend Street et la 3e Rue, et c'est là que les passagers débarquaient. Il se déplaçait ensuite jusqu'au quai 32, au coin de Townsend et de King Streets pour y décharger ses wagons dans le dépôt situé au coin de la 3e et de la 7e Rue. Là, le wagon de la O'Brian

Furniture Company serait placé sur le quai d'un entrepôt que le criminel possédait dans la zone industrielle.

Au cours de ses expéditions de l'autre côté de la baie, Ruskin avait pris à plusieurs reprises le *San Gabriel*. Il avait hâte de rentrer chez lui après l'affaire de Salt Lake City. Le bateau émit un long coup de sifflet avant de quitter le môle. Il se mit à vibrer lorsque les machines à vapeur entraînèrent les roues, de neuf mètres de diamètre, et l'eau se mit à bouillonner. Commença alors la traversée sur la surface immobile de la baie, direction San Francisco, à moins de vingt minutes.

Ruskin finit de s'habiller à la hâte. Il portait un costume noir et une rose jaune à la boutonnière. Il se coiffa d'un chapeau melon posé un peu de guingois, et enfila une paire de gants en peau. Pour terminer, il prit sa canne.

Puis, se baissant, il saisit la poignée d'une trappe ménagée dans le plancher du wagon et l'ouvrit. Il laissa glisser par l'ouverture une grosse valise très lourde et suivit le même chemin, en prenant bien soin de ne pas salir ses vêtements. Accroupi sous le wagon, il attendit là, pour s'assurer qu'aucun homme d'équipage n'était en vue. Puis il sortit de sa cachette et se mit debout.

Ruskin montait l'échelle qui menait au pont des passagers lorsque, arrivé à mi-chemin, il se cogna dans un matelot qui descendait. L'homme s'arrêta et lui fit signe du menton, l'air pas content du tout.

— Vous devriez savoir, monsieur, que les passagers n'ont pas accès au pont principal.

— Oui, je sais.

Le bandit sourit.

— Je viens de me rendre compte de mon erreur et, comme vous le voyez, je remonte.

— Désolé de vous avoir dérangé, monsieur.

— Mais non, vous ne faites que votre devoir.

Le criminel acheva sa montée et arriva sur le pont des cabines, richement décoré, où les passagers pouvaient profiter de la traversée dans une atmosphère de luxe. Il se rendit au restaurant, commanda un thé au bar, puis sortit sur le pont découvert. Là, il dégusta son breuvage en admirant les immeubles de San Francisco qui grossissaient de l'autre côté de la baie.

La Ville de la Baie ressemblait chaque jour davantage à une cité cosmopolite, romantique à souhait et fascinante. Elle s'était énormément développée depuis 1900 pour devenir la métropole commerciale et financière de tout l'Ouest. Tout était conçu à l'intention d'entrepreneurs pareils à cet homme debout sur le pont, vêtu avec grand soin, sa grosse valise à ses pieds. Tout comme eux, il avait repéré une occasion et n'avait pas tardé à s'en saisir.

Peu serviable par nature, Ruskin termina de boire son thé et jeta sa tasse par-dessus bord au lieu de la rapporter au bar. Il regarda un moment des chevaliers survoler le bateau, suivis par trois pélicans qui rasaient la surface à la recherche de petits poissons. Il se mêla ensuite à la foule et prit l'échelle avant pour regagner le pont principal. C'est de cet endroit que les passagers débarquaient sur le quai situé devant le terminus de la Southern Pacific, grande construction, décorée dans un style espagnol ostentatoire.

Il gagna d'un bon pas l'antre du terminus, sa grosse valise à la main, avant de sortir dans Townsend Street. Il resta quelques minutes à attendre sur le trottoir, et sourit en voyant une Mercedes blanche Simplex prendre la rue avant de piler devant lui. Le capot renfermait un gros moteur quatre cylindres de soixante chevaux qui lui permettait d'atteindre les cent trente kilomètres à l'heure. C'était une petite merveille, ce que l'on faisait de mieux avec de l'acier, du laiton, du bois, du cuir et du caoutchouc. La conduire était un plaisir rare.

Si la voiture était superbe, la femme qui se trouvait au volant ne l'était pas moins : svelte, une taille de guêpe. Sa chevelure rousse était surmontée d'un grand chapeau rouge assorti à ses cheveux flamboyants. Un ruban était noué sous le menton pour l'empêcher de s'envoler, elle portait une robe beige en toile de lin qui s'arrêtait un peu au-dessus de la cheville, ce qui lui permettait d'actionner les cinq pédales. Elle lâcha le volant d'une main et fit un grand signe.

— Salut, frérot. Tu as une heure et demie de retard.

— Bonjour, petite sœur.

Il lui décocha un grand sourire.

— Je ne peux pas aller plus vite que ce que décide le mécano du train.

Elle lui tendit la joue et il l'embrassa docilement. Elle s'imprégna de son odeur. Il se servait toujours de cette eau de Cologne française qu'elle lui avait offerte et qui répandait une senteur de fleurs après une légère pluie du soir. Si elle n'avait pas été sa sœur, elle aurait pu en tomber amoureuse.

— Je suppose que ton voyage a été couronné de succès.

— Oui, répondit-il en attachant la valise sur le marchepied avant de s'installer sur le siège en cuir brun du passager. Et nous n'avons pas une minute à perdre. Il faut que j'enregistre le bon de caisse que j'ai obtenu à la Salt Lake Bank & Trust avant que leurs employés aient le temps de bloquer le virement.

Elle appuya une chaussure lacée en cuir marron sur la pédale d'embrayage et passa adroitement la première. La voiture bondit comme un lion lancé à la poursuite d'un zèbre.

— Tu as mis deux jours pour rentrer. Tu ne crois pas que c'est un peu risqué ? Ils ont dû alerter la police et louer les services de détectives privés. Tout ce petit monde doit être occupé à vérifier auprès de toutes les banques du pays qu'elles n'ont pas reçu un bon de caisse volé qui vaut une fortune.

— Ce qui prend du temps, plus de quarante-huit heures, ajouta-t-il.

Il dut se cramponner d'une main au rebord du siège lorsque sa sœur négocia un virage serré pour s'engager dans Market Street. Il récupéra in extremis de l'autre main son chapeau melon qui avait manqué s'envoler.

Elle conduisait si vite qu'on aurait pu la taxer d'imprudence, mais avec adresse. Elle zigzaguait avec aisance au milieu de la circulation, à une vitesse telle que, tout surpris, les passants tournaient la tête. Elle dépassa en trombe un gros fourgon de bière, tiré par deux percherons, qui occupait presque toute la largeur de la chaussée, se glissa entre les fûts entassés sur la rue et le trottoir noir de piétons qu'elle frôla. Son frère entonna bravement « Garry Owen[1] » en sifflotant et agita galamment sa coiffe en direction de jolies filles qui sortaient de magasins de vêtements. Le trolleybus électrique de Market Street se rapprochait devant eux, elle se remit dans la file pour le doubler, faisant se cabrer plusieurs chevaux à la grande fureur de leurs conducteurs qui leur adressèrent des gestes menaçants.

---

1. Vieille chanson à boire anglaise du XVIIIe siècle, hymne du 7e de cavalerie commandé par celui qui allait devenir le général Custer.

124

Deux carrefours plus loin, au milieu de bâtiments en brique et en pierre, elle s'arrêta sur les chapeaux de roues dans un crissement de pneus. Ils étaient arrivés à la banque Cromwell, au coin sud-est de Market et Sutter Streets.

— Nous sommes arrivés, mon cher frère. Je suis sûre que cette petite balade t'a amusé.

— Un de ces jours, tu vas te tuer.

— Ce sera ta faute, répondit-elle en éclatant de rire. C'est toi qui m'as offert cette automobile.

— Je te l'échange contre ma Harley-Davidson.

— Pas question.

Elle lui fit un grand signe d'adieu en concluant :

— Rentre vite à la maison et ne sois pas en retard. Nous avons rendez-vous à la côte des Barbaresques avec les Gruenheim. Nous allons nous encanailler et assister à l'une de ces revues scandaleuses.

— J'en rêve, répondit-il, sarcastique.

Il descendit sur le trottoir, se retourna et détacha sa valise. Elle se rendit compte qu'il avait du mal à la soulever et devina qu'elle était remplie des billets qu'il avait dérobés à la banque de Salt Lake City.

Elle appuya sur la pédale de l'accélérateur et la Mercedes Simplex, équipée d'une transmission à chaîne, s'élança dans un grondement. Le vacarme de l'échappement produisait à quelques décibels près de quoi faire voler en éclats les vitrines des magasins.

Le bandit se retourna, regardant avec une certaine fierté l'immeuble de la banque Cromwell au fronton décoré de grandes colonnes ioniennes cannelées et de grandes fenêtres en miroir. Un huissier en uniforme gris ouvrit l'une des grandes portes devant lui. C'était un homme de haute taille, aux cheveux gris et qui devait son attitude militaire aux trente années qu'il avait passées dans la cavalerie américaine.

— Bonjour, Mr. Cromwell. Content de vous voir rentrer de vacances.

— Heureux d'être de retour, George. Quel temps avez-vous eu pendant mon absence ?

— Comme aujourd'hui, monsieur, doux et ensoleillé.

George baissa les yeux sur la grosse valise.

— Voulez-vous que je la prenne, monsieur ?

— Non merci, je vais y arriver. J'ai besoin d'exercice.

Une petite plaque en laiton affichait les actifs de la banque, vingt-deux millions de dollars. Qui seront bientôt vingt-trois, songea Cromwell. Seule la banque Wells Fargo, après cinquante années d'existence, bénéficiait d'actifs, d'un capital et d'une trésorerie plus conséquents. George ouvrit la porte en grand et Cromwell le brigand s'avança sur le sol en marbre du hall d'accueil. Il passa devant les bureaux joliment sculptés des responsables, les guérites des caissiers et les comptoirs, démunis de barreaux, librement accessibles aux clients. Cette zone des caisses, sans protection, était une étrange innovation, venant d'un homme qui ne faisait confiance à personne et pillait des banques hors de son Etat pour construire son propre empire financier.

La vérité, c'était que Jacob Cromwell n'avait plus du tout besoin des rentrées d'argent qu'il dérobait au profit de sa banque. Mais il était totalement accro au défi que ces activités représentaient désormais pour lui. Il se sentait invincible. Il était capable de se mesurer à tous les enquêteurs de la police, sans parler des détectives de l'agence Van Dorn, et il mourrait de sa belle mort. Ses espions lui avaient confirmé que personne n'était sur sa trace, loin de là.

Cromwell entra dans un ascenseur qui l'emmena au second étage. Il en sortit et posa le pied sur le sol carrelé à l'italienne du bureau principal installé dans une galerie qui donnait sur le hall. Il parcourut une succession de bureaux tous plus somptueux les uns que les autres. L'épaisse moquette marron et ivoire étouffait ses pas. Les murs étaient lambrissés de teck et décorés de gravures qui représentaient des scènes de l'Ouest au XIXe siècle. Les colonnes qui soutenaient le toit figuraient des totems. Le haut plafond était quant à lui orné de fresques qui illustraient les premières années de San Francisco.

Il employait trois secrétaires pour gérer ses affaires les plus importantes ainsi que ses affaires personnelles. C'étaient toutes de jolies femmes, grandes, pleines de charme, intelligentes, issues des meilleures familles de San Francisco. Il les rémunérait généreusement pour éviter de les voir passer à la concurrence. Seule contrainte, elles devaient toutes porter le même uniforme, coupe et coloris imposés, aux frais de la banque. Chaque jour avait sa couleur. Aujourd'hui, elles portaient des robes beiges assorties à la moquette.

En le voyant entrer, elles se levèrent d'un seul mouvement et se mirent à babiller gaiement pour l'accueillir au retour de ce qu'elles croyaient être des vacances passées à pêcher dans l'Oregon. Même si cela lui en coûtait et lui demandait beaucoup de volonté, Cromwell ne s'autorisait jamais à avoir une aventure sentimentale avec aucune des trois femmes. Il appliquait des principes très stricts pour tout ce qui touchait à son jardin privé.

Après les échanges d'amabilités, ces dames retournèrent à leurs bureaux et Cromwell demanda à sa secrétaire particulière, qui était à son service depuis neuf ans, de le suivre dans le sien.

Il s'assit derrière la table en teck massif et rangea sa grosse valise en dessous. Puis, souriant à sa secrétaire, il lui demanda :

— Comment allez-vous, Miss Morgan ? Pas de nouveaux messieurs dans votre vie ?

Elle rougit.

— Non, Mr. Cromwell. Je passe mes soirées chez moi à lire.

A vingt et un ans Marion avait fini ses études. Elle avait commencé à travailler pour Cromwell comme caissière, avant d'accéder à un poste de responsabilité. Elle venait d'avoir trente ans et n'était toujours pas mariée, si bien que certains commençaient à la considérer comme une vieille fille. A la vérité, elle aurait pu avoir les hommes les plus distingués de la ville. Elle était ravissante et fraîche, aurait pu choisir et sélectionner ses prétendants, mais elle ne s'était pas encore décidée à faire de l'un d'eux son mari. Elle avait des opinions très arrêtées sur les hommes et le prince charmant ne s'était pas encore montré. Elle avait des cheveux blonds comme les blés, rassemblés sur le sommet de la tête comme c'était la mode. Des traits très fins, qu'accentuait encore un long cou de cygne. Quand elle portait un corset, sa silhouette évoquait les courbes d'un sablier. Elle se tourna vers Cromwell, debout de l'autre côté du bureau, face à lui, et le regarda de ses yeux vert lagon. Elle tenait à la main son bloc et un crayon soigneusement taillé.

— Je m'attends à ce que des représentants d'une banque de Salt Lake City arrivent d'un moment à l'autre pour examiner certains documents.

— Vont-ils contrôler nos comptes ? demanda-t-elle, un peu alarmée.

Il secoua la tête.

128

— Non, absolument pas. J'ai eu vent de certaines rumeurs auprès de mes collègues banquiers, une banque de Salt Lake City a été pillée et le butin pourrait avoir été déposé dans une autre banque.

— Souhaitez-vous que je m'en occupe ?

— Non. Je vous prie simplement de les accueillir, le temps que je me prépare à régler cette affaire.

Si Marion se posait quelques questions au sujet de ce que venait de lui demander Cromwell, elle n'en laissa rien paraître.

— Oui, bien sûr, je les installerai confortablement en attendant que vous décidiez de les recevoir.

— Ce sera tout, conclut le banquier. Merci.

Dès que Marion eut quitté son bureau et refermé la porte, Cromwell plongea la main dans sa poche de poitrine et en sortit le bon de caisse que lui avait remis la Salt Lake Bank & Trust. Puis il se leva et s'approcha d'un gros coffre-fort posé sur le sol. Il contenait les grands livres et les registres de la banque. En deux temps trois mouvements, il remplit les documents, de manière à faire apparaître que le bon avait été présenté et que son montant avait été réglé à Eliah Ruskin. Cromwell passa également d'autres écritures qui tendaient à montrer que cette somme avait été débitée de la trésorerie de sa banque.

Il n'eut pas longtemps à attendre après en avoir fini avec les livres de comptes. Les agents qu'il attendait se présentèrent à son bureau vingt minutes plus tard. Marion les avait fait patienter en leur expliquant que Mr. Cromwell était extrêmement occupé. Puis un petit vibreur résonna sous son bureau et elle les introduisit dans celui de son patron.

Le banquier avait son téléphone à la main et leur dit bonjour d'un signe de tête tout en leur indiquant des sièges.

— Mr. Abernathy, je veillerai personnellement à ce que l'on clôture votre compte pour le transférer à la banque de Baton Rouge en Louisiane. Mais non, pas du tout. Heureux de pouvoir vous rendre service. Bon voyage, au revoir.

Cromwell reposa le téléphone, la ligne était muette et il n'y avait personne au bout du fil. Il se leva, fit le tour de son bureau et tendit la main à ses visiteurs.

— Bonjour, Jacob Cromwell, je suis le président de cette banque.

— Ces messieurs arrivent de Salt Lake City, lui dit Marion. Ils souhaitent vous voir, c'est au sujet d'un bon émis en contrepartie sur leur banque.

Elle rassembla sa jupe autour de ses chevilles, quitta les lieux et referma la porte.

— Que puis-je faire pour vous ? demanda Cromwell avec la plus grande courtoisie.

L'un des deux hommes était grand et dégingandé, le second, râblé, il transpirait. C'est le plus grand qui prit la parole.

— Je m'appelle William Bigalow, et je vous présente mon associé, Joseph Farnum. Nous cherchons à savoir si une institution financière de San Francisco n'aurait pas reçu un bon de caisse tiré sur la Salt Lake City Bank & Trust.

Cromwell leva le sourcil, simulant la plus vive inquiétude.

— Et où est le problème ?

— Ce bon a été signé sous la contrainte par le directeur de la banque, avant qu'un criminel ne le tue d'une balle et ne prenne la fuite avec le contenu de la chambre forte. Nous essayons de retrouver sa trace.

— O mon Dieu ! s'écria Cromwell en levant les bras au ciel, comme s'il était catastrophé. Ce bon nous a été présenté hier après-midi.

Ses deux interlocuteurs se raidirent.

— Vous possédez ce bon ? demanda Farnum, qui espérait encore.

— Oui, il est au coffre dans le service des archives.

La voix de Cromwell se fit soudain plus grave.

— Malheureusement, nous l'avons honoré.

— Vous l'avez honoré ! s'écria Bigalow.

— Oui, lui répondit Cromwell en haussant les épaules, pourquoi cela ?

— Vous l'avez réglé par chèque, ajouta Farnum, qui espérait avoir encore le temps d'intercepter le criminel avant qu'il l'ait échangé en espèces dans une autre banque.

— Non, l'homme dont le nom était porté sur ce bon a demandé à être réglé en espèces, et nous nous sommes exécutés.

Encore sous le choc, Bigalow et Farnum fixaient Cromwell.

— Vous avez remis près d'un demi-million de dollars à quelqu'un qui est entré comme ça dans votre établissement ? lui dit Bigalow, l'air sévère.

— J'ai vérifié personnellement cet effet lorsque mon comptable me l'a soumis pour approbation. Il m'a semblé parfaitement conforme.

Bigalow n'avait pas l'air content du tout. C'est lui qui allait devoir accomplir la mission difficile de prendre contact avec ses chefs à la Salt Lake Bank pour leur annoncer que leurs quatre cent soixante-quinze mille dollars s'étaient évanouis.

— Quel était le nom porté sur ce bon ?

— Un certain Eliah Ruskin, répondit Cromwell. Il a produit plusieurs documents prouvant que Mr. Ruskin était le fondateur d'une société d'assurances et qu'il devait régler les dégâts causés par un incendie dans une ville... – il s'arrêta – je crois bien qu'il m'a parlé de Bellingham, dans l'Etat de Washington.

— Pourriez-vous nous décrire ce Ruskin ? lui demanda Farnum.

— Fort bien vêtu, commença Cromwell. Grand, les cheveux blonds, et une grosse moustache de la même teinte. Je n'ai pas remarqué la couleur de ses yeux. Mais je crois me souvenir qu'il portait une canne assez étrange, avec un pommeau en forme de tête d'aigle.

— C'est bien Ruskin, murmura Farnum.

— Il n'a pas perdu de temps, glissa Bigalow à son confrère. Il a dû prendre un train express dès le lendemain.

Farnum se tourna vers Cromwell, l'air sceptique.

— Il ne vous est pas venu à l'esprit qu'il s'agissait d'une somme véritablement astronomique à remettre à un parfait inconnu qui n'est même pas de Californie ?

— C'est exact, mais comme je vous l'ai dit, j'ai personnellement vérifié le bon pour m'assurer qu'il ne s'agissait pas d'un faux. Je lui ai demandé pourquoi il ne l'avait pas tiré dans une banque de Seattle, mais il m'a répondu que sa compagnie ouvrait une succursale à San Francisco. Je vous garantis qu'il s'agissait d'un bon tout à fait correct. Je n'avais aucune raison d'avoir des soupçons. Nous avons donc payé, même si la presque totalité des espèces que nous avions dans notre chambre forte y est passée.

— La banque que nous représentons ne va pas aimer du tout, commenta Farnum.

— Cela ne me fait ni chaud ni froid, répliqua Cromwell. La banque Cromwell n'a rien fait d'illégitime ni d'illégal. Nous avons adhéré à la Charte de la fédération bancaire. Quant à savoir si la Salt Lake

Bank & Trust remplira ses obligations, je ne suis pas inquiet. Sa police d'assurance la remboursera du montant du vol et je crois de toute façon savoir que ses actifs lui permettent largement de couvrir un trou d'un demi-million de dollars.

Farnum s'adressa à Bigalow sans se tourner vers lui.

— Nous ferions mieux de nous rendre au bureau du télégraphe le plus proche pour prévenir les directeurs. Ils ne vont pas être contents du tout.

— Certes, acquiesça Bigalow. Ils ne vont pas se laisser faire.

— Ils n'ont pas d'autre choix que d'honorer cet effet. Je suis sûr que la Commission bancaire trancherait en faveur de la banque Cromwell si vos directeurs avaient seulement l'idée de tenter de protester.

Les deux agents se levèrent.

— Nous souhaitons recueillir votre déclaration écrite, Mr. Cromwell, lui dit Farnum, décrivant les circonstances détaillées de ce paiement.

— Je demande à mon avocat de la rédiger demain à la première heure.

— Merci pour votre diligence.

— C'est bien naturel, répondit Cromwell, qui était resté assis. Je ferai tout ce qui est mon pouvoir pour vous aider.

Dès qu'ils furent sortis, Cromwell appela Miss Morgan.

— Veillez à ce que personne ne me dérange pendant les deux heures à venir.

— Je m'en occupe, répondit-elle, efficace comme toujours.

La porte refermée, Cromwell se redressa et, sans se presser, alla donner un tour de clé. Puis il souleva la lourde valise posée sous son bureau, la posa sur le plateau en teck et l'ouvrit. Les billets étaient rangés en désordre à l'intérieur, certains en liasses retenues par des bandes de papier.

Méthodiquement, Cromwell entreprit d'en faire le décompte. Il liait les billets qui ne l'étaient pas avec une bande de papier, avant d'inscrire le montant à l'encre. Lorsqu'il en eut terminé, son bureau était entièrement recouvert de piles bien rangées, marquées et décomptées. Le total du butin s'élevait à deux cent quarante et un mille dollars. Puis il remit soigneusement le tout dans la valise, la fit glisser sous son bureau. Il ouvrit ensuite plusieurs registres et inscrivit les montants sur des comptes fictifs qu'il avait créés pour dissimuler le produit de ses vols plusieurs années auparavant. De l'argent qu'il utilisait pour rassembler les actifs nécessaires à la création de sa banque. Satisfait de son œuvre, après avoir complété toutes les entrées en compte, il sonna Miss Morgan et l'informa qu'il était prêt à reprendre ses activités habituelles qui consistaient à gérer un établissement financier florissant.

La banque ouvrait à dix heures du matin et fermait à trois heures de l'après-midi. Lorsque l'heure de la fermeture approcha, Cromwell attendit que ses employés soient rentrés chez eux et que la banque soit fermée à double tour. Puis, seul désormais dans le vaste bâtiment, il prit l'ascenseur pour descendre sa valise jusqu'au rez-de-chaussée et, de là, dans la chambre forte que l'on avait laissée ouverte, conformément aux ordres qu'il avait donnés. Il posa les billets, liasse par liasse, dans les caisses qu'utilisaient les caissiers pour les transactions effectuées par les clients. Les reçus qu'il avait remplis atterriraient chez son chef comptable le lendemain matin, lequel enregistrerait les dépôts trafiqués sans connaître les numéros de série des billets.

Jacob Cromwell était très content de lui-même. Une escroquerie aussi réussie que celle qu'il venait de pratiquer à Salt Lake City était son coup le plus éclatant à ce jour. Et il n'était pas près de recommencer. Son dernier méfait allait relancer ceux qui le pourchassaient, ils allaient en déduire qu'il devenait de plus en plus imprudent et qu'il referait donc une tentative dans une banque de grande ville. Mais Cromwell connaissait la limite à ne pas dépasser. Une telle opération était extrêmement complexe. Lorsqu'il repartirait en expédition, ce serait dans une petite ville qu'il n'avait pas encore choisie.

Après avoir refermé la porte, manœuvré les verrous et réglé la minuterie, il descendit au sous-sol et quitta la banque par une porte dérobée qui donnait sur la rue et dont lui seul connaissait l'existence. Sifflotant « Yankee Doodle », il héla un taxi et prit California Street. Arrivé là, il monta dans le tramway à câble qui escaladait la pente à vingt-quatre pour cent à flanc de colline et grimpa les cent vingt mètres de dénivelé qui le séparaient de sa maison sur Nob Hill, la « colline couverte de palais », comme la décrit Robert Louis Stevenson.

La demeure de Cromwell, perdue au milieu d'autres demeures, était construite dans une petite rue pittoresque, Cushman Street. Les autres hôtels richissimes avaient été bâtis par des gens qui avaient fait fortune dans les mines et les quatre barons de la Central Pacific, devenue plus tard la Pacific Railroad : Huntington, Stanford, Hopkins et enfin Crocker. Aux yeux d'un artiste, tout cela aurait paru des monstres d'architecture mâtinée d'ostentation.

Contrairement aux autres, qui étaient construites en bois, la demeure de Cromwell et de sa sœur Margaret était en pierre de taille et, vue de l'extérieur, donnait une impression de repos : on aurait presque cru une bibliothèque. Certains pensaient qu'elle offrait une certaine ressemblance avec la Maison-Blanche de Washington.

Il retrouva sa sœur qui trépignait d'impatience. Comme elle le pressait, il se hâta de se préparer pour cette soirée qu'ils allaient passer sur la côte des Barbaresques. Oui, songeait-il en enfilant sa tenue de soirée, la semaine avait été productive. Un succès de plus qui ajoutait encore à son sentiment d'invincibilité.

Chapitre 12

Irvine n'aboutit à rien avec les numéros de série des billets à Bozeman. La banque n'avait pas seulement omis de les enregistrer, elle avait fait faillite depuis le braquage. Tous ses actifs y étaient passés, la banque s'était effondrée et son fondateur avait vendu le peu qu'il lui restait, y compris l'immeuble, au propriétaire fortuné d'une mine d'argent qui se débarrassa de tous les dossiers de la société disparue.

Irvine se rendit à la suivante sur sa liste et prit le train de la Northern Pacific, direction Elkhorn, dans le Montana, à 2 100 mètres au-dessus du niveau de la mer. Ville en pleine expansion de vingt-cinq mille habitants, Elkhorn avait produit pour quelque dix millions de dollars en or et en argent entre 1872 et 1906. Le Boucher avait braqué sa banque trois ans plus tôt, laissant quatre morts derrière lui.

Juste avant l'arrivée du train en gare, Irvine relut, pour la dixième fois peut-être depuis qu'il avait quitté Bozeman, le rapport sur cette attaque. Le criminel avait utilisé le même mode opératoire que lors de tous ses autres méfaits. Déguisé en mineur, il était entré dans la banque peu après l'arrivée de la paye destinée aux trois mille hommes qui travaillaient dans les filons de quartz. Comme d'habitude, la scène n'avait pas eu de témoins. Les quatre victimes – le directeur de la banque, un caissier, un homme et sa femme venus effectuer un retrait – avaient été abattues d'une balle dans la tête à bout portant. Comme d'habitude, personne n'avait entendu les coups de feu et le criminel s'était évanoui dans la nature sans laisser la moindre trace.

Irvine alla s'enregistrer au Grand Hôtel avant de gagner à pied la Marvin Schmidt Bank, du nom de son actuel propriétaire, un ancien mineur. L'architecture du bâtiment était typique de ces villes minières. L'immeuble était construit avec de la pierre locale, dans le style néo-gothique. Il franchit une porte située dans un coin, au croisement d'Old Creek et de Pinon Streets. Le directeur était assis derrière une demi-cloison, tout près d'un énorme coffre-fort décoré d'un grand élan[1] dressé sur un rocher.

— Mr. Sigler ? lui demanda Irvine.

Le jeune homme aux cheveux sombres, bien peignés et gominés, leva la tête en l'entendant. Il avait des yeux d'un vert profond, on voyait à ses traits qu'il avait du sang indien dans les veines. Il portait un pantalon confortable en coton, une chemise à col mou sans cravate. Il prit une paire de lunettes sur son bureau et la posa délicatement sur l'arête de son nez.

— C'est bien moi. Que puis-je faire pour vous ?

— Glenn Irvine, de l'agence de détectives Van Dorn. Je suis ici pour mener une enquête sur une attaque qui a eu lieu voici quelques années.

Sigler fronça aussitôt le sourcil, l'air ennuyé.

— Vous ne trouvez pas que Van Dorn arrive un peu tard ? Le vol et les meurtres remontent à 1903.

---

1. *Elk* en anglais, qui a donné son nom à la ville (Elkhorn, « ramure d'élan »).

— A l'époque, on ne nous avait pas confié cette mission, répliqua Irvine.

— Et pourquoi venez-vous me voir si longtemps après ?

— Pour noter les numéros des billets emportés par le voleur, s'ils ont été enregistrés quelque part.

— Mais qui vous paye vos services ? insista Sigler.

Irvine imaginait sans peine que Sigler n'y comprenait rien. A sa place, il aurait réagi de la même façon.

— Le gouvernement des Etats-Unis. Il veut que ces vols et que ces meurtres cessent.

— Ça me fout en l'air qu'on n'arrive pas à attraper ce salopard, dit froidement Sigler.

— S'il a deux pattes, Van Dorn le retrouvera.

— Je le croirai quand je le verrai, répondit Sigler, pas plus impressionné que cela.

— Puis-je consulter le registre des numéros ? Si j'y vois ceux des billets volés, nous ferons l'impossible pour les retrouver.

— Qu'est-ce qui vous fait penser que nous les aurions enregistrés ?

— Rien, répondit Irvine en haussant les épaules. Mais ça ne coûte rien d'essayer.

Sigler chercha sur son bureau un trousseau de clés qu'il finit par trouver.

— Nous conservons tout ce qui est versé aux archives dans un entrepôt, derrière le bâtiment.

Il précéda Irvine en lui faisant signe de le suivre et franchit une porte ménagée sur la façade arrière pour gagner une construction en pierre érigée au centre du lotissement de la banque. La porte protesta en grinçant lorsqu'il essaya de l'ouvrir et céda finalement. Les gonds avaient grand besoin d'une goutte d'huile. A l'intérieur, des étagères où s'entassaient des piles de registres et de livres de comptes. Au fond, une table et une chaise meublaient les lieux.

— Asseyez-vous, Mr. Irvine, je vais voir si je trouve quelque chose.

Irvine n'était guère optimiste. Qu'une banque ait conservé les numéros de ses billets paraissait des plus improbable. C'était un travail de longue haleine, mais il fallait explorer toutes les voies possibles. Il regarda Sigler consulter plusieurs registres entoilés. Il finit par en ouvrir un en hochant la tête.

— Voilà, c'est ici ! s'exclama triomphalement Sigler. Les numéros de série de tous les billets, que notre comptable avait notés deux jours avant l'attaque. Certains de ces billets ont été remis à des clients, naturellement, mais la plupart ont été emportés par ce bandit.

Tout étonné, Irvine découvrit en ouvrant le cahier des colonnes de chiffres soigneusement inscrits à l'encre et bien alignés. Il y avait là différentes sortes de gros billets. Dollars-or, dollars-argent, billets à ordre émis par d'autres banques, tout y figurait. Les numéros du Trésor fédéral étaient inscrits verticalement et repris horizontalement dans la marge ; les banques qui les distribuaient y ajoutaient dans le bas leurs propres numéros. La plupart d'entre eux venaient de la Continental & Commercial National Bank de Chicago et de la Crocker First National Bank de San Francisco. Il leva un regard radieux vers Sigler.

— Vous ne pouvez pas savoir ce que cela représente, dit Irvine, satisfait au-delà de tout ce qu'il espérait. Nous allons pouvoir transmettre ces numéros à toutes les banques du pays où ce criminel aurait pu les déposer. Nous allons également distribuer des tracts avec ces données aux commerçants dans tout l'Ouest en leur demandant d'ouvrir l'œil.

— Bonne chance, lui répondit Sigler, toujours sceptique. Vous n'arriverez sans doute pas à en retrouver la trace, trois ans plus tard. Ils ont pu changer de mains une centaine de fois, depuis tout ce temps.

— Vous avez sans doute raison, mais j'espère que le criminel continue à les utiliser.

— Une chance infime, répliqua Sigler qui souriait sans desserrer les dents. Je parie un mois de salaire qu'il a tout dépensé depuis longtemps.

Sigler a probablement raison, se disait Irvine. Mais il ne se décourageait pas pour autant. Bell leur avait expliqué que c'est une erreur infime qui perdrait un jour le bandit. Maintenant, il lui fallait transmettre toutes ces informations aux banques et aux commerçants, dans l'espoir que cela donnerait un jour quelque chose et les conduirait plus près de ce tueur mystérieux.

Chapitre 13

Curtis était assis à une table aux archives de la région Ouest, dans les locaux de l'Union Pacific Railroad, à Omaha dans le Nebraska. Il se trouvait entre de hautes étagères remplies de registres et de livres qui renfermaient l'historique de l'exploitation. Depuis neuf jours qu'il s'était attaqué à ces recherches, il avait balayé les archives de quatre compagnies ferroviaires différentes, ainsi que celles de la Wells Fargo, la compagnie de diligences, essayant d'établir un lien avec la façon dont le Boucher s'échappait après avoir commis ses forfaits et ses meurtres atroces.

En pure perte. Rien ne collait. Il avait commencé avec l'hypothèse des diligences. La plupart des liaisons avaient disparu en 1906. La Wells Fargo en détenait toujours le monopole et ses services couvraient encore des milliers de kilomètres dans tout le pays, surtout dans des zones reculées qui n'étaient pas desservies par les chemins de fer. Mais les horaires ne coïncidaient pas avec ce que Curtis recherchait.

En 1906, il existait mille six cents sociétés de chemins de fer, qui exploitaient trois cent vingt mille kilomètres de voies. Les cinquante compagnies les plus importantes en possédaient chacune mille cinq cents kilomètres. Curtis avait réduit le nombre de celles auxquelles il s'intéressait à cinq : celles qui desservaient les villes dans lesquelles le bandit avait frappé.

— Voulez-vous une tasse de café ?

Curtis leva les yeux de l'horaire qu'il était occupé à consulter. Il se retrouva nez à nez avec un petit homme, pas plus d'un mètre soixante. Il s'appelait Nicolas Culhane, il se coiffait en rabattant des cheveux châtains striés de gris sur une calvitie naissante. Ses petits yeux de furet s'agitaient sans cesse à une vitesse incroyable, il arborait une fine moustache dont les extrémités effilées s'étendaient sur deux bons centimètres de chaque côté de la figure. Il marchait légèrement courbé et portait des lunettes qui faisaient paraître ses yeux plus grands qu'ils ne l'étaient. Cet homme fort précieux à la démarche sautillante amusait Curtis. L'archétype de l'archiviste qui veille sur ses trésors moisis.

— Non merci.

Curtis consulta son oignon.

— Je ne prends jamais de café l'après-midi.

— Alors, lui demanda Culhane, avez-vous trouvé quelque chose ?

Curtis hocha négativement la tête, l'air découragé.

— Aucun des trains de voyageurs n'a des horaires compatibles, même en comptant large, avec les heures auxquelles le bandit a attaqué les banques.

— Je prie le ciel que vous arriviez à cravater cette lie de l'humanité, répondit Culhane, la voix vibrante de colère contenue.

— Vous en parlez comme si vous le haïssiez.

— J'en fais une affaire personnelle.

— Personnelle ?

Culhane fit signe que c'était bien cela.

— Ma cousine la plus proche et son petit garçon

ont été tués par le Boucher lors de l'attaque d'une banque à McDowell, au Nouveau-Mexique.

— Je suis désolé, répondit Curtis.

— Il faut que vous l'attrapiez et que vous le fassiez pendre ! s'exclama Culhane en tapant du poing sur la table, faisant trembler l'horaire grand ouvert et tourner ses feuillets. Cela fait trop longtemps qu'il commet ses crimes.

— Je peux vous assurer que l'agence Van Dorn travaille jour et nuit pour le traîner en justice.

— Avez-vous découvert quelque chose qui vous permettrait de remonter sa trace ? lui demanda Culhane, anxieux.

Curtis leva les bras au ciel en signe d'impuissance.

— Tout ce que nous avons trouvé, c'est qu'il lui manque l'auriculaire de la main gauche. A part ça, rien.

— Avez-vous vérifié les horaires des diligences ?

— J'ai passé une journée aux archives de la Wells Fargo. Ça ne m'a mené à rien. Aucune de leurs lignes n'avait de voiture en ville quatre heures après les braquages. Le bandit avait plus de temps qu'il ne lui en fallait pour échapper à la capture.

— Et les trains de voyageurs ?

— Le shérif et les responsables de la municipalité ont télégraphié dans toutes les villes alentour pour faire arrêter tous les trains et inspecter les passagers, à la recherche de quelqu'un qui aurait eu l'air suspect. Ils ont même fouillé les bagages, dans l'espoir que l'une des valises aurait pu contenir les billets volés, mais ils n'ont rien trouvé, pas un seul indice. Ils n'ont rien pu identifier. Le bandit est trop astucieux. Les déguisements qu'il a utilisés pour voler et pour tuer sont trop originaux et parfaitement pensés. Les enquê-

144

teurs n'ont rien trouvé ou presque à se mettre sous la dent.

— Est-ce que les horaires pourraient coller ?

— Dans deux cas seulement, répondit Curtis d'un ton las. Les heures de départ de tous les autres ne coïncident pas avec l'horaire des événements.

Culhane passa ses doigts dans ses cheveux clair-semés, l'air pensif.

— Vous avez donc éliminé les diligences et les trains de voyageurs. Et les trains de marchandises ?

— Les trains de marchandises ?

— Avez-vous vérifié leurs heures de départ ?

Curtis fit signe que oui.

— Ça, c'est une autre histoire. Les trains que j'ai pu repérer et qui se trouvaient au bon moment au bon endroit ont bien quitté la ville dans le créneau ad hoc.

— Eh bien, vous avez votre réponse, conclut Culhane.

Curtis ne répondit pas tout de suite. Il était fatigué, au bord de l'épuisement, déprimé de ne pas avoir avancé d'un pouce et de n'avoir rien découvert. Inté-rieurement, il vouait le Boucher au diable. Il semblait humainement impossible que cet homme arrive à demeurer ainsi dans l'ombre, comme une espèce de feu follet, qu'il parvienne à déjouer toutes les tenta-tives faites pour le retrouver. Et il l'imaginait en train de rire des efforts inutiles de ses poursuivants. Il finit par répondre :

— Vous sous-estimez les enquêteurs de l'époque. Ils ont fouillé les wagons de tous les trains de mar-chandises qui étaient passés dans ces villes au moment des pillages.

— Que pensez-vous des wagons de marchandises qui stationnent sur les voies de garage en attendant de gagner d'autres destinations avec d'autres trains ?

Il aurait pu déjouer les détachements de recherche en se cachant dans un wagon.

Curtis hocha la tête.

— Les détachements ont fouillé tous les wagons vides et n'ont trouvé aucune trace du bandit.

— Ont-ils vérifié ceux qui étaient déjà chargés ? demanda Culhane.

— Comment auraient-ils pu le faire ? Les wagons étaient verrouillés, le bandit n'aurait pas pu y pénétrer.

Culhane se mit à sourire de toutes ses dents, comme un renard qui vient de flairer une trace toute chaude.

— Apparemment, personne ne vous a dit que les serre-freins ont tous les clés qui permettent d'ouvrir les wagons, en cas d'incendie.

— Non, j'ignorais cet aspect des choses, convint Curtis.

Les lunettes cerclées d'acier de Culhane lui glissèrent jusqu'au bout du nez.

— C'est certainement une chose qu'il faudrait regarder de plus près.

— C'est vrai, répondit Curtis, pensif et qui commençait à voir les choses sous un autre angle. Nous procédons par élimination. Les détachements de recherche prétendent que notre homme ne peut pas s'être enfui de la ville à cheval. Il est à peu près impossible qu'il ait réussi à prendre une diligence, il semble très improbable qu'il ait réussi à acheter un billet et à embarquer dans un train de voyageurs. Et on ne l'a pas trouvé non plus dans un wagon de marchandises vide.

— Ce qui nous laisse les wagons déjà chargés comme seul moyen de transport, répéta Culhane.

— Vous avez peut-être mis le doigt sur quelque chose, admit Curtis.

Il commençait à envisager un autre scénario et une expression bizarre se peignit sur son visage.

— C'est un vrai boulevard à explorer. Bon, je vais examiner les archives des trains de marchandises pour voir de quels wagons ils étaient constitués, à qui ils appartenaient, les manifestes, et leur destination finale.

— Pas facile, lui dit Culhane. Vous allez devoir vérifier des centaines de wagons et des dizaines de trains.

— C'est comme un puzzle. Il faut trouver le wagon de marchandises qui se trouvait sur une voie de garage dans les environs de toutes les villes où ont eu lieu des attaques ce jour-là.

— Je serai heureux de vous aider, pour les archives de l'Union Pacific.

— Merci, Mr. Culhane. Deux des trains de marchandises en question étaient exploités par votre compagnie.

— Dites-moi simplement dans quelle ville ils se trouvaient et je consulterai les registres qui fournissent les numéros de série des wagons, le nom de leur propriétaire et celui de l'agent qui s'est occupé de payer le transport.

— Vous m'avez été d'un grand secours et je vous en remercie, lui dit Curtis, et il était sincère.

— C'est moi qui vous suis reconnaissant, monsieur. Je n'aurais jamais cru que je pourrais aider à faire passer en justice le Boucher, l'assassin de ma cousine et de son fils.

Quatre heures plus tard, avec l'aide efficace de Culhane, Curtis avait le renseignement qui lui fournissait une piste sérieuse à creuser. Maintenant, tout ce qu'il avait à faire, c'était de consulter les archives de la Southern Pacific, de l'Atchison, Topeka & Santa

Fe, et, enfin, de la Denver & Rio Grande, pour essayer de confirmer la théorie de Culhane.

A la nuit tombante, il était dans le train de Los Angeles pour aller y consulter les archives de l'Atchison, Topeka & Santa Fe. Trop excité pour dormir, il resta là à contempler son image dans la vitre jusqu'à ce qu'il fasse trop sombre pour voir le paysage qui défilait. Il se disait, plein d'espoir, que le bout du chemin n'était plus très loin, de l'autre côté de la colline, passé le prochain virage.

Chapitre 14

Tôt dans la soirée, une pluie fine se mit à tomber et à détremper les rues sales au moment où Bell descendait du train. Dans la pénombre, il réussit tout de même à se rendre compte que Bisbee, dans l'Arizona, était une ville construite sur des hauteurs. Des collines escarpées étaient couvertes de nombreuses maisons auxquelles on accédait par des escaliers très raides. Pour rejoindre l'hôtel Cooper Queen, il dut emprunter des ruelles étroites qui serpentaient, un véritable dédale flanqué de bâtiments plus récents construits en brique.

On était samedi, et Bell trouva l'adjoint du shérif qui assurait la permanence du bureau et de la prison. L'homme lui dit que le shérif prenait quelques jours de congé pour réaliser des travaux dans sa maison endommagée par une crue descendue des collines et qu'il ne reviendrait pas avant jeudi. Lorsque Bell lui demanda son chemin pour aller chez lui, l'adjoint refusa de lui fournir la moindre indication, soutenant que le shérif était trop occupé pour qu'on le dérange, sauf cas d'urgence.

Bell se rendit au Cooper Queen, dîna au restaurant de l'établissement et sortit en ville. Il avait décidé de ne pas prendre un verre dans les salons du Cooper Queen, mais, plutôt, de se rendre dans le quartier infâme des brasseries, au fond du ravin. Là, une cinquantaine de bars, célèbres dans tout le pays, formaient la plus paillarde et la meilleure rue de la soif de tout l'Ouest.

Il commença par inspecter quatre débits de boissons. Il entrait, regardait ce qui se passait, avant de se rendre au suivant. Finalement, il alla s'installer dans une grande salle aux murs lambrissés et dotée d'une scène au milieu. Un petit orchestre jouait un air de ragtime, quatre danseuses se trémoussaient. Se faufilant entre les tables pleines de monde, il s'approcha du bar et attendit qu'un serveur débordé lui demande :

— Qu'est-ce qu'on veut, l'ami, whisky ou bière ?

— Quel est votre meilleur whisky ?

— Du Jack Daniel's, il vient du Tennessee, répondit le barman sans hésiter. Il a remporté une médaille d'or à la foire de Saint Louis, c'est le meilleur whisky du monde.

Bell ne put s'empêcher de sourire.

— J'en ai bu à l'occasion, c'est vrai qu'il est bon. Vous m'en mettez un double.

Pendant que le barman lui remplissait son verre, Bell se retourna, appuya ses coudes sur le comptoir et regarda ce qui se passait dans la salle encombrée. Comme dans la plupart des abreuvoirs de l'Ouest, une bonne partie de la salle était réservée au jeu. Bell laissa ses yeux errer de table en table, à la recherche d'une équipe de joueurs de poker convenable. Il finit par repérer ce qu'il espérait trouver, une table occupée par des hommes plutôt mieux vêtus que la plupart des mineurs. Il s'agissait selon toute vraisemblance d'hommes d'affaires, de négociants ou de responsables de la mine. Et mieux encore, ils étaient quatre, il leur manquait un cinquième.

Bell régla son whisky et se dirigea vers leur table.

— Puis-je me joindre à vous, messieurs ? leur demanda-t-il.

L'un d'eux, assez empâté, la figure toute rouge, lui montra une chaise vide.

— Vous êtes le bienvenu.

Celui qui se trouvait en face de lui commença à battre les cartes tout en observant Bell qui s'asseyait, et fit les présentations.

— Je m'appelle Frank Calloway. Les autres sont Pat O'Leery, Clay Crum et Lewis Latour.

— Isaac Bell.

— Vous êtes nouveau en ville, Mr. Bell ? lui demanda O'Leery, un grand Irlandais tout en muscles.

— Oui, je suis arrivé de Phoenix par le train de six heures trente.

— Pour les affaires ou pour le plaisir ? s'informa timidement O'Leery.

— Les affaires. Je travaille à l'agence de détectives Van Dorn.

Ils levèrent les yeux d'un seul mouvement et le regardèrent avec un intérêt renouvelé.

— Laissez-moi deviner, commença Crum en croisant les mains sur un ventre rebondi. Vous enquêtez sur l'attaque de la banque et sur les meurtres qui se sont produits ici voici quatre mois.

Bell acquiesça et étala sa main pour examiner ses cartes.

— C'est cela, monsieur.

Latour avait l'accent français. Il alluma son cigare.

— Un peu tard, vous ne trouvez pas ? La piste est froide.

— Pas plus froide que cinq minutes après le crime, rétorqua Bell. Je demande deux cartes.

Calloway les lui donna, les autres joueurs deman-

151

dèrent chacun leur tour les cartes dont ils pensaient qu'elles allaient leur donner une main gagnante.

— Pour un mystère, c'est un mystère, reprit Calloway. On n'a jamais retrouvé trace de ce bandit.

— C'est très troublant, convint O'Leery tout en étudiant son jeu.

A voir sa tête, il n'avait rien dans sa main qui vaille la peine de poursuivre.

— Je passe.

Son regard croisa brièvement celui de Bell.

— Ce qui est troublant, c'est qu'il ait réussi à s'évanouir ainsi dans la nature.

— Et le shérif n'a pas retrouvé le moindre petit début de trace, murmura Crum. Les hommes du détachement sont revenus avec une tête de six pieds de long, comme si leurs femmes s'étaient barrées avec les premiers camelots de passage.

Il réfléchit.

— Je mets deux dollars.

— Et moi, trois, répliqua Calloway.

Latour jeta sa main devant le donneur.

— Je laisse.

— Et vous, Mr. Bell ? demanda Calloway, vous continuez ?

Bell s'amusait bien en voyant qu'ils ne pariaient pas très gros, mais pas des mises ridicules tout de même.

— Je tiens.

— Deux dames, annonça Crum.

— Deux dix, dit Calloway à son tour. Perdu. Puis se retournant : Mr. Bell ?

— Deux huit, répondit Bell en donnant ses cartes à Calloway, mais sans les montrer.

Bell n'avait pas perdu, il avait trois valets, mais il

se disait que faire semblant de perdre mettrait les autres en confiance.

— Et l'on ne sait pas comment le voleur aurait pu s'enfuir ?

— Pas que je sache, répondit O'Leery. La dernière fois que j'en ai parlé au shérif, il était encore tout estomaqué de ne pas avoir retrouvé le moindre indice.

— Il doit s'agir du shérif Hunter ? lui dit Bell qui se souvenait avoir vu ce nom dans le rapport de l'agence.

— Joe Hunter est mort deux mois après les assassinats, une crise cardiaque, répondit Latour. Le nouveau s'appelle Stan Murphy, c'était l'adjoint de Hunter. Il sait parfaitement comment ça s'est passé.

— Un type bon comme le pain, si votre tête lui revient, ajouta Crum. Mais si vous le prenez à rebrousse-poil, mauvais comme une teigne.

— J'aimerais bien le voir, mais je doute fort qu'il soit à son bureau un dimanche, répondit Bell sans faire mention du commentaire assez décourageant de l'adjoint de Murphy. Où pourrais-je le trouver ?

— Nous avons eu de fortes inondations, il y a deux semaines, lui dit Calloway, et sa maison a subi de gros dégâts. Je suppose qu'il a de quoi faire avec les réparations.

— Pourriez-vous me dire comment on fait pour aller chez lui ?

D'un geste, O'Leery lui indiqua le nord.

— Vous grimpez tout en haut de Howland Street puis vous prenez les escaliers. Sa maison est verte, il y a une petite orangeraie juste à côté.

La conversation dévia sur la politique, sur les chances de Teddy Roosevelt pour un troisième mandat en 1908 et, dans le cas contraire, sur qui il choisirait pour lui succéder. Bell perdait trois fois pour chaque donne où il gagnait, mettant ainsi ces hommes à l'aise en leur montrant que cet inconnu n'était pas trop bon joueur. Il ramena la conversation sur l'affaire de la banque.

— Je trouve étrange que personne n'ait vu le voleur lorsqu'il est sorti de la banque ou quand il a quitté la ville à cheval, laissa-t-il tomber négligemment en prenant ses cartes.

— Personne ne s'est manifesté, dit O'Leery.

— Et personne n'a vu le bandit entrer dans la banque ni la quitter, ajouta Latour.

— On a parlé d'un vieux mineur complètement saoul qui rôdait dans la rue, devant l'établissement, répondit Calloway, on ne l'a plus jamais revu.

— Et le shérif Hunter ne s'est pas dit qu'il était suspect ?

Latour n'avait décidément pas de chance. Il venait de laisser passer pour la cinquième fois depuis que Bell était venu s'installer à leur table.

— Un vieux mineur à l'état d'épave et dont on aurait dit qu'il n'en avait plus pour très longtemps sur cette terre ? C'était bien le dernier dont on aurait dit qu'il avait quelque chose à voir avec ce crime.

— Je l'ai vu à plusieurs reprises affalé sur le trottoir, rond comme une queue de pelle, dit O'Leery. S'il a attaqué une banque et tué trois personnes, alors moi, je vais devenir gouverneur. Je pense toujours qu'il s'agit de quelqu'un de l'intérieur, quelqu'un que nous connaissons tous.

— C'est peut-être quelqu'un d'étranger à la ville, suggéra Bell.

Calloway haussa les épaules et fit signe qu'il n'en croyait rien.

— Il y a vingt mille habitants à Bisbee. Qui pourrait bien repérer un étranger ?

— Et ce type sur une moto ? lança Crum, sans s'adresser à quiconque en particulier.

— Il y avait une moto en ville ? demanda Bell, soudain intéressé.

— Jack Carson a dit qu'il a vu un dandy sur une machine de ce genre.

Et Crum aligna sur la table une main avec un flush.

Latour tira une longue bouffée de son cigare.

— Jack disait que l'homme était très bien habillé, il l'a vu passer dans une allée. Il n'arrivait pas à comprendre comment quelqu'un qui montait un truc de ce genre arrivait à porter des vêtements pareils sans les salir.

— Votre ami a-t-il vu sa tête ?

— Tout ce que Jack a réussi à voir, c'est qu'il était rasé de près, répondit Calloway.

— Et la couleur de ses cheveux ?

— D'après Jack, ce type portait un casque. Jack ne savait pas trop, il n'a pas vu grand-chose parce que la moto allait trop vite, mais il pense qu'il devait avoir les cheveux roux. Enfin, c'est ce qu'il a cru voir, à en juger par la couleur de ses favoris.

Pour la seconde fois de la semaine, Bell sentit une vague d'excitation lui parcourir les veines. Un habitant d'Eagle City dans l'Utah, autre ville minière où le Boucher avait laissé quatre morts sur le carreau, avait vu un motocycliste le jour du crime.

— Et où puis-je trouver ce Jack Carson ?

— Pas à Bisbee, lui répondit Cum. La dernière fois que j'en ai entendu parler, il était rentré chez lui, dans le Kentucky.

Bell nota dans sa tête qu'il faudrait demander à Van Dorn d'essayer de le retrouver.

O'Leery fit une nouvelle fois pâle figure en découvrant sa main.

— Je ne sais pas qui était sur cette moto, mais il a dû se planquer en ville pendant quelques jours après l'attaque.

— Et pourquoi dites-vous ça ? lui demanda Bell.

— Parce que sinon le shérif et son équipe auraient trouvé des traces de pneus à l'extérieur de la ville, juste après les événements.

— Mais s'il était resté en ville jusqu'à ce que le détachement abandonne, on pourrait penser que quelqu'un l'aurait remarqué.

— Ça paraît plausible, mais le fait est que personne ne l'a jamais revu.

— Carson est-il un témoin fiable ?

Bell posa cinq dollars sur la table.

— Je suis.

— Jack est l'ancien maire de Bisbee, c'est un avocat très respecté, expliqua Latour. S'il dit qu'il a vu un homme sur une moto, c'est qu'il l'a vu. Je n'ai aucune raison de douter de sa parole.

— Vous comptez aller voir le shérif Murphy demain ? demanda Crum, qui venait de gagner la dernière donne.

— Oui, répondit Bell, demain matin à la première heure. Mais, après ce que vous venez de me raconter, messieurs, je doute qu'il puisse m'apprendre quoi que ce soit d'intéressant.

Après avoir siroté pendant deux heures, Bell se retrouvait à peu près sans gain ni perte. Il n'avait laissé que quatre dollars sur le tapis, aucun des joueurs ne cilla lorsque, leur ayant souhaité bonne nuit, il regagna son hôtel à pied.

156

La route qui serpentait avant d'atteindre la rue du shérif semblait interminable. La pluie violente qui était tombée sur Bisbee au milieu de la nuit l'avait recouverte de boue. Arrivé dans une impasse, Bell prit un escalier fort raide qui n'en finissait pas. Il avait beau être en excellente condition physique, il n'en arriva pas moins haletant en haut.

Il était de fort bonne humeur. Il devait encore apprendre ce qu'Irvine et Curtis avaient trouvé de leur côté, si nouvelles il y avait. Mais il était absolument certain que l'homme que l'on avait aperçu sur la moto était bien le Boucher, après qu'il se fut débarrassé de son déguisement de vieux mineur totalement ivre. Un doigt en moins et peut-être des cheveux roux, il n'y avait pas de quoi triompher. Même la couleur de ses cheveux, telle que l'avait décrite Jack Carson, venait peut-être de ce qu'il l'avait vu de trop loin. C'était cette motocyclette qui intriguait Bell, pas que le bandit en possédât une, mais parce que cela collait bien avec l'image d'un homme aussi astucieux et rusé, d'user des moyens de transport les plus modernes.

Première question à résoudre, comment le bandit arrivait-il à quitter la ville sans se faire voir ?

La maison du shérif Murphy ne se trouvait qu'à quelques pas du haut de l'escalier. Elle était modeste et ressemblait plus à une cabane qu'à une vraie maison. La crue l'avait fait glisser de son emplacement originel et Bell aperçut Murphy qui œuvrait à la remettre à sa place, trois mètres plus loin. Conformément à ce que lui en avait dit O'Leery, la baraque était bien de couleur verte, mais l'inondation avait dévasté l'orangeraie.

Murphy, occupé à donner de grands coups de marteau, n'entendit pas Bell arriver. Il avait des cheveux
châtain foncé qui lui tombaient sur la nuque et les
épaules. La plupart des hommes chargés de faire res-
pecter la loi dans l'Ouest n'étaient pas précisément
des gros lards, plutôt minces et anguleux. Murphy,
lui, ressemblait davantage à un forgeron qu'à un shérif. Il avait les bras comme des troncs d'arbre et un
vrai cou de bœuf.

— Shérif Murphy ? cria Bell par-dessus le vacarme
du marteau qui tapait sur des clous.

Murphy interrompit son geste et se retourna. Il
regarda Bell comme s'il s'agissait d'un coyote.

— Oui, c'est moi. Mais comme vous voyez, je suis
occupé.

— Vous pouvez continuer à travailler, lui répondit
Bell. J'appartiens à l'agence de détectives Van Dorn
et j'aimerais vous poser quelques questions au sujet
de l'attaque de la banque et des meurtres qui ont eu
lieu il y a quelques mois.

Le nom de Van Dorn était très respecté dans tous
les cercles de la police. Murphy posa son marteau et
l'invita à le suivre dans la petite maison.

— Entrez. C'est en désordre, mais j'ai du café sur
le poêle.

— Après la grimpette, je boirais volontiers un
verre d'eau.

— Désolé, le puits a été noyé par la crue et l'eau
n'est pas potable, mais j'en ai ramené quelques litres
que j'ai puisés dans un abreuvoir en dehors de la ville.

— Alors, va pour un café, décida Bell, un peu
inquiet malgré tout.

Murphy le fit entrer et lui offrit de prendre place
à la table de la cuisine. Rien ne laissait deviner une
présence féminine et Bell en conclut que Murphy

devait être célibataire. Le shérif versa le contenu d'une cafetière en émail posée sur le poêle à bois dans deux tasses.

— Je ne sais pas ce que je peux faire pour vous aider, Mr. Bell. J'ai envoyé une copie de ce que je savais à votre bureau de Chicago.

— Mais vous n'y parlez pas du témoignage de Jack Carson.

Murphy éclata de rire.

— Le type sur sa moto ? Je ne crois pas un mot de ce que Jack a raconté. La description ne correspond à aucun des gars de la ville.

— Le bandit aurait pu changer de déguisement, lui suggéra Bell.

— Il n'a pas eu le temps de changer complètement d'apparence, de récupérer sa motocyclette et de s'évanouir dans la nature.

— Et personne n'a jamais revu le motocycliste ni sa machine ?

Murphy haussa les épaules.

— Ça me paraît bizarre que personne d'autre ne l'ait vu, à l'exception de Jack. Un homme sur la seule moto de la ville, ça se remarque. Et comment aurait-il réussi à partir d'ici sans laisser de trace ?

— Je vous accorde que cela semble difficile, dit Bell qui n'avait pas envie de laisser tomber ce témoignage oculaire.

— Jack Carson est un homme respectable, qui n'a pas la réputation d'être porté sur la boisson ou d'inventer des histoires. Mais je crois qu'il a eu une hallucination.

— Y avait-il d'autres indices qui n'auraient pas figuré dans votre rapport ?

— On a trouvé autre chose après l'envoi du rapport à Chicago.

Murphy se leva de la table de cuisine pour aller ouvrir le tiroir d'un secrétaire à rouleau. Il tendit à Bell une douille en laiton.

— On a ramassé ça deux semaines plus tard, c'est un gamin qui jouait par terre à l'intérieur de la banque pendant que son père effectuait un retrait. C'était sous un tapis. Le bandit a dû la perdre.

Bell examina la douille.

— Du calibre .38. Si elle a été éjectée, c'est probablement par une arme automatique, sans doute un Colt.

— C'est aussi ce que je me suis dit.

— Vous me la laissez ? demanda Bell.

— Bien sûr. Mais je doute que vous en tiriez quoi que ce soit, même si elle provient probablement de l'arme du bandit. Et même ça, ce n'est pas une preuve formelle.

— Si ce n'est pas le bandit, d'où sort-elle ?

Murphy leva les mains en signe d'impuissance.

— Je n'en ai pas la moindre idée.

Bell posa délicatement la douille dans la paume de sa main.

— Avec un peu de chance, nous pourrons relever les empreintes du bandit.

Murphy fit la moue.

— Vous y trouverez aussi bien les miennes ainsi que celles du garçon et de deux de mes adjoints.

— C'est vrai, répondit Bell, mais nos spécialistes seront peut-être capables de retrouver les siennes. Nous n'aurons pas besoin de celles du jeune garçon qui l'a découverte. Mais il me faudrait les vôtres et celles de vos adjoints. Vous pouvez envoyer le tout à notre bureau de Chicago.

— Je n'ai jamais relevé d'empreintes, répondit Murphy. Je ne sais pas très bien comment on fait.

— C'est une science qui a des siècles d'existence, mais on ne l'utilise que depuis quelques années. Les empreintes laissées sur un objet – dans ce cas, la douille – sont créées par les stries de la peau. Lorsque quelqu'un tient quelque chose entre ses doigts, la transpiration et les graisses sont transférées dessus, laissant l'impression de l'empreinte digitale. Pour enregistrer cette trace, on saupoudre la surface d'une poudre très fine, par exemple, de la poudre de graphite de crayon à papier. On prélève le résultat avec du ruban adhésif pour analyse.

Murphy but une gorgée de café.

— Je vais essayer.

Bell remercia le shérif avant de se diriger vers les escaliers. Trois heures plus tard, il était dans le train qui devait le ramener à Denver.

Chapitre 15

Le chauffeur de Cromwell sortit du garage la Rolls-Royce 1906 Brougham, fabriquée à Londres par le carrossier Barket. Une automobile de trente chevaux, moteur six cylindres. Le garage était aménagé sur la façade de la demeure de Nob Hill que Cromwell avait dessinée lui-même. Elle était construite en marbre blanc. Les blocs, extraits d'une carrière du Colorado, avaient été acheminés jusque-là par voie ferrée. La façade avait l'aspect d'un temple grec avec ses hautes colonnes cannelées. Le reste de la maison était plus sobre, avec des fenêtres arrondies et une corniche qui couronnait les murs.

Tandis qu'Abner Weed, le chauffeur, un Irlandais impassible que Cromwell avait embauché plus pour son expérience de lutteur que pour ses compétences en matière de conduite automobile, attendait patiemment près de l'avant de la Rolls, Cromwell, lui, attendait sa sœur dans son boudoir en écoutant des valses de Strauss sur un phonographe Edison à rouleau. Il avait endossé un très classique costume de laine sombre. Après avoir écouté *Les Voix du printemps*, il changea les cylindres pour jouer *Les Contes de la forêt de Vienne*. Les cylindres duraient deux minutes.

Cromwell leva les yeux de l'engin en entendant sa

sœur arriver. Elle portait une robe en peau de daim qui tombait sur ses mollets joliment galbés.

— Un peu osé, non ? lui dit-il, la voyant ainsi à moitié nue.

Elle se retourna et sa robe virevolta, découvrant ses jambes jusqu'à mi-cuisses.

— Puisque nous partons nous encanailler sur la côte des Barbaresques, j'ai trouvé amusant de m'habiller comme une fille déchue.

— Tant que tu ne te comportes pas comme telle.

Il se leva de son sofa, éteignit le phonographe et tendit son manteau à sa sœur pour qu'elle l'enfile. Lorsqu'il avait ses talonnettes, ils étaient de la même taille. Puis il la suivit, ils franchirent les grandes portes sculptées de l'entrée pour emprunter l'allée et gagner la Rolls-Royce qui les attendait. Abner, qui avait revêtu sa livrée et chaussé des bottes noires luisantes, était au garde-à-vous et tenait la portière ouverte. La Rolls était une voiture de ville : elle possédait un compartiment fermé pour les passagers, tandis que le chauffeur était en plein air, sans rien d'autre que le pare-brise pour le protéger du vent. Dès que sa sœur se fut installée, Cromwell indiqua au chauffeur l'endroit où ils devaient se rendre. Abner enclencha la première et l'énorme voiture démarra sans un bruit sur les dalles de granite qui pavaient la rue.

— C'est la première fois que nous pouvons causer depuis que je suis rentré, dit Cromwell, assez tranquille car il savait que le chauffeur ne pouvait pas surprendre leur conversation à travers la vitre qui séparait le siège avant des sièges arrière.

— Je sais que ton petit voyage à Salt Lake City a été couronné de succès. Et notre banque est riche de sept cent mille dollars de plus.

— Tu ne m'as pas raconté comment tu étais partie de Denver.

— Tes indicateurs au sein de l'agence Van Dorn avaient raison quand ils essayaient de deviner l'objet de l'enquête en cours. Le bureau de Denver a reçu pour mission de mener l'enquête dans la chasse au Boucher.

— Je déteste que l'on m'appelle ainsi. J'aurais préféré quelque chose d'un peu plus flatteur.

— Et quoi, par exemple, peux-tu me le dire ? lui demanda-t-elle en éclatant de rire.

— Le cerveau qui a de la classe.

Elle fit de gros yeux.

— Je doute fort que les journaux trouvent ça enthousiasmant.

— Et qu'as-tu découvert d'autre ?

— Le chef du bureau de Denver, Nicholas Alexander, est un imbécile. Je l'ai ébloui de mes charmes, et il n'en finissait pas de tout me raconter dans les moindres détails. Il était mécontent de ne pas avoir été choisi pour prendre la direction de l'enquête et il n'a pas été avare d'explications sur les moyens mis en œuvre pour s'emparer de ce célèbre bandit. Van Dorn lui-même a choisi son meilleur agent, Isaac Bell, et l'a mis sur l'affaire. Un type très beau, futé, et fort riche, dois-je ajouter.

— Tu l'as vu ?

— Je l'ai rencontré et mieux encore, j'ai même dansé avec lui.

Elle sortit une petite photo de son sac à main.

— J'attendais pour te la donner. Elle n'est pas très ressemblante, mais le photographe que j'avais embauché n'est pas très bon.

Cromwell alluma le plafonnier pour examiner le

164

portrait. Il représentait un homme de grande taille aux cheveux blonds qui portait une moustache.

— Tu crois que je dois me préoccuper de lui ?

Elle prit l'air évasif.

— Je ne saurais dire. Il m'a paru plus intelligent et astucieux que ce que nos espions m'avaient laissé croire. Je leur ai demandé de vérifier d'où il sortait. Apparemment, il manque très rarement, pour ne pas dire jamais, ceux qu'il cherche. Il a un tableau de chasse assez admirable. Van Dorn le tient en haute estime.

— S'il a tant de fortune, comme tu le dis, pourquoi perd-il son temps à faire le détective ?

Margaret haussa les épaules.

— Je n'en ai pas la moindre idée. Peut-être qu'il est comme toi, il adore les défis, lui aussi ?

Elle se tut et remit en place, du bout des doigts, une boucle de cheveux imaginaire.

— D'où tient-il tout cet argent ?

— Je ne t'ai pas dit qu'il appartenait à une famille de banquiers de Boston ?

Cromwell se raidit.

— Je les connais, ces Bell. Ils sont propriétaires de l'American States Bank de Boston, l'une des plus grosses banques du pays.

— Il est assez paradoxal, reprit-elle lentement, se remémorant les quelques minutes qu'elle avait passées avec lui au Brown Palace. Il peut se montrer extrêmement dangereux. Il va nous traquer comme un renard le lapin.

— Un détective qui connaît tous les arcanes des procédures bancaires, voilà qui n'est pas très bon, dit Cromwell d'une voix grave et glaciale. Il va falloir que nous fassions particulièrement attention.

— Je suis de ton avis.

— Tu es certaine qu'il n'a pas le moindre soupçon sur ta véritable identité ?

— J'ai soigneusement effacé mes traces. Pour ce qu'Alexander et lui en savent, je m'appelle Rose Manteca, je viens de Los Angeles où mon père possède un gros ranch.

— Si Bell est aussi intelligent que tu le dis, il va faire des recherches et voir que Rose Manteca n'existe pas.

— Et alors ? répondit-elle d'un ton espiègle. Il ne devinera jamais que mon vrai nom est Margaret Cromwell, sœur d'un banquier respecté qui vit dans un hôtel particulier de Nob Hill à San Francisco.

— Tu as obtenu autre chose d'Alexander ?

— Simplement que l'enquête de Bell ne se déroule pas très bien. Ils n'ont aucun indice qui les mène de notre côté. Alexander était mécontent que Bell ne l'ait pas mis dans la confidence. Il m'a dit qu'il restait motus et bouche cousue, il travaille avec deux autres agents, les dénommés Curtis et Irvine. Tout ce que j'ai pu découvrir, c'est qu'ils sont partis battre la campagne à la recherche d'une piste.

— Voilà qui fait plaisir à entendre.

Cromwell esquissa un sourire.

— Ils ne vont jamais imaginer qu'un banquier puisse être derrière tous ces vols.

Elle se tourna vers lui.

— Tu devrais arrêter, tu sais. Nous n'avons désormais plus besoin d'argent. Et tu peux te montrer aussi prudent et aussi rusé que tu veux, tu finiras par te faire prendre et tu seras pendu, ce n'est qu'une question de temps.

— Tu voudrais que je renonce à la fièvre de ce défi, à tout ce que me procure le sentiment de réussir quelque chose que personne n'a osé tenter ? Tu voudrais que je me cantonne pour le reste de mes jours dans un rôle de banquier rasoir à souhait ?

— Mais non, répondit-elle, et une étincelle passa dans ses yeux. Moi aussi, j'adore cette excitation.

Puis sa voix se radoucit et elle conclut, un peu distante :

— Je sais simplement que cela ne peut pas durer éternellement.

— Nous verrons cela en temps voulu, se contenta-t-il de répondre.

Ni le frère ni la sœur n'éprouvaient le moindre soupçon de remords ou de regret pour tous ces hommes, femmes et enfants assassinés. Ils se moquaient tout autant des petits entrepreneurs, des mineurs et des fermiers qu'ils avaient ruinés lorsque les banques qu'ils avaient vidées, incapables de rembourser les clients, avaient été contraintes de mettre la clé sous la porte.

— Qui as-tu invité ce soir ? lui demanda-t-elle pour changer de sujet.

— Marion Morgan.

— Cette bégueule, fit-elle en pouffant. Je ne comprends pas que tu la gardes à ton service, cela reste pour moi un mystère.

— Elle est très efficace, répliqua-t-il, mais il n'avait pas envie de se disputer.

— Pourquoi ne l'as-tu jamais mise dans ton lit ? répondit-elle avec un petit rire.

— Tu sais que je ne pratique jamais la bagatelle avec mes employées. C'est un principe qui m'a évité beaucoup d'ennuis. Je passe la prendre ce soir pour la récompenser de ses bons services. Rien de plus.

La robe de sa sœur était remontée jusqu'aux genoux et il en saisit un.

— Et toi, qui est l'heureux élu du jour ?

— Eugene Butler.

— Ce précieux ? persifla-t-il. Il est on ne peut plus insipide.

— Il est riche à vomir.

— Son père est riche à vomir, corrigea Cromwell. Si Sam Butler n'avait pas réussi le coup du siècle en tombant sur une veine de minerai d'or à Midas, il serait mort dans la mouise.

— Eugene sera plus riche que toi lorsque son père aura disparu.

— C'est un sot et un bon à rien. Il serait capable de claquer tout son fric en moins de temps qu'il ne t'en faut pour dire ouf.

— Je sais m'en arranger, dit sa sœur. Il est fou amoureux de moi et il fera tout ce que je lui demande.

— Tu mérites mieux que ça, beaucoup mieux, marmonna Cromwell.

Il se saisit du tube acoustique et ordonna au chauffeur :

— Abner, tournez à gauche au prochain croisement. Nous nous arrêtons chez les Butler.

Abner leva la main pour montrer qu'il avait compris. Il immobilisa la Rolls devant une grande demeure en bois de style victorien, comme c'était alors la mode. Il descendit de voiture et alla tirer sur la cloche près de la porte d'entrée à barreaux de fer. Une bonne répondit et il lui remit la carte de visite des Cromwell. La bonne la prit et referma la porte. Quelques minutes plus tard, la porte se rouvrit et un homme de haute taille, de belle prestance, aux traits bien marqués, sortit puis se dirigea vers la voiture. Il portait comme Cromwell un costume en laine, mais bleu marine au lieu d'être noir, un col amidonné et une cravate à motif en diamant. Il s'arrêta sous le porche pour humer l'air. L'atmosphère était vaguement imprégnée du brouillard qui montait de la baie.

Abner ouvrit la portière arrière de la Rolls, tira un strapontin et s'effaça. Butler monta et s'installa. Puis il se tourna vers la sœur de Cromwell.

— Maggie, tu es absolument ravissante, vraiment à croquer.

Mais il en resta là en voyant le regard mauvais et presque hostile que lui jetait Cromwell. Il le salua sans lui tendre la main.

— Jacob, ravi de vous voir.

— Vous m'avez l'air en forme, lui répondit Cromwell, comme si cela lui importait.

— Du feu de Dieu. Je fais dix kilomètres à pied tous les jours.

Cromwell ne fit plus attention à lui. Il reprit le tuyau acoustique et indiqua à Abner à quel endroit il fallait passer prendre Marion Morgan. Puis il se tourna vers sa sœur :

— Alors, dans quelle boîte de la côte des Barbaresques as-tu envie d'aller pour te mêler à la plèbe ?

— J'ai entendu dire que le Spider Kelly's était particulièrement mal famé.

— Le pire qu'on puisse trouver, commenta Cromwell d'un air entendu. Mais ils ont de bons orchestres et la piste de danse est immense.

— Tu crois que c'est prudent ? demanda Margaret.

Cromwell éclata de rire.

— Red Kelly emploie une petite armée de videurs pour éviter à sa clientèle choisie d'avoir des ennuis.

— Ah oui, vous parlez du Spider Kelly's. J'y ai même emmené mes parents un soir. Ils ont adoré. Nous nous étions installés au balcon pour regarder la racaille s'ébattre.

La Rolls s'arrêta devant un immeuble d'habitation sur Russian Hill, au coin de Lombard Avenue et de

Hyde Street. Ce quartier était assez à la mode, mais encore abordable. C'est ici que vivaient de nombreux intellectuels, artistes, architectes, écrivains, journalistes qui passaient leurs journées en discussions interminables à coups d'arguments fumeux – mais l'on aimait y faire la fête.

Marion n'était pas trop pointilleuse sur le protocole. Elle attendait dehors, en haut de l'escalier à l'entrée de son immeuble. Lorsque la Rolls s'arrêta au bord du trottoir, elle descendit puis attendit qu'Abner lui ouvre la portière. Elle portait une veste bleue, assez courte, sur une jupe assortie, une tenue très simple mais parfaitement élégante. Elle avait tiré en arrière ses cheveux blonds et une tresse retenue par un peigne tombait le long de son cou gracile.

Cromwell descendit et l'aida galamment à s'asseoir sur la banquette arrière. Le chauffeur déplia le second strapontin sur lequel Cromwell s'installa tout aussi galamment.

— Miss Morgan, puis-je vous présenter Mr. Eugene Butler. Et vous connaissez déjà ma sœur Margaret.

— Miss Cromwell, quel plaisir de vous revoir.

Marion avait adopté un ton gracieux, mais qui manquait un peu de chaleur.

— Et vous de même, Eugene, ajouta-t-elle gentiment avec une certaine familiarité.

— Vous vous connaissez ? demanda Margaret qui ne pouvait cacher sa surprise.

— Eugene... enfin, Mr. Butler, m'a invitée à dîner voilà quelque temps.

— C'était il y a deux ans, précisa Eugene, très naturel. Mais je n'ai pas réussi à l'impressionner et elle a décliné mes invitations suivantes.

— Et ses avances, ajouta Marion en souriant.

— Alors, parés pour une folle nuit sur la côte des Barbaresques ? leur demanda Cromwell.

— Ce sera pour moi une expérience nouvelle, répondit Marion. Je n'ai jamais eu le courage d'y aller.

— Souvenez-vous de cette vieille chanson, lui dit Margaret :

Les mineurs sont arrivés en quarante-neuf
Et les putes en cinquante et un.
Lorsqu'ils se sont rencontrés,
Ce sont eux qui ont peuplé le pays !

Marion piqua un fard et garda les yeux baissés sur le tapis de sol, tandis que les hommes éclataient de rire.

Quelques minutes plus tard, Abner tourna dans Pacific Street pour gagner le cœur de la côte des Barbaresques, ainsi nommée en référence au repaire des pirates barbaresques du Maroc et de Tunisie. C'était le royaume des joueurs, prostituées, cambrioleurs de tout poil, tricheurs, ivrognes, épaves de la société, coupe-jarret et autres assassins. Ici, tout n'était que débauche et dépravation, pauvreté et richesse, misère et mort.

Ce quartier infâme comptait plus de trois cents cafés en enfilade, le tout concentré dans six îlots. Rien que dans Pacific Street, on n'en comptait pas moins de cinquante. Si ce quartier existait, c'est parce que des politiciens véreux se faisaient graisser la patte par les patrons des cafés, des maisons de jeu et des bordels. Les citoyens honnêtes se plaignaient de ce repaire d'iniquité, tout en fermant les yeux, car ils étaient secrètement fiers de cet endroit qui faisait de San Francisco l'égale de Paris – Paris qui avait la réputation fort enviable d'être la ville la plus dépravée de tout l'Occident, véritable capitale du vice et de la corruption.

Et pourtant, la côte des Barbaresques était un endroit fastueux et prestigieux, avec son vacarme assourdissant et ses trafics en tout genre, véritable paradis pour les gens convenables qui avaient envie de s'encanailler. Ceux qui peuplaient cet antre du péché – des hommes pour la plupart – adoraient voir la crème de Nob Hill fréquenter leurs établissements car ils n'avaient pas le moindre scrupule à leur faire payer à prix d'or le droit d'entrée et les alcools. La bouteille de champagne s'y vendait trente dollars, au lieu des six à huit habituels. Dans la plupart des cafés, le cocktail était à vingt-cinq cents, et la bière à dix.

Abner réussit à glisser la Rolls entre les fêtards qui encombraient la chaussée avant de s'arrêter devant un immeuble de trois étages qui faisait hôtel – en réalité, un bordel, que l'on appelait l'enclos aux vaches et qui hébergeait, dans ses chambres baptisées mangeoires, une cinquantaine de femmes. Le rez-de-chaussée était réservé au jeu et aux consommations, le sous-sol abritait une scène pour des spectacles coquins et un vaste parquet de danse. Tous sortirent de la voiture, les hommes devant pour protéger ces dames qui, elles, regardaient, fascinées, un aboyeur en uniforme chamarré posté sur le trottoir.

— Venez, entrez dans le plus beau cabaret et dancing de la côte. Vous êtes tous bienvenus, tout le monde aura droit à la nuit la plus mémorable de sa vie. Venez assister au spectacle le plus fou, venez voir les plus belles filles de la terre. Venez les voir lever la jambe et passer leurs chevilles par-dessus la tête, regardez-les se tortiller, vous n'en reviendrez pas.

— J'aime déjà cet endroit à la folie, dit Margaret d'un ton joyeux.

Marion, elle, regardait. Elle serra plus fort le bras de Cromwell et leva les yeux vers un panneau dont la clientèle ne se souciait guère : AUCUNE VULGARITÉ NE SERA TOLÉRÉE DANS CET ÉTABLISSEMENT.

Ils pénétrèrent dans un vaste hall en forme de U, orné de panneaux encadrés qui représentaient des femmes nues en train de danser au milieu de ruines romaines. Le gérant, engoncé dans un smoking qui ne lui allait pas, les accueillit pour les accompagner à l'intérieur.

— Souhaitez-vous descendre pour le spectacle ? leur demanda-t-il. La prochaine séance commence dans dix minutes.

— Nous voudrions une table à l'écart de cette racaille, lui dit Cromwell d'un ton qui n'admettait pas la réplique. Apportez-nous une bouteille de votre meilleur champagne, après quoi nous descendrons danser et admirer le spectacle.

L'employé s'inclina :

— Très bien, monsieur. Par ici.

Il mena les invités de Cromwell au milieu de la foule dans le salon du haut, sur ce balcon des voyous auquel Butler avait fait allusion et qui surplombait la salle principale. Une serveuse arriva bientôt, elle portait un corsage profondément décolleté sur la poitrine et une jupe qui lui arrivait bien au-dessus du genou, découvrant des bas en soie noire tenus par des jarretelles des plus affriolantes. Elle leur apportait une bouteille de Veuve Clicquot Ponsardin 1892. Elle déposa le champagne dans le seau rempli de glace, se frotta contre les deux hommes en leur lançant des œillades. Margaret lui rendit son sourire, histoire de lui faire comprendre qu'elle était au courant : en dehors de leur rôle de serveuses, ces filles travaillaient également à l'étage dans les mangeoires. Assez étonnée de voir une femme de Nob Hill vêtue d'une robe aussi dénudée, la serveuse lui jeta un regard obscène.

— Tu sais, ma chérie, une rousse dans ton genre, c'est très recherché. Tu pourrais même fixer le tarif à ta convenance.

Marion en fut tout estomaquée. Cromwell était obligé de se retenir pour ne pas éclater de rire, mais Butler monta sur ses grands chevaux :

— Tu parles à une dame ! s'écria-t-il. Excuse-toi sur-le-champ !

La serveuse ne fit pas attention à lui.

— Et si elle est juive, elle peut même faire exploser les prix.

Elle fit demi-tour, se donna une claque sur les fesses, et descendit l'escalier.

— Mais que viennent faire les juives là-dedans ? demanda innocemment Marion.

— C'est une vieille légende, lui expliqua Cromwell. On prétend que les juives rousses sont les plus passionnées de toutes les femmes.

Margaret s'amusait beaucoup à observer ce qui se passait dans la salle du bas. Elle sentait l'excitation la gagner à voir ces marins et ces dockers, ces jeunes filles qui travaillaient honnêtement et qui se trouvaient entraînées hors du droit chemin sans s'en rendre compte. Et puis tous ces délinquants endurcis qui tournaient en rond sur la piste où se vautraient des hommes trop saouls pour tenir debout. Sans que personne le sache, pas même son frère, Margaret avait déjà fait plusieurs visites aux bouges de la côte des Barbaresques. Et elle savait pertinemment que son frère Jacob fréquentait assidûment les salons privés hors de prix, où l'élite de la prostitution monnayait ses charmes.

Marion trouvait le spectacle à la fois fascinant et écœurant. Elle avait entendu dire que la côte était le fond du trou pour les pauvres de San Francisco, mais elle n'imaginait pas que des humains puissent connaître une telle déchéance. Elle n'était pas habituée à boire, à mesure que le champagne l'étourdissait, elle commençait à considérer cette dépravation d'un œil moins sévère. Elle essayait de s'imaginer dans la peau de l'une de ces malheureuses qui montaient avec des hommes dans leurs mangeoires pour cinquante cents à peine. Horrifiée de ce qu'elle éprouvait, elle essayait de chasser toutes ces pensées et se leva vaille que vaille lorsque Cromwell, s'emparant de la bouteille vide, annonça qu'il était temps de descendre.

Le gérant apparut et leur trouva une table occupée sur le parquet de danse, tout près de la scène. Deux couples, vêtus de vêtements sales et miteux, protestèrent lorsqu'on essaya de les chasser, mais le gérant les menaça des pires sévices s'ils ne se remuaient pas.

— Quelle chance, s'écria Margaret, le spectacle va commencer.

Cromwell commanda un second magnum de champagne. Ils se tournèrent vers une femme dotée d'avantages intéressants qui se dirigeait vers la scène et entamait la danse des sept voiles. Lesdits voiles ne mirent pas longtemps à tomber et elle termina dans une tenue réduite à sa plus simple expression, qui ne laissait pas ignorer grand-chose de ses charmes. On voyait ses muscles abdominaux faire des plis lorsqu'elle se déhanchait, elle continua avec une série de contorsions bien envoyées. Lorsqu'elle en eut terminé, les hommes présents lui jetèrent quelques piécettes sur la scène.

— Eh bien, dit Margaret d'un ton sarcastique, voilà qui est des plus excitant.

Un petit orchestre commença à jouer et des couples se dirigèrent vers la piste pour se lancer dans une danse assez enlevée sur l'air de « Texas Tommy ». Butler et Margaret virevoltaient gaiement, aussi abandonnés que s'ils avaient été seuls. Marion éprouvait une certaine gêne à se retrouver si près de son patron. Depuis tout le temps qu'elle travaillait pour lui, c'était la première fois qu'il l'invitait à sortir. Il était excellent danseur et elle le suivait avec grâce.

L'orchestre changea plusieurs fois de tempo, les danseurs enchaînèrent avec « Turkey Trot » puis « Bunny Hug ». Tout le monde commença bientôt à dégouliner, l'air était moite et confiné dans ce sous-sol. Le champagne faisait son effet, Marion avait la tête qui lui tournait et elle finit par demander à Cromwell si elle ne pourrait pas aller s'asseoir quelques minutes.

— Voyez-vous un inconvénient à ce que je vous abandonne un instant ? lui répondit galamment Cromwell. J'aimerais monter faire quelques parties de pharaon.

Marion en fut plus que soulagée. Elle était au bord de l'épuisement, ses chaussures neuves lui faisaient mal aux pieds.

— Mais oui, je vous en prie, Mr. Cromwell. J'en profiterai pour souffler un peu.

Cromwell monta l'escalier de bois puis traversa la salle de jeu jusqu'à une table sans joueurs, où le croupier était seul. Deux gros costauds se tenaient derrière lui pour empêcher les clients de venir s'installer à cette table.

Le croupier avait l'air de descendre d'un taureau. Sa tête ressemblait à un bloc de pierre taillée juchée sur un cou gros comme un tronc d'arbre. Ses cheveux noirs plaqués sur la tête étaient teints et gominés, séparés par une raie au milieu. Son nez cassé tant et tant de fois disparaissait entre ses joues. Ses yeux clairs semblaient sortis de leurs orbites, comme s'ils avaient eu plus que leur dose de coups de poing. Il avait le torse large comme un fût de bière, mais dur, sans un gramme de graisse. Spider Red Kelly était un ancien boxeur, il s'était battu dans le temps contre James J. Corbett. Il avait mis deux fois l'ancien champion poids lourd KO, avant de s'incliner à la vingt et unième reprise. Il leva la tête en voyant Cromwell arriver.

— Bonsoir, Mr. Cromwell, je vous attendais.

Cromwell souleva le couvercle de sa montre et jeta un coup d'œil aux aiguilles.

— Pardonnez-moi, Mr. Kelly, j'ai huit minutes de retard. J'ai été retenu sans pouvoir rien y faire.

Red Kelly lui sourit, découvrant une bouche toute en dents en or.

— Moi aussi, j'aurais été retenu si je m'étais retrouvé en compagnie d'une aussi jolie femme.

Il désigna la table d'un mouvement du menton.

— Vous voulez tenter votre chance ?

Cromwell sortit son portefeuille et compta dix billets de cinquante dollars émis par sa banque sous contrat du gouvernement fédéral. Kelly les posa négligemment sur le haut d'un petit tas à un coin de la table et poussa une pile de jetons en cuivre à la marque de l'établissement de l'autre côté. Une main de pharaon, treize cartes, était dessinée sur le tapis vert.

Tous les piques, de l'as au roi, avec l'as à la gauche du croupier.

Cromwell posa un jeton sur le valet, et un autre entre le cinq et le six, méthode appelée fourchette. Kelly retourna la première carte de son paquet, la carte dite perdante. C'était un dix. Si Cromwell avait misé dessus, il aurait perdu, parce que la banque remporte tous les enjeux posés sur celle qui est retournée. Puis Kelly sortit la carte perdante de sa boîte, dévoilant la carte gagnante. C'était un cinq. Cromwell avait gagné toute sa mise, et pas seulement la moitié.

— La chance du débutant, dit-il pendant que Kelly poussait vers lui les jetons qu'il avait gagnés.

— Que souhaitez-vous faire maintenant, Mr. Cromwell ?

— Rien du tout, merci.

— Vous avez demandé à me voir, reprit Kelly. Que pouvons-nous faire pour vous remercier de toutes vos faveurs pendant ces années, vos prêts généreux et l'aide que vous m'avez apportée pour tenir la police à distance de chez moi ?

— Je veux éliminer quelqu'un.

Cromwell avait prononcé cette phrase du ton dont il aurait commandé une bière.

— Ici ? demanda Kelly en préparant une nouvelle donne.

— Non, à Denver.

— Un homme, j'espère, répondit Kelly sans lever les yeux du coffret. Placez votre mise.

Cromwell fit un signe de tête et posa un jeton entre la reine et le valet.

— En fait, il s'agit d'un agent de chez Van Dorn.

Kelly s'interrompit avant de sortir une carte du coffret.

— Se faire un type de chez Van Dorn peut avoir des suites fâcheuses.

— Pas si c'est fait proprement.

— Comment s'appelle-t-il ?

— Isaac Bell.

Cromwell lui passa la photo que sa sœur lui avait remise.

— Voilà son portrait.

Kelly y jeta un rapide coup d'œil.

— Et pourquoi voulez-vous le supprimer ?

— J'ai mes raisons.

Kelly sortit la carte perdante, puis découvrit la carte gagnante : une reine. Cromwell avait encore gagné.

Kelly le regarda par-dessus la table.

— A ce que je sais, tous ceux qui ont tué un agent de Van Dorn ont été pourchassés et ont fini la corde au cou.

— C'étaient des criminels qui se sont laissé bêtement courir après. Si l'on agit d'une façon convenable, Van Dorn ne saura jamais qui a tué Bell ni pourquoi. On peut s'arranger pour que cela ait l'air d'une erreur ou d'un accident. Si on ne laisse aucune trace, les hommes de Van Dorn ne pourront pas réagir.

Kelly se cala confortablement dans son fauteuil.

— J'ai le regret de vous dire, Cromwell, que je n'aime pas ça.

Cette fois, il n'y avait pas eu de *monsieur*.

Cromwell esquissa un sourire sinistre.

— Peut-être aimeriez-vous davantage si je vous payais vingt mille dollars pour faire ce boulot ?

Kelly se redressa et le regarda comme s'il n'était pas sûr d'avoir bien entendu.

— Vingt mille dollars, vous dites ?

— Je veux confier le contrat à un professionnel, pas un tueur à deux sous ramassé dans la rue.

— Et où souhaitez-vous que j'agisse ?

Cromwell n'en avait jamais douté, Kelly finirait par accepter. Le propriétaire de cet établissement était mouillé jusqu'au cou dans un tas d'activités criminelles. Avec la proposition financière de Cromwell, c'était gagné d'avance.

— A Denver. C'est là-bas que Bell travaille.

— Plus ce sera loin de San Francisco, mieux on se portera, répondit tranquillement Kelly. Vous avez gagné, Mr. Cromwell.

Le *monsieur* était de retour, et les deux hommes conclurent l'affaire. Cromwell se leva et, montrant les jetons posés sur la table d'un signe du menton :

— Pour le croupier. Je vous ferai porter dix mille dollars demain à midi. Vous recevrez le reste lorsque Bell sera mort.

Kelly était resté assis.

— Je vois.

Cromwell reprit l'escalier, passa entre les danseurs, et vit que tout le monde regardait sa sœur danser sur la scène, une danse lascive et provocante avec des déhanchements invraisemblables. L'assistance se délectait. Elle avait dégrafé son corset et détaché ses cheveux élégamment coiffés. Ses hanches se balançaient de façon sensuelle au rythme de la musique. Assis à leur table, Butler était plongé dans les vapeurs de la boisson. Marion regardait Margaret virevolter dans tous les sens.

Cromwell se dirigea vers l'un des responsables, qui faisaient également office de videurs.

— Monsieur ?

— Portez ce monsieur dans ma voiture, je vous prie.

180

L'homme acquiesça et, comme quelqu'un qui en a l'habitude, souleva Butler solidement imbibé pour le mettre debout, avant de le jeter sur son épaule. Puis il monta les escaliers avec son fardeau, aussi légèrement que s'il s'était agi d'un sac d'avoine.

Cromwell se pencha vers Marion :

— Pourrez-vous regagner la voiture ?

Elle lui jeta un regard courroucé :

— Naturellement, je suis parfaitement en état de marcher.

— Dans ce cas, il est temps de s'en aller.

Il la prit par le bras et la fit se lever de son siège. Marion, sans aide mais tout de même assez flageolante, prit l'escalier. Cromwell s'occupa ensuite de sa sœur. Sa conduite scandaleuse ne l'amusait pas du tout. Il la saisit par le bras, assez rudement pour lui faire un bleu, la fit sortir de scène avant de la traîner hors de la salle et de l'emmener jusqu'à la voiture qui attendait près du trottoir. On fit asseoir Butler sur le siège avant près d'Abner. Marion, l'air glacial, s'installa à l'arrière.

Cromwell enfourna brutalement Margaret sur la banquette avant de la suivre et de la pousser dans le coin. Puis il s'assit entre les deux femmes, Abner regagna le volant, fit démarrer le moteur et suivit la rue illuminée par des lampions multicolores.

Cromwell passa le bras autour des épaules de Marion. Elle se tourna vers lui, l'air vague, inerte. Le champagne l'avait plongée dans une espèce de léthargie, mais elle n'était pas ivre. Elle avait encore toute sa tête. Cromwell lui serra l'épaule un peu plus fort, elle s'arrêta une seconde de respirer. Elle sentait son corps se rapprocher du sien, la banquette était étroite.

A une époque, Marion avait trouvé son patron attirant et nourri certains sentiments pour lui. Mais, durant toutes ces années, depuis qu'elle travaillait pour lui, jamais il n'avait fait le moindre effort pour réduire la distance entre eux. Et maintenant, au bout de si longtemps, il lui manifestait de l'intérêt. Cela ne lui faisait rien, ne l'émouvait pas le moins du monde. Elle avait l'impression de deviner chez lui quelque chose de repoussant, mais elle n'aurait su dire quoi.

Elle fut soulagée de voir qu'il n'insistait pas. Il laissa un bras autour de sa taille et sa main, légère, sur son épaule. Lorsque Abner arrêta la Rolls devant son immeuble, Cromwell descendit sur le trottoir pour l'aider à sortir de la voiture.

— Bonne nuit, Marion, lui dit-il en gardant sa main dans la sienne. J'espère que vous avez passé une soirée instructive.

Elle avait l'impression de discerner quelque chose au plus profond de lui-même, quelque chose dont elle ne s'était jamais rendu compte jusqu'alors. Son contact lui répugnait.

— Je me souviendrai longtemps de cette soirée, répondit-elle franchement. J'espère que Mr. Butler et votre sœur vont se remettre.

— Ils auront une bonne gueule de bois demain, voilà tout, répondit-il avec un petit sourire pincé. Je vous vois lundi matin, j'ai un tas de courriers à dicter. Je veux que mon bureau soit net vendredi lorsque je partirai en voyage d'affaires.

— Vous repartez déjà ?

— Un congrès de banquiers à Denver, je dois y aller.

— Bon, dans ce cas, à lundi, dit-elle enfin, soulagée qu'il ait lâché sa main.

Elle grimpa les marches mais, arrivée devant la porte, se retourna pour regarder la Rolls-Royce qui s'éloignait dans la rue. Son cerveau marchait tout seul. Entre son employeur et elle, les choses ne seraient plus jamais comme avant. Elle avait senti chez lui une froideur dont elle n'avait jamais été consciente jusque-là, elle frissonna en pensant à son contact. Puis brusquement, l'odeur persistante du tabac dans la salle de danse, la sueur sur ses vêtements, elle fut prise de nausée.

Elle grimpa les escaliers quatre à quatre, se précipita dans sa chambre, ouvrit en grand les robinets de la baignoire, se défit de ses vêtements comme une folle et se glissa dans l'eau mousseuse pour se débarrasser des relents de cette soirée calamiteuse.

*

— Ton petit rendez-vous avec Red Kelly, c'était à quel sujet ? demanda Margaret lorsqu'ils eurent quitté l'immeuble de Marion.

— Je l'ai embauché pour un petit boulot.

Elle le regardait, son visage se reflétait à la lueur des réverbères qui défilaient.

— Quelle sorte de boulot ?

— Je lui ai demandé de s'occuper d'Isaac Bell, laissa-t-il tomber très naturellement.

— Tu ne vas pas assassiner un agent de Van Dorn ! s'écria Margaret, suffoquée. Tous les agents de police du pays vont se lancer à ta poursuite.

Cromwell éclata de rire.

— Ne t'inquiète pas, petite sœur. J'ai dit à Kelly de lui en infliger suffisamment pour qu'il passe quelques mois à l'hôpital. C'est tout. Appelle ça un avertissement, si tu préfères.

Cromwell venait de mentir de façon éhontée à sa sœur. Lorsqu'on annoncerait la nouvelle de la mort de Bell, il prendrait l'air surpris, il prétendrait que cela résultait d'une erreur, que Kelly s'était laissé emporter. Subir les foudres de sa sœur n'était après tout qu'un bien petit prix à payer, se disait-il, pour se débarrasser d'un homme qui était devenu son pire ennemi.

Chapitre 16

— Passez encore une couche, ordonna Cromwell aux deux hommes qui repeignaient son wagon.

A l'origine, il était marron, comme la plupart des wagons au début de l'ère ferroviaire. Mais le rouge toscan était désormais la teinte adoptée par la Southern Pacific qui souhaitait harmoniser son vaste parc de wagons de fret. Cromwell voulait que l'on donne une deuxième couche car l'on devinait encore sous la peinture fraîche la première inscription O'BRIAN FURNITURE COMPANY, DENVER.

Margaret, vêtue d'une robe de laine et d'une veste courte pour se protéger du vent glacial qui soufflait de l'océan par le Golden Gate, avait pris une ombrelle. Un léger brouillard matinal flottait encore sur la ville. Ils étaient là tous les deux à regarder les peintres sur le quai de chargement d'un entrepôt vide loué par son frère sous un faux nom.

— Tu es sûr que tu peux leur faire confiance ? lui demanda-t-elle.

— Les peintres ?

Il se tourna vers les quatre hommes occupés à manier le pinceau sur le wagon.

— Pour eux, c'est un travail comme un autre, un wagon de plus qui a besoin d'être remis à neuf. Tant qu'ils sont payés, ils ne posent pas de questions.

— Tu as trop tardé à changer ce nom, reprit-elle. Il y aura bien un shérif ou un agent de Van Dorn pour découvrir qu'il y avait un wagon de la O'BRIAN FURNITURE dans cinq des villes où ont eu lieu des attaques.

— Je me suis fait la même réflexion.

— Comment vas-tu l'appeler, cette fois-ci ?

— Je ne vais pas lui donner de nom, répondit Cromwell. Il ressemblera tout simplement aux autres wagons de marchandises de la Southern Pacific.

— Tu pourrais en acheter un autre et le faire décorer, suggéra-t-elle. Pourquoi garder ce vieux machin ?

— Précisément parce qu'il a l'air d'un vieux machin, dit-il avec un petit rire. Fabriqué en 1890. Les chemins de fer utilisent toujours ce modèle. Je préfère qu'il ait l'air usé et fatigué d'avoir parcouru des milliers de kilomètres pendant des années. Et comme son apparence extérieure est extrêmement banale, personne ne peut imaginer quel est son véritable usage. Même ton génial Mr. Bell n'aurait pas le plus petit soupçon.

— Ne sous-estime pas Bell. Il est assez futé pour finir par s'intéresser à ton hôtel roulant.

Il lui jeta un regard amer.

— Pas si futé que ça. Et même s'il flaire quelque chose, il sera trop tard. Le wagon O'Brian Furniture n'existe tout simplement plus.

Cromwell était très fier de son vieux wagon de marchandises. Il faisait dix mètres de long, dix-huit tonnes de charge utile. A vide, il en pesait cinq. Lorsque la dernière couche de peinture serait sèche, on mettrait la touche ultime en inscrivant les marques sur ses cloisons de bois, dont un numéro de série sous les deux lettres SP, pour Southern Pacific. On inscrirait également la charge utile et le poids à vide sur un côté, plus le logo au soleil levant de la SP – un cercle de couleur blanche avec SOUTHERN en haut et PACIFIC en bas, puis enfin LINES en travers, de l'autre côté. Lorsque tout serait terminé, ce wagon ressemblerait à n'importe lequel des milliers de wagons propriété de la Southern Pacific.

Même le numéro de série, 16173, était conforme. Cromwell s'était arrangé pour le récupérer sur un wagon qui stationnait au milieu d'un dépôt, le faire enlever, et le remettre sur sa suite à roulettes.

Il ne laissait jamais rien au hasard. Chacune de ses actions était mûrement réfléchie, pensée et repensée. Il prenait en compte tous les aléas et prévoyait les moyens d'y parer. Rien n'échappait à l'examen de Cromwell, jusqu'au moindre petit détail. Aucun malfaiteur, dans toute l'histoire des Etats-Unis, même en comptant Jesse James et Butch Cassidy, ne lui arrivait à la cheville si l'on considérait le nombre de ses succès et les sommes dont il avait réussi à s'emparer. Ni le nombre de gens qu'il avait trucidés.

En l'entendant prononcer le nom de Bell, Margaret avait songé à cette soirée, lorsqu'ils avaient dansé ensemble, au Brown Palace. Elle s'en voulait d'avoir envie de le toucher. Cette seule pensée lui faisait passer un frisson dans le dos. Elle en avait connu des hommes, très intimement pour certains. Mais aucun ne l'avait remuée comme lorsqu'elle était dans les bras de Bell. Comme une vague de désir qu'elle ne pouvait ni comprendre ni maîtriser. Elle se demandait si elle le reverrait jamais, sachant très bien au fond d'elle-même que ce serait on ne peut plus dangereux. S'ils devaient se croiser un jour, il découvrirait à coup sûr sa véritable identité et cette piste le mènerait à son frère Jacob.

— Allons-y, dit-elle enfin, irritée de s'être laissé emporter par ses émotions.

Cromwell, auquel ce regard perdu dans le vague n'avait pas échappé, décida de n'en rien montrer.

— Comme tu voudras. Je reviendrai demain pour vérifier les derniers détails.

Ils passèrent une porte pour pénétrer dans l'entrepôt. Cromwell s'arrêta un instant pour verrouiller la porte et mettre en place une barre afin d'interdire l'accès. Leurs pas résonnaient dans ce bâtiment désert. Les seuls meubles se trouvaient dans un coin, deux bureaux plus un comptoir identique à une guérite de caissiers dans les banques.

— Quel dommage que tu ne puisses pas louer ce hangar pour en faire quelque chose d'intéressant, s'énerva Margaret qui tentait de remettre ses épingles à chapeau en place.

— J'ai besoin d'un endroit pour garer le wagon, répondit Cromwell. C'est aussi bien qu'il reste sur une voie de garage où personne ne le remarque, près d'un entrepôt dont on ne peut retrouver la trace du propriétaire.

Margaret jeta un regard soupçonneux à son frère avant de lui dire :

— Voilà que tu refais cette tête.

— Quelle tête ?

— La tête que tu fais quand tu mijotes un autre coup.

— Je ne peux pas tromper ma sœur, dit-il avec une moue.

— Je suppose que je perds mon temps si je te répète que tu ferais mieux de renoncer à tes activités de voleur.

Il lui prit la main et la tapota avec douceur.

— On ne peut pas demander à un homme de renoncer à son art.

Elle soupira, vaincue.

188

— C'est bon, c'est bon. Alors, cette fois, ce sera où ?

— Je n'ai pas encore décidé. Première chose, il faut que je me livre à quelques enquêtes discrètes dans les banques pour savoir comment se passe le paiement des salaires. Ensuite, il faudra que je choisisse des villes reliées par chemin de fer et disposant de voies de garage pour les wagons de marchandises. La retraite est le moment le plus important de l'opération. Puis l'examen des rues et de l'endroit où se trouve la banque. Dernier point, il faut que je mette soigneusement au point l'attaque proprement dite, le minutage et mes déguisements.

Margaret s'arrêta près des bureaux et du comptoir.

— Et c'est ici que tu fais tes répétitions ?

Il acquiesça.

— Une fois fourni le plan des aménagements intérieurs de la banque. J'adapte le mobilier en conséquence.

— Tu as élevé tout cela à l'état de science.

— Je m'y efforce, fit-il avec hauteur.

— Tes méthodes deviennent trop raffinées, trop sophistiquées, lui dit-elle pour essayer de le mettre en garde.

— Je n'ai aucune envie qu'il en soit autrement.

Chapitre 17

Bell regagna directement l'agence en descendant du train. Il y trouva Irvine et Curtis qui l'attendaient déjà dans la salle de réunion. Il devina que les nouvelles étaient bonnes car aucun des deux ne faisait grise mine. L'humeur était excellente, encore meilleure si l'on remarquait qu'Irvine avait allumé un cigare, tandis que Curtis sortait de sa poche un étui à cigarettes en argent.

— Eh bien, vous deux, vous m'avez l'air de fort belle humeur, leur dit Bell en posant sa valise.

— Nous avons trouvé quelques pistes, lui répondit Curtis, une cigarette à la main. Rien de renversant, mais quelques indices qui collent assez bien avec le reste.

— Et vous, Isaac, avez-vous trouvé quelque chose ? lui demanda Irvine.

Avant qu'il ait eu le temps de répondre, Agnes Murphy entra dans la pièce avec un plateau, trois tasses et une cafetière.

— Désolée de vous interrompre, dit-elle gentiment, mais j'ai pensé que vous apprécieriez un peu de café.

Bell la débarrassa de son plateau et le posa sur la grande table.

— C'est très gentil à vous, Agnes.

Elle se dirigea vers la porte.

— Je reviens.

Moins d'une minute plus tard, elle était de retour avec un sucrier et un pot de crème.

— Je n'avais pas oublié, mais je ne peux pas tout porter à la fois.

— Vous nous sauvez littéralement la vie, lui dit Curtis avec un grand sourire.

Et il déposa un léger baiser sur sa joue.

Bell et Irvine échangèrent un sourire entendu. Ils savaient pertinemment qu'Agnes et Curtis étaient de simples amis et passaient leur vie à se taquiner. Agnes serra sa jupe contre elle, quitta la pièce et referma derrière elle.

— Indépendamment du café, dit Bell, elle a eu raison de fermer la porte.

Curtis lâcha un rond de fumée au plafond.

— Elle connaît la musique et n'a pas plus de respect que nous pour Alexander.

— Oui, Bell, vous étiez en train de dire..., coupa Irvine.

— J'ai découvert que, non seulement il lui manque un doigt, mais il a probablement les cheveux roux. Et il utilise une motocyclette, il s'en est servi pour plusieurs vols.

Bell fouilla dans sa poche et en sortit un petit sac en soie. Il l'ouvrit et posa la douille sur la table.

— Nous savons désormais que le Boucher se sert d'un Colt automatique calibre .38. On a retrouvé cette douille sous un tapis. Je ne sais pas comment, mais le tueur l'a oubliée. Dans tous les autres cas, il n'a jamais laissé une douille sur les lieux du crime. Le shérif Murphy, à Bisbee, est un type astucieux. Il a demandé au légiste du comté d'extraire les balles du corps des victimes. Dans tous les cas, c'était du calibre .38.

— Nous pourrions vérifier toutes les ventes de Colt automatiques, suggéra Curtis.

— Il ne doit guère y en avoir plus de dix mille, répondit Irvine d'un ton sarcastique. Il nous faudrait dix agents pendant un an pour aller voir tous les armuriers, vendeurs, quincailliers qui fournissent ce genre d'arme.

— Art a raison, confirma Bell qui contemplait la douille. Cela nous prendrait un temps fou.

Curtis retroussa les babines à la façon d'un renard.

— Pas si nous avions une idée de l'endroit où se cache le bandit. Nous pourrions enquêter chez les vendeurs de cette zone.

— Bonne idée, convint Bell, qui ignorait encore ce que Curtis était sur le point de leur apprendre. Pendant ce temps, je vais envoyer la douille à Chicago pour voir si les experts de l'agence n'y trouveraient pas quelques empreintes digitales.

Il se laissa aller dans sa chaise, la fit basculer sur deux pieds et cala une jambe contre la table.

— Bon, voyons voir ce que vous avez découvert, vous deux.

Irvine ouvrit un cahier relié et le posa sur la table devant les deux autres.

— J'ai touché le gros lot à Elkhorn, dans le Nevada. Ils avaient enregistré les numéros des billets de cinquante dollars que contenait leur chambre forte la veille de l'attaque.

— Je sais pourquoi, répondit Bell. Les coupures de cinquante dollars sont imitées plus souvent que toutes les autres. Lorsque leur comptable a enregistré les billets, il a dû les vérifier un par un pour voir s'ils n'étaient pas bidon.

Irvine posa le doigt sur quelques lignes de la page tout en regardant Bell.

— Vous pourriez demander au bureau de Chicago d'envoyer des avis à toutes les banques de l'Ouest en leur demandant de surveiller ceux-là. Les coupures de cinquante dollars sont plus faciles à repérer que celles de cinq, dix et vingt.

— Sans parler des billets d'un dollar, compléta Curtis.

— Je vais m'en occuper, répondit Bell à Irvine.

— J'ai fait quelques enquêtes de mon côté, lui dit ce dernier et j'ai trouvé à San Francisco deux banques dans lesquelles étaient passés trois de ces billets.

— Bon boulot, commenta Bell. Puis, se tournant vers Curtis : Et de votre côté, Arthur ? Auriez-vous eu autant de chance ?

— Auriez-vous trouvé un train de voyageurs dans lequel le tueur aurait pu monter pour s'enfuir ? demanda Irvine.

— Non. Mais les trains de marchandises, c'est une autre histoire.

— Ils ont pourtant été fouillés par les équipes de recherche ?

Curtis secoua la tête.

— Pas les wagons déjà chargés et verrouillés.

— Et ça vous a mené à quoi ? lui demanda Bell.

Curtis eut un grand sourire et esquiva la question.

— J'ai passé pas mal d'heures à fouiller dans des vieux registres moisis de compagnies de chemins de fer, et j'ai fini par faire une découverte intéressante. J'ai repéré trois wagons qui se trouvaient sur des voies de garage dans des villes où se sont produites des attaques. Le wagon de marchandises numéro 15758 se trouvait à Virginia City et à Bisbee le jour des vols. A Virginia City, le manifeste indiquait cinquante rouleaux de fil de fer barbelé destinés à un ranch en Californie du Sud. Le wagon 15758 était vide lorsqu'il se trouvait sur une voie, en attendant d'être attelé à un autre train à Bisbee.

— Vide, répéta Irvine en se trémoussant sur sa chaise, mal à l'aise.

— Exactement, vide. Il avait transporté un chargement de poterie en provenance de Las Cruces, au Nouveau-Mexique, destination Tucson, avant de retourner à vide à El Paso.

— Bon, nous pourrions essayer de le repérer, celui-là, murmura Bell. Et les autres ?

Curtis se plongea dans ses notes.

— Le numéro 18122 se trouvait à Elkhorn dans le Nevada et à Grand Junction dans le Colorado lorsque les banques de ces villes ont été attaquées. Il se trouvait sur la voie de garage de Grand Junction en attendant d'être raccordé à un convoi qui devait l'emmener à Los Angeles. Le chargement contenait soixante caisses de vin. A Elkhorn, il contenait des matelas expédiés par une usine de Sacramento en Californie.

— Voilà pour le 18122, conclut Irvine. Il est peu probable que le bandit se soit enfui à chaque fois dans des endroits différents.

Le visage de Curtis s'illumina.

— J'ai gardé le meilleur pour la fin.

Il se leva, s'approcha du tableau noir et y inscrivit O'BRIAN FURNITURE, DENVER. Puis il se retourna, l'air assez content de lui.

— Venons-en maintenant au wagon qui se trouvait dans cinq des endroits où ont été commises des attaques.

A ces mots, Bell et Irvine se redressèrent tous deux sur leur chaise. Curtis avait pris le taureau par les cornes et mis son nez là où personne n'avait songé à aller fouiller.

Bell, surpris par cette soudaine révélation, demanda :

— Ce wagon se trouvait dans chacune des villes le jour où une des banques y a été dévalisée ?

— J'ai la liste des villes avec les horaires et la destination finale.

Irvine manqua en renverser son café en le reposant précipitamment sur le plateau.

— Vous ne voulez pas dire plutôt, leurs destinations finales, au pluriel ?

— Non, une destination, au singulier.

Curtis se mit à rire doucement.

— Dans tous les cas, le wagon de meubles de cette société de Denver s'est rendu à San Francisco. Je n'ai pas trouvé trace de transits vers Denver ou tout autre endroit. Je me contente de supposer que c'est le moyen choisi par le bandit pour se dissimuler et échapper aux équipes de recherche.

Bell gardait les yeux fixés sur les quelques mots inscrits au tableau noir.

— Je parie un mois de salaire que, si nous faisons des vérifications à Denver, nous ne trouverons pas trace de la société O'Brian Furniture.

— Je pense que cela va sans dire, résuma Irvine.

Bell se tourna vers Curtis.

— La dernière fois que la Southern Pacific Railroad a noté le passage de ce wagon, quand était-ce ?

— Il a été placé sur une voie de garage au dépôt de San Francisco il y a deux semaines. La dernière fois que j'ai vérifié, il y était toujours.

— Il faut que nous allions le fouiller.

— Et le mettre sous surveillance, ajouta Irvine.

— En plus, oui, fit Bell. Mais il faut faire très attention à ne pas alerter le bandit et ne pas lui laisser soupçonner que nous nous rapprochons de lui.

Curtis alluma une nouvelle cigarette.

— Je prends le premier train du matin pour San Francisco.

— Irvine et moi y allons avec vous.

Bell se tourna vers Irvine.

— Vous disiez que trois de ces billets avaient été repérés à San Francisco ?

Irvine fit signe que c'était exact.

— C'est cela. Une coupure à la Cromwell National Bank de San Francisco et les deux autres à la Crocker National Bank.

Bell sourit pour la première fois.

— On dirait, messieurs, que tous les chemins mènent à San Francisco.

— Ça commence sérieusement à y ressembler, convint Curtis dont l'enthousiasme allait croissant.

Les deux agents attendirent tandis que Bell étudiait la carte avec ses petits drapeaux plantés aux endroits où le Boucher avait commis ses crimes abominables. Les indices dont ils disposaient étaient infinitésimaux, ils pouvaient très bien ne les mener qu'à des impasses. Cela dit, on pouvait tirer une certaine satisfaction de ce que les trois hommes de Van Dorn avaient glané. C'était assez mince, ils n'avaient pas grand-chose dont tirer parti. Mais Bell en avait assez pour commencer à échafauder un plan dans sa tête.

— Autant parier sur un cheval de trait sur un champ de courses, mais je crois que nous avons là un moyen d'appréhender le bandit.

— Vous avez un plan ? demanda Irvine.

— Supposons que nous répandions une petite histoire dans les journaux de San Francisco, qu'un million de dollars destiné à la paye va être expédié par chemin de fer dans une ville habitée par quelques milliers de mineurs. L'énormité de ce montant serait justifiée par le fait que les propriétaires des mines ont décidé de verser une prime spéciale, pour éviter une grève décrétée par les syndicats qui réclament des augmentations de salaire.

Curtis réfléchit à la proposition de Bell.

— Le bandit peut très facilement vérifier notre histoire et s'apercevoir qu'elle est montée de toutes pièces.

— Pas si l'un d'entre nous s'installe au bureau du télégraphe et fait la réponse qui convient quand arrivera la question.

— Avec un peu de chance, nous pourrions même savoir qui a envoyé ce télégramme.

— C'est vrai, approuva Bell.

Irvine regardait le fond de sa tasse comme une diseuse de bonne aventure en train de lire dans les feuilles de thé.

— Tout cela se joue à mille contre un, nous le savons très bien.

— Je sais, répondit Bell, mais ça vaut le coup d'essayer. Et si ce plan échoue, nous tomberons peut-être sur une autre piste.

— Avez-vous déjà une ville minière en vue ? lui demanda Curtis.

— Telluride, dans le Colorado. Parce que cette ville se trouve dans un canyon en cul-de-sac. Telluride est également l'endroit où des mineurs ont fait la grève contre leurs patrons en 1901 et en 1903, si bien qu'un nouveau mouvement est plausible.

— Si le wagon de la O'Brian Furniture se pointe là-bas, nota Curtis, nous saurons alors que notre homme a mordu à l'hameçon.

— Une fois que le wagon se retrouve sur une voie de garage à Telluride, le seul moyen de repartir consiste à reprendre le même chemin qu'à l'aller.

Irvine poussa un soupir, avant de sourire, l'air assez satisfait.

— Le bandit sera coincé, il n'aura plus aucun moyen de s'échapper.

Dans la pièce, l'atmosphère était de plus en plus joyeuse et l'espoir renaissait. Ce qui avait paru au début une cause presque perdue commençait à prendre forme. Trois paires d'yeux examinaient la grande carte murale, suivaient l'itinéraire jusqu'à l'océan Pacifique, avant de s'arrêter sur la ville portuaire de San Francisco.

Dans l'ascenseur qui le ramenait sur le trottoir avant qu'il regagne à pied son hôtel, Bell jubilait. Gagné, perdu, match nul, de toute façon, la fin de la partie était en vue. Certes, tout était encore assez flou et peu net, mais les cartes tournaient enfin en sa faveur. Ses pensées revinrent à Rose et il se surprit à se demander pour la centième fois ce qu'elle avait à voir avec le Boucher.

Comment pouvait-il exister une femme qui fût aussi proche d'un homme qui assassinait des femmes et des enfants ? Il commençait à se dire qu'elle était peut-être aussi perverse que le bandit, voire davantage.

*

Bell sortit de l'ascenseur du Brown Palace et se dirigea vers sa suite. Il mit la main dans la poche de son pantalon, en sortit sa clé, et l'inséra dans la serrure. Avant qu'il ait eu le temps de faire tourner la clé, la porte s'entrouvrit toute seule. On n'avait pas mis le pêne complètement en place en la refermant.

Bell se figea, soudain tendu. Sa première pensée fut que la femme de chambre avait oublié de refermer la porte comme il faut. Cela paraissait logique, mais son intuition le rendait méfiant. Plus d'une fois, l'impression que quelque chose n'allait pas lui avait évité bien des ennuis.

Il s'était fait de nombreux ennemis pendant ses années de détective chez Van Dorn. Plusieurs de ceux qu'il avait arrêtés, qui avaient été jugés puis envoyés en prison à cause de lui, s'étaient juré de se venger. Des trois qui avaient essayé, deux en étaient morts.

Si quelqu'un l'attendait dans sa chambre, il n'aurait certainement pas d'arme à feu, raisonnait-il. Les détonations résonneraient dans tout l'hôtel et une dizaine d'employés allaient arriver au pas de course. Si un criminel essayait de s'enfuir du huitième étage, il serait obligé d'attendre l'ascenseur ou de descendre les escaliers quatre à quatre, méthode peu recommandée lorsque l'on cherche à s'enfuir.

Bell savait bien qu'il exagérait sans doute la menace, et qu'il n'y avait peut-être rien du tout. Mais il n'avait pas survécu aussi longtemps sans avoir fait preuve de méfiance. Si quelqu'un l'attendait chez lui, il comptait probablement lui régler son compte au couteau.

Il enleva son chapeau et le laissa tomber. Avant qu'il ait touché la moquette, il avait le derringer à la main, deux canons superposés. Bell fit semblant de tourner la clé dans la serrure, ouvrit la porte en grand et balaya la suite d'un regard attentif avant d'entrer.

Une odeur de cigarette lui chatouillait les narines, confirmant ses soupçons. Il fumait de temps en temps un cigare, mais rarement, et uniquement avec son cognac après un dîner fin. Le derringer à la main, il entra. La mort, comme un troisième homme, l'attendait à l'intérieur.

Un homme assis dans un canapé lisait son journal. Lorsque Bell arriva, il posa le journal, dévoilant un visage aussi laid que le péché. Ses cheveux noirs étaient gras et plaqués. Sa figure avait dû être écrabouillée par une mule, il avait un gabarit de lutteur de foire. Les yeux étaient étrangement doux et presque sympathiques, aspect fallacieux qui avait trompé beaucoup de ses victimes. Bell ne s'y laissa pas prendre ; il voyait bien que cet homme-là était capable de bondir comme un tigre.

— Comment êtes-vous entré ? lui demanda Bell.

L'inconnu lui montra une clé.

— Un crochet, répondit-il d'une voix de marteau-piqueur. Je ne me promène jamais sans.

— Comment vous appelez-vous ?

— Connaître mon nom ne vous servira à rien, vous n'aurez jamais la moindre chance de vous en servir. Mais puisque vous me le demandez, je m'appelle Red Kelly.

Bell était doué d'une mémoire photographique. Elle se mit immédiatement en branle et un rapport qu'il avait lu autrefois lui revint.

— Oui, l'infâme Red Kelly, boxeur, tenancier de bar sur la côte des Barbaresques, et accessoirement meurtrier. Vous avez fait un beau combat contre le champion du monde James J. Corbett. J'ai pris connaissance un jour d'un rapport à votre sujet, au cas où vous vous aventureriez hors de Californie. Vous avez commis une grosse erreur. Là-bas, vous bénéficiez de la protection de politiciens véreux grâce auxquels vous échappez à l'extradition pour les crimes que vous avez perpétrés dans d'autres Etats, mais cela ne vous servira à rien dans le Colorado. Ici, vous pouvez être mis en état d'arrestation.

— Et qui m'arrêterait ? répondit Kelly en dévoilant des rangées de dents en or. Vous ?

Bell restait là debout, souple, s'attendant à ce que Kelly bouge.

— Vous ne seriez pas le premier.

— Je sais tout à ton sujet, mon joli, répliqua Kelly avec dédain. Tu vas te faire saigner comme tous les pauvres mecs que j'ai conduits à la tombe.

— Et dans le tas, combien de détectives et de policiers ?

Kelly fit une méchante grimace.

— Trois, pour autant que je me souvienne. Mais avec le temps qui passe, on finit par oublier les chiffres.

— Eh bien, répondit Bell très calmement, tes jours de criminel sont terminés.

— Ce jour-là, mon joli, on verra. Mais si tu crois que tu m'intimides avec ton pistolet d'opérette, tu perds ton temps.

— Tu ne crois pas que je pourrais te tuer avec ça ?

— Pas la moindre chance, répliqua Kelly, glacial.

C'était le moment, et Bell le comprit instantanément. Un éclair soudain dans ses yeux. Il s'accroupit et, en une fraction de seconde, visa et tira une balle dans le front de l'homme qui s'était glissé derrière un rideau, dans son dos. Le coup de feu résonna en écho par la porte ouverte et jusqu'au hall de l'hôtel.

Kelly jeta un coup d'œil au corps de son acolyte avec autant d'intérêt qu'un cheval qui aurait marché sur un chien de prairie. Puis il fit un grand sourire à Bell.

— Tu mérites bien ta réputation. Tu dois avoir des yeux derrière la tête.

— Tu es venu me tuer, répondit Bell d'un ton égal. Pourquoi ?

— C'est un boulot à faire, rien de plus.

— Qui te paye ?

— T'as pas besoin d'le savoir.

Kelly se débarrassa de son journal et se leva lentement.

— N'essayez pas d'attraper le pistolet que vous avez dans le dos, le prévint Bell, son derringer aussi ferme dans sa main qu'une branche sur le tronc d'un chêne.

Kelly fit briller toutes ses dents en or.

— J'ai pas besoin de flingue.

Et il plongea en avant. Ses jambes puissantes le propulsèrent à travers la chambre comme s'il avait été lancé par un canon.

Ce qui sauva Bell au cours de ces deux secondes, ce fut la distance qui les séparait, deux bons mètres cinquante. S'il avait été plus près, Kelly lui serait tombé dessus comme une avalanche. Il lui atterrit pourtant dessus comme un bélier. Le choc envoya valdinguer Bell de côté par-dessus un fauteuil et il chuta sur la moquette verte. Mais il eut le temps de presser la détente de son derringer et de loger une balle dans l'épaule droite de Kelly.

Le coup l'arrêta net, mais la brute ne tomba pas pour autant. Il était trop costaud, trop musclé, pour se laisser arrêter par une balle tant qu'elle ne pénétrait pas dans son cœur ni dans son cerveau. Il baissa les yeux sur la tache qui s'élargissait sur sa chemise avec l'air détaché d'un chirurgien. Puis il se mit à sourire, d'un sourire fielleux.

— Ton joujou ne possède que deux balles, mon joli. Maintenant, il est vide.

— Je préférerais que tu cesses de me dire « mon joli », répondit Bell en se relevant d'un bond.

Cette fois, Kelly passa la main dans son dos et en

sortit un Colt. Il commençait à lever le chien lorsque Bell lança son derringer comme un lanceur au base-ball. A un mètre cinquante, il ne pouvait pas rater son coup. Le petit pistolet, aussi massif qu'un morceau de quartz, frappa Kelly juste au-dessus du nez et entre les deux yeux.

Du sang jaillit de la plaie et lui recouvrit bientôt le bas du visage. Le coup l'avait assommé un peu plus que la balle qu'il avait prise dans l'épaule. Mais il n'émit pas le moindre grognement de douleur, pas le moindre cri à vous glacer le sang. Pas d'autre son qu'un profond soupir. Il avait toujours son arme à la main, mais il ne la leva pas pour viser. Il n'y arrivait pas. Bell baissa la tête et fonça sur le géant comme un marsouin qui se lance sur un grand requin blanc. Il accélérait à chaque pas, il se jeta tête la première sur son ventre, de tout son poids. L'ex-boxeur lâcha à peine un grognement et se débarrassa de Bell, lui faisant retraverser la moitié de la pièce avec une force phénoménale.

Bell s'écrasa contre un mur, la violence du choc lui vida les poumons. Si l'impact avait été plus violent, il se serait retrouvé allongé sur un lit pendant deux mois. Mais sa charge avait été payante. Pendant la collision, ses quatre-vingt-dix kilos contre les cent vingt-cinq de Kelly, il avait réussi à arracher le pistolet de la main du tueur.

Il n'y eut pas de sommation, pas de « stop ou je tire ». Bell avait de l'expérience, il savait qu'il était inutile de perdre son temps avec un tueur décidé à vous envoyer sur la table en marbre du médecin légiste. Il ne se faisait pas d'illusions, il n'avait aucune chance de battre Kelly à mains nues. L'assassin était plus fort et plus résistant. Bell réussit à tirer deux balles avant que Kelly récupère un peu, assez pour avoir de l'allonge et le saisir par le cou avec la férocité d'un gorille. Ses paluches énormes l'étranglaient à mort. Il tomba contre Bell, le plaqua sur la moquette, lui écrasant le thorax avec son poids massif et lui bloquant les bras pour l'empêcher de faire à nouveau usage du Colt. Kelly serrait de plus en plus fort, les balles qu'il avait encaissées le gênaient à peine.

Bell était incapable de bouger ct il ne pouvait pas se dégager pour essayer de desserrer l'étreinte autour de son cou. Kelly était bien plus fort que lui. Bell se doutait que ce n'était pas la première fois qu'il étranglait quelqu'un. Et s'il ne trouvait pas rapidement la parade, il ne serait pas le dernier. Un voile noir commençait à lui brouiller la vue, un voile toujours plus sombre.

Ce qui surprenait Bell, plus encore que l'imminence de la mort qui l'attendait, c'était ce qu'il était advenu des deux balles qu'il avait fichées dans la carcasse de Kelly. Il était certain d'avoir atteint le Goliath en plein corps. Il voyait ces deux yeux, aussi sombres que ceux du diable, tout le bas du visage était transformé en une horrible bouillie sanglante. Qu'est-ce qui le maintenait en vie, comment faisait-il pour ne pas faiblir ? Ce type n'était pas humain.

Puis, imperceptiblement, Bell sentit la pression s'alléger. Plutôt que de s'en prendre aux mains qui lui serraient le cou, il tendit les bras et enfonça les pouces dans les yeux inexpressifs, sachant que ce serait sa dernière chance avant de sombrer dans la nuit. Puis, se tortillant comme un tire-bouchon dans un dernier et violent effort, il se dégagea de dessous Kelly.

Le gros boxeur poussa un grognement et plaqua les mains sur ses yeux. Aveugle, il se précipita sur Bell qui lui balança un coup de pied vicelard dans le ventre. C'est alors qu'il vit les trous des deux balles, du sang coulait sur la chemise, jusqu'en bas de la cage thoracique. Mais comment réussissait-il à tenir debout ? se demanda Bell. Il aurait dû être mort, à cette heure. Et au lieu de cela, Kelly l'attrapa par la jambe.

Bell se sentit choir sur la moquette, désormais souillée par le sang de Kelly. De sa jambe libre, il lança encore un coup de pied, Kelly valdingua à peine, comme s'il n'avait rien senti. Il lui serrait le mollet de plus en plus fort, ses ongles s'enfonçaient dans les chairs à travers le pantalon. Il se sentit tiré vers lui, nez à nez avec Kelly dont il voyait le visage tordu de douleur, les yeux brillants de haine.

Il était temps d'en finir avec ce combat épouvantable. Bell tenait toujours le Colt de la main droite. Avec un calme mortel, il leva le canon, la gueule était à quelques centimètres de la tête, il pressa la détente et lui tira une balle de .44 dans l'œil droit.

Pas de hurlement, pas le moindre gargouillis. Kelly laissa échapper un hoquet, roula sur le tapis comme un fauve qui agonise et s'enfonce dans les affres de la mort.

Bell s'assit sur le sol pour se masser la gorge, épuisé. Il tourna la tête vers la porte en entendant des hommes accourir. Ils s'arrêtèrent, figés sur place en voyant cette mare écarlate, et l'imposante forme d'un homme impossible à identifier avec ce sang qui se coagulait sur son visage. Une figure presque clownesque, à cause des dents en or que l'on apercevait entre ses lèvres grandes ouvertes.

Kelly avait connu une mort terrible, et pour quoi ? Pour de l'argent ? Une dette ? Une vengeance ? Non, ce ne pouvait être cette dernière hypothèse. Bell n'avait jamais conduit d'enquête à l'encontre du géant de la côte des Barbaresques. Quelqu'un avait dû le payer pour le tuer, et très cher.

Bell se demandait s'il connaîtrait jamais la réponse.

*

Le lendemain matin, Bell sortit de la baignoire en faïence, s'essuya avec sa serviette et se regarda enfin dans la glace. Sa gorge avait assez vilaine allure. Elle était meurtrie, avec des ecchymoses rougeâtres et il voyait la marque des doigts de Kelly là où ils s'étaient enfoncés dans la chair. Il enfila une chemise blanche toute propre et constata avec satisfaction que son col dur, même s'il lui égratignait la peau, couvrait du moins les bleus.

Il avait mal partout, et ces marques n'étaient pas les seules. Il s'était fait plusieurs ecchymoses en tombant par-dessus le fauteuil, puis lorsqu'il avait été projeté sur le mur après avoir traversé la pièce sous la violence du coup de Kelly. Mais, lorsqu'il appuyait dessus, c'était supportable et tout aurait bientôt disparu.

Après avoir passé son costume en toile de lin, Bell quitta l'hôtel et s'arrêta au bureau de la Western Union. Il y rédigea un télégramme destiné à Joseph Van Dorn pour lui dire que l'on avait attenté à ses jours. Lorsqu'il passa la porte de l'agence, Agnes Murphy le regarda, bouche bée.

— Oh, Mr. Bell, on m'a dit qu'il vous était arrivé un accident fâcheux. J'espère de tout cœur que vous allez bien.

— Quelques bleus, Agnes, rien de grave.

En entendant le son de sa voix, Curtis et Irvine sortirent de la salle de réunion, suivis par Alexander venu de son bureau. Les deux agents lui serrèrent

vigoureusement la main – un peu trop vigoureusement, se dit Bell en faisant la grimace, car il sentait
encore des vagues de douleur lui parcourir tout le
corps. Alexander, lui, se contenta de rester où il était,
un peu en arrière, en simple spectateur.

— Content de vous voir en vie et en état de marche, lui dit Curtis. On nous a dit que cela avait été
une lutte terrible.

— Je ne suis jamais passé aussi près d'aller bouf-
fer les pissenlits par la racine, lui répondit Bell.

— Après vous avoir eu au téléphone, reprit Curtis,
j'ai transmis la description de Red Kelly à notre
bureau de San Francisco. Ils vont vérifier tout ça, et
voir si l'un de ses clients n'aurait pas cherché à vous
éliminer.

— C'est vraiment terrible, lâcha Alexander, sans
manifester la moindre émotion. C'est impensable,
quelqu'un qui s'en prend à un agent de Van Dorn.

Bell le fixa longuement, le regard dur.

— Je me demande comment Kelly savait à quel
endroit j'étais descendu.

— Kelly est un truand bien connu de la côte des
Barbaresques, à San Francisco, répondit Irvine. N'y
aurait-il pas, parmi vos anciens clients, ceux que vous
avez fait mettre en prison, ou encore parmi les amis
ou la famille de ceux qui ont été exécutés, des gens
qui seraient originaires de San Francisco ?

— En tout cas, personne dont je connaisse le nom.
S'il fallait que je devine, je dirais volontiers que c'est
le Boucher qui est derrière tout ça.

— Comme il sait que vous traitez ce dossier, fit
Irvine, cela lui donne en tout cas un motif.

— Nous allons tout remuer tant que nous ne
saurons pas le fin mot de l'affaire, dit Alexander. Puis
à Bell, mais ses mots sonnaient creux : Vous ne pou-

vez savoir à quel point je suis soulagé de vous voir vivant et sur pied.

Puis il fit demi-tour et regagna son bureau.

Dès qu'il fut hors de portée, Bell conclut :

— Un indice de plus, messieurs. Si nous voulons retrouver le bandit, la clé est décidément à San Francisco.

Chapitre 18

Lorsque Bell, Irvine et Curtis descendirent du ferry d'Oakland pour pénétrer dans le vaste terminal, ils se retrouvèrent dans un hall de trois étages fait d'une succession d'arches et éclairé par des verrières. Ils sortirent sur Embarcadero, au bas de Market Street. Tandis qu'Irvine et Curtis allaient chercher un taxi automobile, Bell se retourna pour admirer la tour de l'horloge haute de quatre-vingts mètres, copie de la Giralda de Séville qui date, elle, du XIIᵉ siècle. Sur le cadran richement décoré, les aiguilles indiquaient quatre heures onze.

Bell vérifia sur sa montre et nota que l'horloge du ferry avançait d'une minute.

Il y avait foule dans le terminal car quatre ferries étaient arrivés en même temps, et les deux agents ne purent trouver de taxi libre. Bell arrêta une voiture à cheval, convint d'un prix avec le cocher, et lui demanda de les conduire au Palace Hotel, dans Montgomery Street. Comme ils s'installaient, Curtis dit à Bell :

— Comment comptez-vous vous y prendre avec le bureau de Van Dorn à San Francisco ?

— Nous allons dîner avec le responsable du secteur, Horace Bronson. J'ai déjà travaillé avec lui à La Nouvelle-Orléans. C'est un garçon fort sympathique et très efficace. Lorsque je lui ai envoyé mon télégramme, il m'a répondu dans l'instant qu'il coopérerait dans toute la mesure de ses moyens. Il m'a promis d'envoyer ses hommes chez les armuriers pour chercher les noms de clients qui auraient acquis des Colt automatiques calibre .38.

Irvine faisait rouler entre ses doigts un cigare qu'il n'avait pas allumé.

— De mon côté, je vais commencer par les banques Cromwell et Crocker, pour voir si elles peuvent m'aider à retrouver la trace des coupures volées.

Bell lui répondit :

— Vous pourriez en faire autant avec d'autres établissements importants, comme la Wells Fargo et la Banque d'Italie, au cas où des billets volés seraient en leur possession. Si le bandit est originaire de San Francisco, on peut imaginer qu'il en a semé quelques-uns en ville.

— Bon, nous avons chacun notre tâche, dit Curtis. Je vais voir si je ne peux pas retrouver le wagon de la O'Brian Furniture.

Bell étendit confortablement les jambes.

— Lorsque nous aurons vu Bronson, je rédigerai le communiqué bidon sur le transfert de fonds à la banque San Miguel Valley de Telluride puis j'essaierai de convaincre les rédacteurs en chef des plus grands journaux de diffuser cette histoire.

La voiture arriva devant le Palace, avant de prendre Garden Court, l'entrée élégante réservée aux voitures, au milieu de sept niveaux de galeries en marbre blanc, décorées de plus d'une centaine de colonnes. La lumière tombait du plafond à travers une vaste coupole en vitrail.

Bell régla le cocher pendant que des porteurs prenaient leurs bagages. Les trois détectives de Van Dorn se dirigèrent vers un grand hall majestueux. Après s'être fait inscrire, ils montèrent dans leurs chambres par l'ascenseur hydraulique lambrissé en bois de séquoia. Bell s'était arrangé pour choisir des chambres mitoyennes dont on pouvait faire une seule suite.

— Bon, dit Bell à Irvine et à Curtis, il est presque cinq heures, nous n'avons donc pas le temps de faire quoi que ce soit aujourd'hui. Une petite toilette, puis nous sortirons dîner, un bon repas, une bonne nuit de sommeil et nous commencerons à battre la campagne demain matin dès l'aube.

— Ça me va assez bien, commenta Irvine qui sentait son estomac gargouiller car ils n'avaient rien avalé depuis huit heures.

— Vous avez une idée de restaurant ? demanda Curtis.

— Bronson est membre du Bohemian Club. Il a réservé, nous dînerons avec lui.

— Voilà qui semble très sélect.

Bell sourit.

— Vous n'imaginez même pas à quel point c'est sélect.

*

A huit heures, les trois hommes sortirent d'un taxi automobile dans Taylor Street, devant l'entrée du prestigieux Bohemian Club, réservé à une petite élite. Fondé en 1872, ce lieu où se retrouvaient journalistes, écrivains et artistes comptait parmi ses membres Mark Twain, Bret Harte, Ambrose Bierce et Jack London. Au fil des années, les hommes qui constituaient la crème du monde des affaires les rejoignirent avant d'en devenir les membres les plus influents. Les femmes n'étaient pas admises, les épouses ou les invitées célibataires entraient par une porte dérobée.

Ce soir-là, les femmes étaient tolérées dans la salle à manger car on recevait en grande pompe Enrico Caruso et il avait insisté pour que sa femme soit présente. Les responsables du club avaient considéré qu'il s'agissait d'un cas particulier et avaient toléré l'une des rares exceptions aux règles en vigueur.

Irvine et Curtis suivirent Bell dans la grande salle de réception et attendirent jusqu'à ce qu'un homme de grande taille, au visage juvénile, bien bâti et musclé, qui les dominait de la tête et des épaules, s'approche et vienne serrer vigoureusement la main de Bell.

— Isaac, quel plaisir de vous revoir.

— Et moi donc, répondit Bell, heureux de revoir son vieil ami et qui se préparait déjà à se faire écraser les doigts. Vous m'avez l'air en pleine forme.

— Je m'entretiens.

Puis, avec un petit signe à Irvine et Curtis :

— Bonsoir, je m'appelle Horace Bronson.

Il avait une voix rauque, qui s'accordait à sa large carrure, et on avait l'impression que ses épaules allaient faire craquer les coutures de son costume gris confectionné sur mesure. Ses traits le faisaient ressembler à un petit garçon sous une chevelure abondante que le soleil avait éclaircie.

Bell fit les présentations. Il ne put s'empêcher de sourire en voyant la tête que faisaient ses adjoints lorsque Bronson leur écrasa les mains dans son battoir. Il dirigeait une équipe de dix collaborateurs, mais était sous les ordres de Bell, plus ancien que lui à l'agence. Bronson avait énormément d'admiration pour lui, pour sa grande expérience et la réputation qu'il avait acquise en appréhendant des malfaiteurs. Il lui était également redevable de sa nomination, c'est Bell qui l'avait recommandé à Van Dorn pour le poste de San Francisco.

— Venez par ici dans la salle à manger, leur dit-il avec chaleur. Le club est réputé pour sa cuisine et le choix des vins.

Bronson les précéda jusqu'à une vaste salle joliment lambrissée d'acajou. Il y en avait partout : le plancher, les murs, et le plafond. Il échangea quelques mots avec le maître d'hôtel. Puis, mettant sa main sur le bras de Bell :

— Je lui ai demandé de nous placer à la table que je réserve pour parler boulot. Elle se trouve dans un coin, personne ne nous entendra.

Le maître d'hôtel leur indiqua une table un peu à l'écart, mais qui jouissait d'une vue imprenable sur tous les convives dans la salle. Un serveur les attendait. Il posa des serviettes sur leurs genoux et attendit que Bronson ait terminé d'examiner la carte des vins et fait son choix. Dès que le serveur fut parti et hors de portée d'oreille, Bronson, plus détendu, se tourna vers Bell.

— J'ai établi la liste des commerçants qui ont vendu des Colt automatiques calibre .38 depuis qu'on les a mis sur le marché. Au total, j'en ai trouvé soixante-sept. J'ai mis quatre de mes agents sur le coup. Ils devraient avoir une réponse d'ici deux ou trois jours – un peu plus tôt s'ils ont de la chance.

— Merci, Horace, lui répondit Bell. Cela va nous faire gagner un temps précieux que nous pourrons consacrer à d'autres pistes.

— C'est bien le moins que je puisse faire, fit Bronson avec un large sourire. En outre, Mr. Van Dorn m'a donné l'ordre de vous apporter tout mon concours.

— Nous aurons besoin de toutes vos ressources.

— Et avez-vous d'autres pistes qui pourraient vous mener au Boucher ?

— Je vous demande de me promettre le secret. J'ai découvert qu'il avait un espion chez nous.

— Vous pouvez me faire confiance, répondit Bronson, soudain soucieux. On a peine à croire qu'il puisse arriver des choses pareilles. Van Dorn est-il au courant ?

— Oui, acquiesça Bell, il le sait.

Il entreprit alors de décrire à Bronson les indices, même s'ils étaient minces, qui les avaient conduits à San Francisco. Il lui expliqua ce qu'avait fait Irvine pour retrouver les numéros des coupures, les découvertes de Curtis au sujet du wagon de marchandises qui aurait pu servir à l'assassin pour prendre la fuite et, enfin, ce qu'il avait trouvé lui-même, les cheveux roux et le doigt en moins. Il fit ce récit aussi précisément que possible, avec tous les détails, mais sans embellir la chose. Irvine et Curtis y ajoutèrent quelques commentaires de leur cru sur ce qu'ils avaient découvert au cours de leur enquête. Lorsque Bell en eut terminé, Bronson garda le silence un long moment. Il se décida enfin :

— Je vois que votre enquête a beaucoup progressé, Isaac. Nous disposons maintenant d'éléments tangibles alors que nous n'avions strictement rien voilà encore quelques semaines. Mais, malheureusement, ce n'est pas suffisant pour identifier le bandit.

— C'est vrai, convint Bell, mais un fil peut conduire à une ficelle qui finit par mener à une corde.

Le vin choisi par Bronson, un chardonnay californien réserve Charles Krug, le plus ancien vignoble de la Napa Valley, arriva et, une fois le vin goûté dans les règles, on les servit. Tout absorbés qu'ils étaient par la carte, ils oublièrent un temps le bandit.

214

— Qu'est-ce qui vous intrigue ? demanda Bronson à Bell.

— Le chef propose des ris de veau sauce bécha-mel. Je vais goûter ça, j'adore les ris de veau.

— Ce sont des testicules de taureau ? demanda Curtis.

— Vous parlez sans doute des huîtres des Rocheuses, répondit Bronson en éclatant de rire.

— C'est un mets de choix pour les gourmets du monde entier, expliqua Bell. Il s'agit du thymus du veau. Il y a deux glandes, une dans la gorge et l'autre près du cœur. Le ris près du cœur est considéré par la plupart des grands chefs comme le plus délicieux.

Bell s'arrêta brutalement au milieu de sa phrase. Il regardait fixement quelque chose de l'autre côté de la salle à manger. Il plissait ses yeux violets comme s'il essayait de voir ce qui se passait au loin. Il se raidit, s'avança au bord de sa chaise, comme s'il était très préoccupé.

— Qu'y a-t-il, Isaac ? lui demanda Irvine. On dirait que vous venez d'assister à la Résurrection.

— Exactement, murmura Bell.

Il observait un couple qui venait d'entrer et parlait au maître d'hôtel. Un couple assez frappant, qui atti-rait tous les regards. Ils avaient les mêmes cheveux roux. La femme était aussi grande que son compa-gnon, plutôt petit.

Elle portait un ensemble deux-pièces style Empire, sa jupe à godets s'évasait et la traîne allait jusqu'au sol. Son corsage brodé était retenu par un lacet, elle le portait sous un boléro ras du cou qui laissait admi-rer un superbe collier de diamants. A cette tenue, parfaitement appropriée, un chapeau à la mode, façon *Veuve joyeuse* et orné d'une plume, ajoutait exactement la touche qu'il fallait. Elle avait enroulé un boa en poil de renard autour de ses épaules.

L'homme, lui, portait un costume noir très chic et un gilet. Une grosse chaîne en or pendait de l'une des poches avant de rejoindre, par une boutonnière, la poche opposée qui renfermait sa montre. Un gros diamant y était suspendu. On lisait dans ses yeux un air d'assurance folle, des yeux qui ne laissaient rien passer. Il examinait la salle comme s'il était chez lui. En apercevant plusieurs personnes de sa connaissance, il leur fit un petit sourire et s'inclina légèrement. On conduisit le couple à une table au centre de la salle à manger, un endroit où tout le monde pouvait le voir. On sentait une entrée en scène bien répétée et conduite avec la plus parfaite élégance.

— Qui est ce couple qui vient de faire une entrée si remarquée ? demanda Bell à Bronson.

— Jacob Cromwell, le propriétaire de la Cromwell National Bank. Il est membre du club. Et cette jolie femme à ses côtés est sa sœur.

— Sa sœur ?

— Oui, Margaret Cromwell, l'une des personnes les plus en vue de la ville. Elle s'occupe des œuvres de charité. Elle et son frère sont très riches et très influents. Ils vivent à Nob Hill.

— Ainsi, dit lentement Bell, elle s'appelle Margaret Cromwell. Je l'ai rencontrée à Denver, sous le nom de Rose Manteca.

Irvine se tourna vers lui.

— Est-ce bien la femme dont vous nous disiez qu'elle vous espionnait pour le compte du Boucher ?

— Sauf si elle a une sœur jumelle, c'est bien elle.

— Impossible, déclara Bronson d'un ton plein de dérision. Cette hypothèse est parfaitement ridicule. Elle et son frère font plus pour San Francisco que la

216

moitié des gens fortunés de la ville rassemblés. Ils financent des orphelinats, la société de protection des animaux, des travaux d'embellissement de notre cité. Ils font des dons généreux à toutes les grandes causes. Ici, tout le monde les respecte et les admire.

— Voilà un argument déterminant, nota Curtis. Si les Cromwell possèdent l'une des banques importantes de San Francisco et sont déjà richissimes, pourquoi iraient-ils voler et assassiner ?

— Miss Cromwell est-elle mariée ? demanda Bell à Bronson.

— Non, elle est célibataire, et elle a la réputation d'être farouche.

— Peut-être vous êtes-vous trompé en la prenant pour une espionne du bandit ? suggéra Irvine.

Bell ne quittait pas des yeux Margaret Cromwell, étudiait chaque détail de son visage. Elle semblait en grande conversation avec son frère et ne se tourna pas dans sa direction.

— Je me suis peut-être trompé, finit-il par murmurer sans conviction. Mais la ressemblance entre cette femme et celle que j'ai croisée à Denver est stupéfiante.

— Je connais personnellement Cromwell, reprit Bronson. Il a coopéré avec Van Dorn lorsque nous travaillions sur une arnaque montée par les employés d'une banque pour escroquer des entreprises locales. Je vais vous présenter.

Bell secoua la tête et se leva.

— Ne vous donnez pas cette peine. Je vais m'en charger moi-même.

Il s'avança, contourna les chaises des dîneurs et s'approcha de la table des Cromwell. Il arrivait délibérément par-derrière, légèrement sur le côté de Margaret, de sorte qu'elle ne le vit pas approcher. Sans prêter attention à Cromwell, il se pencha sur elle avec un sourire condescendant, se demandant comment elle allait réagir.

— Je vous demande pardon, Miss Cromwell, mais il me semble que nous nous sommes rencontrés à Denver. Je m'appelle Isaac Bell.

Elle se raidit soudain, mais elle ne se retourna pas pour voir de qui il s'agissait. Elle fixait les yeux de son frère assis en face d'elle avec une expression impénétrable – surprise, consternation, ou autre, on ne savait trop –, mais quelque chose qui était comme de la détresse ou le résultat d'un choc violent. Au début, Bell se dit qu'elle ne savait pas quelle attitude adopter. Puis elle se ressaisit en une fraction de seconde.

— Je suis désolée, je ne connais pas de Mr. Isaac Bell.

Elle avait parlé d'une voix calme, sans le moindre trémolo. Elle ne le regardait toujours pas. Elle savait que, si elle le faisait, son ventre se crisperait aussitôt, comme si elle avait reçu un coup. Elle était soulagée de ne pas avoir été debout à ce moment-là, ses jambes seraient devenues en coton et elle serait tombée sur le tapis.

— Pardonnez-moi, poursuivit Bell, certain désormais après avoir vu sa réaction qu'il s'agissait bien de celle qu'il connaissait sous le nom de Rose Manteca. J'ai dû confondre.

Cromwell s'était levé par un réflexe de courtoisie et tenait sa serviette à la main. Il fixait Bell comme un lutteur qui jauge son adversaire en attendant le coup de gong de la première reprise. Il ne manifestait ni surprise ni même incrédulité. Il finit par tendre la main :

— Jacob Cromwell, Mr. Bell. Etes-vous membre du club ?

— Non, je suis l'invité d'Horace Bronson, de l'agence Van Dorn.

Il serra la main de Cromwell, non sans se dire qu'il y avait quelque chose de bizarre à ce que le banquier garde ses gants à table. Résultat d'années passées à mener des enquêtes, il jeta un coup d'œil au petit doigt de la main gauche. Le doigtier était ferme et bien rempli. Non qu'il se dît que Cromwell eût la moindre chance d'être le bandit. Une idée parfaitement folle.

Cromwell hocha la tête.

— Je connais Horace. Un homme sympathique. Il fait honneur à votre société.

Bell profita de ce qu'il était tout près de lui pour noter que les cheveux roux de Cromwell étaient soigneusement coupés et qu'ils commençaient à se clairsemer sur l'arrière du crâne. Le banquier était mince et de petite taille, avec quelque chose qui rappelait plus la grâce féminine que la robustesse masculine. Il voyait dans ses yeux la même expression que celle qu'il avait pu observer chez un couguar qu'il avait abattu dans le Colorado. Un regard froid, presque éteint, venu du plus profond de son être.

— C'est vrai, un homme très bien.

— Bell, dites-vous ? Je ne me souviens pas avoir déjà entendu ce nom, continua Cromwell comme s'il essayait d'en placer une. Puis il passa à autre chose, comme si cela n'avait aucune importance : Habitez-vous San Francisco ?

— Non, Chicago.

Margaret ne réussissait toujours pas à lever les yeux sur Bell. Elle sentait un feu incontrôlable lui parcourir le corps. Très mal à l'aise, elle était devenue rouge comme une tomate. Puis elle s'énerva, pas tant contre Bell que contre elle-même, d'avoir ainsi laissé paraître son émotion.

— Mon frère et moi aimerions dîner en paix, Mr. Bell. Si vous voulez bien nous excuser.

Il contempla avec bonheur son cou élancé qui virait au cramoisi.

— Désolé de vous avoir importunés. Et à Cromwell : Monsieur.

Puis il retourna à sa table.

Dès qu'il fut certain que Bell était hors de portée de voix, Cromwell cracha :

— Mais que diable vient-il faire à San Francisco ? Je pensais que Red Kelly s'était occupé de lui.

— Apparemment, il l'a raté, répondit Margaret avec une vague sensation de soulagement.

— Comment a-t-il su que tu étais ici ?

— Ne me regarde pas, lui répondit-elle en s'emportant. Je suis revenue de Denver à Los Angeles par le train, sous le nom de Rose Manteca et j'y ai acheté un cheval sous la même identité. Je suis ensuite allée à cheval à Santa Barbara, j'ai repris le train pour San Francisco sous un autre nom. Il n'a absolument pas pu me filer.

— Crois-tu qu'il s'agisse d'une simple coïncidence ?

Elle avait l'air d'un chien battu.

— Je ne sais pas, je ne sais vraiment pas.

— Indépendamment des raisons qui l'ont poussé à venir à San Francisco, sa présence signifie que nous allons avoir des ennuis, reprit Cromwell qui regardait sans se gêner et avec un sourire contraint la table des quatre hommes. Je ne pense pas qu'il ait reconstitué les choses, mais maintenant qu'il t'a vue, comme il te suspecte d'avoir des liens avec le bandit et qu'il sait que tu es ma sœur, il va continuer à rôder dans les parages.

— Il serait peut-être judicieux de prendre quelques vacances.

— Ce n'est pas une mauvaise idée.

— Demain dès l'aube, je prends des billets pour l'Alaska, nous partons à Juneau.

— Pourquoi Juneau ? demanda Cromwell. Il y fait un froid glacial.

— Parce que c'est le dernier endroit qui lui viendrait à l'esprit.

Elle se tut et prit l'air intéressé.

— Et puis le père d'Eugene, Sam Butler, a des mines dans le coin.

Elle éclata de rire, laissant déborder toutes ses émotions.

— Cela me donnera l'occasion d'aller rendre visite à mes futurs intérêts financiers.

— Ma chère sœur, lui dit Cromwell avec chaleur, tu es une source perpétuelle d'étonnement. Puis il murmura, regardant avec insolence la table de Bell : Je me demande quel a bien pu être le sort de Red Kelly.

— Peut-être Bell l'aura-t-il tué.

— Peut-être, répondit Cromwell. Si c'est le cas, Bell est bien plus dangereux que je ne l'imaginais. La prochaine fois, je m'en occuperai personnellement.

*

Lorsque Bell fut de retour à sa table, ses ris de veau étaient arrivés. Il prit sa fourchette, impatient de goûter ce délice, mais les questions qui fusèrent l'en empêchèrent.

— Est-ce la femme que vous croyez avoir croisée à Denver ? demanda Bronson.

Bell éluda la question, peu désireux qu'il était de dire à Bronson tout ce qu'il savait sur ce sujet délicat.

— Je me suis sans doute trompé, il me faut l'admettre. Mais la ressemblance est extraordinaire.

— Vous êtes sensible à la beauté des femmes, fit Bronson en ricanant.

— Et que pensez-vous de Cromwell ? demanda ensuite Irvine. A votre avis, sera-t-il coopératif lors de notre rendez-vous pour parler des coupures volées qui seraient passées entre ses mains ?

— Demandez à Horace. Je n'ai fait aucune allusion à notre enquête. Il m'a paru plutôt sympathique, mais passablement arrogant.

— Il a la réputation d'être assez hautain, compléta Bronson. Mais l'un dans l'autre, il sait se montrer prévenant et je suis sûr qu'il coopérera pleinement à vos investigations.

— Nous verrons bien, conclut Bell, qui avait enfin commencé à déguster ses ris de veau.

Après en avoir avalé une bouchée, il se tourna vers Irvine.

— Je pense que je vous accompagnerai à la Cromwell National Bank.

— Vous souhaitez vraiment le revoir ? demanda Bronson.

Bell fit signe que non.

— Ce n'est pas ma première priorité, mais j'aimerais aller fouiner dans sa banque.

— Qu'espérez-vous y trouver ? lui demanda Curtis.

Bell se contenta de hausser les épaules, mais un éclair passa pourtant dans ses yeux.

— Vous savez, je n'en ai pas la moindre idée.

Chapitre 19

Marion, installée à son bureau, était occupée à taper une lettre, lorsque deux hommes entrèrent. Elle se détourna de sa machine à écrire, une Underwood Modèle 5, et leva les yeux. L'un des deux hommes, celui qui avait une tignasse de cheveux bruns rebelles, lui fit un sourire amical. Il était mince et on aurait pu le trouver maladif s'il n'avait pas été aussi bronzé. L'autre était grand, le cheveu blond. Elle ne voyait pas son visage car il tournait la tête et semblait très occupé à examiner le décor raffiné du bureau.

— Miss Morgan ?

— Oui, que puis-je faire pour vous ?

— Je m'appelle Irvine.

Il lui tendit sa carte professionnelle.

— Mon collègue, Isaac Bell, et moi-même appartenons à l'agence de détectives Van Dorn. Nous avons rendez-vous avec Mr. Cromwell.

Elle se leva, mais sans le moindre sourire.

— Bien sûr. Votre rendez-vous était prévu à neuf heures trente. Vous avez cinq minutes d'avance.

Irvine leva les bras au ciel en signe d'impuissance.

— Vous connaissez le dicton...

— Celui qui dit que le monde appartient à ceux qui se lèvent tôt ? répondit-elle, l'air amusé.

Le grand blond se tourna alors vers elle.

— Mais c'est le second arrivé qui attrape le poisson.

— Très drôle, Mr. Bell..., répondit Marion sans achever sa phrase.

Leurs regards se croisèrent et Marion ressentit soudain quelque chose qu'elle n'avait encore jamais éprouvé de sa vie avant de découvrir ces yeux violets. Elle l'examina, il mesurait un bon mètre quatre-vingt-dix, il était maigre et vêtu d'un complet en toile blanche bien coupé. Sa grosse moustache était de la même couleur que ses cheveux de lin. Il n'était pas exactement bel homme, comme on aurait dit de quelqu'un dans le genre beau gosse, mais ses traits étaient bien dessinés, très virils. Il y avait chez lui quelque chose de rude, on sentait celui qui se trouvait aussi à l'aise dans les étendues sauvages de l'Ouest que dans le confort d'une grande ville. Elle l'observait sans se cacher, elle d'habitude si soucieuse de dissimuler ses sentiments et de ne rien laisser paraître lorsque quelque chose la bouleversait. Aucun homme ne lui avait jamais fait ressentir pareil émoi, en tout cas, pas à la première rencontre.

Bell, lui aussi, était sensible à la beauté de Marion et à son air adorable. Le sol trembla sous ses pieds lorsqu'il la regarda. Elle semblait à la fois délicate et aussi résistante qu'un saule. On sentait de la confiance en soi, elle donnait l'impression de pouvoir régler n'importe quel problème, aussi compliqué fût-il. Elle était gracieuse et élégante, et à la vue de sa taille mince jusqu'au bord de sa longue jupe, il devina qu'elle avait de longues jambes. Elle avait rassemblé sa chevelure épaisse sur le haut de la tête et une longue natte lui descendait presque jusqu'à la taille. Il décida qu'elle devait avoir le même âge que lui, à un an près.

— Mr. Cromwell est-il occupé ? lui demanda-t-il pour revenir à l'objet de sa visite.

— Oui..., fit-elle en balbutiant légèrement. Mais il vous attend.

Elle frappa à la porte de son patron puis entra et annonça l'arrivée de Bell et d'Irvine. Elle s'effaça en leur faisant signe d'avancer, Cromwell se leva pour les accueillir. Comme ils franchissaient la porte, Bell effleura délibérément la main de Marion qui crut sentir un véritable choc électrique. Elle referma derrière elle.

— Asseyez-vous, messieurs, leur dit Cromwell. Horace Bronson me dit que vous venez me voir pour une histoire de billets volés qui ont transité par ma banque.

Irvine semblait ne rien avoir remarqué, mais Bell, lui, trouvait bizarre que Cromwell porte à nouveau des gants.

— C'est exact, répondit Irvine, car Bell voulait le laisser mener la conversation. Nous avons appris que l'une de ces coupures, numéro de série 214799, avait été déposée dans votre établissement.

— C'est parfaitement possible, dit Cromwell qui jouait avec un cigare qu'il n'avait pas allumé. J'imagine qu'il s'agissait d'un billet de cinquante ou de cent dollars, car nous n'enregistrons pas les valeurs faciales inférieures à ces chiffres.

Irvine consulta les notes qu'il avait prises dans son calepin.

— En fait, ce billet venait de chez un commerçant de Geary Street, un fleuriste. Le gérant, un certain Rinsler, a pris contact avec le bureau local de Van Dorn car il pensait que ce billet était peut-être un faux. Mais il s'est révélé être normal. Il a indiqué qu'il l'avait retiré à la Cromwell National Bank en transférant des espèces dans son coffre.

— Ce que raconte ce Rinsler est un peu obscur, coupa Bell. Mais s'il a enfreint la loi, c'est l'affaire de la police locale.

— Chaque année, ma banque voit passer des millions de dollars, leur indiqua Cromwell. Je ne vois pas ce que ce billet a de si important.

— Parce que nos vérifications ont montré qu'il avait été dérobé lors d'un vol à Elkhorn, dans le Montana. A l'endroit même où le bandit a tué quatre employés et clients, expliqua Bell.

Cromwell attendait la suite, mais Bell et Irvine gardèrent le silence. Irvine consultait toujours ses notes, tandis que Bell observait le banquier avec attention. Lequel soutint son regard sans un battement de cils. Se retrouver en face du meilleur agent de chez Van Dorn flattait son ego au plus haut point.

— Je suis désolé, messieurs, reprit-il en baissant les yeux sur son cigare toujours éteint. Je ne vois vraiment pas comment je pourrais vous aider. Si d'autres billets du lot volé sont passés par chez moi, ils ont été remis en circulation depuis belle lurette et je ne peux pas retrouver leur trace, ni savoir qui les a déposés.

— C'est exact, répondit Bell. Mais nous sommes obligés d'explorer toutes les pistes, même si elles paraissent assez loin du sujet.

— Ces billets étaient tout neufs et leurs numéros se suivaient, expliqua Irvine. Est-il possible que vous les ayez enregistrés avant de les remettre en circulation ?

— C'est parfaitement possible puisque, comme je vous l'ai indiqué, nous enregistrons toutes les coupures de cinquante et cent dollars.

— Pourriez-vous demander à votre comptable de vérifier ? demanda Bell.

— Avec plaisir.

Cromwell alla appuyer sur le bouton de la sonnette sous son bureau. Quelques secondes plus tard, Marion apparaissait dans l'embrasure.

— Miss Morgan, voudriez-vous je vous prie demander à Mr. Hopkins de venir dans mon bureau ?

— Bien sûr.

Lorsque Hopkins arriva, il n'était pas tel que Bell s'attendait à le trouver. Au lieu d'un petit homme couleur muraille, terne, avec des lunettes et un crayon sur l'oreille qui passait sa vie à aligner des colonnes de chiffres dans des cahiers, il vit quelqu'un qui avait l'air d'un athlète de haut niveau, très alerte. On lui présenta Bell et Irvine qu'il salua d'un signe de tête.

— Mr. Bell et Mr. Irvine travaillent pour l'agence de détectives Van Dorn. Ils sont ici pour vérifier les numéros de billets volés au cours d'une attaque à Elkhorn, dans le Montana. Un billet de cinquante dollars a été déposé chez nous puis remis à un client venu encaisser un chèque. Ces messieurs pensent que d'autres coupures volées ont pu passer par la banque. Ils aimeraient que vous vérifiiez la liste des numéros que nous avons enregistrés.

Hopkins paraissait fort sympathique. Il sourit.

— J'ai besoin de connaître les numéros en question.

— Il s'agit de ceux précédant et suivant le 214799, lui dit Cromwell en se fiant à sa mémoire.

— Parfait, monsieur, répondit Hopkins.

Il s'inclina légèrement devant Bell et Irvine.

— S'ils existent, j'aurai ces numéros sous quelques heures.

— Je vous en remercie d'avance, répondit Bell.

— Autre chose, messieurs ? conclut Cromwell en mettant fin à l'entretien.

— Non, rien, vous nous avez été d'un grand secours. Merci.

Bell laissa Irvine passer devant lui pour gagner l'ascenseur et traîna un peu derrière. Il s'arrêta devant le bureau de Marion.

— Miss Morgan ?

Elle lâcha sa machine et fit pivoter sa chaise dans sa direction, mais sans oser le regarder dans les yeux.

— Je sais que vous allez me trouver présomptueux, mais vous me semblez très décidée. Je me demandais si vous ne pourriez pas jeter toute prudence aux orties et accepter de dîner ce soir en ma compagnie ?

Son premier mouvement fut de refuser, mais une mystérieuse porte interdite venait de s'ouvrir et elle ne livra qu'un combat de principe.

— Je ne suis pas autorisée à accepter des rendez-vous avec les clients de la banque. En outre, comme pourrais-je savoir si je puis faire confiance à quelqu'un que je ne connais pas ?

Il éclata de rire en se penchant vers elle.

— Primo, je ne suis pas client de votre banque. Secundo, si vous ne pouvez pas faire confiance à un détective assermenté, alors, à qui ?

Et il lui prit la main.

Elle sentit une vague d'inquiétude l'envahir. Mais elle savait que c'était un combat perdu d'avance. Ses dernières barrières cédèrent, elle perdit toute volonté et abandonna sa réserve.

— Bon, s'entendit-elle articuler, comme si c'était quelqu'un d'autre qui parlait. Je sors du travail à cinq heures.

— Parfait, répondit-il, tout en se disant qu'il se montrait un peu trop enthousiaste. Je vous attendrai devant la porte.

Elle le regarda se diriger vers l'ascenseur. Seigneur, se disait-elle, je dois être folle. Accepter l'invitation à dîner d'un parfait inconnu.

Pourtant, en même temps qu'elle se morigénait, une étincelle de gaieté passa dans ses yeux.

*

Irvine attendait Bell devant l'ascenseur.

— Que faisiez-vous donc ?

— Je dîne ce soir avec la secrétaire personnelle de Cromwell.

— Vous, vous êtes un rapide, répondit Irvine, admiratif.

— Non, fit Bell en souriant, les choses se mettent en place d'elles-mêmes, voilà tout.

— Vous connaissant comme je vous connais, je me dis que vous avez une idée derrière la tête.

— Disons que je joins l'utile à l'agréable.

Irvine redevint sérieux.

— Vous jouez peut-être avec le feu. Si elle se rend compte que vous vous servez d'elle pour fouiller dans les affaires de Cromwell, les choses risquent de se gâter.

— Je verrai ça en son temps, assura Bell.

Ils rentrèrent à l'hôtel. Et Bell ne pensait pas à son affaire, mais à des choses beaucoup plus agréables.

Chapitre 20

Marion ne parvenait pas à se l'expliquer. Elle n'avait jamais rien ressenti de tel, pas depuis le jour où, alors qu'elle allait encore en classe, un garçon qui la faisait rêver lui avait souri. Rien de plus. Il ne l'avait jamais approchée, il ne lui avait jamais adressé la parole. Et maintenant qu'elle était assise à cette table pour deux un peu à l'écart, elle se sentait aussi écervelée qu'une petite fille.

Bell était venu la chercher devant la banque Cromwell en taxi à cinq heures pile. Le chauffeur les avait emmenés directement jusqu'à l'immeuble de sept étages où se trouvait le meilleur restaurant français de la ville, Chez Delmonico. Ils montèrent dans un ascenseur qui les conduisit au dernier étage. Le maître d'hôtel les précéda dans un salon privé où une grande baie vitrée s'ouvrait sur une vue panoramique de la ville et de la baie.

Ceux qui pouvaient se le permettre n'hésitaient pas à choisir le menu à dix plats, accompagnés de vins différents. Bell commanda des huîtres Rockefeller avec une sauce piquante, suivies d'un bouillon parfumé, d'un esturgeon des Grands Lacs poché, de cuisses de grenouilles sauce poulette, de côtes de porc, puis poulet à la Kiev, assortiment de gibier à plumes rôti, pommes de terre vapeur et pois à la crème.

Marion n'avait jamais fait de dîner aussi somptueux. Certes, des célibataires fortunés l'avaient déjà invitée à souper et à déguster des vins, mais aucun ne l'avait traitée avec un faste pareil. Elle vit avec soulagement que les portions n'étaient pas trop généreuses, tout en regrettant de n'avoir pas délacé son corset à titre préventif.

Pour le dessert, Bell commanda des crêpes Suzette. Le serveur vint à leur table pour les arroser d'une main experte et Marion se força à regarder Bell droit dans les yeux.

— Puis-je vous poser une question, Mr. Bell ?

Il la gratifia d'un sourire engageant.

— Je crois que nous nous connaissons maintenant suffisamment pour que vous m'appeliez Isaac.

— Je préfère m'en tenir à Mr. Bell, si cela ne vous ennuie pas, dit-elle du ton de quelqu'un qui trouve cela plus convenable.

Il souriait toujours.

— Faites.

— Comment pouvez-vous vous permettre des dépenses pareilles avec un salaire de détective ?

Il se mit à rire.

— Me croirez-vous si je vous dis que je viens de dépenser un mois de mes émoluments, uniquement pour vous impressionner ?

— Pas une seule seconde, répondit-elle, pincée.

— La banque Cromwell n'est-elle pas l'établissement le plus important de San Francisco ?

Cette réponse la prit de court.

— Non, il en existe deux autres, dont la Wells Fargo. Pourquoi me demandez-vous cela ?

— Ma famille possède la plus grosse banque de toute la Nouvelle-Angleterre.

Elle essayait de gober ça, sans y parvenir.

— Seriez-vous vexé si je vous disais que je ne vous crois pas ?

— Demandez à votre patron, il pourra vérifier mes dires.

Elle fronça le sourcil, un peu ennuyée.

— Et dans ce cas, pourquoi vous être fait détective, alors que vous auriez pu présider une banque ?

— Il se trouve que j'ai plus de goût pour les enquêtes criminelles que pour la finance. Je me sens prisonnier derrière un bureau. Et puis il y a aussi le défi que représente la confrontation avec le cerveau d'un criminel.

— Et connaissez-vous des succès ? lui demanda-t-elle pour le taquiner.

— Je gagne plus souvent que je perds, admit-il honnêtement.

— Et pourquoi moi ? reprit-elle. Pourquoi inviter à souper une modeste secrétaire, au lieu de quelqu'un de votre niveau social ?

Bell décida de ne pas y aller par quatre chemins.

— Parce que vous êtes jolie, intelligente, et que vous me captivez.

— Mais vous ne me connaissez pas.

— J'espère que cela va changer, lui dit-il en lui jetant un de ses regards dévastateurs. Maintenant assez parlé. Il est temps de savourer ces crêpes.

Lorsqu'ils eurent terminé leur dessert, Bell demanda au serveur de leur apporter deux verres de vieux porto, une cuvée de cinquante ans. Puis il se laissa aller, pleinement rassasié.

— Parlez-moi de Jacob Cromwell.

Le dîner et le vin avaient fait leur œuvre. Marion se sentait trop ramollie pour voir le piège dans lequel elle était en train de tomber.

— Et qu'aimeriez-vous savoir ?

— D'où il sort, comment il a créé sa banque, s'il est marié. Depuis notre rencontre, je le trouve très intéressant. J'ai cru comprendre que sa sœur Margaret et lui figuraient parmi les principaux donateurs de la ville.

— Cela fait douze ans que je travaille pour Mr. Cromwell et je peux dire avec certitude que c'est un homme intelligent et très perspicace. C'est également un célibataire endurci. Il a fondé sa banque en 1892 avec très peu de fonds et il a résisté à la dépression des années quatre-vingt-dix. Au pire de cette crise, il a encore réussi à gagner de l'argent. La plupart des banques de la ville ont été à deux doigts de fermer leurs portes, cela a été très dur. Mais pas la banque Cromwell. Grâce à une direction ferme et à de bons principes de gestion, il a construit un empire financier et ses actifs s'élèvent maintenant à plusieurs millions de dollars.

— Un homme plein de ressources, commenta Bell, admiratif. Et visiblement quelqu'un qui s'est fait tout seul.

Elle acquiesça.

— Le développement de la Cromwell National Bank est tout ce que l'on veut sauf un miracle.

— Où a-t-il trouvé l'argent au démarrage ?

— Ça, c'est un peu mystérieux. Il ne parle jamais de ce qu'étaient ses affaires avant qu'il crée une petite banque dans Market Street. On prétend, ce sont des rumeurs, qu'il a commencé avec pas plus de cinquante mille dollars. Lorsque je suis entrée chez lui, les actifs s'élevaient déjà à plus d'un million.

— Et à quel genre d'investissements consacre-t-il sa fortune ?

Elle leva les bras au ciel en signe d'impuissance.

— Honnêtement, je n'en sais rien. Il ne me parle

jamais de ses finances personnelles, je n'ai jamais vu ni document ni correspondance à ce sujet. Je suppose qu'il réinvestit ses bénéfices dans la banque.

— Et sa famille ? Sa sœur et lui, d'où viennent-ils ?

La question prit encore Marion au dépourvu.

— Il ne m'a jamais parlé de son passé. Un jour, il m'a juste vaguement dit que leur père avait une ferme dans le Dakota du Nord, près d'une petite ville appelée Buffalo. A part ça, tous ses liens familiaux sont morts et enterrés.

— Je suis certain qu'il a ses raisons, dit Bell.

Il ne voulait pas pousser Marion dans ses retranchements et amena donc la conversation sur sa propre enfance au sein de la bonne société de Boston. Il était allé à l'université Yale, son père n'avait pas vu d'un bon œil qu'il aille travailler à l'agence de détectives Van Dorn au lieu de rejoindre la banque. Après quelques tours et détours de ce genre, il revint à Cromwell.

— J'ai été frappé par Cromwell, il paraît très cultivé. Je me demande où il a pu faire ses études.

— Margaret m'a dit un jour qu'il avait été au lycée dans le Minnesota, lui répondit Marion.

— Margaret est très belle, tenta-t-il en guettant une réaction.

Marion dissimula à peine l'antipathie que lui inspirait la sœur de Cromwell.

— Je sais qu'elle contribue à de nombreuses œuvres de bienfaisance, mais ce n'est pas quelqu'un dont je ferais une amie.

— Vous voulez dire qu'on ne peut pas lui faire confiance ? tenta Bell.

— Il lui arrive parfois de ne pas dire la vérité. Et elle est de temps à autre l'objet de bruits scandaleux, Mr. Cromwell réussit à les étouffer. Ses écarts n'ont pas l'air de le déranger outre mesure. On dirait presque qu'il s'en réjouit.

— Il voyage beaucoup ?

— Oh oui, il part souvent pêcher dans l'Oregon, il aime fréquenter la villégiature du Bohemian Club, un endroit calme au milieu des séquoias, ou il part chasser en Alaska. Il participe également au moins à trois conférences de banquiers chaque année, aux quatre coins du pays. Une année, Margaret et lui sont allés faire un voyage en Europe.

— Il ne s'occupe donc pas de la gestion courante de la banque ?

Elle secoua la tête.

— Non, non, Mr. Cromwell garde en permanence le contact lorsqu'il est en déplacement. Il est assisté par des directeurs, les meilleurs cerveaux qui soient dans ce genre d'activité.

Le serveur leur apporta leurs verres de porto sur un plateau d'argent. Ils dégustèrent en silence pendant quelques instants, puis Marion reprit la parole.

— Pourquoi me posez-vous toutes ces questions sur Mr. Cromwell ?

— Je suis détective, je suis naturellement curieux.

Elle chassa une mèche qui lui tombait sur le front et rectifia sa coiffure.

— Je me sens rejetée.

— Rejetée ? répéta-t-il.

— Oui, vous me posez des tas de questions sur mon patron, mais vous ne m'avez rien demandé à mon sujet. La plupart des hommes que je connais me demandent toujours de raconter ma vie, la première fois qu'ils me voient.

— Vous croyez que je vais oser ? lui demanda-t-il d'un ton taquin.

— Vous ne courez aucun risque, fit-elle en éclatant de rire. Ma vie est absolument médiocre. Je suis née en Californie, à Sausalito, de l'autre côté de la baie. Ma mère est morte quand j'étais toute petite et mon père, qui travaillait comme ingénieur à la Western Pacific Railroad, a embauché des précepteurs pour s'occuper de moi, jusqu'à ce que je sois assez grande pour entrer dans la meilleure école de secrétariat de la ville. Lorsque j'ai obtenu mon diplôme, Jacob Cromwell m'a embauchée et je travaille depuis à la banque. J'ai commencé comme dactylo et suis devenue ensuite son assistante personnelle.

— Mariée ?

Elle lui sourit en faisant la timide.

— J'ai eu une ou deux propositions, mais ce n'est jamais allé jusqu'à me conduire à l'autel.

Il tendit le bras à travers la table pour lui prendre la main.

— Il ne faut pas désespérer, le prince charmant débarquera un de ces jours pour vous enlever.

Elle retira sa main, plus pour manifester son autorité que pour le rabrouer.

— Les princes charmants sont rares et ils sont loin. A San Francisco, j'attends toujours d'en voir un.

Bell décida de ne pas poursuivre sur ce terrain. Mais il était déterminé à y revenir pour voir si leur attraction mutuelle était solide ou non.

— J'ai beaucoup apprécié cette soirée. Ce n'est pas souvent que j'ai la compagnie d'une jolie femme capable de soutenir une conversation.

— Vous êtes assez doué pour jeter des fleurs.

Il détourna les yeux. Il ne voulait pas pousser son avantage, mais restait encore une énigme dont il n'avait pas la réponse.

— A propos de Cromwell, il y a encore quelque chose qui m'intrigue.

Il vit aussitôt qu'elle était déçue, elle s'attendait sans doute à ce qu'il lui propose de la revoir et il se dit qu'elle commençait à douter sérieusement de ses sentiments envers elle.

— Quoi encore ? lui demanda-t-elle, assez froide.

— Lorsque je l'ai vu pour la première fois, dans la salle à manger du Bohemian Club, et aujourd'hui encore dans son bureau, il portait des gants. En porte-t-il tout le temps ?

Elle plia sa serviette et la posa sur la table pour bien lui montrer que, de son point de vue, la soirée était terminée.

— Il a été victime d'un incendie, enfant. Il a eu les deux mains gravement brûlées, et il porte des gants pour cacher les cicatrices.

Bell avait un peu honte d'utiliser ainsi Marion. Elle était vive, elle était belle et intelligente. Il se leva, fit le tour de la table et tira légèrement sa chaise.

— Je suis vraiment désolé, mon naturel d'enquêteur reprend sans arrêt le dessus. J'espère que vous me pardonnerez. M'accorderez-vous une seconde chance ?

Elle était sûre qu'il était sincère et sentit un frisson d'excitation, elle pouvait avoir un regain d'espoir, il s'intéressait à elle. Il était bien plus séduisant que ce qu'elle avait imaginé.

— Comme vous voudrez, Isaac, je suis partante. Mais fini les questions.

— Plus aucune question, reprit-il, tout heureux qu'elle l'ait appelé par son prénom. C'est promis.

Chapitre 21

Deux jours plus tard, les quatre détectives se retrouvèrent dans les bureaux de l'agence Van Dorn au quatrième étage de l'immeuble Call, dans Market Street. Ils étaient installés en demi-cercle autour d'une table ronde et comparaient leurs notes. Tout le monde était en manches de chemise, ils avaient accroché leurs vestes sur le dossier de leurs chaises. La plupart étaient cravatés, avec des cols amidonnés, le dernier portait un nœud papillon. Trois d'entre eux buvaient leur café dans des tasses de porcelaine au chiffre de Van Dorn, le quatrième avait pris du thé. Des papiers épars et des dossiers reliés couvraient le plateau de la table. Bell prit la parole.

— J'ai rédigé un article qui raconte que l'un des plus gros convois de billets neufs jamais expédié par la Monnaie de San Francisco doit partir sous forte escorte pour la ville minière de Telluride, dans le Colorado. Ils doivent servir à régler les salaires et les primes de dix mille mineurs. Je n'ai pas précisé le montant exact, mais je laisse entendre qu'il peut y en avoir pour environ cinq cent mille dollars.

— J'ai utilisé mes contacts avec le rédacteur en chef pour qu'il imprime cet article, ajouta Bronson. Il paraîtra demain.

Irvine faisait tourner sa tasse sur la soucoupe.

— Si le bandit habite San Francisco, il devrait être tenté de faire un essai.

— S'il habite San Francisco, répéta Curtis. Sur ce coup-là, le résultat est incertain. Et cela ne nous mènera peut-être qu'à une impasse.

— Nous savons, reprit Bell, que le wagon de marchandises et plusieurs billets dérobés sont arrivés ici. A mon avis, il y a de bonnes chances qu'il vive autour de la baie.

— Ce serait plus simple si nous en étions certains, dit Bronson d'un ton las. Et se tournant vers Irvine : Vous nous disiez que vos tentatives pour remonter la piste des billets ne vous ont mené nulle part.

— Un raté total, admit Irvine. La piste n'est plus assez chaude et il est impossible de repérer les billets maintenant qu'ils ont été remis en circulation.

— Les banques n'ont pas gardé trace de ceux qui les ont déposés chez elles ? demanda Bronson.

Irvine secoua la tête.

— Les caissiers n'ont aucun moyen de le savoir car ils n'enregistrent pas les numéros. C'est une opération que le comptable effectue plus tard. Le temps que nous voyions le rapport, il était trop tard. Celui qui a déposé ces billets s'est évanoui dans la nature depuis belle lurette.

Bronson se tourna vers Curtis.

— Et du côté du wagon ?

Curtis faisait la tête de quelqu'un qui vient de perdre son chien.

— Il a disparu, répondit-il, accablé. J'ai cherché au dépôt des chemins de fer, sans succès.

— Il est peut-être reparti avec un convoi qui aurait quitté la ville, suggéra Bell.

— Les registres des trains de marchandises réguliers de la Southern Pacific qui sont partis la semaine dernière ne mentionnaient jamais la présence d'un wagon propriété de la O'Brian Furniture.

— Vous êtes en train de nous dire qu'il n'a jamais quitté le dépôt ?

— Parfaitement.

— Dans ce cas, comment pourrait-on ne pas le retrouver ? demanda Bronson. Il ne s'est pas évaporé comme ça.

Curtis leva les mains au ciel.

— Que voulez-vous que je vous dise ? J'ai fouillé le dépôt de fond en comble avec deux de nos agents. Le wagon n'y est pas.

— Les employés de la Southern Pacific savent-ils où le wagon a été envoyé après son arrivée ? lui demanda Bell.

— Il a été transféré sur une voie de garage près d'un quai de chargement et d'un hangar vide. Nous avons vérifié, il n'y est pas.

Irvine alluma un cigare avant de lâcher un nuage de fumée.

— Serait-il possible qu'il ait été accroché à un train sans que les employés soient au courant ?

— Impossible, reprit Curtis. Si l'on rajoutait un wagon en cachette, ils le verraient. Les serre-freins utilisent un formulaire pour déterminer dans quel ordre doivent être attelés les wagons dont ils possèdent les numéros. Lorsque les wagons arrivent à leur destination, on peut ainsi facilement les détacher en queue de train avant que le convoi poursuive son chemin.

— Le bandit s'est peut-être dit que son wagon avait fait son temps, et il l'aura mis au rebut ou il l'aura détruit, suggéra Bronson.

— Je ne crois pas, fit Bell, l'air songeur. A mon avis, il l'a tout simplement fait repeindre avec un nouveau numéro d'immatriculation, et il a modifié le nom de cette société fictive.

— Ce qui ne fait aucune différence, répliqua Curtis. Il ne peut de toute façon pas s'en servir.

— Que voulez-vous dire ? lui demanda Bell.

— Il n'y a qu'une seule compagnie qui dessert Telluride, la Rio Grande Southern Railroad.

— Et alors, qu'est-ce qui l'empêche de peindre le logo de cette compagnie par-dessus celui de la Southern Pacific ?

— Rien. Sauf qu'il perdrait son temps. La Rio Grande Southern exploite une liaison à voie étroite. Les trains de la Southern Pacific, eux, sont à la norme, les voies font environ trente centimètres de large de mieux. La voie étroite ne peut pas faire passer le wagon du bandit, impossible.

— C'est vrai, je suis stupide, marmonna Bell. J'avais oublié qu'il n'y a que des voies étroites dans les montagnes Rocheuses.

— Ne vous blâmez pas, le consola Bronson, moi-même, je n'y avais jamais pensé.

D'énervement, Irvine frappa du poing sur la table.

— Il ne va jamais mordre à l'hameçon, car il sait qu'il ne pourra pas s'enfuir avec son wagon.

Bell sourit furtivement.

— Il a ses points forts, mais il a aussi ses faiblesses. Je compte sur sa rapacité et sur son ego, le sentiment qu'il a d'être invincible. Je suis certain qu'il va se jeter sur l'appât et essayer de dévaliser la banque de Telluride. Le défi est trop important, il ne peut pas le laisser passer.

— Je vous souhaite bonne chance, lui dit Bronson. Si quelqu'un peut s'emparer du Boucher, c'est bien vous.

— Et de votre côté, Horace ? Pas trouvé trace de l'arme du bandit ?

— Rien de très encourageant. Les achats d'armes neuves ne sont pas enregistrés. Tout ce qu'on demande à l'acquéreur, c'est d'aligner l'argent, et il repart avec son arme. Nous avons fait chou blanc avec les armuriers. Même s'ils se souvenaient de ceux à qui ils ont vendu un Colt .38, ils ne nous donneraient pas leurs noms.

Irvine, les yeux perdus dans le vague, contemplait le mur.

— Messieurs, on dirait bien que toutes nos pistes ne nous mènent à rien.

— Fâcheux contretemps, certes, murmura Bell. Mais la partie n'est pas terminée – pas encore. Il nous reste une chance de marquer le dernier point.

Chapitre 22

Cromwell était installé à la table où il prenait son petit déjeuner en lisant le journal du matin. Il replia la première page à l'endroit de l'article qui faisait la une et tendit son journal à Margaret, sans faire le moindre commentaire.

Elle lut, avant de ciller en comprenant de quoi il s'agissait. Puis, levant les yeux, l'air interrogateur :

— Tu as l'intention d'y aller ?

— Je trouve que c'est très tentant, répondit-il. J'ai l'impression que quelqu'un vient de me jeter son gant.

— Que sais-tu de Telluride ?

— Rien d'autre que ce que j'en ai lu. La ville est construite dans un canyon en cul-de-sac. Il y a un quartier chaud de renom, et Butch Cassidy y a dévalisé la San Miguel Valley Bank en 1889.

— Il a réussi ?

Cromwell lui fit signe que oui.

— Lui et son gang sont repartis avec plus de vingt mille dollars.

— J'imagine que tu te dis : s'il a pu le faire, je peux le faire moi aussi.

— Cassidy a fait du travail d'amateur, il s'est enfui à cheval, répondit Cromwell en se rengorgeant. Mes méthodes à moi sont plus scientifiques.

— Si Telluride se trouve dans un canyon en cul-de-sac, cela signifie qu'il y a une seule voie d'accès et de repli. Un détachement aurait le temps d'arrêter le train et de fouiller les wagons.

— De toute façon, je ne peux pas utiliser le mien. Je serai obligé de le laisser là où il est.

— Je ne comprends pas.

— La voie ferrée qui va à Telluride est celle de la Rio Grande Southern. Les rails sont à voie étroite, trop étroite pour mon wagon de type Southern Pacific. Il faut juste que je trouve un autre moyen de repartir sans risquer de me faire prendre.

Margaret relut attentivement l'article.

— Je ne sens pas bien cette histoire.

— Les pressentiments ne m'intéressent pas. Je me base sur les faits, rien que les faits et je prends mes précautions. Je prends chaque détail en compte, même s'il paraît insignifiant.

Elle le regarda se verser une autre tasse de café.

— Cette fois-ci, tu auras besoin d'assistance.

Il leva les yeux par-dessus le rebord de sa tasse.

— A quoi penses-tu ?

— Je vais y aller avec toi.

— Et ton petit voyage en Alaska, à Juneau ?

— Je le remettrai à plus tard.

Cromwell réfléchit un bon moment.

— Je ne peux pas te faire courir le moindre danger.

— Pourtant, tu n'as pas hésité jusqu'à maintenant, répliqua Margaret. Mais cette fois, tu risques d'avoir besoin de moi.

Il resta d'abord sans rien dire, puis, souriant :

— De toute façon, même si je te disais de ne pas venir, tu le ferais.

Elle éclata de rire :

— M'est-il déjà arrivé de m'incliner devant tes ordres ?

— Jamais, même lorsque nous étions encore enfants, répondit-il en se plongeant dans ses souvenirs. J'ai deux ans de plus que toi, mais je n'ai jamais eu le dessus.

Elle se tamponna les lèvres avec sa serviette.

— Marchons comme ça. Nous allons faire ce coup ensemble.

Il soupira.

— Tu as gagné. Mais j'espère que je ne regretterai pas de ne pas t'avoir mis dans le bateau pour l'Alaska.

— Que veux-tu que je fasse ?

Il gardait le regard fixé sur la table, comme s'il contemplait une image abstraite, en faisant des ronds sur la nappe avec sa fourchette.

— Demain, tu prends le train pour le Colorado, puis tu attrapes la correspondance pour Telluride.

Elle leva les yeux et le regarda.

— Tu veux que je parte avant toi ?

Il acquiesça.

— Je ne vais pas faire comme d'habitude. Au lieu de passer un certain temps à me mêler aux autochtones et à observer les habitudes de la banque, je te confie cette tâche. Tu es une femme, tu pourras regarder les choses de près sans éveiller les soupçons.

— Une femme à Telluride ? dit-elle rêveusement. Je vais devoir me faire passer pour une prostituée.

— Mieux encore, tu prétendras que tu as été abandonnée par ton mari qui est parti chercher fortune à la mine avant de disparaître. De cette façon, personne ne s'étonnera de te voir poser des questions et rôder un peu partout.

— Mais si je veux avoir de quoi vivre et manger, il va falloir que je trouve du travail dans un bordel.

— Fais comme tu veux, dit-il, résigné comme d'habitude aux fantaisies de sa sœur.

— Et toi ?

— J'arriverai quelques jours plus tard après avoir vérifié que les billets ont bien été embarqués, le temps d'établir mon plan pour attaquer la banque et de préparer notre itinéraire de retraite.

Il se tut, il la regardait avec affection, comme un frère contemple sa sœur.

— Je dois être fou, t'embarquer dans pareille aventure.

— Moi aussi, je suis folle.

Elle éclata d'un rire de crécelle.

— Je suis folle d'excitation et je suis de plus en plus tentée par l'aventure.

Elle lui lança l'un de ces regards dont les femmes ont le secret, celui d'un chat qui va se jeter sur une souris.

— Bien sûr, l'idée de me conduire comme une prostituée me remplit de délices.

— Epargne-moi les détails.

Mais elle redevint subitement sérieuse.

— Et Isaac Bell ?

Il haussa les épaules.

— Oui, quoi ?

— On dirait qu'il est partout à la fois, il sera peut-être même à Telluride.

— Cette idée m'a traversé l'esprit, mais une fois que j'aurai vérifié que les billets ont bien été embarqués, je pense que ça élimine cette possibilité. Il est bien trop occupé à chasser des fantômes dans tout San Francisco pour surgir tout d'un coup de nulle part à Telluride.

— Je ne lui fais pas davantage confiance que je ne puis mettre à bas cette maison.

Il éclata de rire.

— Détends-toi, petite sœur. Ce sera une promenade de santé, comme toutes les autres fois. Tu verras.

Chapitre 23

Cette journée de printemps était froide et même glaciale. Bell descendit du train à la gare de la ville et continua à pied jusqu'au coin d'Aspen Street et de Colorado Avenue. Il se trouvait devant une maison de trois étages en bois. Une pancarte accrochée à la façade indiquait : PENSION DE MAMIE TUBBS. Il tenait à la main une valise éculée et portait un vieux manteau de laine sur une veste et une chemise de flanelle. Son pantalon, en coton épais, avait presque la consistance de la toile de jute. A voir ses souliers, on aurait cru qu'il avait fait dix mille kilomètres à pied avec. Un vieux stetson cabossé était perché sur sa tête. Pour mettre la dernière touche à son personnage, il avait coincé entre ses dents une pipe incurvée, comme celles des Irlandais. Et il boitait bas du côté gauche, comme s'il avait une jambe raide.

Il monta jusqu'à l'entrée de la pension où l'accueillit Mamie Tubbs, femme joviale et ronde comme une boule. Ses cheveux gris étaient coiffés en nattes, deux tresses qui lui pendaient dans le dos. Sa tête évoquait une grande soucoupe à laquelle on aurait accroché un nez.

— Bienvenue chez moi, étranger, dit-elle d'une grosse voix d'homme. On cherchait un endroit où se poser ?

— Oui, madame, répondit poliment Bell. Je viens d'arriver en ville.

— Sept dollars la semaine, repas compris, à condition que vous soyez à table à l'heure où je sers.

Il plongea la main dans sa poche, en sortit quelques billets froissés et compta sept dollars.

— Voici, je vous règle d'avance. J'possède pas grand-chose, mais assez pour rester chez vous un certain temps.

Elle avait remarqué qu'il boitait lorsqu'il était entré.

— Vous cherchez du boulot dans les mines ?

Bell se tapa sur la cuisse du plat de la main.

— Ça s'est terminé le jour où que j'ai été blessé, une charge de dynamite qu'avait été mal posée.

Elle le regardait d'un œil soupçonneux en se demandant si elle pourrait compter sur d'autres versements.

— Et où comptez-vous trouver du travail ?

— Un ami à moi m'a trouvé une place à la blanchisserie de l'hôtel New Sheridan.

Elle lui sourit.

— Ils n'ont pas pu vous trouver de chambre au sous-sol ?

— Tous les lits sont occupés par des mineurs, répondit Bell en mentant effrontément.

Il n'avait pas la moindre idée de la chose, si des mineurs se faisaient héberger au sous-sol.

Cela dit, il savait que son aspect de mineur retraité rassurerait suffisamment Mamie Tubbs. Elle pourrait raconter dans toute la ville qu'elle avait un nouveau pensionnaire. Elle lui montra sa chambre et il entreprit de défaire sa valise. Il déroula la serviette de toilette qui enveloppait un Colt Browning modèle 1905, calibre .45, ainsi qu'un chargeur standard de vingt cartouches et une crosse qui se fixait derrière la poignée. Il glissa l'arme sous son lit, mais conserva son derringer Remington à toute épreuve dans son stetson. Il resserra enfin le bandage qu'il avait autour du genou et qui l'empêchait de plier normalement la jambe.

Après avoir dîné d'un ragoût de bœuf dans la salle à manger de Mamie, il fit la connaissance des autres pensionnaires de l'établissement. La plupart d'entre eux étaient des mineurs, mais il y avait aussi quelques caissiers, ainsi qu'un homme et sa femme arrivés pour ouvrir un restaurant. Après avoir dîné, Bell descendit Pacific Avenue pour se faire une idée du plan de la ville.

Telluride – on prétendait que la ville devait son nom au vieux dicton « tu galopes vers l'enfer[1] » – était née lorsque l'on avait découvert de l'or dans le lit de la San Miguel. Cet or, ainsi que du minerai riche en argent découvert dans les montagnes San Juan, avait vite attiré au cours des cinquante années qui suivirent une foule de prospecteurs et de mineurs. En 1906, il y avait en proportion plus de millionnaires à Telluride qu'à New York.

En fin de compte, les mineurs avaient creusé cinq cents kilomètres de galeries et transformé en gruyère les montagnes environnantes dont certaines culminaient à quatre mille mètres au-dessus du niveau de la mer. La population avait explosé, passant à plus de cinq mille habitants. La ville, victime de cette expansion, devint un mélange de folie et de sauvagerie, mâtinées d'une bonne dose de corruption. Une trentaine de bars et cent quatre-vingts prostituées distrayaient une armée de mineurs qui avaient grand

---

1. En anglais, *« to hell you ride »*.

besoin d'un remontant lorsqu'ils sortaient d'une journée de douze heures dans les mines de Silver Bell, de Smuggler-Union ou de Liberty Bell, à trois dollars par jour.

Lorsque le soleil disparaissait derrière les montagnes et que la nuit tombait, les rues s'illuminaient. En 1892, L.L. Nunn, propriétaire d'une mine, avait fait venir Nikola Tesla, ce physicien de génie, pour installer la première centrale de production de courant alternatif au monde. L'électricité actionnait un système de câbles qui redescendait le minerai du haut de la montagne ou le remontait depuis les galeries souterraines. Et lorsque le réseau alimenta la cité, Telluride devint la première ville de l'histoire à être dotée d'un éclairage électrique.

Bell passa devant les célèbres mangeoires près desquelles les putains faisaient leur petit commerce. Les établissements destinés à la bonne société s'appelaient le Sénat et le Silver Belle. Un air de piano s'échappait dans la rue à travers les fenêtres, on jouait « Dill Pickles Rag » et autres airs de ragtime. On appelait cette rue Popcorn Alley à cause des portes qui s'ouvraient et se fermaient sans interruption toute la nuit durant.

Bell gagna le centre-ville sur Colorado Avenue et jeta un coup d'œil par les fenêtres de la Telluride First National Bank. Il devait rencontrer le lendemain le shérif et le directeur de la banque afin de mettre au point un petit programme de réception destiné au Boucher, à supposer qu'il gobe l'appât et tente d'attaquer l'établissement. Il dépassa une banque plus ancienne, la San Miguel Valley Bank, celle que Butch Cassidy avait attaquée dix-sept ans plus tôt.

Avec le soir, le froid était plus vif, le soleil avait disparu derrière les sommets. Bell remarqua qu'il avait le souffle court, on était à une altitude de trois mille mètres. Sans s'occuper des cafés de la rue principale, il se dirigea vers l'hôtel New Sheridan.

Il pénétra dans le hall et dit au réceptionniste qu'il souhaitait voir le directeur. A l'instant même, un homme de petite taille, chauve, la figure rougeaude, sortit à pas précipités de son bureau, comme une souris qui émerge d'un trou dans le mur. Il le gratifia d'un sourire tout ce qu'il y a de plus officiel, sans être chaleureux, en voyant l'aspect de Bell, qui manquait singulièrement de distinction.

— Je suis désolé, toutes nos chambres sont prises, le Sheridan est complet.

— Je ne suis pas à la recherche d'une chambre. Etes-vous bien Mr. Marshall Buckmann ?

Le sourire s'effaça et l'homme plissa les yeux.

— Oui, je suis bien Buckmann.

— Isaac Bell, de l'agence de détectives Van Dorn.

Buckmann ouvrit des yeux comme des soucoupes et il s'inclina.

— Mr. Bell. J'ai reçu votre télégramme. Laissez-moi vous dire que le Sheridan vous apportera tout le concours possible.

— Le plus important, expliqua Bell, c'est que l'on indique à quiconque poserait la question que je suis employé ici comme portier.

— Mais oui, naturellement, répondit Buckmann, très protecteur. Vous pouvez compter sur moi.

— Je vous en remercie, Mr. Buckmann. Maintenant, si cela ne vous ennuie pas, je crois que je vais goûter à votre meilleur whisky.

— Nous ne servons que les meilleurs produits des meilleures distilleries. Le Sheridan ne tolère aucun des ratafias produits dans la région.

Bell hocha la tête, tourna le dos à Buckmann et se dirigea vers le bar. Il s'arrêta pour lire ce qui était inscrit sur une plaque, le règlement à l'usage des clients de l'hôtel :

Ne tirez pas sur le pianiste, il fait ce qu'il peut, le pauvre.

Les chevaux ne sont pas autorisés à accéder aux étages.

Pas plus de cinq personnes par lit.

Funérailles, aux frais de la maison.

Le lit cinquante cents, avec draps, soixante-quinze.

Il s'effaça sur le seuil pour laisser passer une jeune femme blonde qui dissimulait son visage derrière le large rebord de son chapeau. Tout ce qu'il en devina, c'était qu'elle était belle.

Elle, de son côté, ne prêta pas la moindre attention à cet homme qui marchait en boitant à côté d'elle alors qu'elle se dirigeait vers l'escalier couvert d'une carpette pour regagner sa chambre.

Plus tard, Bell s'en voulut à mort de ne pas avoir reconnu dans cette blonde Margaret Cromwell, tout comme elle se reprocha de ne pas avoir identifié cet homme qui claudiquait, avant qu'il fût trop tard.

Chapitre 24

Bell fit un exposé de la situation au shérif Henry Pardee et au directeur de la banque, Murray Oxnard. Les trois hommes, installés autour de la table, prenaient le petit déjeuner que leur avait préparé la femme du shérif. Sa maison était mitoyenne de son bureau et de la prison. Le shérif alla jusqu'à la porte, s'assura qu'elle était fermée à clé et tira les rideaux pour que personne ne puisse voir ce qui se passait à l'intérieur.

Il impressionnait énormément Bell. L'un des murs du salon était tapissé de livres jusqu'au plafond, les œuvres de Shakespeare, Platon, Voltaire, Bacon et Emerson, ainsi que plusieurs autres volumes en latin. Bell n'avait encore jamais vu, dans une ville de cette taille, de shérif aussi cultivé.

Pardee passa la main dans une épaisse toison de cheveux grisonnants et tira sur sa longue moustache.

— Ce que vous nous dites, Mr. Bell, c'est qu'à votre avis, le Boucher va venir attaquer notre banque.

— Je n'en suis pas sûr, répondit Bell, mais s'il se conforme à son personnage, il est probable qu'il va être attiré par la grosse paye qui doit être livrée à la banque par la First National Bank de Denver.

— Je n'ai jamais entendu parler de paye, fit Murray Oxnard.

C'était un homme de haute taille, placide, aux épaules larges et aux hanches étroites. Il ne souriait guère et une expression amère se lisait en permanence sur ses traits.

— Il n'y a pas de paye, lui expliqua Bell. C'est une ruse pour enfumer le bandit.

Pardee tapota la table du bout des doigts.

— S'il est aussi astucieux qu'on le dit, il va creuser la chose et se rendre compte que c'est du vent.

Bell hocha négativement la tête.

— Non, monsieur, les dirigeants de la banque de Denver sont au courant et ils vont accréditer l'histoire.

— Si je peux vous poser une question, demanda Pardee, pourquoi avez-vous choisi Telluride ?

— Parce que votre ville se trouve dans le fond d'un canyon, avec une seule issue à l'ouest. Cette situation en fait l'endroit idéal pour barrer sa retraite si nous ne réussissons pas à l'arrêter sur le fait.

— Je n'aime pas trop ça, dit Oxnard. Le bandit est connu pour tuer de sang-froid. Je ne puis faire courir ce risque à mes employés, et je ne veux pas avoir leur sang sur les mains.

— Je ne prévois pas de vous laisser, vous et vos employés, dans la banque quand l'attaque aura lieu, si elle a lieu. Moi-même et un autre agent de Van Dorn nous occuperons de l'établissement. Un troisième agent surveillera les trains à l'arrivée et au départ, car nous savons que le bandit utilise un wagon de marchandises pour s'échapper après ses forfaits.

— Et mes clients ? insista Oxnard. Qui s'occupera des opérations ?

— Mon agent et moi connaissons parfaitement les opérations bancaires. Si le bandit s'approche de la guérite d'un caissier, nous serons là pour l'accueillir.

— Savez-vous à quoi il ressemble ? demanda Pardee.

— En dehors du fait qu'il lui manque le petit doigt de la main gauche et qu'il a les cheveux roux, nous ne possédons pas de description.

— Parce qu'il assassine tous ceux qui pourraient l'identifier. Vous n'avez pas grand-chose à vous mettre sous la dent.

— Je n'approuve toujours pas, reprit Oxnard. Un de mes clients pourrait se trouver au mauvais endroit au mauvais moment et se faire abattre.

— Nous prendrons toutes les précautions nécessaires, répondit Bell avec calme. Il subsiste des risques, certes, mais il faut arrêter ce bandit. Il a déjà tué plus de trente personnes. Personne ne peut dire combien il va encore en tuer avant que nous réussissions à l'appréhender et à l'empêcher de nuire.

— Que puis-je faire pour vous aider ? demanda Pardee en jetant à Oxnard un regard assez glacial.

— Ne patrouillez pas près de la banque avec vos hommes et tenez-vous à l'écart du bandit, répondit Bell. Restez hors de vue – si c'est possible – mais soyez prêt à intervenir s'il se montre. Nous conviendrons d'un signal s'il apparaît.

Alors qu'Oxnard répugnait toujours autant à l'idée de ce piège, Pardee voyait déjà la notoriété qui serait la sienne si le bandit se faisait prendre en flagrant délit dans sa circonscription. En ce qui le concernait, il n'y avait plus lieu de débattre et le sujet était clos. Restait cependant une dernière question.

— Quand l'argent est-il censé arriver ?

— Demain, répondit Bell.

Oxnard se tourna vers lui, l'air perplexe.

— Et les sommes que j'ai déjà au coffre pour la vraie paye ?

— Laissez-les où elles sont. Je vous promets que le bandit ne mettra pas la main dessus.

Pardee tortillait les pointes de sa moustache.

— Vous vous êtes déjà retrouvé dans une ville minière un jour de paye, Mr. Bell ?

— Je n'ai jamais eu ce plaisir, mais il paraît que c'est assez agité.

— Exact, approuva Oxnard avec un demi-sourire. Ces jours-là, c'est une pagaille noire dans toute la ville.

Pardee sourit à son tour.

— Oui, les mangeoires sont très fréquentées jusqu'à ce que les mineurs aient fini de dépenser leur salaire en whisky et en jeux d'argent. Il se tut, puis, avec un regard en direction de Bell : Où pourrais-je vous trouver, si j'avais besoin de vous joindre ?

— Je suis descendu chez Mamie Tubbs.

— L'endroit rêvé pour garder profil bas, dit Oxnard. Mamie est une bonne fille, et elle cuisine fort bien.

— Je ne peux que louer son ragoût, répondit Bell, amusé.

La réunion prit fin lorsqu'ils eurent terminé de petit-déjeuner. Bell et Oxnard remercièrent Mrs. Pardee pour son excellente cuisine. Puis les trois hommes sortirent et prirent le chemin de la ville. Pardee les laissa pour regagner son bureau et la prison. Bell accompagna Oxnard à la banque afin d'examiner l'aménagement intérieur des lieux.

Le plan était similaire à celui de mille autres banques. Le bureau du directeur était installé derrière la cage du caissier, entièrement vitrée sauf sur la face qui se trouvait devant les tiroirs aux espèces. Cette partie du comptoir était protégée par des barreaux. La chambre forte ressemblait davantage à un gros coffre, elle se trouvait dans une enclave sur le côté de l'entrée.

Bell apprit qu'elle était fermée quand les clients étaient là, on ne l'ouvrait que pour retirer des espèces ou pour y placer coupures et pièces après la fermeture.

— Vous n'avez donc pas de vraie chambre forte ? demanda Bell à Oxnard.

— Pas besoin. L'argent de la paye part en général directement aux mines sous forte escorte deux jours après la livraison.

— Pourquoi deux jours ?

— Il nous faut le temps de tout compter pour vérifier les montants reçus de la banque de Denver.

— Ainsi, le bandit ne dispose que d'un créneau assez étroit ?

Oxnard acquiesça.

— S'il veut agir, ce sera forcément demain.

— Avez-vous vu arriver de nouveaux déposants, ou des gens qui se seraient contentés d'entrer et de ressortir ?

— La mine de Liberty Bell a un nouveau directeur, il est passé ouvrir un compte.

Il se tut en regardant le plafond pour réfléchir.

— Et puis, oui, il y a eu une très jolie femme qui a ouvert elle aussi un compte. Une somme ridicule. Une bien triste histoire.

— Triste ?

— Son mari l'a abandonnée dans l'Iowa pour aller faire fortune dans le Colorado. Elle n'en a plus jamais entendu parler ; la dernière fois qu'elle a eu de ses nouvelles, c'est par un ami, mécanicien sur la ligne de chemins de fer. Il lui a dit que son mari lui avait laissé un message, qu'il partait à Telluride pour aller travailler à la mine. Elle est venue ici pour essayer de le retrouver. Pauvre femme. Le plus probable, c'est qu'il fait partie de tous ceux, et ils sont nombreux, morts dans les mines.

— J'aimerais avoir le nom de ce nouveau directeur, lui demanda Bell. Je voudrais vérifier.

— Je vais vous trouver ça.

Oxnard entra dans son bureau avant d'en ressortir
moins d'une minute plus tard.

— Il s'appelle Oscar Reynolds.

— Merci.

Oxnard tourna vers lui un regard interrogateur.

— Allez-vous également vous livrer à des vérifications auprès de cette femme ?

— Le bandit n'a jamais travaillé avec une femme
– ni d'ailleurs avec un homme, pour ce genre de forfait. Il agit toujours seul.

— C'est aussi bien, soupira Oxnard. Pauvre mal-
heureuse. Elle n'a mis que deux dollars sur son
compte. Si elle veut avoir de quoi manger, elle sera
sans doute obligée de travailler dans un bordel, le travail est rare à Telluride. Et ce genre de boulot, ce sont
les femmes de mineurs qui le pratiquent.

— Juste pour prendre mes précautions, donnez-
moi donc son nom, à elle aussi.

— Rachel Jordan.

Bell se mit à rire doucement.

— Elle, au moins, vous vous en souvenez.

Oxnard sourit à son tour.

— Il est facile de se rappeler un nom quand c'est
celui d'une jolie frimousse.

— Vous a-t-elle dit où elle logeait ?

— Non, mais j'imagine que c'est dans une mangeoire.

Il jeta un coup d'œil furtif à Bell.

— Vous allez la rechercher ?

— Non, répondit Bell, pensif. J'ai du mal à croire
que le Boucher puisse être une femme.

Chapitre 25

Margaret ne menait pas la dure existence d'une prostituée dans une mangeoire de Pacific Avenue. Elle s'était confortablement installée à l'hôtel New Sheridan. Après avoir ouvert un compte à la banque pour étudier les lieux, compter les employés et voir comment ils étaient installés, et comprendre de quel type de coffre il s'agissait, elle avait fait le tour des compagnies minières pour s'enquérir d'un mari disparu qui n'avait jamais existé. Ces démarches donnaient corps à son histoire, elle devint l'objet de beaucoup de bavardages en ville.

Elle alla même trouver le shérif Pardee pour lui raconter son histoire bidon, afin de voir en direct quel genre d'homme c'était. Mrs. Alice Pardee arriva dans son bureau au moment où Margaret demandait à son mari son assistance pour l'aider à retrouver son mari. Alice se sentit immédiatement prise de pitié pour cette femme en détresse. Elle portait une robe de coton déteint qui confirmait sa triste histoire d'épouse abandonnée par un homme qui l'avait quittée. Alice se dit qu'elle devait mourir de faim et l'invita chez elle pour le dîner. Margaret accepta, elle arriva vêtue des mêmes vieilles fripes qu'elle avait achetées à San Francisco dans un magasin réservé aux pauvres.

Ce soir-là, Margaret fit son cirque et proposa à

Alice d'aller l'aider à la cuisine, mais la femme du shérif se rendit bien vite compte que son invitée n'était pas habituée à se trouver derrière les fourneaux. Alice leur servit des côtelettes de mouton, des pommes de terre cuites et des légumes vapeur, le tout couronné par une tarte aux pommes en guise de dessert. On servit ensuite le thé et tout le monde alla s'asseoir dans le salon. Alice leur joua quelques airs sur un vieux piano droit.

— Dites-moi, Mrs. Jordan, lui demanda son hôtesse en s'arrêtant pour changer de partition, où êtes-vous descendue ?

— Je suis tombée sur une dame très gentille, Mrs. Billy Maguire, elle m'a embauchée comme serveuse dans sa pension pour femmes.

Pardee et sa femme échangèrent un regard peiné. Alice dit à voix basse :

— La grosse Billy est la mère maquerelle d'un bordel, le Silver Belle. Vous n'étiez pas au courant ?

Margaret fit mine de prendre l'air accablé.

— Je n'en avais pas la moindre idée.

Alice goba ce gros mensonge, mais pas Pardee. Il savait que n'importe quelle femme était capable de faire la différence entre une pension et un bordel. Il commença à éprouver quelques soupçons, mais sa femme était envahie de compassion.

— Ma pauvre dame, fit-elle en passant son bras autour des épaules de Margaret. Vous ne resterez pas une minute de plus au Silver Belle. Restez ici avec Henry et moi jusqu'à ce que vous ayez retrouvé votre mari.

— Mais il ne se trouve peut-être pas à Telluride, répondit Margaret comme si elle était au bord des larmes. Il va peut-être falloir que je m'en aille, et je ne veux pas vous déranger.

— Oubliez tout ça, lui dit Alice. Vous allez retourner de ce pas chez la grosse Billy et rapporter vos affaires. Je vais vous préparer le lit d'ami.

Toujours jouant son rôle, Margaret versa quelques larmes.

— Comment vous remercier ? Comment vous rembourser pour vos bienfaits ?

— Ne pensez plus à ça. Henry et moi sommes heureux d'aider une personne dans le malheur. C'est de la simple charité chrétienne, voilà tout.

Tout en buvant son thé, Margaret fit dévier la conversation sur le métier de Pardee.

— Vous devez avoir une existence passionnante, lui dit-elle. Apparemment, Telluride est une ville où l'on se permet tous les excès. Vous devez être fort occupé.

— C'est vrai, convint Pardee, les mineurs peuvent se montrer bagarreurs, mais des crimes graves, des meurtres par exemple, cela doit nous arriver tous les six mois, pas plus. La ville est paisible depuis les grèves déclenchées par les syndicats il y a deux ans, lorsque le gouverneur a dû envoyer l'armée pour réprimer les émeutes.

Lorsque Pardee l'interrogeait sur son mari disparu, Margaret prenait son temps et se montrait très calme. Et elle posait de son côté des questions d'ordre général sur la ville et les mines. Elle finit par laisser tomber négligemment :

— Cela doit faire de jolies sommes d'argent qui passent dans les banques pour le compte des compagnies minières.

Pardee hocha la tête.

— Le paiement des salaires correspond à des montants considérables.

— Et vous n'avez jamais eu peur des voleurs ou des cambrioleurs ? demanda-t-elle innocemment.

— Les mineurs sont très solidaires et se montrent impitoyables lorsqu'il y a un crime. Il y a de temps à autre des bagarres dans les cafés ou une dispute qui dégénère, mais en général la ville est plutôt calme.

— Lorsque je suis passée à la banque, j'ai remarqué que le coffre avait l'air très solide et sûr.

— Il est costaud, fit Pardee en allumant sa pipe. Cinq pains de dynamite ne suffiraient pas à le fracturer.

— Et le directeur est le seul à connaître la combinaison ?

Pardee trouva étrange cette dernière question, venant d'une femme, mais c'est sans hésiter qu'il répondit :

— En fait, les pênes sont réglés pour s'ouvrir à dix heures tous les matins. A trois heures de l'après-midi, le directeur referme la porte et règle la minuterie.

— A Silver Belle, quelqu'un m'a raconté que Butch Cassidy avait pillé la banque locale.

Pardee éclata de rire.

— C'était voilà bien longtemps. Nous n'avons jamais connu d'autre attaque depuis lors.

Margaret ne voulait pas pousser le petit jeu trop loin, mais il lui manquait encore un certain nombre de renseignements si son frère voulait réussir son coup.

— La paye des mineurs. Elle est transférée directement aux compagnies minières lorsqu'elle arrive ?

Pardee hocha négativement la tête et répéta ce qu'il avait expliqué à Bell.

— Elle est arrivée aujourd'hui et a été directement transférée à la banque. Demain, on vérifiera que le compte est bon avant de l'envoyer aux mines le lendemain.

— La banque emploie-t-elle des gardes supplémentaires pour veiller sur l'argent ?

— Pas besoin, répondit Pardee. Quiconque essaierait d'attaquer la banque n'irait pas très loin. Il y a des lignes de télégraphe le long des voies ferrées, tous les gardiens de la paix du comté seraient alertés et on enverrait des détachements intercepter les voleurs quand ils tenteraient de s'enfuir.

— Ainsi donc, un tel crime est impossible à envisager.

— En effet, répliqua Pardee, très sûr de lui. Aucune chance que ça puisse réussir.

Margaret les quitta pour regagner Silver Belle. Dès qu'elle fut hors de vue, elle se mit à courir en direction du New Sheridan pour rassembler son maigre bagage. Elle était assez contente d'elle-même et ne parvenait pas à croire à sa chance. Connaître le shérif et sa femme lui donnerait accès à tout ce qui comptait en ville. Lorsque son frère arriverait, elle aurait tous les renseignements nécessaires pour lui permettre de concevoir un plan couronné de succès.

Son seul problème, où son frère se trouvait-il ? Pour ce qu'elle en savait, il n'était pas encore arrivé en ville et le lendemain était le seul jour possible pour dérober l'argent avant qu'il ne parte pour les mines. Elle commençait à ressentir les plus vives inquiétudes.

Chapitre 26

Le lendemain matin, une femme aux cheveux sombres conduisait une jolie petite voiture attelée à un cheval pommelé sur la route de Telluride. Cette route venait du ranch de Montrose, terminus de la voie ferrée de la Rio Grande Southern. Arrivée de Denver, elle avait loué la voiture et le cheval au relais de poste. Elle portait une longue jupe en cuir sur deux bottes pointues. Plus haut, un joli chandail finement tricoté sous une veste en peau de loup. Un chapeau de cow-boy adapté aux dames était fièrement campé sur sa tête. On voyait qu'elle appréciait la mode de l'Ouest, mais pas de manière trop ostentatoire.

Elle arriva sur Colorado Avenue, passa devant le tribunal du comté de San Miguel et arrêta son cheval devant le relais de poste. Elle descendit de voiture et attacha le cheval à un poteau. Le maître de poste sortit et mit chapeau bas.

— Bonjour, madame. Puis-je vous aider ?

— Oui, je me demandais si vous pourriez abreuver et nourrir mon cheval. Je dois être rentrée à Montrose avant la fin de l'après-midi.

— Bien, madame, répondit galamment le maître de poste, un peu étonné tout de même par cette voix qu'il trouvait un peu rauque. Je m'en occupe. Et pendant que j'y suis, je vais resserrer les roues de devant, j'ai l'impression qu'elles en ont besoin.

— C'est fort aimable à vous, merci. Oh, pendant que j'y pense, ma sœur passera reprendre la voiture, c'est elle qui vous réglera.

— Parfait, madame.

La femme quitta le relais et se dirigea, une rue plus loin, vers l'hôtel New Sheridan. Elle s'approcha du réceptionniste et lui demanda :

— Auriez-vous parmi vos clients une certaine Miss Rachel Jordan ?

L'homme secoua négativement la tête, sous le charme de la jeune femme qu'il contemplait.

— Non, madame, elle est partie hier soir.

Il s'interrompit, se retourna et sortit une enveloppe de la case du courrier.

— Mais elle m'a dit de donner ceci à la personne qui la demanderait.

La femme remercia le réceptionniste, sortit, ouvrit l'enveloppe et lut le billet. Elle le fourra dans son sac et se dirigea vers le centre-ville. Un peu plus loin, elle arriva au cimetière de Lone Tree, sur une colline au nord de la San Miguel. Elle franchit la porte et commença à se promener entre les pierres tombales. La plupart des défunts étaient morts accidentellement dans la mine, sous des avalanches, ou de maladies pulmonaires.

Une jolie blonde était assise sur un banc près d'une tombe et, renversée en arrière, prenait le soleil. Elle vit l'autre arriver du coin de l'œil. Se redressant, elle regarda de plus près cette femme qui s'était arrêtée pour l'observer. Margaret se mit à rire.

— Seigneur, Jacob, articula-t-elle enfin. C'est le déguisement le plus ingénieux que tu aies jamais imaginé.

Cromwell lui sourit.

— Je savais que tu apprécierais.

— Encore heureux que tu ne sois pas trop grand et un peu gringalet.

— Je ne sais pas comment je n'y avais encore jamais pensé.

Il rassembla sa jupe en cuir autour de lui et s'assit près de Margaret.

— Dis-moi, petite sœur, qu'as-tu appris depuis ton arrivée ?

Margaret lui raconta comment elle s'était liée d'amitié avec le shérif et sa femme. Elle lui donna le croquis qu'elle avait dessiné après sa visite à la First National Bank et lui décrivit les employés. Elle lui fit part de ce qu'elle savait sur l'arrivée de la paye envoyée par la banque de Denver, les opérations de vérification prévues ce jour et, enfin, le transfert du lendemain dans les compagnies minières.

Cromwell consulta sa montre.

— Ce qui nous laisse une heure avant la fermeture de la banque. C'est le meilleur moment pour nous emparer de l'argent et quitter la ville.

— J'ai remarqué un homme qui rôdait autour du dépôt des chemins de fer. Je n'en suis pas sûre, mais il pourrait s'agir d'un agent de Van Dorn qui faisait le guet et t'attendait.

Cromwell réfléchit.

— Même si Van Dorn envoie des hommes pour surveiller les mouvements des trains pendant les opérations de transfert, ils sont à la poursuite d'un fantôme. Ils ne peuvent pas deviner à quel endroit je frapperai la prochaine fois.

— S'ils ont repéré ton wagon, tu as fort bien fait de le faire repeindre.

Elle se tourna vers lui.

— Et comment comptes-tu nous faire partir d'ici après l'attaque ?

Cromwell eut un sourire carnassier.

— Qui soupçonnerait deux jolies jeunes femmes, mises élégamment, qui quittent la ville dans une voiture à cheval ?

Elle lui mit le bras autour des épaules.

— Les meilleurs plans sont les plus simples. Tu es génial, mon cher frère. Tu m'étonneras toujours.

— Ce compliment me va droit au cœur, lui répondit-il en se remettant debout. Nous n'avons pas beaucoup de temps devant nous. La paye nous attend.

— Que veux-tu que je fasse ?

— Que tu ailles au relais pour récupérer la voiture et le cheval. J'ai dit au maître de poste que ma sœur viendrait prendre le tout. Puis tu iras m'attendre derrière la banque.

*

Tandis que Curtis surveillait la gare et la voie ferrée, Bell et Irvine avaient pris place dans la banque de Telluride. Installé dans le bureau de Murray Oxnard, Bell commençait à se dire qu'il avait parié sur le mauvais cheval. Il ne restait plus que dix minutes avant l'heure de la fermeture et toujours aucun signe du bandit. Irvine jouait le rôle du caissier et se tenait prêt à fermer sa caisse en attendant un dernier client.

Bell jeta les yeux sur le Colt automatique calibre .45 qu'il avait placé dans un tiroir resté ouvert. Il se prenait à regretter de ne pas pouvoir en faire usage contre le Boucher. Il aurait bien aimé lui exploser la tête, se disait-il en rêvassant. Le bandit avait tué tant de gens qui ne se doutaient de rien. Sa mort permettrait au contribuable d'économiser les frais d'un procès. Mais désormais, Bell était bien obligé d'admettre sa défaite. Il allait devoir tout reprendre à zéro avec les maigres indices que lui et ses agents avaient pu dénicher.

Irvine s'approcha de la porte et s'appuya contre le chambranle.

— Je suis bien obligé de reconnaître que c'était bien tenté, fit-il d'un ton un peu pincé.

— On dirait que le bandit n'a pas saisi l'appât, ajouta Bell.

— Peut-être n'a-t-il pas lu l'article dans le journal, s'il n'habite pas San Francisco.

— Ça commence à y ressembler.

A ce moment précis, la porte s'ouvrit et une femme en jupe de cuir entra, le chapeau rabattu pour cacher ses yeux. Bell jeta un coup d'œil à Irvine, avant de se calmer en apercevant ce qui ressemblait à une femme fort bien habillée. Il fit un signe à Irvine qui regagna sa cage et demanda :

— Que puis-je faire pour vous aider, madame ?

Cromwell releva très légèrement la tête pour voir le visage d'Irvine. Puis, soudain tétanisé, il se souvint instantanément que l'agent de Van Dorn était l'un de ceux qui se trouvaient installés à la table de Bell et de Bronson, dans la salle à manger du Bohemian Club, peu de jours auparavant. Il ne répondit pas à Irvine de peur que le son de sa voix le trahisse. Cromwell se raidit en comprenant qu'il était tombé dans un piège. Il s'arrêta, baissa la tête, passant en revue dans sa tête toutes les options. Il avait un atout, l'agent ne l'avait pas reconnu, en tout cas, pas ainsi, vêtu en femme, et il n'avait pas conscience que le bandit était à moins d'un mètre cinquante de lui, de l'autre côté du comptoir.

Il pouvait l'abattre et s'emparer de ce qu'il trouverait dans le coffre, ou, plus simplement, laisser tomber et s'enfuir. Il choisit la dernière solution et était sur le point de faire demi-tour lorsque Bell sortit de son bureau. Cromwell le reconnut immédiatement. Pour la première fois de toute sa carrière criminelle, il éprouva de la peur.

— Que puis-je faire pour vous aider, madame ? répéta Irvine qui se demandait vaguement pourquoi la femme ne lui avait pas répondu la première fois.

Bell le regardait déjà avec un rien de soupçon, comme si le visage de cette femme lui était familier. Bell était un physionomiste de premier ordre, il avait une mémoire photographique des visages. Ses yeux trahissaient qu'il essayait de se rappeler à quel endroit il l'avait déjà vue. Puis il regarda les mains de Cromwell, qui étaient couvertes par des gants de cuir. Brusquement, comme s'il avait vu une apparition, il comprit qu'il avait en face de lui le bandit. Cette découverte le frappa comme un coup de marteau sur la tête. Un éclair passa dans ses yeux et il s'écria :

— Vous !

Cromwell ne perdit pas une seconde. Il plongea la main dans son grand sac en toile et sortit son Colt .38, déjà enveloppé dans un gros linge. Sans la moindre hésitation, il visa la poitrine d'Irvine et pressa la détente. Un son sourd roula en écho dans la banque. Puis, faisant pivoter le canon, il ouvrit le feu sur Bell avant même qu'Irvine se fût écroulé sur le sol comme une poupée de chiffon.

Si Bell, d'instinct, n'avait pas esquissé un mouvement de rotation en se jetant sur son bureau, la balle l'aurait atteint en plein ventre. Ce violent plongeon le sauva, mais la balle se ficha tout de même dans la partie charnue de sa cuisse. Il la sentit à peine pénétrer dans les chairs. D'un seul mouvement, il se pencha pour attraper son Colt dans le tiroir. Sans se donner la peine de perdre un temps précieux, il tira dans la direction de Cromwell et manqua sa gorge à quelques millimètres près.

Puis, plus vifs que l'éclair, les deux hommes tirèrent une seconde fois, à si peu d'intervalle que l'on entendit une seule détonation.

La seconde balle de Cromwell effleura la tempe de Bell et le blessa légèrement. La vue de Bell se brouilla, il commença à sombrer dans l'inconscience. Du sang coulait de sa blessure et inondait sa joue. La blessure n'était pas mortelle, mais Cromwell, toujours debout, crut qu'il lui avait arraché la moitié du crâne.

Le bandit n'était pas non plus sorti indemne de cet échange de tirs. La balle de Bell l'avait touché à hauteur de la ceinture, mais sans atteindre d'organe vital. Il vacilla et c'est en réussissant à s'accrocher au rebord de la cage du caissier qu'il évita de tomber sur le sol. Il resta ainsi quelques instants à lutter contre la douleur. Puis il fit volte-face, déverrouilla la porte de derrière et s'effaça en voyant Margaret faire irruption.

— J'ai entendu des coups de feu, lui cria-t-elle, toute retournée. Qu'est-ce qui s'est passé ?

— C'était un piège, lui murmura-t-il.

La peur faisait place chez lui à la rage. Une main plaquée contre sa blessure, il montra du bout du canon le sol du bureau.

— J'ai tué Isaac Bell.

Margaret pénétra dans le bureau et baissa les yeux sur le corps ensanglanté de l'agent de Van Dorn. Les yeux remplis d'horreur, elle reconnut Bell, en dépit du sang qui lui couvrait le visage.

— Ô mon Dieu !

Elle était sur le point de vomir, mais sa nausée s'estompa vite lorsque, se retournant, elle vit que son frère saignait lui aussi.

— Tu es blessé ! fit-elle dans un hoquet.

— C'est moins grave que ça en a l'air, répondit-il en serrant les dents.

— Il faut qu'on se sorte d'ici. Le bruit des coups de feu va attirer le shérif et réveiller la moitié de la ville.

Moitié tirant, moitié poussant, Margaret traîna son frère par la porte de derrière. Le cheval et la voiture les attendaient dehors. Faisant usage de toutes ses forces, elle hissa Jacob sur la banquette, détacha le cheval et monta à son tour.

Elle brandit son fouet pour mettre le cheval au galop, mais il la saisit par le poignet.

— Non, va doucement, comme si nous étions deux femmes en promenade en voiture. Si nous dévalons la ville, cela va éveiller les soupçons.

— Le shérif est astucieux, je le connais. Il ne sera pas facile de l'abuser.

— Même un homme intelligent ne va pas soupçonner une femme d'avoir pillé une banque en tuant deux hommes, murmura Cromwell.

Au bout de l'avenue, Margaret prit une rue de traverse et se dirigea vers la sortie de la ville, à l'ouest. Cromwell se débarrassa du manteau en peau de loup et l'étala sur ses genoux pour cacher le sang qui imbibait son chandail. Il glissa le Colt dans une de ses bottes de cow-boy et se laissa aller dans son siège, essayant de garder les idées claires et de faire abstraction de la douleur lancinante que lui causait son côté.

*

Bell avait indiqué au shérif Pardee qu'il tirerait un coup de feu si le bandit faisait son apparition. Mais,

272

en entendant cinq détonations assourdies comme une charge de dynamite dans le lointain, Pardee comprit qu'il se passait quelque chose de grave. Il sortit en courant d'une quincaillerie dans laquelle il était resté dissimulé, redoutant de trouver la femme qu'il avait vue entrer dans la banque abattue par le bandit.

En le voyant courir ainsi, quatre de ses adjoints surgirent de l'endroit où ils étaient cachés et se précipitèrent à sa suite. Le cinquième courut jusqu'au dépôt pour donner l'alerte à Curtis. Le chien de son Smith & Wesson levé, Pardee fit irruption dans la banque. Au début, il ne vit personne. Irvine était allongé hors de sa vue, Bell était par terre de l'autre côté de son bureau. Puis Pardee fit le tour de la cage et vit l'agent de Van Dorn qui gisait sur le sol dans une mare de sang. Il s'assura qu'Irvine était bien mort avant d'entrer dans le bureau, où il trouva Bell.

— Il agonise ? lui demanda l'un de ses adjoints, un grand type au ventre proéminent qui tendait ses bretelles à l'extrême limite.

Il restait aux aguets, son fusil à canon scié braqué devant lui.

— La balle lui a simplement égratigné le crâne, répondit Pardee. Il est vivant.

— Et la femme ?

Pardee ne comprit pas le sens de la question pendant un certain temps. Puis cela lui revint :

— La femme qui est entrée dans la banque avant les échanges de coups de feu ?

— Celle-là même.

— Elle a dû être enlevée par le bandit.

— Mais nous n'avons vu personne entrer ou sortir après elle.

Pardee ne savait plus où il en était ni que croire.

L'idée que le Boucher puisse être une femme dépassait son entendement.

— Le bandit a dû passer par la porte de derrière.

— Je ne sais pas, shérif, lui répondit son adjoint en se grattant le menton. La porte devait pourtant être fermée de l'intérieur, comme d'habitude.

Pardee se précipita vers ladite porte et vit qu'elle n'était pas fermée à clé. Il l'ouvrit en grand et passa un œil dans l'avenue, mais ne vit personne.

— Bon sang de bois, murmura-t-il, elle a disparu.

— Elle ne peut pas aller bien loin, commenta l'adjoint.

— Rassemble les hommes ! aboya Pardee. Et s'avançant vers un autre de ses adjoints qui se tenait à l'entrée : Va chercher le docteur Madison. Dis-lui qu'on a un agent de Van Dorn avec une blessure à la tête, qu'il rapplique ici en quatrième vitesse.

Il s'agenouilla et examina rapidement Bell.

— Dis-lui aussi qu'il a apparemment une balle dans la jambe.

L'adjoint n'avait pas plus tôt franchi la porte que Pardee s'était relevé et courait aux chevaux attachés au poteau devant son bureau. Pas possible, se disait-il, que les choses aient tourné aussi mal. C'est alors seulement que lui vint une autre idée. Le bandit était un homme déguisé en femme, et la pauvre veuve que sa femme et lui avaient accueillie, sa complice.

*

Dès qu'ils furent sortis de Telluride et qu'ils eurent dépassé la route qui menait aux mines d'Ophir, plus au sud, Margaret fouetta son cheval et le mit au galop dans le canyon, sur la route qui se dirigeait vers Montrose, à l'ouest. Cela faisait dix minutes qu'ils avaient quitté la banque, Cromwell avait eu le temps de réfléchir. Il montra à sa sœur une trouée dans les arbres qui donnait sur un pont. La route y franchissait la San Miguel. C'était une route de servitude, les cheminots l'utilisaient pour aller réparer les voies.

— Quitte la route, ordonna Jacob à Margaret. Passe le pont et descends vers la voie.

Elle se retourna pour le regarder.

— Tu disais pourtant qu'ils ne se méfieraient jamais de deux femmes en voiture ?

— Je ne savais pas alors que le shérif et ses hommes surveillaient la banque.

— Ce qui va sans dire, mais quel rapport avec notre fuite ?

— Tu ne comprends pas, petite sœur ? Je suis le dernier à être entré dans la banque et je n'en suis jamais ressorti. Si ce que tu dis est vrai, Pardee n'est pas un imbécile. A l'heure qu'il est, il a dû rassembler les morceaux et il nous cherche tous les deux. Mais il ne songera jamais à venir nous chercher en train de galoper sur le ballast. Il doit être certain que nous avons emprunté la route.

— Et s'il ne nous trouve pas, que diable crois-tu qu'il fera ensuite ?

— Il fera demi-tour en se disant que nous nous sommes cachés dans les arbres pendant qu'il passait avec sa troupe. A ce moment-là, nous serons dans le train qui part de Montrose, vêtus en hommes.

Comme d'habitude, Cromwell avait des kilomètres d'avance sur ses poursuivants. Il était certes dégoûté que Bell ait réussi à l'avoir en lui tendant un piège fort bien conçu, mais satisfait tout de même car il pensait avoir tué le célèbre agent de Van Dorn.

Comme il l'avait prévu, le shérif et son détachement prirent au galop la route depuis laquelle on ne voyait pas la voie ferrée, cachée dans les arbres. Ne trouvant pas trace de sa proie, il était retourné à Telluride. La cavalcade sur les rails était assez chahutée, mais cet inconfort était compensé par la certitude que Pardee s'était fait piéger et qu'il rentrerait bredouille.

Chapitre 27

On emmena Bell à l'hôpital de Telluride, où le médecin lui prodigua ses soins. La première balle du Colt de Cromwell était entrée dans la cuisse avant de ressortir, ne faisant que des lésions légères. Le médecin lui dit que tout serait cicatrisé sous un mois. Il posa ensuite quelques points de suture sur la blessure du cuir chevelu, faisant une couture aussi propre que celle d'un tailleur qui ravaude une poche déchirée.

Après avoir décliné l'offre du médecin qui lui proposait de rester quelques jours à l'hôpital, Bell partit vaille que vaille pour le dépôt afin de prendre le premier train pour Denver. Un chapeau couvrait le pansement qu'il avait à la tête. En compagnie de Curtis, il contempla avec un mélange de colère et de tristesse le cercueil d'Irvine que les adjoints de Pardee embarquaient dans le fourgon à bagages. Il se retourna pour serrer la main du shérif.

— Shérif, je ne vous remercierai jamais assez pour votre coopération. Merci.

Pardee lui rendit chaleureusement sa poignée de main.

— Je suis désolé, pour votre ami, lui dit-il, et on le sentait sincère. Avait-il de la famille ?

— Heureusement, ni femme ni enfant, mais il vivait avec sa mère âgée.

— La pauvre. Je suppose qu'elle va finir à l'asile.

— Elle ira dans une maison de retraite où l'on prendra soin d'elle.

— Une bonne maison de retraite, ce n'est pas donné. Irvine avait de la fortune ?

— Non, répondit Bell, mais moi, si.

Pardee se retint de poser davantage de questions.

— Si seulement les choses avaient tourné comme vous l'aviez prévu.

— Notre plan était parfaitement au point, et l'affaire a tourné au fiasco, répondit Bell en regardant la porte du fourgon qui se refermait sur le cercueil. Le bandit m'a ridiculisé.

— Ce n'est pas votre faute, tenta Pardee. Il nous a tous eus, et c'est moi qui suis le plus bête de tous. Je suis maintenant certain que cette veuve abandonnée que ma femme et moi avons accueillie était de mèche avec lui. J'aurais dû me méfier lorsqu'elle m'a posé des questions sur le fonctionnement de la banque.

— Mais vous ne lui avez pas dit que nous tendions un piège. Cromwell n'aurait jamais pénétré dans la banque s'il avait soupçonné quelque chose.

Pardee hocha la tête.

— Ils ont tout gobé. Si seulement nous avions su qu'il porterait des vêtements de femme, nous n'aurions pas réfléchi à deux fois avant de l'abattre comme un chien qu'il est.

— Si j'en crois les rapports qui ont été faits sur ses attaques précédentes, il ne s'était encore jamais déguisé en femme.

— Même si le piège n'avait pas fonctionné, mes hommes et moi aurions pu l'arrêter. Stupidement, j'ai cru qu'il allait rester sur la route. Il ne m'est jamais venu à l'esprit qu'ils prendraient le ballast pour s'enfuir, jusqu'à ce qu'il soit trop tard. Le temps que je trouve comment ils avaient bien pu s'échapper, ils étaient loin.

— A-t-on vérifié les listes de passagers des trains à Montrose ?

— J'ai passé un câble au chef de gare, mais le train de Grand Junction était déjà parti, répondit Curtis. Il ne se rappelait pas avoir vu deux femmes monter dedans, mais il a remarqué deux hommes. Il dit que l'un des deux semblait souffrant.

— Il y avait du sang sur une marche de derrière, dit Pardee en esquissant un sourire. Vous avez dû le toucher.

— Pas suffisamment pour l'arrêter, murmura lentement Bell.

— J'ai télégraphié au chef de la police du comté. Il a envoyé ses adjoints fouiller tous les trains qui partent vers l'est et vers l'ouest, mais ils n'ont pas trouvé trace de deux femmes qui auraient voyagé ensemble.

Bell s'appuya sur la canne que lui avait prêtée Pardee.

— Je commence à comprendre comment le cerveau de ce bandit fonctionne. Il a repris ses vêtements masculins et il a déguisé sa sœur en homme, elle aussi. Le chef de la police recherchait deux femmes, il ne s'est douté de rien.

— Un homme habile, ce Cromwell.

— Oui, convint Bell, on peut le dire.

— Où comptez-vous aller ensuite ? lui demanda Pardee.

— Je rentre à Denver et je reprends tout à zéro.

— Mais maintenant, vous connaissez le nom du bandit et ses habitudes.

— Oui, mais il n'y a pas moyen de l'inculper.

Aucun procureur fédéral ne perdrait son temps à le poursuivre sur la base de preuves aussi minces.

— Vous finirez par le coincer, lui dit Pardee pour l'encourager.

— Et nous allons même y mettre d'autant plus de vigueur que nous avons désormais des raisons personnelles de le voir pendu.

*

Bell et Curtis arrivèrent à Denver tard dans la soirée. Un corbillard attendait pour conduire Irvine à la morgue.

— C'était mon ami le plus proche, dit Curtis. J'irai consoler sa mère et je vais m'occuper des funérailles.

— Merci, lui répondit Bell. Je prends les frais à ma charge.

Bell emprunta un taxi pour gagner le Brown Palace. Il entra dans sa suite, ôta ses vêtements et prit un bon bain chaud pour se détendre. Il étendit sa jambe blessée sur le rebord de la baignoire pour éviter de tremper son pansement. Fermant les yeux, il revivait par la pensée les événements des derniers jours. Il savait désormais que la femme qu'il avait croisée à l'hôtel New Sheridan était Margaret Cromwell. Lorsque son frère avait pénétré dans la banque par la porte principale, elle l'attendait derrière avec une voiture attelée. Le souvenir de Cromwell déguisé en femme l'écœurait, mais il ne pouvait s'empêcher d'admirer la ruse du Boucher. Echapper aux hommes du shérif Pardee en empruntant avec sa voiture le ballast de la voie avait été un véritable coup de génie.

Au début, Bell se dit que Cromwell ne tenterait plus le sort en commettant une nouvelle attaque. Cette possibilité paraissait de toute manière extrêmement lointaine, mais, comme il l'avait toujours fait avec les criminels qu'il avait fini par appréhender, Bell commençait à pénétrer le cerveau de Cromwell. Il s'exerça à raisonner comme le bandit. Et plus il y pensait, plus il se convainquait d'une chose : Cromwell se croyait invincible, inatteignable, quelles que soient les investigations entreprises par les autorités policières et, surtout, par les agents de Van Dorn.

Il passait en revue tous les moyens permettant de réunir assez de preuves pour arrêter Cromwell, conscient que la stratégie à adopter devrait être finement pensée, lorsqu'il entendit frapper à sa porte. S'appuyant sur sa jambe valide, mais un peu flageolant à cause de sa blessure à la tête quand il se mit debout, Bell sortit à grand-peine de sa baignoire, enfila un peignoir et gagna tant bien que mal la porte. Il ouvrit et découvrit avec surprise Joseph Van Dorn qui attendait dans le couloir.

Van Dorn examina le pansement qu'il avait autour de la tête, qu'une tache de sang rougissait légèrement, et esquissa un sourire.

— Vous faites peine à voir.

— Entrez, monsieur, faites comme chez vous.

Il regardait son agent blessé. Il était inquiet, mais s'efforçait de ne pas le montrer.

— Vous souffrez beaucoup ?

— Rien dont l'aspirine ne puisse venir à bout.

Van Dorn entra dans la suite et examina les lieux.

— J'aime bien les agents qui voyagent en prenant soin de leur confort, tant qu'il ne s'agit pas de mon argent.

— Voulez-vous que j'appelle le service de chambre pour qu'ils vous montent quelque chose ?

Van Dorn fit un geste de la main.

— J'ai déjeuné dans le train de Chicago juste

avant notre arrivée à Denver, mais un verre de porto ferait tout mon bonheur.

Bell passa commande par téléphone puis raccrocha.

— Je ne m'attendais pas à ce que quelqu'un fasse plus de mille six cents kilomètres pour venir me voir.

— Cela me semble la moindre des choses. Il est en outre indispensable que nous nous voyions. C'est vital pour notre enquête.

Van Dorn se laissa choir dans un fauteuil bien rembourré.

— Je préfère un compte rendu détaillé à un télégramme de quelques mots. Bon, racontez-moi ce qui s'est passé à Telluride et n'omettez rien.

— Le plus gros de ce que je peux raconter a finalement mal tourné, répondit Bell d'un ton amer.

— Ne vous faites pas de reproche, lui dit Van Dorn en essayant de le consoler. J'aimerais bien que l'on me donne un dollar pour chacun de mes plans qui a viré en eau de boudin.

Un serveur apporta le verre de porto et Bell passa quarante minutes à raconter à Van Dorn le piège qu'il avait imaginé pour mettre la main sur le Boucher, comment Cromwell avait renversé la situation et s'était joué d'eux, le shérif Pardee et lui. Il lui raconta le meurtre d'Irvine, ses blessures, et termina au moment où il s'était réveillé à l'hôpital de Telluride.

Lorsque Bell en eut fini, Van Dorn lui demanda :

— Etes-vous certain que Jacob Cromwell est bien le Boucher ?

— Son déguisement était l'œuvre d'un génie. Irvine et moi, nous nous sommes laissé prendre. Mais pour moi, il n'y a aucun doute, Cromwell est bien celui que j'ai reconnu sous ses vêtements de femme à la banque. Pardee et moi avons également identifié sa sœur, Margaret, elle se trouvait en ville pour l'aider à dévaliser la banque.

Van Dorn sortit un étui à cigares de la poche de sa veste et en tira un Corona long et effilé, avant de l'allumer au moyen d'une allumette en bois qu'il frotta sur l'ongle de son pouce.

— Tout ceci n'a pas de sens. Si Cromwell a de la fortune, est propriétaire d'une banque avec des millions d'actifs, s'il habite Nob Hill à San Francisco, qu'a-t-il à gagner à piller une banque après l'autre et à commettre autant de meurtres ?

— A mon avis, c'est l'argent qu'il a volé qui lui a permis de rassembler des fonds pour créer sa banque.

— Mais pourquoi maintenant, alors que sa situation financière est assurée et que sa banque est bien établie ? Pourquoi persister dans le crime ?

Bell se détourna vers la fenêtre pour contempler le ciel bleu sur la ville.

— La réponse est simple, cet homme est fou. Je crois deviner son profil. Je suis certain que s'il pille et s'il tue, c'est parce qu'il aime ça. L'argent, ce n'est plus ce qui l'intéresse. L'argent a perdu toute importance pour lui. Comme quelqu'un qui ne peut plus résister à l'alcool ou à l'opium, il est irrésistiblement attiré par la destruction et par le meurtre. Il se croit invulnérable, au-dessus des lois. Il pense être invincible, il voit en chacun de ses actes criminels un nouveau défi de hors-la-loi.

— Cela dit, répondit Van Dorn en lâchant un magnifique rond de fumée bleuâtre, admettez qu'il a plutôt bien réussi jusqu'ici. Nous et tous les policiers à l'ouest du Mississippi, il nous fait ressembler à une bande d'amateurs.

— Cromwell n'est pas sans faille. Il est humain et

tous les hommes commettent des erreurs. Lorsque ce sera le cas, j'entends bien être là.

— Et que comptez-vous faire maintenant ?

Bell fit la grimace.

— J'aimerais surtout qu'on cesse de me poser cette question.

— Oui ?

Bell se tourna vers Van Dorn, le regard calme et décidé.

— Il faut retourner à San Francisco, c'est là-bas que l'on peut monter un dossier contre Cromwell.

— A écouter ce que vous me dites, ce ne sera pas facile. Vous n'avez pas beaucoup de preuves pour constituer un dossier. Un avocat vous taillerait en pièces. Votre description d'un homme déguisé en femme le ferait mourir de rire, il vous répondrait qu'il était impossible de voir la différence. Et en l'absence d'autres témoins ou d'empreintes digitales, laissez-moi vous dire que vous vous lancez dans une cause perdue.

Bell fixait toujours Van Dorn, le regard glacial.

— Voulez-vous dire que je devrais abandonner cette enquête ?

Van Dorn se renfrogna.

— Je ne suggère rien de tel. J'essaye simplement de vous ramener aux faits. Vous savez très bien que cette affaire est la priorité numéro un de l'agence. Nous ne baisserons pas les bras tant que Cromwell ne sera pas derrière les barreaux.

Bell tâta prudemment sa tempe, comme pour vérifier que la blessure était toujours là.

— Dès que j'aurai recoupé quelques détails à Denver, je retourne à San Francisco.

— Je peux vous fournir des agents en renfort. Vous n'avez qu'à demander.

Bell secoua la tête.

— Non. Avec Curtis comme bras droit, avec l'aide de Bronson et de ses hommes, j'ai tout ce qu'il me faut. Il vaut mieux continuer à travailler dans l'ombre sans une armée d'agents qui ne feraient que compliquer les choses.

— Et le colonel Danzler au Service des enquêtes criminelles de Washington ? Le gouvernement peut-il nous aider dans cette affaire ?

— Oui, mais seulement quand le moment sera venu. Cromwell bénéficie d'une influence incroyable dans la bonne société de San Francisco. C'est le premier philanthrope de la ville. Si nous accumulons suffisamment de preuves pour le faire inculper, ses amis vont encercler le chariot et le défendre pied à pied. C'est à ce moment-là que nous aurons besoin de l'aide du gouvernement fédéral.

— Quels sont vos projets ?

— Pour l'instant, je n'en ai pas. Cromwell est prospère et comme un coq en pâte, c'est le plus heureux des hommes. Il ignore que chaque jour qui passe nous rapproche un peu de lui.

— Mais vous n'êtes pas plus près de vous en emparer que vous ne l'étiez voilà trois semaines.

— C'est vrai, mais désormais, j'ai un atout.

Van Dorn leva le sourcil d'étonnement et murmura d'un ton sceptique :

— Et quel est-il, cet atout ?

— Cromwell ne sait pas que je suis vivant.

— Son ego va en prendre un coup quand il saura que vous êtes ressuscité.

Bell esquissa un pâle sourire.

— J'y compte bien.

Chapitre 28

La blessure causée à Cromwell par la balle de Bell n'était pas bien méchante. Il décida de ne pas aller voir de médecin avant son retour à San Francisco avec Margaret. Là-bas, on lui nettoya le trou fait par la balle, on lui fit quelques points de suture et on lui posa un pansement. Son médecin, un vieil ami, ne lui posa aucune question, mais Cromwell lui raconta un mensonge : il s'était blessé accidentellement en nettoyant une arme. Comme son épouse bénéficiait de la part de Cromwell de dons généreux au profit de son péché mignon, le ballet de San Francisco, le médecin ne remplit aucune fiche de police et promit que nul n'aurait jamais vent de cet incident.

Cromwell retourna à la banque et retrouva bientôt ses vieilles habitudes, la gestion de son empire financier. Ce jour-là, sa première tâche consistait à rédiger le discours qu'il devait prononcer pour l'inauguration d'une maison de santé destinée aux personnes âgées, construite et financée grâce à sa générosité. La modestie n'étant pas sa vertu première, il avait baptisé cette institution Maison de santé Jacob Cromwell. Il appela Marion Morgan pour qu'elle tape ses notes.

Elle vint s'asseoir sur une chaise près de son bureau et le fixa.

— Pardonnez-moi de vous poser cette question, monsieur, mais vous vous sentez bien ? Je vous trouve un peu pâle.

Il se força à sourire sans pouvoir réprimer le geste instinctif de se toucher le côté.

— J'ai pris froid en pêchant de nuit. C'est presque fini.

Il lui tendit ses notes, fit pivoter son fauteuil de cuir et contempla la ville qui s'étendait sous sa fenêtre.

— Tapez mon discours pour la maison de santé, je vous prie. N'hésitez pas à me faire part de vos remarques qui seront, j'en suis sûr, pertinentes.

— Bien, monsieur.

Elle se leva et s'apprêtait à sortir du bureau, mais, arrivée à la porte, elle hésita.

— Excusez-moi, mais je me demandais si vous aviez entendu parler de ce détective de l'agence Van Dorn ?

Cromwell fit demi-tour et la regarda d'un air pénétrant.

— Isaac Bell ?

— Il me semble que c'est son nom.

Il ne put réprimer un sourire mielleux.

— Il est mort. J'ai appris qu'il avait été tué lors de l'attaque d'une banque dans le Colorado.

Marion sentit son cœur se briser, comme coincé entre deux blocs de glace. Elle ne pouvait pas croire ce que Cromwell venait de lui apprendre. Ses lèvres tremblaient, elle se détourna pour qu'il ne voie pas ce qu'elle éprouvait et qui se lisait sur son joli visage. Réussissant à peine à se contenir, elle ne répondit rien, sortit du bureau et referma la porte.

Marion alla s'asseoir à son bureau comme en transe. Elle ne comprenait pas ce qui lui faisait éprouver tant de chagrin pour un homme qu'elle connaissait à peine, un homme avec qui elle avait dîné une fois en tout et pour tout. Et pourtant, elle croyait voir son visage comme s'il se tenait devant elle. Le lien ténu et fugitif qui les unissait avait été brutalement coupé. Elle ne s'expliquait pas sa tristesse et elle n'essayait même pas. Elle avait l'impression d'avoir perdu un ami cher.

Les mains tremblantes, elle inséra une feuille dans sa machine à écrire et commença à taper les notes de Cromwell.

*

A cinq heures de l'après-midi, Cromwell se trouvait sur les marches d'un immeuble de trois étages tout neuf à l'angle des rues Geary et Fillmore. Il écouta la longue introduction tarabiscotée du maire de la ville, Eugene Schmitz, ami très proche qui avait bénéficié de fonds secrets transférés sur son compte personnel à la Banque Cromwell. Plus de cinq cents personnes assistaient à cette inauguration, ainsi que des représentants des pompiers et de la police, des responsables politiques et, enfin, au moins cinquante patients âgés qui écoutaient dans leurs fauteuils roulants.

Le discours de Cromwell fut bref et direct. Il parla modestement de lui comme de « l'humble messager du Seigneur » qui avait choisi d'assister ceux qui ne pouvaient subvenir sans aide à leurs besoins. Lorsqu'il en eut terminé, il y eut quelques applaudissements, brefs et polis, comme il convenait pour une cérémonie officielle. On coupa le ruban devant l'entrée, chacun félicita chaleureusement Cromwell. Il serrait chacune des mains qui se tendaient vers lui. Il alla embrasser pour la galerie quelques patients qui attendaient d'entrer dans le bâtiment. Le maire lui remit une plaque en bronze en reconnaissance de son action philanthropique et annonça que, désormais, la date du 12 avril serait célébrée sous le nom de Journée Jacob Cromwell.

Se frayant un chemin entre ceux qui voulaient le féliciter et ses admirateurs, Cromwell réussit enfin à atteindre l'aire de stationnement où l'attendait la Mercedes Simplex. Margaret était déjà derrière le volant, ravissante dans son manteau de lainage vert à capeline.

— Bravo, mon cher frère. Encore un bienfait à porter à l'actif des Cromwell.

— Ça n'a jamais fait de mal d'avoir des amis haut placés, ni de recevoir l'admiration de la plèbe.

— Ne sommes-nous pas de parfaits bienfaiteurs ? lui demanda-t-elle d'un ton sarcastique.

— Et toi, avec tous tes projets bénévoles qui finissent par se retrouver dans les pages société des journaux ? répliqua-t-il.

— Touché.

Cromwell s'approcha du capot et commença à tourner la manivelle. Margaret régla l'avance et poussa légèrement la manette des gaz. Le moteur toussa en laissant échapper un ronronnement sourd. Cromwell grimpa sur le siège du passager, Margaret retoucha l'avance, enclencha une vitesse et donna des gaz. La Mercedes s'élança dans la rue entre un tramway à câble et un camion de bière.

A présent, Cromwell s'était accoutumé aux folies de sa sœur en matière de conduite. Il se détendit dans son fauteuil, tout en restant prêt à en jaillir si quelque chose lui tombait sur la tête.

— Conduis-nous à Pacific Heights et arrête-toi dans le parc Lafayette.

— Quelque chose de particulier ?

— Nous irons marcher sur les sentiers en causant.

Elle ne lui posa pas d'autre question. La Mercedes grimpait sans peine sur les pentes qui menaient à Pacific Heights. Elle quitta Fillmore Street pour s'engager dans Sacramento Street et atteignit enfin le parc. Elle s'arrêta devant un chemin qui s'enfonçait dans les arbres. Cinq minutes de marche et ils étaient au sommet, d'où l'on jouissait d'un panorama magnifique sur la ville.

— De quoi veux-tu me parler ? lui demanda Margaret.

— J'ai décidé de me lancer dans une nouvelle opération.

Elle s'arrêta net et se tourna vers lui, défaite.

— C'est sûrement une plaisanterie.

— Je suis on ne peut plus sérieux.

— Mais pourquoi ? insista-t-elle. Qu'as-tu à y gagner ? Tu as manqué te faire prendre à Telluride. Pourquoi tenter encore le diable sans raison ?

— Parce que j'aime les défis. En outre, j'aime beaucoup l'idée de devenir une légende vivante.

Elle se détourna, toujours aussi abasourdie.

— C'est stupide.

— Tu ne comprends pas, reprit-il en passant le bras autour de sa taille.

— Je comprends que c'est complètement fou et qu'un jour la chance t'abandonnera, et que tu finiras pendu.

— En tout cas, ce n'est pas pour demain. Pas tant que leur meilleur agent gît dans sa tombe.

Margaret revoyait ces yeux bleus extraordinaires, le bras de Bell autour de sa taille tandis qu'ils dansaient au Brown Palace. Elle avait l'impression d'entendre sa voix, perdue dans le lointain.

— Bell mort, c'est difficile à croire.

290

Il la regardait, l'air intrigué.

— Tu en parles comme si tu avais eu un faible pour lui.

Elle haussa les épaules, feignant l'indifférence.

— Oh, tu sais, il avait belle allure. J'imagine que d'autres femmes auraient pu le trouver séduisant.

— Peu importe. Isaac Bell, c'est du passé.

Cromwell s'arrêta, puis fit rebrousser chemin à sa sœur pour regagner la voiture.

— Je m'en vais berner ce Van Dorn et tous ces imbéciles de policiers qui veulent me voir pendu. Ils ne croiront jamais que j'aie pu commettre un autre crime aussi rapidement, dans la banque d'une ville qu'ils n'auraient jamais imaginée. Une fois de plus, ils vont se retrouver gros Jean comme devant.

Margaret sentit une larme et sortit son mouchoir. Elle ne savait pas trop si c'était la mort de Bell ou la folie de son frère qui la faisait pleurer.

— Cette fois-ci, continua-t-il avec un rictus, ce ne sera pas la paye de mineurs. Je vais les piéger en attaquant dans une ville où ils ne m'attendent certainement pas et, une fois de plus, ils en seront pour leurs frais.

— Quelle ville ?

— San Diego, ici même, en Californie.

— C'est à deux pas.

— Tant mieux, la retraite n'en sera que plus facile.

— Et pourquoi t'intéresses-tu à San Diego ?

— Parce que c'est une ville où la Wells Fargo détient de gros dépôts, à cause des négociants et des navires qui débarquent leurs marchandises dans le port. Et aussi parce que j'adorerais piquer dans la poche de mon plus grand concurrent.

— Tu es dingue.

— Ne me traite pas de dingue ! lui dit-il rudement.

— Et comment appelles-tu ça, toi ? Tout ce que nous avons bâti peut s'écrouler si tu te fais prendre.

— Pas tant qu'ils ont affaire à un maître, répliqua Cromwell, outrecuidant.

— Tu ne t'arrêteras donc jamais ? lui demanda Margaret.

— Je m'arrêterai le jour où la Banque Cromwell sera aussi grosse que la Wells Fargo et où l'on me couronnera roi de San Francisco, lui dit-il avec une lueur de malice dans les yeux.

Elle savait qu'il était inutile de discutailler avec son frère. Sans qu'il le sache, elle avait progressivement transféré ses avoirs, petit à petit, au fil des ans, à la Wells Fargo. Elle pensait que, là-bas, il ne pourrait jamais en retrouver trace. Les joyaux de prix qu'elle avait acquis étaient en sécurité dans un coffre. Si le pire se produisait, si son frère se faisait prendre et était pendu, elle quitterait San Francisco, gagnerait l'Europe et y vivrait une existence de luxe avant de se trouver un époux riche et titré.

Ils arrivèrent à leur automobile, Jacob aida sa sœur à s'installer. Tout en tournant la manivelle, il sentait croître sa confiance en soi. Comme pour un navire qui vogue par gros temps, toutes voiles dehors, le danger devenait chez lui un défi, un défi qui tournait à la drogue. A la pensée de se montrer plus astucieux que tous les policiers de l'Ouest, une fois encore, son visage s'illuminait, comme celui d'un fanatique qui vient d'assister à un miracle.

Ni lui ni elle ne remarquèrent un homme assis sur un banc près de la voiture. Vêtu comme un ouvrier, il avait posé sa boîte à outils sur ses genoux et fumait tranquillement sa pipe.

Chapitre 29

Le train de Bell arriva à San Francisco à huit heures du matin. A neuf heures, il était en conférence avec Curtis, Bronson et cinq de ses hommes. Tout le monde était assis autour d'une grande table, deux fois plus grande que celle des bureaux de Denver. Bell était mort de fatigue et ses blessures le gênaient encore, mais il ne faisait pas attention à la douleur, comme cela avait toujours été le cas chez lui. Il entra tout de suite dans le vif du sujet.

— Messieurs, commença-t-il, maintenant que notre suspect numéro un dans le rôle du Boucher est Jacob Cromwell, nous allons les placer sous surveillance, lui et sa sœur Margaret, vingt-quatre heures sur vingt-quatre.

— Ce qui inclut le moindre de leurs mouvements s'ils sortent de leur palais sur Nob Hill, compléta Bronson.

L'un des agents leva le doigt.

— Monsieur, il nous faudrait des photos afin de les identifier, nous n'avons pas la moindre idée de ce à quoi ils ressemblent.

Bronson se saisit d'un épais dossier posé sur la table.

— Voilà des photos, prises pendant qu'ils se trouvaient en ville.

— Par qui ? demanda Bell.

Avec un sourire, Bronson fit signe à l'un de ses hommes assis de l'autre côté de la table.

— Dick Crawford est un photographe de premier ordre.

— Les Cromwell ont-ils pu se douter que quelqu'un les suivait pour les prendre en photo ? demanda Curtis.

Bronson montra Crawford du menton.

— Dick, racontez-nous comment vous avez procédé pour qu'ils ne s'aperçoivent de rien.

Crawford avait un visage mince, l'air ténébreux, une mâchoire étroite et d'épais sourcils broussailleux sous un crâne dégarni. Un homme sérieux, sans disposition particulière pour l'humour.

— Je portais un bleu de travail et j'avais avec moi une caisse à outils dans laquelle j'ai ménagé un petit trou pour l'objectif de l'appareil. Tout ce que j'avais à faire, c'était farfouiller dans la caisse pour régler la mise au point et prendre les photos. Ils ne pouvaient se rendre compte de rien, ils ne m'ont jamais seulement jeté le moindre regard.

Il posa sur la table un petit appareil photo et leur expliqua comment il fonctionnait.

— Ce que vous avez devant vous, c'est un Kodak Quick Focus, ça fait des images au format carte postale.

Pendant que Crawford parlait, Bronson fit circuler les photos de Jacob et de Margaret Cromwell.

— Vous remarquerez que ces images sont remarquablement nettes et précises, poursuivit Crawford. Cet appareil est doté d'un dispositif original. Contrairement aux appareils à mise au point fixe, je peux régler la distance en tournant la petite molette que vous apercevez sur le côté. Tout ce que j'avais à faire, c'était appuyer sur un bouton, et l'objectif s'ajustait à la bonne distance de prise de vue.

Tous examinèrent les photos. On y voyait les Cromwell, individuellement ou ensemble, marchant dans la rue, sortant de magasins ou de restaurants. Plusieurs documents montraient Jacob Cromwell entrer ou sortir de la banque. Sur deux d'entre eux, on le voyait prononcer son discours pour l'inauguration de la maison de santé pour les personnes âgées. Crawford les avait même suivis au parc Lafayette et les avait pris pendant qu'ils marchaient le long d'un sentier. Bell se montra particulièrement intéressé par une photo sur laquelle on voyait Margaret au volant d'une voiture à l'aspect insolite.

— Une Mercedes Simplex, dit-il, admiratif. Les Cromwell ont du goût.

Bronson examina les photos qui représentaient la voiture.

— Elle ne doit pas être donnée. Ça monte à combien ?

— Au moins cent dix, peut-être cent trente à l'heure, répondit Bell.

— Je doute qu'il y ait dans tout San Francisco une voiture capable de la rattraper, commenta un agent aux cheveux en broussaille qui se trouvait à l'autre bout de la table.

— Désormais, il y en aura une, fit Bell, tout sourire. On l'a déchargée du wagon ce matin. Et se tournant vers Curtis : N'est-ce pas, Arthur ?

Curtis acquiesça.

— Votre automobile vous attend dans l'entrepôt de la Southern Pacific. J'ai loué les services d'un gamin qui travaille aux chemins de fer pour la nettoyer.

— Vous avez fait venir une voiture...

— De Chicago, dit Bell en terminant sa phrase.

— Je suis impatient de la voir, reprit Bronson. Cette automobile, qu'a-t-elle de si spécial que vous l'ayez fait venir de Chicago ?

— Un véhicule rapide risque de se révéler fort utile. En outre, voyant comment les choses évoluent, elle peut facilement rivaliser de vitesse avec la Mercedes Simplex de Cromwell, si nous devions nous lancer dans une course-poursuite.

— Quelle marque ? demanda Bronson.

— Une Locomobile, lui répondit Bell. En 1905, pour le grand prix de course sur route Vanderbilt à Long Island, elle a pris la troisième place, pilotée par Joe Tracy.

— Et quelle vitesse peut-elle atteindre ?

— En ligne droite, elle monte à cent soixante-dix.

Un silence profond s'installa. Autour de la table, tous étaient abasourdis de ce qu'ils venaient d'entendre. Ils n'avaient jamais vu ni entendu parler d'un objet capable d'aller aussi vite. Les courses automobiles avec des voitures d'usine n'avaient pas encore fait leur apparition sur la côte Ouest.

— Incroyable, laissa tomber Bronson, éberlué. Je n'arrive pas à imaginer un engin capable de se déplacer à cent soixante à l'heure.

— Et on peut la conduire en ville ? demanda Curtis.

Bell hocha la tête.

— J'ai fait installer des phares et des pare-chocs, la transmission a été modifiée pour pouvoir rouler en ville.

— Il faut absolument que vous me fassiez faire un tour, reprit Bronson.

Bell se mit à rire.

— Je pense que ça devrait être possible.

Bronson se pencha à nouveau sur les photos des Cromwell.

— Une idée de ce que le bandit envisage de faire maintenant ?

— Après Telluride, fit Curtis, je parie fort que son époque de vols et de meurtres est derrière lui.

— Cela paraît logique, s'il se doute que nous sommes sur sa trace, confirma Bronson.

— Nous ne pouvons en être certains, dans la mesure où il croit que tous les témoins de son échec à Telluride sont morts, moi le premier, fit Bell. C'est un malade mental, il ne peut s'empêcher de piller et de tuer. Je ne pense pas qu'il parvienne jamais à s'arrêter. Cromwell est persuadé que l'on ne remontera jamais la piste de ses crimes. Il n'est pas fait sur le même moule que les Black Bart, le gang de James, les Dalton, ou Butch Cassidy. A côté de Cromwell, tous ces types étaient de vulgaires amateurs.

L'un des agents regardait Bell avec admiration.

— Ainsi, vous croyez qu'il va encore frapper.

— Exact.

— Vous l'avez peut-être embobiné avec l'affaire de Telluride, dit Bronson. Mais s'il est aussi intelligent que vous le dites, Cromwell ne fera pas deux fois la même erreur pour risquer de tomber dans un nouveau piège.

Bell hocha la tête.

— Il y a peu d'espoir de ce côté-là, j'en ai bien peur. Pour l'instant, tout ce que nous pouvons faire consiste à essayer de deviner ses projets et, si nous n'y arrivons pas, à rassembler assez de preuves pour le faire inculper.

— En tout cas, nous savons qu'il n'est pas infaillible.

— Oui, grommela Bronson, mais il n'en est pas loin.

Bell prit la cafetière posée sur la table et se versa une tasse.

— Notre avantage sur lui, c'est qu'il ignore que nous surveillons tous ses faits et gestes. Il vous faudra faire très attention, sa sœur et lui ne doivent se rendre compte de rien. Si nous arrivons à rester accrochés à ses basques la prochaine fois qu'il part en expédition, nous avons une chance de mettre un terme à ses méfaits.

Bronson fit le tour de la table en regardant ses hommes.

— Messieurs, il semblerait que nous ayons du pain sur la planche. Je vous laisse vous arranger entre vous pour fixer la rotation des équipes de surveillance. Je viens de recevoir un télégramme de Mr. Van Dorn. Il nous demande de foncer. Il veut à tout prix s'emparer du bandit, sans ménager nos efforts.

Bell dit à Bronson :

— Je voudrais vous demander une faveur.

— Vous n'avez qu'à dire un mot.

— Appelez le bureau de Cromwell et demandez Marion Morgan. Dites-lui que vous l'appelez très confidentiellement, qu'elle n'en parle à personne, y compris son patron. Dites-lui de venir vous retrouver pendant sa pause déjeuner au croisement nord-est de Montgomery et de Sutter Streets, c'est à un pâté de maisons de la banque.

— Et si elle me demande pourquoi ?

Bell sourit du coin des lèvres.

— Restez vague, mais dites-lui que c'est urgent.

Bronson éclata de rire.

— Je ferai mon possible pour paraître le plus officiel possible.

*

A l'issue de la réunion, Bell et Curtis prirent un taxi pour se rendre au dépôt de marchandises de la Southern Pacific. Ils vérifièrent tout avec le responsable, inspectèrent la voiture pour voir si elle avait subi des dégâts et, n'ayant rien trouvé, signèrent la décharge.

— Elle est superbe, dit Curtis, admiratif, en regardant l'automobile rouge vif avec son radiateur en laiton surmonté par un aigle en bronze, les ailes étendues, et qui avait un thermomètre dans le poitrail. La capote du toit s'allongeait derrière le radiateur. Un gros réservoir cylindrique était monté derrière les deux sièges. Les pneus étroits étaient fixés sur de grosses roues à rayons en bois qui avaient avalé les virages de Long Island pendant le grand prix Vanderbilt.

Bell grimpa derrière le gros volant monté sur un arbre long, fit tourner la clé de contact sur le tableau de bord en bois, poussa sur le levier des gaz lui-même fixé au volant et régla l'avance sur retard. Il s'occupa ensuite de la pompe à main pour mettre le réservoir d'essence en pression, ce qui avait pour effet d'alimenter le carburateur. Cela fait, il se dirigea vers l'avant de l'automobile, empoigna la grosse manivelle de la main droite et tourna vigoureusement. Le moteur toussa, avant de démarrer au deuxième essai et un hurlement de tonnerre jaillit de la tubulure d'échappement.

Puis, bientôt rejoint par Curtis, il s'installa dans le siège recouvert de cuir rouge, remit de l'avance à l'allumage et abaissa la manette des gaz jusqu'au ralenti. Il lâcha le frein à main à poignée de laiton, débraya et enclencha la première vitesse. Il mit les gaz et relâcha la pédale d'embrayage. Tout ce spectacle avait attiré une foule d'ouvriers de l'entrepôt qui poussèrent des vivats lorsque cette drôle de voiture s'ébranla.

Quand la Locomobile eut pris de la vitesse sur la route qui longeait les voies ferrées, Curtis demanda en criant :

— Nous rentrons au bureau ?

Bell secoua la tête.

— Montrez-moi le chemin de l'entrepôt où se trouvait le wagon de la O'Brian Furniture.

— Au prochain passage à niveau, prenez à gauche, indiqua Curtis.

Quelques minutes plus tard, Bell gara la Locomobile derrière le hangar vide et coupa le moteur. Curtis le précéda et ils escaladèrent la rampe qui conduisait au quai de chargement. Il n'y avait qu'un seul wagon sur la voie.

— C'est ici que vous avez retrouvé le faux wagon de meubles de Cromwell ? s'enquit Bell.

— D'après les prévisions de mouvements de la Southern Pacific, il était là, répondit Curtis. J'ai vérifié dans leurs registres. Le wagon 16173 ne figure plus sur leurs listes et personne ne sait ce qu'il est devenu. Comme s'il s'était volatilisé du jour au lendemain.

Bell inspecta les flancs du wagon qui stationnait le long du quai de chargement.

— Il aura pu le faire repeindre et lui donner un autre numéro.

— C'est bien possible.

Curtis lut le numéro et hocha la tête.

— Le 16455. Je vais vérifier.

— Ce wagon a été repeint voilà peu de temps, dit lentement Bell. Pas l'ombre d'une éraflure.

— Vous avez raison, murmura Curtis, pensif. Il est aussi impeccable que le jour où il est sorti de l'usine.

Bell s'approcha de la porte du wagon et mit les doigts sur la serrure en bronze qui en interdisait l'ouverture.

— Pourquoi un wagon vide est-il verrouillé ?

— On l'a peut-être déjà chargé et il attend d'être placé dans un convoi.

— J'aimerais bien savoir ce qu'il y a dedans, commenta Bell, pensif.

— Vous voulez qu'on fracture la serrure ? lui demanda Curtis dont l'impatience grandissait.

Bell hocha la tête.

— Mieux vaut tout laisser comme ça pour l'instant. Tant que nous n'aurons pas vérifié son numéro, nous ne saurons pas d'où sort ce wagon. Et s'il appartient à Cromwell, il découvrira que nous avons forcé la serrure.

— Si nous pouvions prouver qu'il lui sert à s'échapper, nous pourrions l'arrêter.

— Les choses ne sont pas si simples. Il s'agit peut-être tout simplement d'un wagon vide qui attend là provisoirement. Cromwell n'est pas fou. Il ne laisserait pas traîner des indices en attendant qu'on les découvre. Le plus probable, c'est qu'il n'y a rien de répréhensible là-dedans, en tout cas, pas assez pour avoir de quoi lui passer la corde au cou.

Curtis haussa les épaules, il comprenait.

— Nous allons garder l'œil dessus, mais je doute fort qu'il en fasse usage à court terme, s'il s'en ressert

301

jamais. A Telluride, il a été à un cheveu de se faire prendre.

— Et tôt ou tard, il apprendra que je suis toujours vivant, il saura que je l'ai identifié, conclut Bell avec un large sourire. C'est alors que les choses vont devenir intéressantes.

*

Marion reposa le combiné en regardant la porte du bureau de Cromwell. Comme d'habitude, elle était fermée. Il travaillait presque toujours seul, traitant les affaires par téléphone ou via le haut-parleur qu'il avait fait installer dans toute la banque.

Elle jeta un coup d'œil à la grosse horloge accrochée au mur, une Seth Thomas Regulator, dont le balancier oscillait régulièrement. Les aiguilles tournaient devant un cadran à chiffres arabes. Midi moins trois. Depuis qu'elle avait raccroché, après avoir écouté les instructions de Bronson, elle se sentait tiraillée entre sa loyauté envers Cromwell – allait-elle lui en parler ou non ? – et l'excitation grandissante à l'idée de participer à quelque chose de secret. Depuis un an, un fossé s'était creusé entre Cromwell et elle, surtout depuis la nuit sur la côte des Barbaresques, lorsque Cromwell et Margaret s'étaient conduits d'une manière si étrange. Et du coup, elle se sentait moins tenue de faire preuve de dévouement envers lui. Ce n'était plus l'homme à qui elle avait fait confiance pendant tant d'années. Il était devenu plus distant, plus réservé et il se montrait souvent froid et dur envers elle.

L'aiguille des minutes passa sur celle des heures. Midi. Elle prit son sac et son chapeau, et sortit du bureau, un œil sur la porte de Cromwell. Elle décida d'éviter l'ascenseur et emprunta l'escalier qui conduisait au hall d'accueil. Elle franchit les grandes portes d'entrée et prit Sutter Street en pressant le pas, puis Montgomery. Les rues et les trottoirs étaient noirs de monde à cette heure de la journée, les gens partaient déjeuner, et il lui fallut dix bonnes minutes pour parvenir à s'extraire de la cohue. Arrivée au croisement, elle s'arrêta pour regarder autour d'elle, mais ne vit personne qui aurait regardé dans sa direction ou se serait approché d'elle. Elle n'avait jamais vu Bronson et n'avait pas la moindre idée de ce à quoi il pouvait ressembler.

Au bout d'une minute, son attention et celle des passants furent attirées par une grosse automobile rouge qui roulait sans difficulté au milieu de la circulation. Il émanait d'elle une sorte de force brutale, comme si elle fendait l'air au-dessus de la chaussée, alors qu'elle ne devait pas dépasser les trente kilomètres à l'heure. La carrosserie rouge avait été soigneusement lustrée. L'image même de l'élégance et de la puissance.

Comme elle restait à regarder la voiture, elle ne remarqua pas l'homme qui se trouvait au volant, jusqu'à ce qu'il s'arrête devant elle et lui dise :

— Voulez-vous monter, Marion ?

Elle pâlit et porta une main à sa gorge, tout étonnée de se retrouver en face de ces yeux violets qui semblaient la transpercer au tréfonds d'elle-même. Les yeux d'Isaac Bell.

— Isaac, murmura-t-elle, encore sous le choc. Jacob m'avait dit que vous étiez mort.

Il lui tendit la main, s'empara des siennes et la hissa sur le siège en cuir du passager avec une aisance et une force qui la surprirent.

— Eh bien, cela démontre qu'il ne faut pas croire tout ce que l'on raconte.

Sans se soucier de la foule qui s'écrasait près de la voiture, Bell lui passa le bras autour de la taille. Puis, la prenant dans ses bras, il l'embrassa.

— Isaac ! bredouilla-t-elle lorsqu'il l'eut relâchée.

Mais elle ne protestait que pour la forme.

— Pas devant tous ces gens !

Les badauds venus admirer la voiture regardaient maintenant l'homme et la femme installés dedans. Ils commencèrent à applaudir et à pousser des cris d'encouragement.

Bell recula un peu et dit avec un sourire espiègle :

— Je n'ai jamais su résister à une jolie femme.

Marion ne savait plus où elle en était, mais dit tout de même :

— Si cela ne vous ennuie pas, pourrions-nous démarrer ?

Bell se mit à rire, agita son chapeau en direction des gens qui l'acclamaient et passa la première. Il appuya légèrement sur les gaz et démarra. Il prit Montgomery, direction le nord, avant de tourner à gauche vers Chinatown. Une fois arrivé, il s'engagea dans une ruelle et s'arrêta derrière un grand restaurant de style mandarin, décoré en rouge et or, au toit en forme de pagode. Un employé qui attendait là s'inclina.

— Je m'occupe de votre voiture, monsieur.

Bell lui donna un pourboire tel que l'employé en écarquilla les yeux.

— Je compte sur vous.

Puis il aida Marion à descendre.

— L'Impératrice de Shanghai, fit-elle en admirant l'entrée joliment décorée. J'ai toujours eu envie d'y déjeuner.

— On m'en a dit le plus grand bien.

— Je me demandais comment vous saviez qu'on peut stationner derrière.

Ils entrèrent dans un vaste salon où une belle jeune femme les accueillit. Elle avait de longs cheveux noirs très lisses et portait une robe-fourreau en soie, fendue jusqu'en haut des cuisses. Elle les conduisit à l'étage dans un petit salon privé et les installa. Tandis qu'ils étudiaient le menu, on leur apporta du thé.

— Vous boitez, dit Marion.

— Petit souvenir de Telluride, dans le Colorado.

C'est alors seulement, lorsqu'il se débarrassa de son chapeau, qu'elle remarqua le pansement qu'il avait autour de la tête. Elle fronça le nez et leva les sourcils.

— Un autre souvenir ?

Il acquiesça en souriant gaiement.

Marion le regardait droit dans les yeux et sentit les siens se mouiller.

— Vous ne savez pas combien je suis heureuse que vous ne vous soyez pas fait tuer.

— Ce n'est pas que votre patron n'ait pas essayé.

— Mr. Cromwell ! s'exclama-t-elle, partagée entre compassion et inquiétude. Je ne vous comprends pas.

— C'est lui qui m'a tiré dessus et qui a tué un agent de Van Dorn. C'était mon ami.

— Vous plaisantez.

— Que cela vous plaise ou non, Jacob Cromwell est celui que l'on connaît sous le nom du Boucher. En douze ans, il a attaqué une vingtaine de banques et tué plus de trente innocents.

— C'est invraisemblable !

Marion se mordit la lèvre inférieure. Elle avait l'air perdu, elle ne savait plus où elle en était.

— C'est impossible, il n'a pas pu faire ce que vous dites.

— Je vous dis la stricte vérité, répondit Bell, soudain très tendre. Nous avons des preuves. Pas assez sans doute pour le faire inculper, mais tout ce que nous savons se retrouve à deux doigts de Cromwell.

— Mais pourtant, protesta-t-elle, il a aidé tant de gens dans le besoin.

— Pour la façade, répliqua froidement Bell. Il a érigé une muraille autour de son empire, une muraille gardée par une armée de bons citoyens. Lesquels sont persuadés que Margaret et lui sont des gens généreux, des gens de cœur qui viennent en aide aux pauvres. Pure comédie. Cromwell se soucie comme d'une guigne des indigents. Il les utilise à son profit. Aux yeux de tous les politiciens corrompus de la ville, il ne peut pas faire le mal, tant qu'il les arrose en secret à coups de cadeaux.

En proie à la confusion, Marion but une gorgée de thé. Sa main tremblait.

— Je refuse tout bonnement de le croire, murmura-t-elle.

Bell tendit le bras par-dessus la table pour lui prendre les mains.

— Croyez-moi, Marion, tout est vrai. Je l'ai regardé droit dans les yeux et je l'ai reconnu à la seconde où il m'a tiré dessus dans cette banque de Telluride.

Elle retira ses mains et les joignit.

— Oh, Isaac, tout ceci est trop invraisemblable. Pourquoi Jacob s'amuserait-il à dévaliser des banques alors qu'il possède la seconde banque de San Francisco ? Cette idée est trop inimaginable pour être vraie.

— Je n'ai pas la réponse, Marion. Au début, il a volé de l'argent pour établir sa banque. Mais, lorsqu'il est devenu riche, tuer et voler sont devenus chez lui une obsession. Le pillage et l'assassinat lui font le même effet qu'une drogue. Il ne peut pas s'en empêcher, il continuera à tuer jusqu'à ce que j'y mette fin.

Elle le regardait, ces yeux violets si intelligents. Des yeux maintenant sombres et froids.

— Vous, Isaac ? Pourquoi faut-il que ce soit vous ?

— Je ne peux pas le laisser tuer en toute impunité.

Bell s'exprimait d'une voix monotone, comme s'il lisait l'acte d'accusation devant le tribunal.

— Je ne vais pas le laisser narguer la loi et battre la campagne en liberté.

Puis il ajouta :

— Et tout ceci vaut pour sa sœur, Margaret. Elle est mouillée jusqu'au cou dans ses activités abominables.

Marion plongea du nez sur la table, son chapeau lui dissimulait les yeux.

— Je connais Jacob et Margaret depuis des années et, pourtant, je ne les connais pas vraiment.

— Je sais que c'est dur, lui répondit Bell avec douceur, mais vous devez me croire.

Elle rejeta la tête en arrière pour relever le bord de son chapeau fleuri, pour qu'il voie ses yeux vert lagon.

— Que dois-je faire ? lui demanda-t-elle à voix basse.

— D'abord, comportez-vous comme si vous n'étiez au courant de rien. Faites votre travail de fidèle secrétaire. Nos hommes vont garder le frère et la sœur sous surveillance constante. Tout ce que je vous demande, c'est de nous rapporter tout ce que vous constateriez d'anormal dans la conduite de Jacob.

— Vous voulez dire, vous le rapporter à vous ?

Il acquiesça.

— Oui.

Brusquement, elle eut l'impression qu'on se servait d'elle, que si Bell s'intéressait à elle, c'était uniquement parce qu'elle pouvait le renseigner. Elle se détourna pour qu'il ne voie pas les larmes qui lui venaient aux yeux.

Bell comprit immédiatement ce qui se passait dans sa tête. Il déplaça sa chaise de l'autre côté de la table, suffisamment près pour lui passer le bras sur les épaules.

— Je sais ce que vous vous dites, Marion, et vous avez tort. Je sais que je vous demande de faire quelque chose d'irrégulier, mais il y a des vies en jeu. Et ce n'est pas tout. Ce que je vous demande, c'est bien davantage que votre aide.

Il se tut pour se donner du courage.

— Je vous aime, Marion. Je ne peux expliquer comment cela est arrivé, si brutalement, mais je vous aime. Il faut me croire.

Marion leva les yeux et ne lut dans son regard que tendresse et affection. Toutes ses craintes s'évanouirent dans la seconde, elle se pencha et l'embrassa sans hésiter sur les lèvres. Lorsqu'elle se retira, elle souriait malicieusement.

— Vous devez penser que je suis une petite dévergondée.

Il éclata de rire en la voyant rougir.

— Mais non, pas du tout. J'ai adoré.

Ses yeux se mouillèrent.

— Je dois vous confesser que j'ai ressenti quelque chose lorsque je vous ai vu entrer dans mon bureau.

Cette fois, c'est lui qui l'embrassa.

Longtemps, très longtemps après, il se détacha d'elle et, avec un sourire :

— Nous devrions peut-être commander avant de nous faire virer pour atteinte aux bonnes mœurs.

Chapitre 30

Marion venait de regagner son bureau après son déjeuner avec Bell et elle était occupée à taper un courrier. Cromwell lui demanda de venir. Pour cacher sa nervosité, elle prit bien garde de ne pas le regarder tandis qu'il lui parlait.

— Marion, je vais aller au Congrès national des banques. Cette année, il a lieu à Los Angeles du 28 au 30 mars. Je vous prie de bien vouloir faire le nécessaire pour mon voyage. Réservez-moi une chambre en ville, à l'hôtel Fremont.

— Si vous devez être à Los Angeles le 28, lui répondit Marion, il vous faut partir demain. C'est très court comme délai.

— Je sais, lui dit Cromwell en haussant les épaules avec désinvolture. Je ne comptais pas y participer, mais j'ai changé d'avis.

— Souhaitez-vous que je vous réserve un wagon spécial ?

— Non, je laisse ce genre de choses aux présidents de la Crocker et de la Wells Fargo. Lorsque je me déplace pour le compte de la banque, je préfère me conduire en voyageur normal. Ainsi, mes clients sauront que je prends soin de leurs intérêts et que je ne m'amuse pas à dilapider leur argent.

Marion se releva en faisant froufrouter ses jupons.

— Je m'en occupe.

Sitôt de retour à son bureau, elle décrocha le téléphone et à voix basse, à peine un murmure, demanda à l'opératrice de lui passer l'agence de détectives Van Dorn. Quand Marion indiqua son nom à la réceptionniste, on lui passa Bell immédiatement.

— Isaac ?

— Marion ? J'allais justement vous appeler pour vous proposer de dîner ensemble puis d'aller au théâtre.

Il avait l'air heureux d'entendre le son de sa voix et cela la remplit de joie.

— J'ai des informations pour vous, lui dit-elle d'un ton grave. Jacob s'apprête à partir.

— Savez-vous où il se rend ?

— A Los Angeles, répondit-elle. Il assiste au Congrès national des banques. C'est un forum de banquiers, ils échangent là-bas leurs dernières informations sur le système bancaire.

— Quand a-t-il lieu ?

— Du 28 au 30 de ce mois.

Bell réfléchit un instant.

— S'il veut être à Los Angeles le 28, il faut qu'il prenne le train demain.

— Exact, répondit Marion. Dès que j'aurai raccroché, il faut que je m'occupe de ses réservations. Il voyage dans une voiture normale, comme un voyageur ordinaire.

— Voilà qui ne ressemble guère à votre patron, compter ses sous.

— Il prétend qu'il veut impressionner les clients de Cromwell en leur montrant qu'il ne dilapide pas les fonds de la banque.

— Et vous, Marion, qu'en pensez-vous ? Ce déplacement vous paraît-il normal ?

La réponse fusa, sans aucune hésitation.

— Je sais qu'il y a effectivement un congrès de banquiers ces jours-là à Los Angeles.

— Je vais m'arranger pour que l'un de nos agents l'accompagne pendant le trajet.

— Je me sens un peu coupable de lui faire un enfant dans le dos, compléta-t-elle, en proie aux remords.

— N'ayez aucun remords, chérie, lui répondit tendrement Bell. Jacob Cromwell est un homme méchant.

— A quelle heure passerez-vous ? fit Marion, trop heureuse de ne pas s'étendre sur Cromwell.

— Je viens vous prendre à six heures, nous irons dîner assez tôt, avant le théâtre.

— Vous viendrez avec votre bolide rouge ?

— Cela vous ennuie ?

— Non, j'aime bien cette sensation de vitesse.

Il éclata de rire.

— Je savais qu'il y avait chez vous un je ne sais quoi qui m'attirait.

Marion raccrocha. Elle ne comprenait pas pourquoi, mais elle avait le cœur qui battait à tout rompre.

*

S'appuyant sur son instinct, et sachant que Bell et son agent Irvine avaient fouiné autour de lui avant qu'il les tue, Cromwell échafauda des plans pour effacer ses traces, encore plus soigneusement que par le passé. Il était certain qu'après avoir perdu deux de ses hommes, Van Dorn allait jeter toutes ses forces dans la bagarre et creuser chaque piste qui se présenterait. Il s'attendait à voir des agents rappliquer, poser partout des questions sur l'argent volé et qui se trouvait maintenant dispersé chez les commerçants et dans les autres banques de la ville.

Afin d'assurer le coup, Cromwell appela le chef répartiteur de la Southern Pacific et l'informa qu'il allait recevoir un courrier pour déplacer son wagon, portant désormais le numéro 16455 et qui se trouvait toujours dans l'entrepôt désert, jusqu'à un dépôt à Oakland, de l'autre côté de la baie. Le chef reçut son message quelques minutes plus tard. Il envoya une motrice de service qui embarqua le wagon sur un ferry.

Cromwell réserva d'autre part un train spécial composé d'un wagon Pullman, d'une locomotive et d'un tender, destination San Diego. Le bon de commande était émis par la O'Brian Furniture Company, Denver, société qui possédait un compte de longue date et figurait parmi les plus anciens clients de la Southern Pacific Railroad Company.

Ce n'est qu'après avoir donné toutes ces instructions qu'il s'autorisa à s'asseoir. Il alluma un cigare de prix et se détendit, rassuré à la pensée qu'il avait une fois encore pris plusieurs longueurs d'avance. Les soupçons de Van Dorn ou des policiers allaient s'estomper progressivement.

Il aurait été encore plus satisfait de lui-même s'il avait su que, avant que Bronson ait eu le temps d'envoyer un agent surveiller le wagon et quiconque s'en approcherait, ledit wagon avait été transbordé sur le ferry et se trouvait désormais sur une voie de garage du dépôt de la Southern Pacific à Oakland.

Chapitre 31

Le lendemain de bonne heure, Cromwell dit au revoir à Margaret et monta dans sa Rolls-Royce. Abner se glissa avec adresse dans le flot de la circulation et prit le chemin de la gare de voyageurs de la Southern Pacific, réservée aux trains qui partaient directement vers le nord et le sud et n'avaient donc pas besoin de traverser la baie. Il s'arrêta devant l'entrée principale de la gare, ouvrit la portière et tendit sa valise à Cromwell.

La Rolls quitta le bord du trottoir, Cromwell termina à pied sans se presser et entra dans la gare. Il montra son billet au contrôleur, avant de se joindre aux autres voyageurs qui se dirigeaient vers le quai. Arrivé au troisième wagon, il grimpa les marches pour embarquer.

Un agent de Van Dorn le vit faire. Il resta là à traîner dans le coin jusqu'au départ du train pour s'assurer que Cromwell ne redescendait pas sur le quai. Au moment du départ, l'agent monta dans le wagon de queue et prit le couloir jusqu'à la voiture dans laquelle Cromwell était monté. A son grand étonnement, il ne le trouva pas. Très préoccupé, l'agent parcourut à toute allure les autres voitures et arriva enfin devant la porte verrouillée du fourgon à bagages. Il retourna alors le plus rapidement possible à l'arrière du convoi, espérant qu'il n'avait pas vu le banquier lors de son premier passage, mais toujours impossible de retrouver Cromwell.

Sans se faire voir, Cromwell était descendu de son wagon en empruntant la porte opposée. Il avait traversé les voies et gagné un autre quai où l'attendait le train spécial qu'il avait loué. Il monta dans sa voiture réservée où il put enfin se détendre dans un décor de luxe raffiné. Il s'agissait d'un véritable yacht sur roues. Il se débarrassa de sa veste, se laissa aller dans un fauteuil en velours bien rembourré et ouvrit le journal du matin. Un serveur lui apporta son petit déjeuner spécialement préparé par le chef affecté au wagon. Il était déjà plongé dans le *San Francisco Chronicle* lorsque le train quitta la gare pour s'engager sur la voie principale menant à Los Angeles, quinze minutes après le départ du train régulier dans lequel Marion lui avait réservé une place.

*

— Aucune nouvelle de mon agent, j'en conclus que Cromwell est en route pour Los Angeles, déclara Bronson.

Bell leva les yeux du plan de San Francisco et de sa banlieue sud.

— Son train doit arriver à Los Angeles à quatre heures trente de l'après-midi. On m'a indiqué qu'il descendait à l'hôtel Fremont.

— J'ai eu de la chance. J'ai réussi à passer un coup de fil à Bob Harrington, qui dirige l'agence Van Dorn de San Diego, avant que l'orage qui a éclaté dans le Sud ne coupe la ligne. Il va envoyer un de ses hommes sous un déguisement, il sera sur place quand Cromwell montera dans le taxi qui doit le conduire à son hôtel. Et celui de mes hommes qui se trouve dans le train le lui indiquera. A partir de ce moment, les collaborateurs de Harrington pourront le tenir à l'œil.

— Apparemment, ce voyage a l'air parfaitement innocent, fit lentement Bell. Mais je n'ai aucune confiance en lui. Il est sur un coup, je le sens.

— S'il tente quoi que ce soit, il n'ira pas très loin, répondit Bronson, très sûr de lui. Au moindre geste, une dizaine de nos agents lui tomberont dessus comme un tas de briques.

Bell entra dans un bureau vide pour appeler Marion à son bureau à la banque.

— Alors, lui demanda-t-il tendrement, vous êtes-vous remise de la soirée d'hier ?

— C'était merveilleux, merci. Le dîner était délicieux et la pièce admirable.

— Maintenant que le chat est parti, la souris aurait-elle envie de sortir un peu, pour le déjeuner par exemple ?

— Je suis celle qu'il vous faut.

— Je passe vous prendre devant la banque.

— Je vous attends au même endroit que la dernière fois, répondit-elle sans hésiter. Je n'ai pas envie que notre relation éclate trop au grand jour. Si l'un des employés me voit monter dans votre automobile rouge vif, il va parler et Jacob sera vite au courant.

— Même endroit même heure, conclut-il avant de raccrocher.

Vers la fin de la matinée, un coursier de la Western Union arriva en courant dans le bureau.

— J'ai un message urgent pour Mr. Horace Bronson.

Bronson lui donna une pièce et déchira l'enveloppe. Au fur et à mesure qu'il lisait, ses lèvres se pinçaient et son front devint soucieux. Il sortit en trombe du bureau pour aller trouver Bell.

— On a un problème, lui annonça-t-il.

Bell le regarda sans comprendre.

— Un problème ?

— Mon agent a perdu Cromwell.

Bell chancela, pris au dépourvu.

— Comment a-t-il pu le perdre dans un train ?

— Cromwell a dû monter dedans, puis sauter immédiatement de l'autre côté sans se faire voir.

— Votre homme aurait pu nous prévenir plus tôt, cracha Bell qui sentait la colère le prendre.

— Le train était parti, il ne pouvait plus descendre avant l'arrêt de San José, expliqua Bronson. C'est de là-bas qu'il a envoyé son télégramme.

— Il aurait gagné trente minutes en utilisant le téléphone.

Bronson haussa les épaules dans un geste d'impuissance.

— Les lignes téléphoniques ne sont pas fiables, elles sont sans cesse en réparation.

Bell se laissa tomber sur un siège, furieux de voir qu'on lui avait tiré le tapis sous les pieds.

— Il va recommencer à piller et à tuer, dit-il enfin, il était rouge de colère. Ce salopard se fout de notre gueule.

— Si seulement nous savions où il est, fit Bronson, anéanti par cet échec.

Bell s'approcha de la fenêtre pour contempler les toits de la ville. Il regardait sans voir, perdu dans ses pensées. Il finit par se retourner.

— Cromwell se moque de nous, dit-il lentement. Il s'attend à ce que nous nous mettions à courir dans tous les sens comme des poulets sans tête, en nous demandant où diable il peut bien être allé.

— Visiblement, il est parti dans la direction opposée à ce qu'il avait dit à sa secrétaire. Ou alors, elle ment.

Bell n'osait pas le regarder en face. Cette possibilité lui avait également effleuré l'esprit. Mais il hocha la tête.

— Non, je suis certain que Marion m'a dit la vérité.

Bronson s'approcha de la carte des Etats-Unis accrochée à un mur. Il l'examina, toujours aussi perplexe.

— Je doute qu'il ait pris la direction du nord, vers l'Oregon ou l'Etat de Washington. Il a sans doute rejoint l'embarcadère du ferry et il a traversé la baie pour reprendre un train qui partait vers l'est.

Un léger sourire se dessina sur la figure de Bell.

— Je parie ma Locomobile que Cromwell est parti au sud.

Bronson se tourna vers lui.

— Pourquoi continuerait-il vers le sud s'il a réussi à nous faire perdre sa trace ?

— Je sais comment raisonne ce type, déclara Bell d'une voix qui n'admettait pas de réplique. Même s'il ignore que nous avons épié tous ses mouvements, il ne prend jamais le moindre risque, il pèse avec soin toutes les possibilités.

Bronson consulta sa montre de gousset.

— Le train suivant n'est pas avant midi.

— Trop tard, décréta Bell. Il a pris trop d'avance.

— Comment le savoir, puisqu'il a sauté du train ?

— Il a raconté à Marion une histoire montée de toutes pièces, cette invention de prendre une place normale pour que ses clients croient que c'est un type très près de ses sous. Je vous parie dix contre un qu'il a réservé un train privé.

Bronson commençait à reprendre du poil de la bête.

— Harrington pourrait encore le faire suivre par ses hommes lorsqu'il arrivera à Los Angeles.

Bell fit signe que c'était impossible.

— Ils seront incapables de le reconnaître. Votre agent est descendu à San José pour vous dire que Cromwell n'était pas à bord de son train. Il attend sans doute le prochain départ pour San Francisco.

— C'est vrai, il y a là un problème, convint Bronson. Mais ils pourraient encore mettre la main dessus lorsqu'il arrivera à l'hôtel Fremont.

— S'il y descend, le corrigea Bell. Comme il s'est échappé du train régulier, il est peu probable que le reste de ce qu'il a raconté à Miss Morgan soit vrai.

— S'il n'est pas parti pour Los Angeles, où donc ?

— Cromwell a pu faire arrêter son train n'importe où sur le trajet, mais je suppose qu'il va simplement passer par Los Angeles.

— Par Los Angeles ? répéta Bronson. Et ensuite ?

— Vers le dernier endroit auquel nous penserions pour une attaque, la destination la moins probable.

— C'est-à-dire ?

— San Diego.

Bronson réfléchit quelques instants en silence. Il dit enfin :

— Ça fait une bonne tire.

— Possible. Mais c'est tout ce dont nous disposons. Il a démontré qu'il ne commet pas ses crimes uniquement dans les villes minières. Pourquoi pas une ville dans laquelle on trouve une banque qui fait fortune avec le commerce, les marchandises importées par de riches négociants et les propriétaires des grands ranches de la Californie du Sud ?

— Loin ou pas, nous ne pouvons laisser cette possibilité de côté. Si seulement je pouvais dire à Harrington d'envoyer ses hommes à la gare de San Diego et d'y guetter un train privé. Mais les lignes du télégraphe et du téléphone sont toujours coupées entre San José et Los Angeles, à cause des inondations.

Bell secoua la tête.

— Cromwell est trop intelligent pour faire arrêter son train en pleine ville. Il va le laisser sur une voie de garage quelconque et utiliser un autre moyen de transport pour entrer en ville, sans doute la motocyclette dont il a déjà fait usage dans d'autres cas.

— Si seulement Harrington avait son signalement...

— De toute façon, ils seraient incapables de l'identifier. Il s'est probablement déguisé.

L'optimisme de Bronson le lâcha brusquement.

— Alors, que nous reste-t-il ?

Bell lui sourit.

— Je vais aller à San Diego et m'en occuper moi-même.

— Impossible, répliqua Bronson. Le temps que nous louions un train spécial, qu'on le mette sur la bonne voie, et qu'on s'en aille, il aura commis son méfait et aura fait la moitié du chemin du retour vers San Francisco.

— Parfaitement exact, reconnut Bell. Mais, avec un peu de chance, je peux arriver à Los Angeles avant son train.

— Très bien, vous arrivez là-bas avant lui, vous comptez sans doute monter sur un gros oiseau ? lui demanda Bronson d'un ton sarcastique.

— Je n'ai pas besoin de gros oiseau.

Bell lui jeta un coup d'œil narquois.

— J'ai quelque chose d'aussi rapide.

Puis, l'air sombre :

— Tout d'abord, il faut que j'annule un rendez-vous.

Chapitre 32

La grosse Locomobile rouge traversa San Francisco comme un taureau au galop dans les rues de Pampelune pendant la San Fermin. Bell était installé sur son siège en cuir rouge, les deux mains cramponnées en bas du volant. Il conduisait paumes en avant et devait faire usage de ses biceps pour faire tourner l'énorme mécanisme au fil des virages et des carrefours.

Il était dix heures moins le quart.

Près de lui, Bronson était assis sur le siège du passager ; son travail consistait à actionner la pompe à essence. Toutes les deux ou trois minutes, il tirait sur le levier fixé sur la cloison verticale en bois montée sur le plancher et poussait pour envoyer l'essence dans le carburateur. En dehors de l'alimentation du gros moteur fort gourmand, il faisait également office de navigateur, car Bell ne connaissait absolument pas la campagne californienne. Bronson était obligé de se caler les pieds sur le plancher et d'appuyer son dos sur le siège pour éviter de se faire projeter sur la chaussée. Il avait l'impression de jaillir de la bouche d'un canon.

Comme il ne voulait à aucun prix lâcher le volant, même d'une main, Bell avait en outre confié à Bronson la charge d'actionner la grosse trompe. Apparemment, il adorait lâcher des coups de sirène tonitruants aux gens et aux voitures, surtout aux croisements. Il ne mit pas longtemps à avoir mal à la main.

Bronson portait un long manteau de cuir et avait chaussé des bottes qui lui recouvraient le mollet. Il avait également un casque en cuir muni de grosses lunettes qui le faisaient ressembler à une chouette en chasse. Les lunettes étaient indispensables car la Locomobile ne possédait pas de pare-brise.

La voiture n'avait pas parcouru cent mètres que Bronson commençait à éprouver les pires inquiétudes. Dans quoi s'était-il embarqué en proposant à Bell de l'accompagner dans cette course folle jusqu'à San Diego, à bord d'une voiture ouverte à tous les vents et sur des routes qui n'étaient guère que des chemins pour les vaches ?

— Les freins de cette merveille mécanique marchent bien ? demanda Bronson, un peu caustique.

— Ce n'est pas fameux, répondit Bell. Il y a un seul frein sur l'arbre d'entraînement de la chaîne.

— Vous êtes vraiment obligé de rouler aussi vite en ville ? protesta Bronson.

— Le train de Cromwell a plus d'une heure d'avance ! cria Bell en essayant de couvrir le bruit de l'échappement. Chaque minute compte.

Les piétons qui entendirent d'abord le grondement envahir la rue, suivi par l'étrange son émis par la corne, furent tout étonnés de voir surgir l'énorme Locomobile rouge. Totalement incrédules, ils dégagèrent sans traîner la chaussée, le temps que la machine passe à toute allure. Les deux tubulures d'échappement dépassaient à peine du coffre et semaient un roulement de canonnade.

Deux ouvriers qui transportaient une grande fenêtre se figèrent sur place au passage de la voiture. Le grondement de la Locomobile fit voler les carreaux en éclats. Ni Bell ni Bronson ne se donnèrent seulement la peine de jeter un regard en arrière, concentrés qu'ils étaient sur la circulation et sur ce qui se passait devant. Bell était obligé de braquer et de contrebraquer sans cesse, comme s'il faisait une course d'obstacles. Mais il était fort satisfait du comportement de son véhicule, la direction répondait au quart de poil, comme si elle anticipait ses ordres.

Bell jouait du pied alternativement, accélérateur et frein, pour négocier les virages sur les chapeaux de roues le long de la route qui menait à la sortie de la ville. Il aurait voulu être sorcier et, d'un coup de baguette magique, faire disparaître la circulation. Il évita de peu une camionnette de linge et dut faire partir la Locomobile en glissade des quatre roues. Il tournait son volant de bois comme un malade pour se faufiler entre les voitures qui encombraient la chaussée. Ebahis, les autres conducteurs de véhicules motorisés regardaient cette voiture qui roulait à toute vitesse et qui surgissait derrière eux avant de disparaître. Les chevaux d'attelage lançaient des ruades en entendant le vacarme de ce que leurs conducteurs prenaient pour un chœur démoniaque.

Alors qu'ils approchaient des limites sud de la ville, le trafic commença à se clairsemer. Bell ralentit pour prendre un virage, puis s'engagea sur la grand-route qui s'étirait parallèlement à la voie ferrée. Il poussa un soupir de soulagement en constatant que les chariots et les automobiles se faisaient plus rares. Il avait plus de place pour doubler tout véhicule qui se serait trouvé en travers de son chemin. L'énorme automobile répondait de façon incroyable. Bell appuya sur le champignon, la pédale à deux centimètres du plancher, et la voiture accéléra sur la route qui était devenue presque droite. Plus la Locomobile allait vite, plus sa trajectoire devenait stable. Les chaînes d'entraînement des essieux laissaient échapper un sifflement métallique de plus en plus aigu.

Bientôt, la route devint parfaitement rectiligne. Ils étaient dans la campagne. Des fermes pittoresques surgissaient à l'horizon avant de disparaître tout aussi vite derrière le nuage de poussière qu'ils soulevaient. San Carlos, Menlo Park, des villes reliées entre elles par El Camino Real, l'ancienne route utilisée à la fin du XVIIIe siècle par les franciscains. Ils avaient créé ainsi vingt et une missions que l'on pouvait rejoindre en une journée de route.

Profitant du peu de circulation, Bell mit le pied au plancher et essaya de tirer tout ce qu'il pouvait de son véhicule. La Locomobile était dans son élément, elle roulait aussi vite que lorsqu'elle avait couru le grand prix Vanderbilt, première voiture américaine à figurer dans une épreuve de réputation internationale. La Locomobile rugissait, semblable à un cheval de course à la retraite que l'on sort pour le faire courir une fois encore. Les gros cylindres de son puissant moteur n'avaient aucune peine à entraîner le vilebrequin.

Bell avait une passion pour son automobile. Il avait le don de deviner son caractère et ses particularités. Il était fier de sa puissance, de sa simplicité, la vitesse que lui procurait son gros moteur, sa violence, l'intoxiquaient littéralement. Il conduisait comme possédé du démon et se délectait du nuage de poussière que la Locomobile soulevait dans son sillage.

Bronson se tourna vers Bell qui portait une veste courte en cuir et un jodhpur d'équitation, le tout complété par des bottes. Il avait mis des lunettes, mais pas de casque, car il préférait entendre le bruit du moteur. On le sentait extrêmement concentré. Il avait l'air déterminé à battre Cromwell à son propre jeu. Bronson n'avait encore jamais vu quelqu'un afficher pareille volonté, une volonté sans faille. Il se pencha sur la carte, puis donna une tape sur l'épaule de Bell.

— Un peu plus haut, nous allons arriver à une patte-d'oie. Vous prendrez à gauche. La route est meilleure dans les terres que sur la côte. A cette allure, nous serons à Salinas d'ici une heure. Ensuite, ce sera Soledad.

— Question temps, où en sommes-nous ? lui demanda Bell sans quitter le volant des mains.

Bronson sortit sa montre de gousset.

— Il est onze heures dix.

Il avait du mal à se faire entendre par-dessus le bruit de l'échappement.

— Comme je ne sais pas à quelle vitesse nous roulons, je ne peux pas vous dire combien nous avons gagné sur Cromwell, à supposer que nous ayons gagné quelque chose.

Bell fit un signe de tête pour indiquer qu'il avait compris.

— Cette automobile ne dispose pas de compteur de vitesse ni de tachymètre, mais j'estime que nous sommes à plus de cent cinquante.

Bronson avait fini par s'habituer au vent qui lui fouettait le visage et aux poteaux télégraphiques qui défilaient à la vitesse de l'éclair. Pourtant, lorsque la route se fit plus mauvaise et cahoteuse, il se dit qu'il était retombé dans les mâchoires d'un serpent à sonnette en furie. Il s'agrippa à l'accoudoir de son siège d'une main, tout en continuant à actionner frénétiquement le levier de la pompe de l'autre.

Ils roulaient à toute allure sur cette petite route de campagne et traversèrent le comté de Monterey avant d'entrer dans le village agricole de Salinas. Les champs qui bordaient la route étaient de toute beauté et prenaient des teintes vertes sous le soleil de printemps. Par chance, la route principale qui coupait la ville était déserte, à l'exception de quelques automobiles et voitures à cheval stationnées sur le bas-côté. En entendant un vrombissement tonitruant, les gens se retournèrent pour voir, bouche bée, une voiture rouge feu passer en trombe à travers la rue commerçante et disparaître en direction du sud.

— Quelle est la prochaine ville ? demanda Bell.

Bronson consulta la carte.

— Soledad.

— Distance ?

— Environ quarante kilomètres. Nous aurions intérêt à y faire le plein, il y a trois cents bons kilomètres avant la prochaine agglomération.

Il se retourna pour regarder le gros réservoir fixé derrière les sièges.

— Il contient combien ?

— Cent soixante-dix litres.

— Il doit bien y avoir à Soledad un garage qui répare les voitures et les machines agricoles.

Les mots n'étaient pas plus tôt sortis de sa bouche que le pneu arrière droit creva après avoir heurté un caillou pointu sur la route. La Locomobile partit en queue de poisson sur une centaine de mètres avant que Bell en reprenne le contrôle et réussisse à l'arrêter.

— Ce n'est qu'une question de temps, lâcha Bell, résigné. L'une des vicissitudes de la course automobile.

Trois minutes plus tard, il était sorti de voiture et mettait le cric en place sous l'essieu arrière. Pendant ce temps, Bronson retirait une des deux roues de secours fixées à l'arrière. Bell démonta la roue et la remplaça, le tout lui prit dix minutes. Il avait souvent eu à changer une roue dans l'urgence. Puis il sortit le pneu de la roue et le passa à Bronson.

— Il y a une trousse de réparation sous votre siège. Rebouchez le trou pendant que nous roulons. Je remonterai la roue quand nous serons à Salinas.

Sitôt qu'ils eurent redémarré, une charrette attelée à deux chevaux de trait surgit devant eux. Le fermier, pensant qu'il était seul à deux kilomètres à la ronde, occupait le milieu de la chaussée. Il ne restait qu'un malheureux mètre de chaque côté, puis c'étaient des herbes folles et des buissons le long de barrières faites à la va-comme-je-te-pousse. Derrière, des champs d'artichauts, de piments, de champignons et de laitues.

Bell ralentit et le doubla. Il n'avait que quelques centimètres. Il arracha une bonne dizaine de mètres de la clôture sommaire en bois. Dieu soit loué, la voiture ne subit pas trop de dégâts, mis à part le pare-chocs qui se tordit et commença à frotter contre le pneu en heurtant une bosse sur la route. Bell ne daigna même pas se retourner pour voir le fermier qui lui tendait le poing et lui criait des injures. Ses chevaux commencèrent à ruer et faillirent retourner la charrette. Ce n'était pas fini, il se trouva pris dans le nuage de poussière qui jaillissait sous les roues de la Locomobile.

— Encore un bouseux, fit Bronson qui s'était retourné pour voir ce qui se passait derrière.

— C'est sans doute sa barrière, et c'est lui qui l'avait faite, répondit Bell avec un sourire.

Soledad leur apparut une quinzaine de kilomètres plus tard. La ville devait son nom à une mission, Nuestra Señora de la Soledad, fondée plus de cent ans auparavant. Elle possédait une importante gare de chemins de fer car c'est de là que l'on expédiait les productions de la vallée. Bell ralentit en pénétrant dans la cité et ne tarda pas à trouver un garage où il pourrait s'approvisionner en essence pour la Locomobile. Tandis que Bronson et le garagiste transvasaient des jerrycans dans le gros réservoir, Bell s'acharna sur le pare-chocs et réussit à l'écarter du pneu. Puis il alla chercher la chambre à air réparée par Bronson, la remit en place dans le pneu et remonta le tout sur la roue avant de la boulonner à l'arrière de la Locomobile.

— Dites donc, les gars, vous êtes en tête d'une course de bagnoles qui doit passer dans le coin ? leur demanda le garagiste qui portait un bleu de chauffe couvert de graisse.

Bell éclata de rire.

— Non, nous sommes tout seuls.

Le garagiste regarda l'automobile endommagée et couverte de poussière.

— Eh ben, on dirait que vous êtes sacrément pressés.

— Ça c'est bien vrai, lui répondit Bell en lui mettant dans la main une poignée de billets qui couvraient largement le prix de l'essence.

Le garagiste resta planté là à se gratter la tête. La Locomobile s'élança dans un rugissement et ne fut bientôt plus qu'un point rouge minuscule qui s'éloignait dans la rue avant de s'engager dans la campagne.

— Ces mecs doivent êtres fous, marmonna l'homme. J'espère qu'ils savent que le pont sur la Solvang est impraticable.

Un quart d'heure plus tard et à trente kilomètres de Soledad, Bell et Bronson se retrouvèrent devant un virage en épingle à cheveux qui partait en pente raide. Ils dépassèrent à toute vitesse un panneau routier.

— Qu'est-ce qui était marqué ? demanda Bell.

— Un truc à propos d'un pont, lui répondit Bronson, c'est tout ce que j'ai réussi à voir.

Il y avait une barrière de travaux en travers de la route. Bell aperçut le tablier du pont, on aurait dit qu'il était coupé en deux par le milieu. Des ouvriers travaillaient à réparer la travée centrale, tandis que d'autres installaient des poteaux pour rétablir les lignes de télégraphe et de téléphone coupées par une crue soudaine.

Bell ôta son pied de l'accélérateur et tourna le volant à fond. Il enfonça ses deux bottes sur la pédale du frein, l'arrière partit en tête-à-queue et la Locomobile continua à déraper sur ses quatre roues. Bell réussit à redresser la trajectoire. Une seconde plus tard, ils s'envolaient par-dessus la rive en pente pour arriver au bord d'un grand ravin qui était en général à sec. Ils atterrirent dans un gros nuage de poussière à moins de cinq mètres d'un ruisseau, large de soixante centimètres, qui rejoignait la mer.

Sous l'effet de l'inertie, le lourd châssis en acier et l'énorme moteur s'écrasèrent dans l'eau, soulevant une grande gerbe d'eau boueuse marron qui déferla comme une vague sur la Locomobile. Le choc violent manqua désarticuler Bell et Bronson. L'eau jaillit par-dessus le radiateur et le capot du moteur avant de les noyer dans un déluge de boue liquide. Ils prirent le tout de plein fouet, comme s'ils venaient de franchir un mascaret.

Puis la grosse automobile émergea sur l'autre rive, s'ébrouant et frémissant comme si elle essayait de se débarrasser de toute cette eau. Bell remit immédiatement pied au plancher, espérant contre tout espoir que le moteur n'allait pas s'arrêter, noyé. Comme par miracle, les bougies, la magnéto et le carburateur avaient survécu. Les quatre cylindres continuaient à s'activer sans un seul raté, la Locomobile s'élança à l'assaut de la pente, retrouva un terrain plat, et Bell réussit à rejoindre la route.

Fort soulagés d'avoir échappé de peu au désastre, Bell et Bronson retirèrent leurs lunettes pour essuyer la boue qui obscurcissait les verres.

— Ç'aurait été sympa, que le type du garage nous prévienne, dit Bronson, trempé comme une soupe.

— Ils sont peut-être pas très causants, dans le coin, répliqua Bell en rigolant.

— C'est ici que la crue a coupé les lignes de téléphone et de télégraphe.

— Nous prendrons contact avec notre bureau de Los Angeles à la prochaine halte de ravitaillement.

Pendant les cent cinquante kilomètres suivants, ils eurent droit à une route plate et bien entretenue. Bell gardait l'oreille sur le moteur, à l'affût du moindre bégaiement des cylindres. Il roulait aussi vite qu'il osait sur la chaussée couverte de terre et de graviers. Heureusement, il n'y avait pas de virages trop serrés et il était content de voir que les pneus tenaient le coup.

La chance finit tout de même par l'abandonner lorsqu'ils atteignirent une zone où la route était pleine de cailloux, un peu érodés par des millénaires de pluie. Il ralentit pour ménager ses pneus, mais l'une des roues heurta une pierre pointue. Cent mètres plus loin, elle était à plat. On mit une roue de secours en place et tandis que Bell poursuivait sa course folle vers Los Angeles, Bronson répara la chambre à air une fois de plus.

Ils dépassèrent San Luis Obispo puis Santa Maria. Ils commençaient à perdre de l'altitude, la route descendait doucement vers la côte pacifique. L'océan scintillait au soleil, les brisants striaient la surface bleutée et venaient mourir sur des plages de sable parsemées de rochers noirs.

Avant San Barbara, ils décollèrent sur une grosse bosse et s'écrasèrent de l'autre côté. Le choc fut tel que Bronson en eut le souffle coupé. Il n'en revenait pas, il était toujours entier.

Ils entrèrent dans Santa Barbara où ils refirent le plein, complétèrent le niveau du radiateur, et remplacèrent enfin la roue. Ils s'arrêtèrent en passant au dépôt des chemins de fer d'où Bronson envoya un bref câble à son collègue Bob Harrington. Il lui demandait de les retrouver à la gare de Los Angeles.

Au lieu de prendre la route périlleuse en lacets que l'on appelle la route des vignobles et qui franchit la passe de Tejon avant de plonger vers Los Angeles, Bell emprunta celle qui longeait la voie ferrée et présentait par conséquent des virages plus amples. Cette rude chevauchée mettait le châssis à dure épreuve. Ils franchirent la passe étroite sous le sommet qui culminait à mille trois cents mètres, mais il tint le coup. Ils atteignirent enfin la longue descente qui aboutissait dans la vallée de San Fernando.

Bonne nouvelle, le pire était derrière eux. Ils se trouvaient maintenant en terrain connu, la Locomobile roulait bon train et gagnait toujours un peu plus de terrain sur le train privé de Cromwell. D'après les calculs de Bronson, ils n'avaient plus que quinze minutes de retard. Avec un peu de chance, ils arriveraient avant le Boucher à Los Angeles.

Plus réconfortant encore, ils apercevaient dans le lointain de hauts bâtiments. Comme ils approchaient des faubourgs de la ville, la circulation se fit plus dense. Bronson était émerveillé par l'endurance physique de Bell. Ses yeux bleus, durs et qui ne cillaient pas, ne quittaient pas la route un instant. Cet homme, songeait-il, était né pour prendre le volant d'une voiture de course. Il consulta sa montre, qui indiquait quatre heures douze. Ils avaient réalisé une moyenne de plus de quatre-vingt-dix kilomètres à l'heure pendant ces six cent cinquante kilomètres.

Plus ils approchaient du centre, plus la circulation s'intensifiait. Bell était maintenant à l'aise pour zigzaguer entre les voitures à cheval, les charrettes et les automobiles. Il se sentit fort soulagé lorsque la chaussée pierreuse céda la place à un revêtement de dalles. Il dépassait à toute allure de longues rames de tramway qui roulaient au milieu des rues. Le nombre d'automobiles le surprit, mais il ne savait pas qu'il y en avait ici des milliers, au cœur de cette ville qui croissait chaque jour et comptait désormais cent vingt mille habitants.

Les rues de Los Angeles étaient considérablement plus larges que celles de San Francisco. Cela lui permettait de rouler assez vite, il avait plus de place pour s'insinuer au milieu du trafic. Ils traversèrent le centre, toutes les têtes se retournaient pour voir passer la Locomobile rouge. Un policier lança des coups de sifflet et commença à s'énerver lorsque Bell, sans faire plus attention à lui, poursuivit son chemin. L'agent sauta sur sa bicyclette et se lança à sa poursuite, mais il céda rapidement du terrain et finit par perdre complètement la voiture de vue.

Ils aperçurent le vaste dépôt des chemins de fer au sortir d'un virage que Bell avait pris sur les chapeaux de roues. Un homme, costume marron et chapeau à large bord, se tenait sur le trottoir à l'entrée. Il leur faisait de grands gestes en agitant frénétiquement les bras. Bell freina et s'arrêta devant Bob Harrington, l'agent de Van Dorn responsable de la Californie du

Sud. Harrington vit comme une espèce d'apparition, un personnage en tenue de cuir, couvert de boue, un casque sur la tête. Il dut attendre qu'il ait ôté ses lunettes pour reconnaître Bronson.

— Mon Dieu, Horace, je ne vous avais pas reconnu, lui dit l'homme

Il était vif, le visage bronzé et des traits bien dessinés. Avec son mètre quatre-vingt-treize, il dominait tant Bell que Bronson.

Bronson descendit avec peine sur la chaussée et s'étira pour détendre ses muscles endoloris.

— Je crois que ma propre mère ne me reconnaîtrait pas.

Puis il se tourna et montrant Bell du doigt :

— Bob, je vous présente Isaac Bell. Isaac, Bob Harrington.

Bell retira son gant et serra la main de Harrington.

— Ravi de vous connaître, Bob.

— J'ai beaucoup entendu parler de vos exploits, Isaac. Tout l'honneur est pour moi.

Mais Bell n'avait pas de temps à perdre en politesses.

— Le train privé de Cromwell, où est-il ? Arrivons-nous à temps pour l'arrêter ?

Harrington hocha lentement la tête.

— Désolé de vous le dire, mais le train de voyageurs régulier s'est rangé sur une voie de garage à Ventura pour le laisser passer. Lorsqu'il est arrivé à Los Angeles, il a contourné le dépôt et pris la voie express vers le sud, en direction de San Diego. Cela lui a fait gagner près d'une demi-heure.

— C'était il y a combien de temps ? demanda Bell qui voyait ses espoirs s'évanouir.

— Une vingtaine de minutes.

— Nous l'aurions devancé de dix minutes, fit Bronson, l'air morose.

Bell se tourna vers la Locomobile, bien fatiguée, en se demandant si elle aurait encore assez de forces pour l'étape finale. Sans avoir besoin de se regarder dans la glace, il savait qu'il était bien plus épuisé que son automobile.

Harrington regardait ces deux hommes éreintés.

— Je peux demander à mes agents de San Diego d'appréhender Cromwell lorsque son train spécial s'arrêtera au dépôt.

— Il est bien trop intelligent pour descendre là-bas, dit Bell. Il fera arrêter son train à l'extérieur de la ville et y entrera avec un de ses nombreux déguisements.

— A votre avis, où se dirige-t-il ?

— Vers une banque locale.

— Laquelle ? demanda Harrington. Il en existe une bonne dizaine.

— Celle qui a les plus gros actifs.

— Vous croyez vraiment qu'un bandit, seul, essaiera d'attaquer la Wells Fargo ? demanda Harrington, sceptique. C'est la banque la mieux gardée de toute la Californie du Sud.

— Raison de plus, lui répondit Bell. Cromwell adore les défis.

— Je vais téléphoner à mes hommes et leur dire de se tenir près de l'entrée.

Bell hocha la tête, assez perplexe.

— Il va les repérer et s'en ira. Sauf si nous parvenons à le prendre sur le fait, nous n'avons aucune preuve pour l'inculper. Et vos agents n'ont pas la moindre idée de ce à quoi il ressemble. Si c'était le cas, ils ne le reconnaîtraient jamais sous son déguisement. Ça, il sait y faire.

Bell se tourna vers Harrington.

335

— Dites à vos hommes de fermer la banque jusqu'à notre arrivée.

— Vous n'allez pas continuer jusqu'à San Diego ? lui demanda Harrington qui ne parvenait pas à y croire.

— Si, répondit simplement Bell.

Il regagna avec peine le volant de la Locomobile.

— Quel est l'itinéraire le plus rapide pour sortir de la ville par le sud ?

— Restez sur la route qui longe la voie ferrée. Elle vous conduira tout droit à San Diego.

— Elle est dans quel état ?

— Très bien entretenue tout du long.

Harrington contemplait la machine fourbue, l'air dubitatif.

— Vous devriez y arriver rapidement – si votre voiture tient le coup.

— Elle nous a bien emmenés jusqu'ici, répondit Bell en esquissant un sourire. Elle fera le reste.

Bronson semblait las.

— Dites à vos hommes que nous partons.

Il avait l'air d'un condamné que l'on conduit au gibet.

Harrington resta un long moment à regarder la Locomobile accélérer sur la route. Puis il hocha la tête et se dirigea vers le téléphone le plus proche.

Dix minutes plus tard, Bell atteignit les limites de la ville et dirigea l'aigle aux ailes étendues qui ornait son gros radiateur vers la route nationale, direction San Diego. Quand il songeait à l'équipée sauvage qu'ils venaient de réaliser depuis San Francisco, Bronson s'émerveillait du talent et de la maîtrise dont Bell faisait preuve. Il surveillait le compte-tours, jugeait du moment précis où il lui fallait changer de vitesse et se débattre avec le gros levier qui actionnait la boîte non synchronisée.

Bell était fatigué. Son cerveau allait de la conduite à l'image de Jacob Cromwell en train d'attaquer une nouvelle banque et de massacrer tous ceux qui s'y trouvaient. Au fur et à mesure qu'ils approchaient du but, il devenait de plus en plus nerveux, son sang se chargeait d'adrénaline, tandis que son fidèle moteur continuait de donner la cadence avec la régularité d'un battement de cœur.

Chapitre 33

La Locomobile avala les deux cents kilomètres qui séparaient les deux villes en une heure et cinquante et une minutes. Les dernières lueurs du jour s'estompaient sur l'océan, à l'ouest, lorsqu'ils entamèrent la descente du mont Soledad vers le cœur de la cité qui s'étendait à leurs pieds comme un tapis de bâtiments teintés d'or par les derniers rayons du soleil couchant. La Locomobile possédait certes de grosses lampes à acétylène, mais Bell n'avait pas envie de perdre de temps à s'arrêter pour les allumer.

— Où en est-on de l'essence ? demanda-t-il d'une voix éraillée car il avait la bouche pleine de poussière.

Bronson se retourna, dévissa le gros bouchon du réservoir et plongea la jauge jusqu'au fond. Il la ressortit, elle n'était humide qu'au bout.

— On va dire que nous terminerons sur les dernières vapeurs.

Bell fit signe qu'il avait entendu, sans rien répondre.

L'effort lui faisait payer son tribut. Après toutes ces heures passées à tourner le volant dans ces milliers de virages et à lutter contre le triangle des roues avant, il avait les bras tout engourdis et avait l'impression qu'on les lui avait arrachés du corps. Ses chevilles et ses genoux étaient eux aussi tout endoloris à force de débrayer, d'accélérer, d'appuyer sur la pédale du frein. Et sous ses gants de conduite en cuir, ses mains étaient pleines d'ampoules. Malgré tout cela, Bell fit les derniers kilomètres sur les chapeaux de roues.

Et la Locomobile, elle aussi, était en sale état. La gomme des pneus Michelin était réduite à rien, les roues, voilées de tout ce qu'elles avaient enduré. Le fidèle moteur commençait à émettre des bruits étranges et de la vapeur s'échappait par le bouchon du radiateur. Pourtant, la superbe machine avançait toujours.

— Je me demande ce que Cromwell peut bien avoir en tête, fit Bell. Il est trop tard pour qu'il tente une attaque aujourd'hui. La banque est à présent fermée jusqu'à demain matin.

— On est vendredi, répondit Bronson. Les banques de San Diego ne ferment qu'à neuf heures du soir.

Ils dévalaient India Street, rue parallèle à la voie ferrée. Le dépôt n'était plus qu'à un kilomètre et demi lorsque Bell quitta une seconde la route des yeux pour regarder dans la direction d'un train avec un seul wagon qui ralentissait avant de s'arrêter.

La locomotive qui tractait la voiture Pullman s'arrêta sur une voie de garage, quatre voies plus loin que la rue. De la fumée s'échappait paresseusement de la chaudière, le mécanicien vidait le faisceau de sa vapeur. Le chauffeur était monté sur le tender et se préparait à prendre de l'eau dans une grande citerne en bois. Il faisait de plus en plus sombre, l'éclairage intérieur du Pullman scintillait. La voiture était maintenant garée à plus de quinze cents mètres du dépôt et du centre-ville.

Bell reconnut immédiatement le train privé de Cromwell.

Il n'hésita pas. Il donna un coup de volant à gauche et la Locomobile franchit les rails en cahotant dans tous les sens. Le temps de franchir trois voies, les quatre pneus, déjà en piètre état, étaient crevés et Bell dut faire le reste du chemin sur les jantes qui crachaient des étincelles comme des météorites en s'écrasant contre les rails en acier.

Bronson ne disait rien. Il était encore sous le choc, tétanisé, puis il vit le train et comprit ce que Bell avait derrière la tête. L'excitation laissa place au soulagement lorsqu'il comprit que, après cette course folle de huit cents kilomètres, ils étaient enfin près du but.

Bell arrêta violemment la Locomobile en travers des rails, juste devant la locomotive. L'automobile mourut sur sa trajectoire et resta plantée là, le moteur grésillait, le radiateur crachait de la vapeur, les pneus déchiquetés répandaient une odeur de caoutchouc brûlé. La poursuite infernale, à une allure démente, l'avait amenée enfin sous le nez de la proie qu'elle avait traquée jusqu'aux tréfonds de l'enfer.

— Nous en sommes peut-être arrivés là pour des prunes, dit Bronson. Il n'a pas encore attaqué la banque. Nous ne pouvons pas l'arrêter en l'absence de délit.

— Possible. Mais pendant la route depuis San Francisco, j'ai eu le temps de méditer. Il vaut mieux appréhender Cromwell maintenant, avant qu'il ait eu le temps de passer à l'acte. S'il flaire notre piège cette fois encore, nous avons perdu. Je m'occuperai plus tard de rassembler les preuves nécessaires pour le faire inculper. En plus, il n'est pas ici sur son terrain. Il ne pourra pas faire appel à ses avocats qu'il paye à prix d'or pour le tirer d'affaire.

Bell savait pertinemment que personne ne pourrait sortir du train pendant les quelques minutes qui s'étaient écoulées depuis qu'il était à l'arrêt. Il descendit de sa voiture et s'avança vaille que vaille vers le Pullman. La souffrance et l'épuisement s'évanouissaient petit à petit. Il s'arrêta soudain et se glissa entre le wagon et le tender en voyant deux employés sortir une moto du wagon et la déposer près de la voie.

Il attendit quelques minutes. Puis un homme en uniforme de la compagnie descendit du Pullman, enfourcha la moto. Bell l'avait reconnue, c'était une Harley-Davidson. L'homme tournait le dos à Bell qui longea sans faire de bruit le Pullman et s'arrêta à moins de deux mètres de lui. Le motocycliste s'était penché, il ouvrait le robinet d'essence avant de démarrer.

— La Harley, voilà une bonne machine, commença tranquillement Bell, mais je préfère l'Indian.

L'homme à la moto fronça le sourcil au son de cette voix qui lui était familière. Il se retourna et découvrit cette espèce d'apparition. Les lampadaires dressés au-dessus des voies jetaient une lumière crue. La silhouette qu'il avait sous les yeux portait une courte veste en cuir, un jodhpur et des bottes. On aurait dit qu'elle sortait d'un marais. Elle avait relevé une paire de lunettes sur son front, ses cheveux blonds étaient collés par la boue. Mais pas moyen de s'y tromper, cette tête, ces yeux bleus perçants, la moustache sale qui soulignait la lèvre supérieure.

— Vous !

— Pas très original, répliqua Bell, impitoyable. Mais comme je vous ai dit la même chose dans la banque de Telluride, je ne vous en voudrai pas.

Les deux hommes se turent pendant ce qui sembla une éternité, le temps que Cromwell comprenne que cette apparition était réellement Isaac Bell. Il demeura immobile, de plus en plus interloqué, tout pâle.

— Vous êtes mort, cracha-t-il. Je vous ai tiré dessus !

— Deux fois, à vrai dire, répondit Bell d'un ton coupant.

Il tenait dans la main droite son Colt automatique 1905 calibre .45 et visait Cromwell entre les deux yeux, aussi fermement qu'une ferraille scellée dans du béton.

Pour la première fois de son existence, Jacob Cromwell se trouvait pris au dépourvu. Son cerveau rapide, plein de confiance en soi, n'avait jamais réfléchi à ce qu'il lui faudrait faire lorsqu'on l'arrêterait. L'impensable ne lui était jamais arrivé, il s'était toujours considéré intouchable. Et maintenant, il se retrouvait face à face avec son ennemi juré, l'homme qui aurait dû être mort. Il se sentait comme le capitaine dont le navire réputé insubmersible vient de s'échouer sur les rochers.

Le Colt calibre .38 de Cromwell était dans la poche de sa veste, mais il savait que Bell lui ferait éclater la cervelle avant qu'il ait le temps de s'en saisir. Lentement, il leva les bras, dans une attitude de défaite abjecte.

— Et maintenant ? demanda-t-il.

— Je vais vous emprunter votre train spécial pour vous ramener à San Francisco. Là-bas, je vous remettrai à la police jusqu'à ce que l'on vous juge pour meurtre et que l'on vous pende.

— Vous avez tout prévu.

— Il fallait bien que cela arrive un jour, Cromwell. Vous auriez dû vous retirer lorsqu'il était encore temps.

— Vous n'avez pas le droit de m'arrêter, je n'ai commis aucun crime.

— Dans ce cas, pourquoi avoir pris ce déguisement de cheminot ?

— Pourquoi ne m'abattez-vous pas sur-le-champ, vous seriez débarrassé ? demanda Cromwell, qui avait retrouvé un peu de sa superbe.

— Je ne vais pas me contenter de vous donner une petite tape sur la main pour vous punir de tous vos crimes, répliqua Bell d'un ton caustique. Je préfère vous laisser tout le temps de songer au nœud coulant du bourreau qui se serrera autour de votre cou d'assassin.

Bronson arrivait de l'arrière du Pullman, son Smith & Wesson .44 à deux coups braqué sur Cromwell.

— Bien joué, Isaac. Vous avez réussi à pincer notre ami avant qu'il ait eu le temps de commettre un nouveau forfait.

Bell lui tendit une paire de menottes nickelées Tower, le modèle à deux serrures. Bronson, sans perdre de temps, les passa aux poignets de Cromwell. Puis il fouilla rapidement le bandit et trouva le Colt .38.

— L'arme dont vous vous êtes servi pour commettre une trentaine de meurtres, dit-il d'une voix glaciale.

— D'où sortez-vous ? lui demanda Cromwell en le voyant.

Il savait pertinemment que ces hommes n'hésiteraient pas à l'abattre immédiatement s'il faisait la moindre tentative pour s'enfuir.

— Isaac nous a conduits ici avec son automobile, répondit Bronson comme s'il s'agissait d'une chose banale.

— Impossible ! lâcha Cromwell.

— C'est aussi ce que je croyais, lui répondit Bronson en lui faisant monter les marches du Pullman.

Il sortit sa propre paire de menottes, lui attacha les chevilles et le poussa sans ménagement sur un canapé.

Bell était redescendu sur la voie. Il contemplait tristement la Locomobile bien mal en point. Un homme à la forte carrure avec une burette d'huile dans la poche de sa combinaison et la casquette en toile rayée des mécaniciens arriva à son tour. Il regardait avec stupeur la voiture.

— Mais bon sang, comment cette épave a-t-elle réussi à venir se mettre en travers des rails devant ma machine ?

— C'est une longue histoire, répondit Bell, l'air abattu.

— Et qu'est-ce qu'on va en faire maintenant ?

Bell reprit lentement, presque respectueusement :

— Je vais la renvoyer à l'usine, à Bridgeport, dans le Connecticut. Ils vont la réparer et elle en sortira comme neuve.

— Réparer ce tas de débris ? fit le mécanicien en hochant la tête. Pourquoi vous donner tant de peine ?

Bell regardait toujours sa Locomobile, d'un regard plein d'amour.

— Parce qu'elle le mérite bien.

Chapitre 34

— Si vous croyez que vous pouvez m'enlever comme ça, dit Cromwell avec mépris, c'est que vous êtes un parfait imbécile. Vous n'avez pas le droit de m'arrêter sans mandat. Dès que nous serons à San Francisco, mes avocats exigeront ma remise en liberté. J'aurai ridiculisé l'agence Van Dorn et je sortirai de là libre comme l'air. Puis je déposerai une série de plaintes et votre société sombrera dans un océan de scandales.

Cromwell, toujours menotté, se tenait assis sur le canapé au centre du wagon. Ses poignets, ses jambes et même son cou étaient pris dans des colliers d'acier reliés au plancher par des chaînes dans le compartiment des bagages à l'avant. Bell n'avait rien laissé au hasard. Quatre agents du bureau de Los Angeles, fortement armés, étaient assis à moins de trois mètres du bandit. Ils tenaient sur leurs genoux des fusils à canon scié, chien levé.

— Vous pourrez peut-être fanfaronner tout à votre aise avec vos copains de l'hôtel de ville, lui dit Bell. Mais vous n'irez pas bien loin, pas plus loin que la distance qui sépare un porc de la boucherie.

— Je suis innocent, répondit Cromwell comme s'il s'agissait d'une évidence. Je peux prouver que je ne me suis jamais trouvé près des banques que vous

m'accusez d'avoir attaquées. Où sont vos preuves ?
Où sont vos témoins ?

— J'ai été témoin, répliqua Bell. Je vous ai
reconnu sous votre déguisement de femme à Telluride
avant que vous me tiriez dessus.

— Vous, Mr. Bell ? Mais quel jury de San Francisco voudrait accepter votre témoignage ? Ce procès
sera une farce. Vous n'avez rien qui puisse justifier
une inculpation, et encore moins de quoi emporter
une condamnation.

Bell lui sourit d'un sourire carnassier.

— Je ne suis pas le seul témoin. Il existe d'autres
gens, dans d'autres villes où vous avez perpétré des
meurtres, et qui pourront vous identifier.

— Vraiment ?

Cromwell se laissa aller sur son canapé comme s'il
n'avait aucun souci à se faire.

— Si j'en crois ce que j'ai lu sur le Boucher, il se
déguise toujours. Comment pourrait-on l'identifier ?

— Attendez et vous verrez.

— Je jouis d'une certaine influence à San Francisco, reprit Cromwell, l'air très sûr de lui. J'ai contribué à l'élection de tous les juges fédéraux. Ils me
sont redevables. Idem avec les bons citoyens de la
ville. Même si vous arriviez à me traîner devant un
tribunal, aucun jury constitué de mes pairs ne m'accu-
serait, avec les milliers et les milliers de dollars que
j'ai dépensés pour eux.

— Vous misez avant d'avoir vu votre jeu. On fera
venir un juge fédéral de Washington pour constituer
le dossier, le procès se tiendra dans un endroit où
vous n'êtes pas le petit chéri de tout le monde.

— Je peux m'offrir les meilleurs avocats du pays,
répondit Cromwell avec hauteur. Aucun jury, je ne
parle même pas des juges, ne me condamnera pour

346

des crimes avec aussi peu de preuves. En tout cas, pas avec ma réputation d'ami des pauvres et des sans-abri de la ville.

Bronson avait l'air dégoûté. Il devait se retenir pour ne pas lui envoyer son poing dans la figure.

— Vous raconterez ça aux familles de ceux que vous avez tués de sang-froid. Vous leur expliquerez que l'argent que vous leur avez volé vous a permis de mener une existence de luxe dans votre demeure de Nob Hill.

Cromwell se contenta de sourire effrontément.

Le train commençait à ralentir. Bronson s'approcha d'une fenêtre et passa la tête dehors.

— Nous arrivons à Santa Barbara. Le mécanicien va sans doute s'arrêter pour faire le plein d'eau.

— J'aimerais bien aller faire un tour au dépôt, lui dit Bell. Il y a un truc auquel je voudrais jeter un coup d'œil.

Dès que le train se fut arrêté, Bell sauta sur le quai et disparut dans le dépôt. Dix minutes plus tard, comme le mécanicien donnait un coup de sifflet pour prévenir qu'on repartait, Bell arriva en courant et monta par l'arrière du Pullman.

— Qu'êtes-vous donc allé faire ? lui demanda Bronson.

Cromwell renifla immédiatement quelque chose qui ne lui plaisait guère. Il se tortilla sur son siège et se pencha pour écouter.

— On a réparé les lignes téléphoniques au-dessus du ravin où la crue les avait emportées, répondit Bell à Bronson. Puis, jetant à Cromwell un sourire sardonique : J'ai appelé le bureau de Van Dorn, j'ai demandé à nos agents d'interpeller votre sœur et de la faire jeter en prison comme complice.

— Vous êtes complètement fou, cria Cromwell.

— Je crois que nous serons en mesure de prouver qu'elle est impliquée dans les crimes du Boucher.

Cromwell bondit de son canapé. Sa figure respirait la haine, mais ses chaînes le retinrent.

— Espèce de porc dégueulasse, cracha-t-il entre ses dents. Margaret n'a rien à voir avec tout ceci. Elle ne sait absolument rien de mes...

Il hésita avant de s'accuser lui-même. Il se laissa aller sur le canapé, le temps de retrouver une contenance.

— Vous paierez très cher d'avoir mis en cause une femme innocente en l'accusant de choses ridicules. Margaret sera de retour chez elle une heure plus tard.

Bell le regardait droit dans les yeux, avec l'assurance d'une panthère qui va se saisir d'une antilope.

— Margaret parlera, dit-il d'un ton ferme. Elle dira ce qu'elle sait pour tenter de sauver son frère. Elle mentira, naturellement, mais elle se fera avoir par un millier de détails qu'elle ne saura pas expliquer. Margaret sera le témoin qui vous mènera au gibet sans qu'elle l'ait voulu.

— Même si j'étais coupable, Margaret ne prononcerait pas un seul mot contre moi, répondit Cromwell avec assurance.

— Mais si, elle le fera, lorsqu'elle saura qu'elle risque de passer le reste de sa vie en prison. Et qu'elle va laisser derrière elle sa vie de luxe. Tourner casaque lui sera très facile lorsqu'elle comprendra quel est le prix à payer si elle ne le fait pas.

— Vous sous-estimez complètement Margaret.

— Je ne pense pas, répondit tranquillement Bell.

Cromwell esquissa un fin sourire.

— Vous ne parviendrez jamais à établir un lien entre Margaret et ces crimes, pas plus que vous ne réussirez à convaincre un jury que je suis coupable.

— Etes-vous coupable ? demanda Bell au banquier.

Cromwell éclata de rire et montra le salon du menton.

— Admettre que je suis le Boucher devant des témoins ? Essayez donc, Bell.

Il n'y avait plus de « monsieur », cette fois.

— Vous avancez en terrain glissant, et vous le savez.

C'est alors que Bell lui retira son gant de la main gauche, découvrant une tige de fer là où il y avait eu un doigt.

— Nous verrons bien, fit-il rêveusement. Nous verrons bien.

*

Bell avait pris les plus grandes précautions. Lorsqu'ils atteignirent San Francisco, il ordonna au mécanicien de contourner le dépôt principal et de gagner la voie de garage. Bronson avait à disposition une petite armée d'agents pour escorter Jacob Cromwell jusqu'à une ambulance. On l'attacha sur un brancard, le temps du trajet jusqu'au centre-ville.

— Nous ne pouvons pas courir le risque de le laisser dans la prison du comté, lui dit Bell. Il a raison quand il dit que ses amis le sortiraient de là en moins d'une heure. Traversez la baie, emmenez-le à la prison de l'Etat, à San Quentin. Nous le garderons au frais là-bas jusqu'à ce que nous ayons pu établir des charges en bonne et due forme.

— Tous les journalistes de la ville vont être sur les dents pour rendre compte de cet événement, dit Bronson.

— Et ils vont répandre la nouvelle dans tout le pays par câble, jusqu'à Bangor dans le Maine, répondit Bell avec un fin sourire. A présent, tout ce que nous avons à faire, c'est éviter qu'il nous file entre les doigts. Cromwell essaiera de soudoyer tous les gardes qui seront à proximité.

— Je connais le directeur de San Quentin, commenta Bronson. C'est un homme intègre. Cromwell perd son temps s'il croit qu'il pourrait l'aider à s'évader.

— Mais rassurez-vous, il essaiera.

Bell se tourna vers Cromwell que l'on portait sans ménagement jusqu'à l'ambulance.

— Mettez-lui une cagoule sur la tête, il ne faut pas qu'on le reconnaisse. Faites jurer au gardien de conserver le secret, dites-lui de mettre Cromwell à l'isolement, sans contact avec les autres prisonniers. Nous lui fournirons les documents nécessaires dans la matinée.

— Et Margaret ? Je doute fort qu'un juge qui s'est fait graisser la patte par Cromwell accepte de signer un mandat de dépôt.

— Foncez, lui ordonna Bell. Mettez la pression sur Margaret. Lorsqu'elle saura que son frère est en prison et qu'elle risque d'aller le rejoindre, je parie qu'elle rassemblera tout l'argent dont elle dispose et qu'elle prendra la fuite. Et c'est alors que nous la cueillerons.

Avant de gagner le bureau de Bronson, Bell s'arrêta dans un bureau du télégraphe. Il envoya un long message à Van Dorn pour lui rendre compte de la capture du célèbre Boucher. Il y demandait également l'assistance du colonel Danzler et du gouvernement fédéral.

*

Cromwell avait vu juste sur un point. Margaret sortit de l'hôtel de police moins d'une demi-heure après y avoir été conduite par deux agents de Van Dorn. Les avocats de Cromwell s'occupaient déjà de régler sa caution à son arrivée. Le chauffeur était même présent pour la raccompagner chez elle. Il attendait dans la Rolls-Royce qui stationnait à un endroit interdit à tous les véhicules. Un magistrat apparut comme par miracle pour signer les documents qui la remettaient en liberté. Un journaliste qui se trouvait là pour couvrir une histoire de cambriolage eut l'impression que l'arrestation puis la remise en liberté de Margaret avaient été de simples formalités.

Pendant ce temps, Bronson et ses hommes avaient convoyé l'ambulance et Cromwell jusqu'au ferry qui leur fit traverser la baie. Après avoir quitté le quai, ils gagnèrent la prison d'Etat de San Quentin. Comme Bronson l'avait promis, le directeur se montra des plus coopératif, fier même d'héberger le Boucher dans sa prison, le temps que Bell et Bronson mettent en musique un acte d'accusation.

A la sortie du télégraphe, Bell continua à pied jusqu'à la Banque Cromwell. Il prit l'ascenseur jusqu'aux bureaux de la direction et s'approcha de Marion.

— Mettez votre chapeau, lui dit-il sans plus d'entrée en matière et d'un ton qui n'admettait pas de réplique. Vous prenez votre journée.

Elle hésitait, totalement prise de court par sa réapparition brutale après trois jours d'absence. Ses sentiments la submergeaient. Elle voyait bien qu'il n'y avait pas moyen de discuter et dit pourtant :

— Je ne peux pas m'en aller comme ça quand ça me chante, je risque de perdre mon emploi.

— Vous avez déjà perdu votre emploi. Votre patron est derrière les barreaux.

Il fit le tour de son bureau et tira sa chaise pour qu'elle puisse se lever.

Elle se mit lentement debout et le dévisagea, tout étonnée.

— Qu'est-ce que vous dites ?

— La récréation est terminée. Je garde Cromwell jusqu'à ce que nous ayons rassemblé les documents nécessaires pour le faire arrêter et inculper.

Comme dans un brouillard, elle prit son sac et son chapeau dans l'armoire derrière son bureau et resta plantée là, ne sachant trop que faire. Puis elle détourna les yeux et regarda le plancher, hésitante. Elle n'avait jamais imaginé, quels que soient ses crimes, que Jacob Cromwell serait un jour vulnérable.

Bell avait déjà vu Marion rougir, et sa timidité le touchait toujours autant. Il lui prit le chapeau des mains et le posa sur ses cheveux, un peu de guingois.

— J'aime bien comme ça, lui dit-il en riant.

— Et moi, je n'aime pas du tout, répliqua-t-elle, un peu agacée.

Elle remit sa coiffure en place sur sa jolie chevelure.

— Où m'emmenez-vous ?

— Sur la plage. Nous allons marcher sur le sable et parler des événements récents. Il y en a pour un moment.

— Nous prenons votre automobile de rêve ?

Surprise, elle vit une ombre passer sur son visage.

— J'ai peur que nous ne puissions nous en servir de sitôt.

Chapitre 35

La construction du pénitencier de San Quentin avait commencé fort à propos le jour anniversaire de la prise de la Bastille, le 14 juillet 1852. Pourquoi lui avait-on donné le nom de l'un de ses pensionnaires qui purgeait une peine pour meurtre et qui s'appelait Miguel Quentin ? voilà qui restait un mystère. Quentin était loin d'être un saint, mais son nom avait frappé les imaginations, et c'est ainsi que la prison devint connue sous le nom de San Quentin.

Plus ancienne prison de l'Etat de Californie, elle connut sa première exécution en 1893 : la pendaison de Jose Gabriel pour le meurtre du couple de personnes âgées chez qui il était employé. On y détenait également des femmes, dans un bâtiment séparé. En 1906, plus d'une centaine de prisonniers étaient morts derrière ces murs, assassinés par des codétenus, suicidés, ou de mort naturelle. Ils étaient enterrés dans un cimetière situé à l'extérieur de l'enceinte de la prison.

Richard Weber, le directeur, était un costaud, énergique, aussi agile qu'un gymnaste, un fou de travail qui se dévouait totalement à son boulot. Il pesait son poids mais était solide comme un roc. Il arborait un petit sourire qui lui retroussait les lèvres. Il était partisan de la discipline la plus stricte, sans être contre les réformes. Il avait donc mis les prisonniers au travail : ils fabriquaient des objets, entretenaient les jardins et suivaient des cours divers. Sa façon de procurer ainsi de petites compensations à ses pensionnaires, ou de les récompenser en leur accordant des réductions de peine, lui avait valu une réputation de « gardien sévère mais juste ».

Bronson était presque dans le vrai lorsqu'il disait que Weber était un homme qu'on n'achetait pas. Il était connu pour être incorruptible. Catholique pratiquant, il avait élevé, avec sa femme, huit enfants. Ses émoluments de directeur de la plus grande prison de l'Etat étaient convenables, sans autoriser grande fantaisie. Il rêvait de se retirer dans un ranch de la vallée de San Joaquin, mais ce n'était qu'un rêve.

On dit souvent qu'un homme peut toujours s'acheter, pourvu qu'on y mette le prix. Mais ceux qui connaissaient Weber le jugeaient intouchable. Pourtant, comme la suite allait le montrer, il y avait un être humain derrière ce parangon d'intégrité.

Peu après la mise à l'isolement de Cromwell, Weber alla rendre visite au bandit-banquier dans sa petite cellule du deuxième sous-sol, dans le bâtiment principal de la prison. Après avoir donné l'ordre au gardien de déverrouiller la porte d'acier, il entra et s'assit sur la petite chaise pliante qu'il avait prise avec lui.

— Mr. Cromwell, dit-il très poliment, bienvenue à San Quentin.

Cromwell se redressa sur son bat-flanc et se contenta de hocher la tête.

— Je pourrais vous dire que je vous remercie de votre hospitalité, mais ce serait mentir.

— J'ai cru comprendre que votre séjour parmi nous serait assez bref.

— Le temps d'être traduit devant une cour fédérale, répondit Cromwell. Est-ce bien ce que vous a dit l'homme de chez Van Dorn, ce Bronson ?

Weber lui fit signe que c'était bien cela.

— Il m'a dit qu'il attendait les instructions du Service des enquêtes criminelles à Washington.

— Savez-vous pourquoi on m'a arrêté ?

— On me dit que vous êtes le célèbre Boucher.

— Savez-vous bien qui je suis dans cette ville ? lui demanda Cromwell.

— Certes, fit Weber. Vous possédez la Banque Cromwell et vous figurez parmi les bienfaiteurs les plus admirés de notre cité.

— Et croyez-vous qu'un tel homme serait capable de piller des banques, de tuer des dizaines de gens ?

Weber se tortilla sur sa chaise.

— Je dois avouer que cette idée me semble un peu tirée par les cheveux.

Cromwell refermait son piège pour l'estocade finale.

— Si je vous donnais ma parole que je n'ai commis aucun de ces crimes, qu'il s'agit d'une affaire montée par le gouvernement des Etats-Unis pour mettre la main sur ma banque, vous me relâcheriez ?

Weber réfléchit un bon moment, avant de branler du chef.

— Je suis désolé, Mr. Cromwell, je ne suis pas autorisé à le faire.

— Même si aucune charge sérieuse n'a pu être relevée contre moi ?

— On m'a assuré qu'elles allaient arriver, au moment même où nous parlons.

— Si je vous promets que je n'ai pas l'intention de m'enfuir, que je compte uniquement retrouver mes avocats pour obtenir d'un magistrat une levée d'écrou, me laisseriez-vous quitter la prison ?

— Je le ferais bien volontiers si je pouvais. Mais, en tant que directeur, je ne peux pas vous laisser partir tant que je n'ai pas ces documents entre les mains. En outre, il y a des agents de Van Dorn qui patrouillent dehors pour vous empêcher de vous évader.

Cromwell contemplait les murs en ciment, sans fenêtre, la porte d'acier.

— Est-il déjà arrivé que quelqu'un parvienne à s'évader d'ici ?

— Depuis que San Quentin existe, non.

Cromwell se tut pour poser son piège.

— Supposez – ce n'est qu'une supposition – que vous m'emmeniez personnellement à San Francisco ?

Weber le regarda avec un intérêt soudain.

— Qu'avez-vous donc en tête ?

— Conduisez-moi chez le procureur Horvath, et je vous ferai remettre par coursier cinquante mille dollars chez vous, à la prison, une heure après très précisément.

Le directeur pesa un bon moment la proposition de Cromwell. Le banquier valait des millions de dollars, il lui faisait une offre en liquide, ce qui ne laisserait aucune trace si les autorités venaient y regarder d'un peu près. Cinquante mille dollars, c'était une somme énorme. Il pourrait cacher cet argent jusqu'à sa retraite. Weber savait faire ses comptes, il avait compris qu'il en aurait assez pour s'offrir un ranch qui n'aurait pas son pareil dans tout l'Etat. Une offre que même le plus honnête homme du monde ne pouvait pas refuser.

Il finit par se lever de sa chaise et s'approcha de

la porte d'acier contre laquelle il frappa trois coups. La porte s'ouvrit, un gardien en uniforme arriva.

— Mettez une cagoule sur la tête du prisonnier et conduisez-le à mon bureau derrière la maison. Je l'y attendrai.

Puis il quitta la cellule.

Dix minutes plus tard, le gardien avait emmené Cromwell dans le bureau.

— Enlevez-lui sa cagoule et les menottes, ordonna Weber.

Une fois Cromwell débarrassé de la cagoule et des menottes qu'il portait aux poignets et aux chevilles, il renvoya le gardien.

— Je considère que je peux faire confiance à votre parole et que mon dû me sera versé une heure après que je vous aurai déposé sain et sauf sur les marches de l'hôtel de ville ?

Cromwell acquiesça avec solennité.

— Vous pouvez en être assuré, l'argent sera entre vos mains cet après-midi.

— Parfait.

Weber se leva pour atteindre une armoire. Il en revint avec une robe de femme, un chapeau, un sac à main et un fichu.

— Enfilez ça. Vous n'êtes pas très grand, vous faites à peu près la taille de ma femme. Je vous ferai passer pour elle lorsque nous franchirons les portes intérieures puis le portail principal. Gardez la tête bien baissée et les gardiens ne s'apercevront de rien. Elle et moi allons souvent en ville ou nous promener dans la campagne.

— Et les agents de Van Dorn qui patrouillent autour de l'enceinte ?

Weber esquissa un sourire.

— Je suis bien le dernier qu'ils soupçonneraient.

Cromwell regarda les vêtements en riant.

— Quelque chose de drôle ? lui demanda Weber.

— Non, répondit Cromwell, ça me rappelle simplement un souvenir.

Lorsqu'il eut mis les vêtements de la femme du directeur, il enfonça son chapeau et enroula le fichu autour de son cou pour camoufler la barbe qui lui avait beaucoup poussé au menton.

— Je suis aussi prêt qu'on peut l'être, annonça-t-il.

Weber le précéda et sortit de son bureau. Ils traversèrent la cour pour gagner le garage qui abritait la Ford T du directeur. Cromwell fit facilement démarrer le moteur en un tour de manivelle et grimpa dedans. La voiture s'élança sur le gravier, prit l'allée qui menait aux portes intérieures. Le directeur fit juste un petit signe en passant. Le portail, c'était une autre histoire. Deux gardes s'approchèrent du directeur pour lui demander l'autorisation d'ouvrir.

— Shari et moi allons en ville, nous devons acheter un cadeau pour l'anniversaire de sa sœur, expliqua-t-il d'un ton très calme.

Le gardien qui se trouvait du côté de la portière gauche salua son directeur en lui faisant un grand signe. Celui qui se trouvait à droite regarda un instant Cromwell qui faisait mine de chercher quelque chose dans son sac. Le gardien s'approcha pour essayer de voir ce qui se trouvait sous le chapeau, mais Weber, qui avait surpris son geste, lui ordonna sèchement :

— Ne restez donc pas là et ouvrez-moi le portail.

Le gardien se mit au garde-à-vous et fit signe au technicien qui se trouvait dans le mirador. C'est lui qui commandait le mécanisme d'ouverture des énormes portes d'acier. Dès qu'elles furent suffisamment écartées pour permettre à la Ford de passer, Weber baissa le levier de l'accélérateur et embraya. La voiture bondit et prit bientôt dans un bruit de teuf-teuf la route qui menait à l'embarcadère pour San Francisco.

Chapitre 36

— Il a quoi ? hurlait Bell au téléphone.

— Qu'est-ce qui se passe ? lui demanda Bronson qui arrivait dans le bureau comme Bell raccrochait.

Bell leva les yeux, vert de rage.

— Votre ami, cet homme si intègre et au-dessus de tout soupçon, le directeur de San Quentin, il a relâché Cromwell.

— Je n'arrive pas à y croire, balbutia Bronson, totalement pris de court.

— Eh bien, croyez-le quand même ! éructa Bell. C'était Marion Morgan, la secrétaire personnelle de Cromwell. Elle me dit qu'il est arrivé à son bureau il y a cinq minutes.

— Elle doit faire erreur.

— Elle a parfaitement raison, annonça Curtis qui était apparu dans l'embrasure.

Il se tourna vers Bronson :

— L'un de nos hommes qui filait sa sœur, Margaret, l'a vu sortir de l'hôtel de ville et monter dans son automobile.

— Weber s'est laissé acheter, murmura Bronson. Je n'aurais jamais cru ça de lui.

— Cromwell lui a sans doute proposé une rançon digne d'un roi, fit Bell.

— Mes agents qui faisaient le guet près de la prison m'ont dit que Weber était parti en voiture avec sa femme pour faire des courses en ville.

— Ce ne serait pas la première fois que Cromwell se déguise en femme, marmonna rageusement Bell. Il se sera débarrassé de sa robe dès qu'ils auront été hors de vue de San Quentin, avant de prendre le ferry.

— Et alors, qu'est-ce qu'on fait ? demanda Curtis.

— J'ai passé un câble au colonel Danzler, le chef du Service fédéral des enquêtes criminelles. Il va s'arranger avec un juge fédéral pour émettre un mandat d'écrou qu'aucun juge de la ville ou de l'Etat ne pourra contester. Dès que nous aurons ce papier en main, nous pourrons retirer Cromwell de la circulation pour de bon.

— Par voie de chemin de fer, ça nous prendra au moins quatre jours, dit Bronson. Qu'est-ce qui se passe s'il tente de quitter le pays ? Nous ne disposons d'aucun moyen légal pour l'en empêcher.

— Nous n'en avions pas davantage pour le placer en état d'arrestation à San Diego, répliqua Bell. Nous allons lui remettre la main dessus et le garder dans un endroit secret jusqu'à ce que la paperasse arrive.

Bronson avait l'air sceptique.

— Avant que vous puissiez remettre la main sur Cromwell, tous ses copains, le maire, le chef de la police, le shérif du comté vont mettre une armée de policiers en armes à sa disposition pour assurer sa protection. Je n'ai que sept agents, ils seront débordés sous le nombre à vingt contre un s'ils essayent de l'interpeller.

— Cromwell a tant d'influence que ça ? demanda Curtis.

— Si vous saviez à quel degré de corruption est arrivée San Francisco, vous vous diriez que Tammany

Hall à New York est un vrai couvent de bonnes sœurs, répondit Bronson. Cromwell a fait plus que sa part pour que les notables de la ville s'engraissent et s'enrichissent.

Bell arborait un sourire carnassier.

— Nous avons notre propre armée, dit-il tranquillement. Sur simple demande de ma part, le colonel Danzler fera appel au régiment en garnison à Presidio.

— Et nous pourrions en avoir besoin plus tôt que vous ne pensez, fit Bronson. Si Cromwell rafle tout l'argent qui se trouve dans sa banque et loue encore un train, il aura passé la frontière du Mexique avant que nous ayons pu lever le petit doigt, et il sera libre comme l'air.

— Il a raison, convint Curtis. Jusqu'à nouvel ordre, nous sommes impuissants. Nous ne pouvons pas lui toucher un cheveu. Le temps que le colonel Danzler prenne contact avec le chef de corps à Presidio pour lui donner l'ordre d'envoyer ses troupes en ville, il sera trop tard. Cromwell aura corrompu tout le monde et se sera envolé.

Bell se laissa retomber dans son siège en regardant au plafond.

— Pas forcément.

— Qu'est-ce qui passe encore dans ce cerveau tortueux ? demanda Curtis.

— Imaginez que le président des Etats-Unis demande au président de la Southern Pacific Railways de ne pas mettre de train à la disposition de Cromwell ?

Bronson se tourna vers lui.

— Ce serait faisable ?

Bell fit signe que oui.

— Le colonel Danzler jouit d'une grande influence à Washington. Van Dorn m'a dit que le Président et lui étaient très proches. Ils ont combattu ensemble à San Juan, pendant la guerre d'indépendance de Cuba. Je pense raisonnablement qu'il pourrait convaincre le Président d'agir.

— Et si Cromwell loue un bateau ? tenta Bronson.

— Dans ce cas, on enverra un navire de la marine de guerre l'intercepter en pleine mer, qui se saisira de Cromwell et le ramènera à San Francisco. Dans l'intervalle, nous aurons reçu les documents nécessaires pour le mettre en état d'arrestation et l'envoyer devant un tribunal.

— On dirait que vous avez couvert tous vos arrières, fit Bronson, admiratif.

— Cromwell est un client habile. S'il existe un moyen de se faufiler entre les mailles du filet, il le trouvera.

Il s'interrompit pour regarder la pendule accrochée au mur.

— Cinq heures moins le quart. J'ai un dîner à six.

— Marion Morgan ? lui demanda Curtis. Je me disais bien que vous deux, en dehors du fait qu'elle tient Cromwell à l'œil, vous aviez d'autres affaires en cours.

Bell acquiesça.

— Elle est adorable.

Il se leva et enfila son manteau.

— Nous dînons chez elle.

Bronson fit un clin d'œil à Curtis.

— Notre ami a vraiment de la chance.

— J'ai perdu toute notion du temps, dit Bell. Quel jour sommes-nous ?

— Jeudi 17 avril, répondit Curtis. Puis il ajouta malicieusement : Quant à l'année, c'est 1906.

— C'est bon, je me souviens de l'année, conclut Bell en sortant. On se retrouve demain matin.

Le plus triste, c'est que l'un de ces trois hommes ne verrait jamais ce matin-là.

*

Margaret arrêta la Mercedes sous la porte cochère destinée aux voitures devant la grande entrée de leur hôtel particulier, avant de pénétrer dans la cour intérieure. Après avoir pris son frère à l'hôtel de ville, elle l'avait conduit à la banque et il avait passé deux heures enfermé à double tour dans son bureau. Lorsqu'il en ressortit, ils repartirent en silence pour Nob Hill. Leur chauffeur s'occupa de rentrer la voiture dans le garage. Une fois dans la maison, Margaret retira son chapeau et le jeta rageusement par terre. Lorsqu'elle regarda son frère, ses yeux lançaient des éclairs.

— J'espère que tu es content de toi, maintenant que tu as dilapidé notre fortune.

Cromwell gagna le salon comme un vieillard et se laissa tomber avec lassitude dans un fauteuil.

— J'ai commis l'erreur de sous-estimer Bell, dit-il enfin. Il m'a mis la main au collet avant que j'aie eu le temps d'attaquer la banque de San Diego.

Margaret eut le sentiment que le sol s'effondrait sous ses pieds. Elle changea complètement de ton.

— Isaac est vivant ? Tu l'as vu ?

Il la regarda avec attention.

— Je trouve que tu lui portes beaucoup d'intérêt, fit-il, amusé mais sans plus. Tu es contente que notre ennemi soit toujours de ce monde ?

— Tu m'avais dit que tu l'avais tué à Telluride.

— Je le croyais, mais, apparemment, il a survécu. Ma seule et unique erreur en vingt ans.

— Et alors, c'est lui qui t'a ramené de San Diego et qui t'a fait incarcérer à San Quentin.

Cromwell fit signe qu'elle avait raison.

— Il n'avait pas le droit de le faire. Il a transgressé la loi. Maintenant, il va remuer ciel et terre en proclamant que je suis le Boucher et qu'il va m'envoyer au gibet.

— Il ne sera pas très facile de fuir la ville. Les agents de Van Dorn surveillent le moindre de nos mouvements.

— Je n'ai absolument pas l'intention de partir en catimini la nuit comme un voleur. Il est grand temps que tous ceux qui ont bénéficié de nos faveurs et de notre argent nous rendent ce qu'ils nous doivent et nous aident à nous sortir des griffes de l'agence Van Dorn. Nous pourrons alors partir en toute sérénité vers de plus verts pâturages.

Elle le regardait, l'air résolu, tout entière tournée vers l'action.

— Nous allons faire appel aux meilleurs avocats de New York. Ils ne pourront pas te déclarer coupable. Nous allons faire d'Isaac Bell et de l'agence Van Dorn la risée du pays.

— Je ne doute pas un instant que nous gagnions devant un tribunal, répondit-il, confiant. Mais notre réputation à San Francisco est morte. La banque va connaître un désastre, tous nos clients vont filer chez la concurrence. La Banque Cromwell devra mettre la clé sous la porte.

Il s'interrompit pour bien faire son effet.

— A moins que...

— A moins que quoi ? lui demanda-t-elle en croisant ce regard implacable.

— Nous allons discrètement transférer nos actifs

ailleurs, dans une ville à l'étranger, et nous y créerons un nouvel empire financier sous un autre nom.

Margaret se détendait, maintenant qu'elle commençait à comprendre que tout n'était peut-être pas perdu et qu'elle pourrait finalement conserver son train de vie.

— A quelle ville et à quel pays penses-tu ? Le Mexique ? Le Brésil, pourquoi pas ?

Cromwell sourit malicieusement.

— Ma chère sœur, je souhaite simplement qu'il vienne à Mr. Bell les mêmes idées que toi.

Il était fort satisfait de lui-même : organiser le transfert des fonds de la banque ne devrait guère lui demander plus de trois heures pendant la matinée. Ses titres étaient déjà partis, expédiés par câble, il s'en était occupé en passant à la banque. A présent, tout ce que Margaret et lui avaient à faire, c'était d'emporter un minimum de bagages, de fermer la maison, et d'en confier la vente à un agent immobilier. Ils auraient le champ libre sitôt passée la frontière des Etats-Unis.

*

Bell, installé dans un fauteuil, regardait, pensif, le petit feu qui brûlait dans la cheminée de l'appartement de Marion, laquelle s'activait dans la cuisine. Il lui avait apporté une bouteille de vin de Californie, un cabernet sauvignon Beringer 1900, et il en avait déjà bu la moitié d'un verre lorsque Marion entra dans la salle à manger pour mettre le couvert. Il leva les yeux, pris d'un violent désir de presser ses lèvres contre les siennes.

Elle était superbe avec sa silhouette bien dessinée, ses courbes avenantes et sa poitrine généreuse. Elle portait un haut de dentelle en satin rose qui montait jusqu'au menton et soulignait son cou élancé et gracieux. Sa jupe était du même rose, une jupe longue qui s'évasait comme une fleur de lilas. Même avec un tablier, elle restait élégante.

Ses cheveux blonds comme les blés brillaient à la lueur des bougies posées sur la table. Elle les avait tirés en chignon, coiffure qui dégageait ses oreilles délicates. Bell se résigna à ne pas chercher à l'embrasser et se contenta de se délecter à sa vue.

— Rien de très extraordinaire, lui dit-elle en s'approchant pour s'asseoir sur l'accoudoir de son fauteuil. J'espère que tu aimes le rôti en cocotte.

— J'éprouve une véritable passion pour le rôti en cocotte, lui dit-il, perdant cette fois tout contrôle.

Il l'attira sur ses genoux et l'embrassa longuement, passionnément. Elle se raidit, se mit à trembler, ses yeux verts s'élargissaient. Ils se séparèrent et elle s'abandonna à ses émotions. Son regard devint plus effronté, son expression, coquine. Elle respirait plus vite, elle aimait cette sensation, cette vague de sensualité qui la submergeait, chose qu'elle n'avait encore jamais connue avec aucun homme. Elle se releva et remit en place une mèche qui était tombée sur sa tempe.

— Assez pour le moment, sauf si tu aimes la viande brûlée.

— Combien de temps vais-je encore devoir entendre mon ventre crier famine ?

Elle éclata de rire.

— Tu vas encore attendre dix minutes. Il faut que les pommes de terre finissent de cuire.

Il la regarda regagner la cuisine ; elle avait la démarche souple d'une gazelle.

Pendant qu'elle posait les assiettes sur la table, il

remplit leurs verres, puis ils s'assirent. Pendant un certain temps, ils mangèrent en silence. Puis Bell lui dit :

— C'est un délice. Tu sais, tu finiras bien un jour par rendre un homme heureux.

Ces mots lui firent l'effet d'une brise légère qui lui caressait le cou. Elle sentit ses seins rougir, ses mamelons se durcir. Au tréfonds d'elle-même, elle espérait qu'il éprouvait la même chose, mais elle avait peur, peur que ses sentiments s'affadissent et qu'il s'en aille un soir pour ne plus jamais revenir.

Bell s'aperçut de son trouble et s'effraya à la pensée d'aller plus avant. Il changea le cours de la conversation.

— Combien de temps Cromwell a-t-il passé à la banque aujourd'hui ?

La tendresse qu'elle éprouvait disparut pour se transformer en colère. Elle s'en voulut à mort de répondre à sa question au lieu de lui dire calmement ce qu'elle pensait vraiment de lui.

— Il est resté le plus clair du temps dans son bureau, il semblait se livrer à des tâches plus ou moins secrètes. Mais il est aussi descendu dans la chambre forte à trois reprises.

— As-tu une idée de ce qu'il y a fabriqué ?

Elle fit signe que non.

— Ça avait l'air assez mystérieux.

Puis, inclinant légèrement la tête, elle esquissa un sourire.

— Mais lorsqu'il était dans la chambre forte, je suis allée fouiner dans son bureau et j'ai jeté un coup d'œil aux paperasses étalées sur sa table.

Il attendit la suite, assez impatient, mais elle le laissa lanterner un petit bout de temps, comme si, pour se mettre à son niveau, elle faisait mine de ne pas tenir compte de ce qu'elle éprouvait pour lui.

— Il avait rempli un certain nombre de bons de caisse et des documents de transfert de fonds.

— Ça collerait assez bien. Notre hypothèse, c'est que Margaret et lui vont essayer de quitter le pays et de transférer les fonds de la banque à un autre endroit. Cromwell ne peut pas se permettre de rester ici et de nous affronter dans un tribunal fédéral.

— Ça y ressemble, répondit Marion avec calme, dans l'espoir de passer à des choses plus intimes et plus personnelles.

— Tu serais capable de trouver vers quels comptes il a effectué ces transferts ?

Elle hocha la tête.

— Il n'avait rempli que les montants, pas les noms des banques destinataires.

— Et à ton avis, qu'allait-il faire dans la chambre forte ?

— Je crois qu'il mettait les espèces en caisse avant de les expédier dans une banque de la ville où ils comptent se rendre, quelle qu'elle soit.

— Tu es très futée, tu sais, fit-il en souriant. Et si tu étais à la place de Jacob et de Margaret, où irais-tu ?

— En Europe, ils ne seraient pas tranquilles, répondit Marion sans la moindre hésitation. Les banques de là-bas travaillent avec le gouvernement américain pour lutter contre les opérations illégales. Il existe bien d'autres pays où ils pourraient camoufler leur argent et rebâtir un nouvel empire.

— Le Mexique ? suggéra Bell, impressionné par l'intuition dont Marion faisait preuve.

Elle répondit par la négative.

— Margaret ne pourrait jamais vivre au Mexique, le pays est trop rustique à son goût. Buenos Aires en Argentine, c'est possible. La ville est très cosmopolite, mais ni l'un ni l'autre ne parlent un mot d'espagnol.

— Et Singapour, Hong Kong, Shanghai, lui suggéra Bell. Cela pourrait-il présenter un intérêt ?

— Peut-être l'Australie ou la Nouvelle-Zélande, répondit-elle, songeuse. Mais depuis le temps que je travaille pour Jacob Cromwell, je suis payée pour savoir qu'il ne raisonne pas comme les autres.

— L'expérience que j'en ai m'a amené à la même conclusion, approuva Bell.

Marion se tut. Elle lui resservit du rôti, des pommes de terre et des légumes.

— Et si tu laissais un peu tes méninges en paix pour savourer le fruit de mon travail ? lui demanda-t-elle avec le sourire.

— Pardonne-moi, dit-il, tout confus. Je me suis montré un bien piètre convive.

— J'espère que tu aimes la tarte au citron.

Il éclata de rire :

— J'adore.

— Ça tombe bien, j'en ai fait pour un régiment.

Ils terminèrent leur dîner et Isaac se leva pour l'aider à débarrasser. Elle le força à se rasseoir.

— Où comptais-tu aller ? lui demanda-t-elle.

Il avait l'air d'un petit garçon grondé par sa mère.

— Je voulais te rendre service.

— Assieds-toi et finis ton vin. Chez moi, les invités sont priés de ne rien faire, surtout les invités de sexe masculin.

Il leva les yeux, l'air narquois.

— Et si je n'étais pas exactement un invité comme les autres ?

Elle se détourna pour ne pas lui laisser voir son émotion.

— Dans ce cas, je te demanderais de réparer les fuites, de mettre de l'huile sur les gonds de la porte et de réparer le pied de la table qui est cassé.

— C'est à ma portée. Je m'y entends à peu près en bricolage.

Elle se tourna vers lui, l'air sceptique.

— Un fils de banquier qui serait bon bricoleur ?

Il fit mine de prendre l'air offusqué.

— Je n'ai pas toujours travaillé dans la banque de mon père. Je suis parti de chez moi quand j'avais quatorze ans pour m'engager au cirque Barnum & Bailey. J'aidais à monter les tentes, à nourrir les éléphants, à réparer les remorques.

Il se tut et son visage s'assombrit.

— Au bout de huit mois, mon père m'a retrouvé, m'a ramené à la maison et m'a renvoyé en classe.

— Tu as donc fait des études.

— Harvard. Phi Bêta Kappa, en économie.

— Et pas n'importe lesquelles, en plus, fit-elle, admirative.

— Et toi ? lui demanda-t-il. Où as-tu fait tes études ?

— Je suis entrée en première année de licence à Stanford. En droit, mais j'ai vite compris que les cabinets juridiques n'avaient pas l'habitude d'embaucher des femmes, si bien que je me suis réorientée vers la banque.

— A mon tour d'être impressionné, lui dit Bell, et il le pensait sincèrement. Il semblerait que nous allions assez bien ensemble.

Mais Marion se tut et son visage prit une expression étrange. Bell se dit que quelque chose ne tournait pas rond. Il s'approcha d'elle et passa le bras autour de sa taille.

— Tu ne te sens pas bien ?

Elle leva les yeux, ces yeux vert lagon. Quand elle réfléchissait, on avait l'impression qu'ils devenaient plus foncés. Puis elle lâcha dans un souffle :

— Montréal.

Il se pencha sur elle.

— Qu'est-ce que tu dis ?

— Montréal... Jacob et Margaret vont passer la frontière canadienne pour se rendre à Montréal, où ils ouvriront une autre banque.

— Comment le sais-tu ? lui demanda Bell, époustouflé par son attitude étrange.

— Je viens de m'en souvenir, j'ai vu Montréal griffonné sur un bloc, près de son téléphone. J'ai cru que c'était sans importance et je me suis empressée d'oublier. Maintenant, ça me revient. Le dernier pays où les autorités songeraient à aller chercher les Cromwell, c'est le Canada. Ils peuvent facilement changer d'identité et acheter les gens qu'il faut pour devenir d'éminents citoyens qui créent une nouvelle institution financière bien solide.

Le visage de Bell se détendit.

— Voilà qui aurait du sens, dit-il. Le Canada est probablement le dernier endroit auquel nous penserions. Depuis quelques années, les criminels ont pris l'habitude de passer la frontière sud, direction le Mexique, puis ils se servent de ce pays comme tremplin pour descendre plus bas.

Il commença pourtant à oublier Cromwell. Il se sentait paisible, tendre, amoureux. Il la prit dans ses bras.

— Je savais bien que, si je suis tombé amoureux de toi, c'est qu'il y avait une raison, lui dit-il d'une voix rauque. Tu es plus intelligente que moi.

Elle tremblait de tout son corps en passant les bras autour de son cou.

— Mon Dieu, Isaac, que je t'aime, moi aussi.

Il lui effleura les lèvres, la souleva du sol et l'emmena dans la chambre. Elle se dégagea un peu pour le regarder, d'un regard espiègle.

— Et la tarte au citron ?

Il la contemplait, lui aussi, il éclata de rire.

— On pourra toujours la déguster au petit déjeuner.

Bell ne pouvait pas alors prévoir que, après les quelques heures qui allaient suivre, il aurait perdu jusqu'au souvenir de cette tarte.

Chapitre 37

Ville la plus typique de l'Ouest, le San Francisco de 1906 était un mélange de contradictions. Un écrivain de l'époque décrivit la ville comme la Babylone de la grandiloquence, le Paris du charme, le Hong Kong de l'aventure. Un autre, ne reculant devant aucun excès, prétendit qu'il s'agissait de la porte du paradis.

San Francisco était peut-être une cité dynamique et enthousiasmante à bien des égards, mais c'était aussi une ville vulgaire, sale, tentaculaire, crasseuse, corrompue, et qui sentait mauvais. Une ville avec beaucoup moins de charme que le Londres du XVIIIᵉ siècle. On y trouvait, intimement mêlées, la richesse la plus éhontée et la pauvreté la plus sordide. La suie produite par la fumée du charbon brûlé par les bateaux, les locomotives, les hauts fourneaux, les poêles domestiques et les cuisinières se déposait dans des rues déjà recouvertes par le crottin de milliers de chevaux. Les installations de traitement des ordures y étaient inconnues et l'air pollué empestait.

La plupart des maisons étaient en bois. Des belles demeures de Telegraph Hill aux maisons de style de Nob Hill en passant par les cabanes et les masures des quartiers périphériques, le chef des pompiers disait que la ville était un amoncellement de boîtes d'amadou attendant qu'on y mette le feu.

Cette image, ce mythe allaient s'effondrer dans des conditions dramatiques. Ce n'était plus qu'une affaire de minutes.

A 5 h 12 du matin, ce 18 avril, le soleil commençait d'éclairer le ciel à l'est. On avait éteint les réverbères à gaz, les tramways à câble que l'on sortait de leurs dépôts faisaient entendre des claquements de roues, avant d'assurer la montée et la descente dans les rues en pente au flanc des nombreuses collines de la ville. Les travailleurs du matin gagnaient à pied leur lieu de travail, tandis que ceux des équipes de nuit rentraient chez eux. Les boulangers étaient déjà à leurs fours. Des policiers commençaient à patrouiller dans leurs secteurs, la journée s'annonçait tranquille. Une légère brise d'ouest chassait l'épais brouillard.

Mais, à 5 h 12, l'univers paisible de San Francisco et des villes alentour fut pris de tremblement, secoué par un rugissement énorme, atroce, venu des profondeurs de la terre à quelques kilomètres sous le lit de l'océan, au niveau du Golden Gate.

San Francisco était tombée en enfer.

La première secousse ébranla la campagne et fut ressentie dans toute la région de la baie. Vingt-cinq secondes plus tard, les ondes de choc de l'énorme séisme montèrent à l'assaut de la cité comme une main monstrueuse qui serait venue balayer des piles de livres posées sur une table.

Les flancs de la faille de San Andreas, qui glissaient l'un contre l'autre depuis des millions d'années, se séparèrent brutalement. Sous la mer, la plaque nord-américaine et la plaque du Pacifique rompirent le lien qui les retenait attachées et partirent dans des directions opposées, la première vers le nord et la seconde, au sud.

Toute cette énergie inimaginable fonça vers la ville sans défense à la vitesse de onze mille kilomètres à l'heure dans une ruée qui semait le désastre sur son passage et n'allait laisser derrière elle qu'un sillage de mort et de ruine.

L'onde de choc frappa avec une sauvagerie et une vitesse incroyables. La chaussée des rues orientées est-ouest se souleva, avant de retomber pour former des crevasses. Le séisme continua à se propager sans relâche, envoyant valdinguer de hauts immeubles les uns sur les autres, secoués comme des saules pendant un ouragan. Le bois, le ciment et les briques n'avaient pas été prévus pour résister à pareil massacre. L'un après l'autre, les bâtiments commencèrent à s'écrouler, tombant en avalanche dans les rues au milieu de nuages de poussière et de débris. Le long des avenues, les vitrines des magasins volèrent en éclats, laissant des tas de bris de verre sur les trottoirs.

Les grands immeubles du quartier des affaires, qui s'élevaient jusqu'à cinq et dix étages, s'écroulèrent dans un fracas terrifiant avec un bruit de barrage d'artillerie. De véritables gouffres s'ouvraient puis se refermaient au beau milieu des rues, certains se remplissaient d'eaux souterraines qui se répandaient dans les caniveaux. Les rails des trains et des tramways se tordaient et se vrillaient comme des paquets de spaghettis. Le choc le plus violent dura près d'une minute avant de s'affaiblir, mais des secousses secondaires continuèrent à se produire pendant plusieurs jours.

Lorsque le jour se fut complètement levé au-dessus de ce chaos, tout ce qu'il restait de cette ville, avec ses hauts immeubles, dont un grand nombre de magasins, de restaurants, de cafés et de bordels, de maisons et d'appartements, c'était une étendue de cent soixante kilomètres carrés jonchée de maçonnerie, de bois brisé et d'acier tordu. Même lorsqu'ils semblaient solides, la plupart des bâtiments n'étaient pas renforcés et ils ne mirent pas trente secondes à tomber au cours de la première secousse.

L'hôtel de ville, l'édifice le plus imposant jamais édifié à l'ouest de Chicago, s'effondra sur lui-même et ses colonnades en fonte jonchaient les rues. Du palais de justice, il ne restait plus qu'un squelette de tiges de ferraille entortillées. Quant à l'académie des sciences, on aurait cru qu'elle n'avait jamais existé. La poste était encore debout, mais en réalité, elle avait été entièrement détruite. Le théâtre Majestic ne donnerait plus jamais aucune représentation. Seul le formidable immeuble de six étages qui abritait la Banque Wells Fargo avait refusé de s'effondrer, mais l'intérieur était ravagé.

Des milliers de cheminées avaient été les premières à tomber. Aucune n'avait été construite pour résister à un tremblement de terre. Elles passaient à travers les toits avant de s'élever bien au-dessus du faîte et ne pouvaient pas se courber. Elles n'avaient pas non plus le moindre support sur lequel s'appuyer. D'abord ébranlées, elles se fissurèrent avant de s'écraser dans la rue après être passées à travers les maisons déjà encombrées de débris. On calcula plus tard que plus de cent personnes étaient mortes, tuées dans leur lit par des cheminées qui s'étaient écroulées.

Des maisons en bois de deux et trois étages penchaient dans tous les sens comme des ivrognes, tordues sur leurs fondations et inclinées de façon grotesque. Certaines étaient restées intactes, mais avaient glissé sur plusieurs mètres. D'autres se retrouvaient sur les trottoirs ou sur la chaussée. Les murs extérieurs semblaient indemnes, mais l'intérieur était dévasté. Les planchers s'étaient effondrés, les poutres, rompues, le mobilier et les habitants, écrabouillés et ensevelis dans le sous-sol. Dans les quartiers pauvres, les maisons les plus modestes s'étaient toutes effondrées en formant des tas de poutres et de gravats.

Les survivants étaient tétanisés, incapables de parler autrement que dans un murmure. De grands nuages de poussière commençaient à s'élever dans le ciel, on entendait les cris des blessés ou de ceux qui étaient restés coincés dans les débris, comme un long gémissement sourd. Même le premier choc passé, la terre continua à trembler, les secousses secondaires firent s'écrouler des murs en brique au milieu d'étranges bruits graves et assourdis.

Dans toute l'histoire de la civilisation, peu de villes avaient subi une destruction aussi épouvantable que celle que venait de connaître San Francisco. Et pourtant, ce n'était que le début, d'autres événements encore plus dévastateurs restaient à venir.

*

Le choc envoya valser à travers la chambre le lit dans lequel Isaac et Marion étaient couchés. L'immeuble se mit à gronder et fut secoué par une série de convulsions. Le bruit était assourdissant, les plats tombaient sur le sol, les étagères s'effondraient après s'être arrachées des murs. Le piano droit partit sur ses roulettes à travers le plancher incliné, comme un rocher qui dévale une montagne. Il termina sa course dans la rue car toute la façade s'était détachée du reste du bâtiment dans un déluge de gravats.

Bell empoigna Marion par le bras et, moitié tirant, moitié poussant, réussit à la faire sortir au milieu d'une pluie de plâtras. Ils restèrent là une trentaine de secondes, le vacarme était de plus en plus terrible. Sous leurs pieds, le plancher remuait comme la surface d'une mer démontée. Ils n'avaient pas atteint l'abri précaire du couloir que la grande cheminée construite en haut du toit s'inclinait avant de passer à travers les deux appartements de l'étage au-dessus. Elle s'écrasa sur le sol à moins de trois mètres d'eux.

Bell comprit aussitôt qu'il s'agissait d'un tremblement de terre. Il en avait connu un presque aussi violent que celui qui venait de détruire San Francisco. C'était lors d'un voyage en Chine avec ses parents, quand il était encore petit garçon. Il baissa les yeux, Marion était toute pâle et levait la tête vers lui, sonnée, totalement paralysée et en état de choc. Il se força à lui sourire pour lui donner du courage. Les secousses tordaient le plancher et le détachaient des poutres de soutien. Il finit par se désintégrer et par tomber dans l'appartement d'en dessous. Bell ne pouvait rien faire d'autre que se demander si ses occupants avaient été tués ou s'ils avaient malgré tout réussi à survivre.

Pendant presque une minute entière, ils restèrent plantés là, cramponnés au chambranle. Le monde était devenu un cauchemar d'enfer qui dépassait l'entendement.

Puis, lentement, les ondes de choc s'estompèrent et un silence envahit les ruines de l'appartement. Le nuage de poussière soulevé par la chute du plafond leur emplissait les narines, ils avaient du mal à respirer. C'est alors seulement que Bell comprit qu'ils étaient toujours debout, accrochés à la porte, avec Marion qui n'avait sur elle qu'une chemise de nuit fort légère et lui, un haut de pyjama. Ses cheveux blonds étaient tout blancs, à cause de la fine poussière de plâtre qui flottait toujours dans l'atmosphère pareille à de la brume.

Bell jeta un œil dans la chambre. On aurait dit que le contenu d'une poubelle avait été déversé sur le sol. Il prit Marion par la taille et la tira vers le placard où leurs vêtements étaient toujours accrochés, à l'abri de la poussière.

— Habille-toi et vite, lui dit-il d'un ton sans réplique. L'immeuble n'est pas stable, il peut s'effondrer d'un moment à l'autre.

— Que s'est-il passé ? lui demanda-t-elle, bouleversée. Une explosion ?

— Non, je pense que c'est un tremblement de terre.

Elle voyait son salon saccagé, les bâtiments en ruine de l'autre côté de la rue.

— Mon Dieu, hoqueta-t-elle. Le mur est tombé.

Puis elle découvrit que son piano avait disparu.

— Oh non, le piano de ma grand-mère. Où est-il passé ?

— Je crois que ce qu'il en reste est dans la rue, répondit Bell, compatissant. Assez parlé. Dépêche-toi d'enfiler quelques vêtements. Faut qu'on se sorte d'ici.

Elle courut au placard, elle avait retrouvé son calme et Bell sentit qu'elle était redevenue aussi solide que les briques qui étaient tombées tout autour d'eux. Pendant qu'il enfilait son costume de la veille, elle mit de son côté un corsage sous une veste en laine écrue et une jupe bien chaude pour se protéger du vent froid qui soufflait de la mer. Elle n'est pas seulement belle, songea Bell, c'est une femme pratique et réfléchie.

— Et mes bijoux, les photos de famille, mon argent ? demanda-t-elle. Je devrais les prendre, non ?

— Nous reviendrons plus tard lorsque nous aurons vérifié que l'immeuble est toujours debout.

Il leur fallut moins de deux minutes pour s'habiller. Il l'entraîna en faisant le tour du trou béant que la cheminée écroulée avait creusé dans le plancher. Enjambant les meubles, ils gagnèrent la porte d'entrée. Marion avait l'impression d'être dans un autre monde. Elle voyait l'extérieur devant elle, là où il y avait eu un mur. Elle aperçut ses voisins qui erraient dans la rue, encore sous le coup de la surprise.

La porte était coincée. Le séisme avait fait glisser le bâtiment et la porte était bloquée dans son encadrement. Bell savait qu'il était inutile d'essayer de la défoncer d'un coup d'épaule. Prenant appui sur une jambe, il lança l'autre contre le panneau. Mais la porte résista. Il fit des yeux le tour de la pièce. Marion, impressionnée par sa force, le vit prendre le lourd canapé et le lancer comme un bélier. Au troisième essai, la porte se fendit en deux et s'ouvrit dans un grand craquement.

Heureusement, l'escalier était toujours là et entier jusqu'au rez-de-chaussée. Bell et Marion sortirent dans la rue pour se retrouver au milieu d'une montagne de débris, ce qui restait de la façade. La structure de l'immeuble semblait avoir été tranchée par un couperet géant.

Marion s'arrêta, les yeux remplis de larmes, en découvrant le piano de sa grand-mère, écrasé, au sommet d'un monticule. Bell repéra deux hommes qui essayaient de se frayer un passage avec une voiture tirée par deux chevaux. Il abandonna Marion quelques instants, s'approcha d'eux. On avait l'impression qu'il essayait de passer un marché. Ils firent un signe de tête et il revint.

— De quoi parliez-vous ? lui demanda Marion.

— Je leur ai proposé cinq cents dollars pour emporter le piano jusqu'à l'entrepôt de Cromwell, près de la voie ferrée. Lorsque les choses reviendront à la normale, je m'arrangerai pour le faire réparer.

— Merci, Isaac.

Marion se mit sur la pointe des pieds pour l'embrasser sur la joue. Elle n'en revenait pas, qu'un homme puisse se soucier d'une chose aussi insignifiante au milieu de pareil désastre.

La foule rassemblée au beau milieu de la rue restait étrangement calme. Pas de plaintes ni de pleurs. Aucune hystérie. Les gens qui parlaient le faisaient à voix basse, heureux d'être encore en vie, mais ne sachant que faire ni où aller, ignorant si le tremblement de terre allait encore frapper. Beaucoup d'entre eux étaient en tenue de nuit. Des mères caressaient leurs enfants, d'autres serraient des nourrissons dans leurs bras. Des hommes discutaient entre eux des dégâts qu'avaient subis leurs maisons.

Une sorte de paix s'était répandue sur la ville en ruine. Tout le monde croyait que le pire était passé. Et pourtant, une tragédie encore plus grande les attendait.

Bell et Marion partirent vers le croisement de Hyde Street et de Lombard Avenue. Dans toutes les rues jusqu'au bas de Russian Hill, les rails du tramway à câble serpentaient tel un ruisseau d'argent sinueux. Le nuage de poussière s'accrochait au-dessus de cette dévastation, puis il commença à se dissiper et à partir vers l'est sous l'effet de la brise de mer. Depuis les appontements près du terminal du ferry jusqu'à Fillmore Street, du nord au sud de la baie, la cité autrefois importante n'était plus que ruine et destruction.

Des dizaines d'hôtels et de pensions s'étaient effondrés, tuant des centaines de gens qui dormaient profondément au moment de la secousse. Les pleurs et les hurlements de ceux qui étaient restés prisonniers des décombres et des blessés se faisaient entendre dans toute la colline.

Des centaines de poteaux électriques étaient tombés, les câbles à haute tension arrachés se tordaient dans tous les sens comme des serpents à sonnette. Des étincelles jaillissaient aux extrémités des fils. Les tuyaux du gaz de ville s'étaient brisés et laissaient échapper leurs vapeurs mortelles. Le fuel et le gazole stockés dans les citernes installées dans les sous-sols des usines commencèrent à se répandre et finirent par atteindre les fils électriques. Le tout prit feu dans une explosion de flammes orangées. Dans les maisons détruites, le charbon qui brûlait dans les cheminées mit le feu aux meubles et à toutes les structures en bois.

Bientôt, le vent se chargea de réunir tous ces petits incendies en un immense brasier. En quelques minutes, la ville se trouva enveloppée de fumée, la fumée de tous les feux qui s'étaient déclarés aux quatre coins de San Francisco. Il allait falloir trois jours pour en venir à bout. La plupart des blessés, ceux qui étaient restés coincés et qui ne purent être sauvés à temps, allaient demeurer à jamais inconnus. Leurs corps furent incinérés et réduits en cendres par l'intense chaleur de la fournaise.

— Cela ne va faire qu'empirer. Tu vas aller au parc de Golden Gate, tu y seras en sécurité. Je te rejoindrai plus tard.

— Mais toi, où vas-tu ? lui glissa-t-elle, toute tremblante à l'idée de se retrouver seule.

— Je vais aux bureaux de Van Dorn. La ville va avoir besoin de tous les hommes disponibles pour faire régner l'ordre et empêcher le chaos.

— Mais pourquoi ne resterais-je pas ici, près de mon appartement ?

Il se retourna en entendant une nouvelle déflagration.

— Le feu atteindra Russian Hill en quelques heures. Tu ne peux pas rester ici. Tu te sens capable de rejoindre le parc à pied ?

— J'y arriverai, répondit-elle, l'air décidé.

Elle se mit sur la pointe des pieds et passa les bras autour de son cou.

— Je t'aime, Isaac. Je t'aime à en mourir.

Il fit glisser ses mains sur sa taille et l'embrassa.

— Moi aussi, Marion, je t'aime.

Il hésita avant de la lâcher.

— Maintenant, va-t'en.

— Je t'attendrai au pont près du lac.

Il garda sa main dans la sienne un moment et se fraya un chemin à travers la foule massée au milieu de la rue aussi loin que possible des immeubles. De nouveaux incendies éclataient un peu partout dans la ville.

Il emprunta ensuite l'un des grands escaliers qui descendaient de Russian Hill. Il était démoli par endroits, mais il réussit tout de même à atteindre Union Street. Il coupa ensuite jusqu'à Stockton puis Market Street. Le spectacle des destructions dépassait tout ce qu'il aurait pu imaginer.

Il n'y avait plus aucun tramway. Toutes les automobiles, dont beaucoup étaient des modèles récents récupérés chez les concessionnaires, toutes les voitures à cheval avaient été réquisitionnées comme ambulances pour transporter les blessés dans les hôpitaux de fortune que l'on avait dressés un peu partout sur les places. On emmenait les cadavres que l'on avait pu récupérer vers des entrepôts transformés en morgues provisoires.

Les murs n'avaient pas seulement écrasé des malchanceux dans leur chute, le même sort avait été réservé aux nombreux chevaux de trait utilisés pour tirer les charrettes en ville. Ils étaient ensevelis par dizaines sous des amoncellements de briques. Bell aperçut un conducteur et son cheval, écrabouillés par un poteau électrique tombé sur leur voiture de laitier.

Arrivé dans Market Street, il se baissa pour passer sous ce qui restait d'une porte d'entrée encore debout. Cela avait été l'entrée principale d'un journal, le *Hearst Examiner*. Il dut y chercher refuge car arrivait un troupeau de bétail échappé des étables près des docks. Folles de terreur, les bêtes descendaient la rue au galop. Elles disparurent aussi vite qu'elles étaient venues, englouties par l'un des énormes gouffres que le séisme avait ouverts dans les rues.

Bell n'arrivait pas à comprendre comment tout le centre-ville, avec ses superbes bâtiments, avait pu changer à ce point depuis la veille. Oubliés, le flot continu de véhicules, la foule de gens heureux, contents de travailler ou de faire leurs courses dans le quartier des affaires. A présent, le boulevard était à peine reconnaissable. Les hauts immeubles s'étaient écroulés en vrac, les grandes colonnades et leurs corniches ornementées qui avaient été arrachées des façades jonchaient trottoirs et chaussées. Les vitres de l'énorme immeuble de bureaux et de magasins étaient en miettes. Des panneaux sur lesquels figurait le nom des sociétés installées dans les lieux gisaient çà et là au milieu des débris.

Bell reprit son chemin au milieu de ce désastre. Il découvrit bientôt que les îlots d'immeubles au sud s'étaient transformés en un océan de flammes. Il savait que, sous peu, les grands hôtels, les bâtiments administratifs, les grands magasins et les théâtres seraient transformés en squelettes noircis. On manquait de pompiers et presque tous les collecteurs d'eau enterrés avaient été brisés par le tremblement de terre. Des centaines de bouches d'incendie et de vannes ne laissaient plus passer qu'un filet d'eau, elles furent bientôt à sec. Les pompiers, impuissants à combattre les feux qui prenaient de l'ampleur, entamèrent un combat héroïque pour réparer les circuits d'alimentation en eau.

Après avoir réussi à éviter les automobiles qui transportaient des blessés et qui essayaient de se frayer un chemin par-dessus des monceaux de briques, Bell arriva enfin en vue de l'immeuble Call. A première vue, il crut que la tour de douze étages était encore en bon état, mais, au fur et à mesure qu'il s'en rapprochait, il se rendit compte que, sur un côté, la base avait glissé d'un mètre sur le trottoir. Arrivé à l'intérieur, il dut se rendre à l'évidence. Pas un seul ascenseur ne fonctionnait car les cages avaient été tordues. Il monta à pied les cinq étages jusqu'aux bureaux de Van Dorn et dut enjamber des tas de plâtras tombés du plafond. Il y avait des traces de pas dans la poussière blanche et il en conclut que d'autres étaient déjà arrivés.

Le mobilier, tourneboulé par le séisme, avait été remis à sa place.

Il entra dans la salle de réunion et y trouva quatre collaborateurs de Van Dorn, dont Bronson. Ils se précipitèrent vers lui pour lui serrer la main.

— Jamais été aussi content de vous savoir en vie. Je craignais que vous ne soyez enseveli sous des tonnes de gravats.

Bell réussit à sourire.

— L'immeuble de Marion n'a plus de façade, mais son appartement est intact.

Il se tut pour jeter un coup d'œil autour de lui. N'apercevant pas Curtis, il demanda :

— Vous avez des nouvelles d'Art ?

La tête qu'ils faisaient tous lui apporta la réponse.

— Art a disparu, on suppose qu'il a été écrasé sous des tonnes de briques sur le trajet entre le Brown Palace et le bureau, lui répondit Bronson. D'après ce que nous avons réussi à savoir, deux autres de mes hommes sont morts ou blessés, mais nous n'avons pas encore de détails. Ceux que vous voyez ici sont les seuls à s'en être sortis indemnes.

La poitrine de Bell se serra, comme prise dans un étau. Il avait déjà vu mourir des gens qu'il connaissait, mais perdre quelqu'un d'aussi proche était insupportable.

— Curtis est mort, murmura-t-il. C'était un homme remarquable, un bon ami, l'un des meilleurs détectives avec lesquels j'aie jamais travaillé.

— Moi aussi, je déplore la perte de gens de valeur, dit lentement Bronson. Mais maintenant, nous devons faire tout notre possible pour aider ceux qui souffrent.

— Quel est votre plan ? lui demanda Bell.

— J'ai vu le chef de la police, je lui ai proposé les services de Van Dorn. En dépit des différends que nous avons pu avoir par le passé, il s'est montré trop heureux de bénéficier de notre renfort. Nous allons faire notre possible pour lutter contre les pillards, les appréhender s'ils essayent de dévaliser les morts ou les maisons vides, et les conduire à la prison. Dieu soit loué, elle a été bâtie comme une véritable forteresse et elle est toujours debout.

— J'aurais bien aimé me joindre à vous, Horace, mais j'ai d'autres priorités.

— Oui, je comprends, lui répondit Bronson. Jacob Cromwell.

Bell acquiesça.

— Le séisme et le chaos qu'il a laissé dans son sillage lui fournissent une chance inespérée de s'enfuir du pays. J'ai bien l'intention de l'en empêcher.

Bronson lui tendit la main.

— Bonne chance, Isaac. Cet immeuble n'est pas sûr. S'il ne nous tombe pas dessus, il sera sans doute la proie des flammes, l'incendie se rapproche. Nous allons rassembler les archives et nous en aller d'ici.

— Où puis-je vous joindre ?

— Nous allons établir un poste de commandement à l'hôtel des douanes. Il n'a subi que des dégâts mineurs. Des unités de l'armée vont arriver pour assurer le maintien de l'ordre et nous aider à combattre le feu. Ils doivent également y installer leur quartier général.

— Il faut que l'un de nous deux rende compte des événements à Mr. Van Dorn.

Bronson secoua la tête.

— Impossible. Toutes les lignes du télégraphe sont tombées.

Bell lui serra la main.

— Bonne chance, Horace. Je reprendrai contact dès que j'aurai des nouvelles de Cromwell.

Bronson lui fit un sourire.

— Je parie que vous n'avez jamais rien connu de pareil à Chicago.

Bell se mit à rire.

— Avez-vous oublié le grand incendie de 1871 ? Chez vous, au moins, il s'agit d'une catastrophe naturelle. A Chicago, c'est un cow-boy qui avait renversé une lanterne.

Après avoir dit au revoir à tout le monde, Bell reprit le chemin qui menait aux escaliers endommagés pour regagner la zone dévastée de Market Street. Il allait vite en dépit des débris et de la foule qui s'étaient rassemblée pour regarder l'incendie. Le feu ravageait maintenant Chinatown et progressait irrésistiblement vers les beaux quartiers.

Il atteignit enfin le Brown Palace, qui avait mieux résisté que l'immeuble Call. Il y avait un homme près de l'entrée et Bell le reconnut immédiatement : Enrico Caruso, qui avait chanté le rôle de Don José dans *Carmen* la veille au Grand Opéra. Il attendait là que son domestique ait terminé de déposer ses malles sur le trottoir. Il portait un long manteau très épais de fourrure par-dessus son pyjama et fumait le cigare. Comme Bell passait près de lui, il entendit le grand ténor qui murmurait :

— Cet endroit est infernal, absolument infernal. C'est la dernière fois que j'y mets les pieds.

Les ascenseurs ne fonctionnaient pas faute d'électricité, mais les escaliers étaient relativement dégagés. Arrivé dans sa chambre, Bell ne se donna pas la peine de rassembler ses affaires. Il ne voyait pas l'utilité de s'encombrer de bagages. Il se contenta de jeter quelques effets personnels dans une petite valise. N'ayant pas prévu de devoir affronter de danger particulier à San Francisco, il avait laissé son Colt .45 et le derringer dans sa chambre. Le Colt rejoignit ses vêtements dans la valise et il rangea le derringer à l'intérieur de la pochette cousue dans son chapeau.

En descendant Powell Street en direction de la demeure de Cromwell à Nob Hill, il aperçut un petit groupe de gens qui s'acharnaient à soulever une grosse poutre posée sur un tas de débris, là où il y avait eu un hôtel. L'un d'eux s'approcha en lui criant :

— Venez nous donner un coup de main !

Les hommes essayaient de dégager une femme coincée sous les gravats et un amas de bois qui brûlait avec violence. Elle portait encore sa chemise de nuit, Bell vit qu'elle avait de longs cheveux châtains.

Il lui serra la main pendant un long moment et lui susurra :

— Soyez courageuse. Nous allons vous libérer.

— Mon mari, ma petite fille – sont-ils sains et saufs ?

Bell se tourna vers les sauveteurs qui avaient l'air sombre. L'un d'eux hocha lentement la tête.

— Vous allez bientôt le retrouver, lui dit-il, mais il sentait la chaleur des flammes se rapprocher.

Bell alla prêter main forte, ils essayèrent en vain de tirer la poutre qui bloquait les jambes de cette femme. Tout effort était inutile. La poutre pesait des tonnes, six hommes ne suffisaient pas à la déplacer. La femme se montrait très courageuse, elle les regardait faire en silence. Puis les flammes commencèrent à lécher sa chemise de nuit.

— S'il vous plaît ! les suppliait-elle. Ne me laissez pas brûler !

L'un des hommes, un pompier, lui demanda son nom et l'inscrivit sur un bout de papier qu'il avait dans la poche. Les autres reculèrent, la chaleur devenait trop intense et les flammes menaçaient. Horrifiés, ils voyaient bien qu'ils avaient perdu et ne réussiraient pas à sauver la femme.

Sa chemise de nuit prit feu et elle se mit à hurler. Sans hésiter, Bell sortit son derringer et lui tira une balle dans le front, entre les deux yeux. Puis, sans un regard en arrière, il partit en courant dans la rue avec le pompier.

— C'était votre devoir de le faire, lui dit le pompier en lui posant la main sur l'épaule. Mourir dans les flammes, c'est la pire des morts. Vous ne pouviez pas la laisser souffrir.

— Non, je ne pouvais pas, lui répondit Bell, les yeux remplis de larmes. Mais quel souvenir terrible, je l'emporterai dans ma tombe.

Chapitre 38

Cromwell, qui était allongé dans son lit, se réveilla en voyant le lustre accroché au plafond de sa chambre se balancer comme un pendule pris de folie. Les morceaux de cristal tintaient. Les meubles dansaient, comme possédés du diable. Un immense tableau représentant une chasse au renard tomba du mur à grand fracas sur le parquet de teck ciré. Toute la demeure commença à craquer, les pierres des murs se déplaçaient les unes contre les autres.

Margaret arriva en titubant dans sa chambre, elle devait lutter pour ne pas tomber car les secousses se poursuivaient. Elle n'avait rien sur elle que sa chemise de nuit, trop choquée qu'elle était pour avoir enfilé une robe de chambre. Elle était blanche comme un linge, les yeux exorbités et ses lèvres tremblaient.

— Que se passe-t-il ? fit-elle, haletante.

Il se pencha pour l'attirer à lui.

— Un tremblement de terre, petite sœur. Rien de grave. Ça va passer. Le pire est derrière nous.

Il parlait d'une voix tranquille, mais elle lisait dans ses yeux qu'il était inquiet.

— La maison ne va pas nous tomber dessus ? lui demanda-t-elle, folle de peur.

— Aucun risque, répondit-il avec assurance. Elle est aussi solide que le rocher de Gibraltar.

Il n'avait pas plus tôt prononcé ces mots que les hautes cheminées commencèrent à vaciller avant, de s'écraser au sol. Heureusement, elles étaient construites à l'extérieur des murs et tombèrent sans trouer le toit. C'est le mur extérieur qui avait subi les plus gros dégâts, il craquait et commença à s'ébouler dans un fracas de tonnerre. Puis les secousses s'affaiblirent.

La maison avait bien résisté au plus gros du séisme, la structure était indemne et tout semblait à peu près en état, à l'exception de la façade et des trois cheminées qui étaient tombées. Les cloisons intérieures étaient faites de lambris sur de la pierre, peintes ou tapissées, les plafonds étaient en acajou, si bien qu'il n'y avait pas de poussière de plâtre.

— Oh mon Dieu, murmura Margaret, qu'allons-nous faire ?

— Occupe-toi de la maison. Rassemble les domestiques, vérifie qu'il n'y a pas de blessés. Mets-les ensuite au travail, il faut nettoyer tout ce désordre. Fais comme si la remise en état des lieux était notre première priorité, mais commence à faire tes bagages, uniquement tes objets de valeur et le minimum de vêtements indispensable pour notre départ à l'étranger.

— Tu oublies les agents de Van Dorn, lui dit-elle en levant furtivement les yeux.

— Ce séisme est une véritable bénédiction. La ville est en plein chaos, Bell et ses amis détectives auront d'autres soucis plus urgents que de nous garder à l'œil.

— Et toi ? demanda Margaret, en serrant sa chemise de nuit autour d'elle.

393

— Je vais aller à la banque finir de vider la chambre forte. Hier, j'ai mis le plus gros des espèces dans des malles. Lorsque tout sera emballé, Abner et moi les transporterons avec la Rolls jusqu'à l'entrepôt, nous les embarquerons dans le wagon en prévision du voyage jusqu'à la frontière canadienne.

— Tu prends tout ça bien à la légère, lui dit-elle sèchement.

— Plus c'est simple, mieux ça vaut.

Il sortit de son lit et se dirigea vers la salle de bains.

— Demain, à cette heure, nous baisserons le rideau sur San Francisco et, d'ici quelques mois, nous aurons créé un nouvel empire financier à Montréal.

— D'après tes estimations, de combien disposons-nous ?

— J'ai déjà transféré quinze millions par câble dans quatre banques canadiennes différentes, installées dans quatre provinces. Nous emporterons quatre millions de plus en espèces.

Elle était maintenant tout sourire, oubliée la peur du tremblement de terre.

— C'est plus que ce que nous avions lorsque nous sommes arrivés à San Francisco il y a douze ans.

— Beaucoup plus, fit Cromwell en se rengorgeant. Pour être précis, dix-neuf millions de plus.

*

Arrivé à sa demeure de Cushman Street, Bell manqua Cromwell à vingt minutes près. Il examina la maison, étonné de voir qu'elle ne souffrait que de dégâts superficiels, au regard des destructions incroyables qu'il avait pu constater un peu partout dans la ville. Il escalada un tas de briques, restes de ce qui avait été le mur d'enceinte, et prit l'allée qui menait à l'entrée principale.

Il tira sur le cordon de la cloche, recula un peu, et attendit. Au bout d'une longue minute, la porte s'entrouvrit et la gouvernante passa un œil.

— Que voulez-vous ? lui demanda-t-elle d'un ton sec, toute politesse envolée à cause de la frayeur qui l'habitait encore après le séisme.

— J'appartiens à l'agence de détectives Van Dorn, je souhaiterais voir Mr. Cromwell.

— Mr. Cromwell est absent. Il est parti peu après cette horrible secousse.

Bell surprit une silhouette qui s'approchait des rideaux, derrière la vitre de la porte.

— Savez-vous s'il s'est rendu à la banque ?

La gouvernante s'effaça pour laisser passer Margaret qui arrivait sur le seuil. Elle vit un homme sur la première marche, son costume couvert de poussière, de saletés et de suie. Sa figure était noire de cendres, les yeux, fatigués d'avoir été témoins de trop de misères. Elle eut du mal à le reconnaître.

— Isaac, c'est vous ?

— Pas en très bon état, j'en ai peur. Mais oui, c'est bien moi.

Il se découvrit.

— Je suis heureux de vous voir, Margaret, content de voir que vous avez survécu et que vous êtes indemne.

Elle le regardait de ses grands yeux avec douceur, comme si elle le voyait pour la première fois. Elle recula d'un pas.

— Entrez, je vous prie.

Il s'avança et vit qu'elle était occupée à nettoyer les débris qui parsemaient le sol. Porcelaine de Chine en miettes, des figurines, des abat-jour de chez Tiffany. Elle portait une jupe rouge en coton et un chandail de laine sous son tablier. Ses cheveux étaient coiffés en chignon, quelques mèches lui tombaient sur les joues. En dépit de cette tenue négligée, on sentait l'odeur de son parfum. Qu'elle porte une luxueuse robe de soie ou une tenue de ménagère, Margaret restait toujours une femme superbe.

Elle le conduisit au salon et lui offrit un siège près de la cheminée. Les cendres s'étaient répandues sur le tapis lorsque le conduit était tombé.

— Puis-je vous offrir une tasse de thé ?

— Je vendrais mon âme au diable pour un peu de café.

Elle se tourna vers sa gouvernante qui avait entendu et se contenta de répondre d'un signe. Margaret n'arrivait pas à regarder Bell dans les yeux, ces yeux qui l'hypnotisaient. Elle se sentait irrésistiblement attirée par lui, comme cela lui était déjà arrivé lors de leur première rencontre.

— Que voulez-vous à Jacob ? lui demanda-t-elle de but en blanc.

— Je crois que vous connaissez la réponse, répondit-il, très placide.

— Vous ne pourrez pas l'enlever une seconde fois. En tout cas, pas ici, pas à San Francisco. Je pense que vous devez le savoir désormais.

— Lui et vous avez soudoyé trop de politiciens véreux dans cette ville pour que l'on vous y accuse de vos crimes, lui dit Bell d'un ton amer.

Il se tut, il regardait les domestiques qui s'activaient à nettoyer la maison et à remettre le mobilier en place.

— On dirait que vous avez l'intention de rester ici.

— Et pourquoi pas ? répliqua-t-elle, feignant l'indignation. C'est notre ville. Nous y avons nos affaires, nous y avons de nombreux amis proches. Notre porte est ouverte aux pauvres qui y vivent. Pourquoi diable nous en irions-nous ?

Bell était presque tenté de la croire. Elle savait y faire, se dit-il en se remémorant la soirée pendant laquelle ils avaient dansé au Brown Palace. Elle était très, très douée dans son genre.

— Jacob est à la banque ?

— Il est allé faire l'inventaire des dégâts.

— J'ai vu en passant ce qu'il restait de Market Street. La plupart des bâtiments sont en ruine, rares sont ceux qui sont encore debout, et la Banque Cromwell se trouve pile sur le chemin d'un brasier qui ne cesse de grandir.

Apparemment, cela ne faisait ni chaud ni froid à Margaret.

— Jacob a fait construire une banque capable de tenir debout pendant mille ans, comme il l'a fait pour cette maison. Laquelle, comme vous voyez, a survécu au tremblement de terre pendant que d'autres demeures de Nob Hill, beaucoup plus prétentieuses, ont subi de graves dégâts lorsqu'elles n'ont pas été détruites. La demeure de Cromwell a été conçue pour tenir le coup.

— Fasse le ciel que ce soit vrai, fit Bell, l'air lugubre. Mais je vous mets en garde, Jacob et vous, n'essayez pas de quitter la ville.

Elle se dressa d'un bond, folle de colère.

— Ne me menacez pas, ne vous imaginez pas une seconde que vous pouvez intimider mon frère. Tout ça, Isaac, c'est de la comédie. Vous n'avez aucune autorité, aucune influence dans cette ville. Mon frère et moi y serons toujours, longtemps après que vous serez parti.

Il se leva à son tour.

— Sur ce point, je vous concède ma défaite. Je n'ai aucune influence en ville, je ne connais pas les politiques. Mais dès que vous en aurez franchi les limites, vous êtes à moi. Vous pouvez compter là-dessus.

— Sortez d'ici ! siffla-t-elle entre ses dents. Sortez immédiatement !

Ils restèrent un long moment à se mesurer du regard, leurs yeux jetaient des éclairs, cette brusque bouffée d'hostilité les avait rendus furieux. Puis Bell se leva lentement, mit son chapeau et gagna la porte d'entrée.

Margaret le suivit en hurlant :

— Vous ne remettrez jamais la main sur mon frère. Au grand jamais, vous m'entendez ? Il faudra me passer sur le corps !

Il s'arrêta pour lui jeter un dernier regard.

— Vous auriez mieux fait de ne pas dire ça.

Et il sortit.

*

Abner conduisit avec habileté la Rolls-Royce jusqu'à la Cromwell National Bank en passant par Sutter et par Hyde Streets. Il réussit à éviter les amas de briques et les rassemblements de gens qui encombraient les rues. A un carrefour, un policier arrêta la voiture et ordonna à Abner de se diriger vers le Pavillon de la Mécanique, un énorme bâtiment avec amphithéâtre qui abritait les archives. Il s'y tenait également des foires, des manifestations sportives et on y donnait des concerts. La ville avait transformé le pavillon en hôpital et en morgue. Le policier exigea que Cromwell laisse sa Rolls dont on pourrait faire une ambulance pour les blessés.

— J'ai besoin de ma voiture, lui répondit Cromwell avec hauteur. Continuez vers la banque, Abner.

Le policier dégaina son revolver et braqua le canon en direction d'Abner.

— Je vous ordonne de mettre cette voiture à ma disposition et de vous rendre directement au Pavillon, sans quoi je brûle la cervelle de votre chauffeur et je trouverai quelqu'un d'autre pour la conduire.

Cromwell ne se laissa pas impressionner.

— Bien dit, monsieur l'agent, mais je garde ma voiture.

Le policier devint rouge de colère. Il fit signe avec son revolver.

— C'est mon dernier avertissement...

Puis il recula, les yeux écarquillés d'horreur, lorsque la balle du Colt .38 l'atteignit en pleine poitrine. Il resta debout encore un instant, sans rien comprendre, jusqu'à ce que son cœur cesse de battre, et il s'écroula sur la chaussée.

Cromwell avait agi sans hésiter, presque par réflexe, il n'éprouvait pas le moindre remords. Abner sortit à toute vitesse de derrière son volant, attrapa le cadavre comme s'il s'agissait d'un mannequin, et le déposa sur le siège avant. Puis il regagna le volant, passa la première, et démarra.

Un chahut monstre régnait dans les rues – des gens qui criaient, le tonnerre de temps à autre d'un immeuble qui s'écroulait, le bruit des équipements de lutte contre l'incendie –, un vacarme tel que personne n'avait remarqué le meurtre du policier. Les rares personnes qui le virent tomber crurent qu'il était blessé et qu'il avait été ramassé par le chauffeur d'une voiture utilisée comme ambulance.

— Vous faites le nécessaire pour vous en débarrasser ? demanda Cromwell à Abner, comme s'il disait à un domestique de mettre un cafard à la poubelle.

— Je m'en occupe, répondit le chauffeur dans le tube acoustique.

— Quand vous en aurez fini, conduisez-moi à l'entrée de service derrière la banque. Ouvrez la porte – vous avez la clé. Je vais avoir besoin de vous pour porter un certain nombre de caisses dans la voiture.

— Bien, monsieur.

Lorsque la Rolls-Royce se rapprocha du croisement de Sutter et de Market Streets, Cromwell put constater la violence de l'incendie et l'ampleur des dégâts. Il commençait à s'inquiéter de ce qu'il allait trouver à l'intérieur. Mais ses craintes firent place au soulagement lorsqu'ils arrivèrent en vue de l'immeuble.

La Cromwell National Bank avait résisté au tremblement de terre et elle était presque intacte. Les murs, les hautes colonnades, rien n'avait bougé. Seuls dégâts apparents, les vitraux avaient volé en éclats et les morceaux de verre répandus sur le trottoir faisaient comme un kaléidoscope.

Abner arrêta la Rolls et ouvrit la portière arrière. Plusieurs employés de la banque traînaient près de l'entrée, ils étaient venus travailler par habitude, ne sachant trop que faire après les événements tragiques qui venaient d'interrompre le cours normal de leur existence. Cromwell sortit de sa voiture. Il n'avait pas monté la moitié des marches qu'ils étaient tous autour de lui. Tout le monde parlait en même temps, on le

400

bombardait de questions. Il leva les bras pour les faire taire et les rassura :

— Je vous en prie, je vous en prie, rentrez chez vous et restez avec les vôtres. Vous ne pouvez rien faire ici. Je vous promets que vos salaires continueront à vous être payés jusqu'à ce que cette terrible calamité soit derrière nous et que nous puissions reprendre nos affaires comme à l'accoutumée.

C'était une promesse parfaitement creuse. Cromwell n'avait aucunement l'intention de continuer à leur verser des salaires tant que la banque était fermée ; il voyait bien que les flammes qui progressaient à travers le quartier des affaires auraient consumé le bâtiment dans quelques heures. Même si les murs étaient en pierre et fort résistants, le bois des toitures était très inflammable et le bâtiment serait vite réduit à l'état de coquille vide.

Dès que les employés furent partis, Cromwell tira de la poche de son manteau de grosses clés en cuivre et ouvrit la serrure qui fermait la porte en bronze massif. Sans se donner la peine de refermer derrière lui, car il savait que le feu détruirait tous les documents à l'intérieur. Il prit directement le chemin de la chambre forte. La minuterie était réglée pour activer la combinaison à huit heures. Il était sept heures quarante-cinq. Cromwell alla s'installer dans le fauteuil en cuir du responsable des activités de crédit et sortit un cigare de l'étui qui se trouvait dans sa poche de poitrine.

Il avait le sentiment de maîtriser la situation. Il se laissa aller dans son fauteuil, alluma son cigare et rejeta un nuage de fumée bleutée vers le plafond décoré du hall d'accueil. Ce tremblement de terre n'aurait pas pu survenir mieux à propos, voilà ce qu'il se disait. Il allait bien y laisser quelques millions, mais l'assurance couvrirait les dégâts du bâtiment. Ses concurrents avaient converti leurs actifs en prêts, mais lui, Cromwell, avait tout conservé et investi dans du papier. Dès que l'on saurait qu'il avait pris la fuite, les auditeurs allaient se jeter sur la Cromwell National Bank comme des vautours. Avec un peu de chance, ses clients réussiraient bien à récupérer dix cents pour chaque dollar déposé.

A huit heures précises, le mécanisme de la chambre forte se mit à carillonner et les verrous s'effacèrent l'un après l'autre. Cromwell s'approcha de la porte, fit tourner le grand volant qui ressemblait à la roue d'un bateau avec ses manetons et dégagea les barres de leurs logements. Il ouvrit ensuite la porte géante en grand et entra.

Charger quatre millions de dollars en grosses coupures dans cinq coffres lui prit deux heures. Abner revint après avoir dissimulé le corps du policier sous le sol effondré d'un magasin, et transporta les coffres dans la Rolls. Cromwell était toujours aussi impressionné par la force brutale de cet Irlandais. Tout seul, il avait déjà du mal à soulever un coffre d'un seul côté, alors qu'Abner, lui, le balançait sur son épaule sans un grognement.

La Rolls était garée dans l'entrée en sous-sol utilisée par les fourgons blindés qui venaient livrer pièces et billets provenant de la Monnaie, non loin de là. Cromwell aida Abner à ranger les coffres dans le spacieux compartiment à bagages avant de les recouvrir de couvertures qu'il avait apportées à cette intention. Il avait disposé sous les couvertures des coussins prélevés sur les chaises du hall, placés de sorte que l'on croie à un empilement de cadavres.

Cromwell retourna à l'intérieur et laissa la chambre forte ouverte pour que tout soit détruit par le feu. Puis il ressortit et monta à l'avant de la Rolls près d'Abner.

— Au dépôt des chemins de fer, lui ordonna-t-il.

— Nous serons obligés de faire un détour par les quais nord, derrière les incendies, pour arriver au dépôt, lui dit Abner en passant la première.

Après avoir évité l'énorme incendie qui ravageait Chinatown, il prit la direction du nord, vers Black Point. Les constructions en bois se désintégraient déjà et il n'en restait que des lits de cendres sur lesquels les cheminées noircies se dressaient comme des pierres tombales.

Certaines rues étaient assez dégagées pour qu'on puisse encore y rouler. Abner évitait celles qui étaient impraticables parce qu'elles étaient ensevelies sous des murs écroulés. La Rolls se fit arrêter à deux reprises par un policier qui voulait la réquisitionner comme ambulance, mais Cromwell se contenta de montrer les corps fictifs sous les couvertures en disant qu'ils se rendaient à la morgue. Le policier recula en leur faisant signe de circuler.

Abner devait se frayer un chemin au milieu de foules de réfugiés qui s'échappaient des quartiers en flammes avec leurs maigres balluchons. Il n'y avait pas de panique ; les gens avançaient lentement, comme s'ils faisaient leur promenade du dimanche. Ils parlaient peu et quelques-uns d'entre eux jetaient parfois un regard en arrière sur ce qui avait été leurs maisons avant cette calamité.

Cromwell, qui regardait un bâtiment brûler, était surpris par la violence et l'intensité du feu. Le brasier faisait jaillir des gerbes d'étincelles et de débris sur le toit, lequel ne mit pas trois minutes à s'embraser à son tour. Puis la tornade enveloppa la totalité de l'immeuble et le consuma entièrement en moins de temps qu'il n'en aurait fallu pour faire bouillir de l'eau.

Des troupes régulières commençaient à arriver de leurs casernements pour maintenir l'ordre et aider les pompiers à combattre les flammes. Dix compagnies d'infanterie et d'artillerie, des escadrons de cavalerie, le service de santé – mille sept cents hommes au total – pénétrèrent dans la cité avec fusils et cartouchières, prêts à protéger des pillards les ruines, les banques avec leurs chambres fortes et leurs coffres, la poste, et la Monnaie. Ils avaient ordre de tirer sur quiconque essaierait de profiter de la situation.

Ils dépassèrent un convoi de soldats, quatre fourgons automobiles sur les sièges desquels étaient entassées des caisses de dynamite fournies par la Poudrerie de Californie. Quelques minutes plus tard, de fortes explosions secouèrent la cité déjà dévastée. On faisait sauter des magasins pour les raser et ralentir la progression du feu. L'armée, voyant qu'elle était en train de perdre cette bataille, entreprenait en désespoir de cause de dynamiter des îlots entiers pour essayer de faire cesser les ravages.

Une lueur jaunâtre et malsaine émergeait de la fumée qui envahissait tout. Aucun rayon de soleil n'éclairait les ruines, sauf autour de la ville. L'armée, les pompiers et la police devaient battre en retraite devant les flammes, poussant devant eux les sans-abri vers l'ouest pour les éloigner de la tragédie qui approchait.

Abner fit virer la Rolls pour éviter les décombres et la foule qui tentait de gagner l'embarcadère du ferry dans l'espoir de traverser la baie et de se réfugier à Oakland. Il arriva enfin près d'une voie de chemin de fer et la suivit jusqu'au dépôt principal de la Southern Pacific Railway et enfin, près de l'entrepôt de

Cromwell. Il escalada une rampe et se gara près du wagon qui stationnait devant un quai de chargement. Il y avait un numéro peint sur le côté : 16455.

Cromwell ignorait que Bell était au courant, qu'il savait que ce wagon de marchandises n'était pas ce qu'il semblait être. Mais l'agent qui était chargé de le surveiller avait été rappelé par Bronson qui lui avait confié d'autres missions après le séisme. Tout semblait calme. Cromwell examina le cadenas qui verrouillait la grosse porte coulissante du wagon pour s'assurer que personne n'avait essayé de le crocheter. Rassuré, il y inséra sa clé et l'ôta. Le cadenas était plus là pour faire de la figuration que pour autre chose. Puis il se glissa sous le wagon et y pénétra par une trappe. Une fois dedans, il fit pivoter les lourdes barres qui verrouillaient la porte de l'intérieur avant de la faire glisser.

Sans qu'on ait eu besoin de lui en donner l'ordre, Abner commença à décharger de la Rolls les gros coffres remplis de coupures. Il les déposa sur le plancher du wagon et Cromwell les traîna à l'intérieur. Lorsque les quatre millions de dollars furent chargés, Cromwell se pencha vers Abner et lui dit :

— Rentrez à la maison, prenez ma sœur et ses bagages, et revenez ici.

— Vous restez ici, Mr. Cromwell ? lui demanda son chauffeur.

Cromwell fit signe que oui.

— J'ai des affaires à régler de l'autre côté du dépôt, au bureau du régulateur.

Abner savait bien qu'un aller-retour du dépôt jusqu'à la demeure de Nob Hill était pratiquement impossible, mais il salua poliment Cromwell en lui disant :

— Je ferai le maximum pour ramener votre sœur saine et sauve.

— Si quelqu'un en est capable, Abner, c'est bien vous. Je vous fais une confiance aveugle.

Puis Cromwell referma la porte coulissante du wagon et laissa tomber la trappe. Lorsque Abner repartit avec la Rolls, il vit Cromwell se diriger le long des rails vers la cahute du régulateur.

Chapitre 39

Bell redescendit à pied de Nob Hill et s'arrêta en chemin pour aider des pompiers à dégager les restes d'un petit hôtel qui n'était plus qu'un tas de poutres brisées et de briques écrasées. On entendait sous cet amas la voix d'un petit garçon qui sanglotait. Bell et les autres se mirent à l'œuvre fébrilement, dégagèrent les abords et essayèrent de creuser un passage jusqu'à l'endroit d'où sortaient ces pleurs pitoyables.

Au bout de près d'une heure, ils finirent par atteindre une petite poche d'air qui avait évité à l'enfant de se faire écraser. Encore vingt minutes et ils le libérèrent. Ils le transportèrent jusqu'à une voiture qui attendait pour l'emmener au poste de premiers secours. A l'exception de ses chevilles, semblait-il fracturées, il n'avait que des bleus.

Bell estimait qu'il n'avait pas plus de cinq ans. Il pleurait et appelait son père et sa mère. Les hommes qui l'avaient sauvé échangeaient des regards consternés. Ils savaient que ses parents, et sans doute aussi ses frères et sœurs, gisaient dans les débris, écrasés par les restes de l'hôtel. Chacun partit de son côté, sans un mot, follement triste, mais malgré tout heureux de l'avoir récupéré.

Deux rues plus loin, Bell dépassa un soldat qui dirigeait un groupe d'hommes que l'on avait réquisitionnés pour déblayer les briques et les empiler sur le trottoir. Le visage de l'un d'entre eux lui parut familier, un homme de belle allure. Cédant à sa curiosité, il s'arrêta pour demander à un vieillard qui observait les opérations s'il connaissait cet individu qui s'était porté « volontaire » pour nettoyer les rues.

— C'est mon neveu, lui répondit l'autre en riant. Il s'appelle John Barrymore. Il est acteur, il joue dans une pièce, *Le Dictateur*. (Un silence.) Je devrais plutôt dire jouait. Le théâtre a été détruit.

— Je savais bien que je le connaissais. Je l'ai vu dans *Macbeth*, c'était à Chicago.

L'inconnu hocha la tête avec un sourire entendu :

— Il aura fallu un cas de force majeure pour réussir à tirer Jack de son lit et l'armée pour le mettre au boulot.

Le soldat essaya d'embaucher Bell pour aider à dégager les briques, mais il lui montra sa carte de Van Dorn et s'en alla. Maintenant, la foule s'était faite plus rare et les rues étaient presque désertes, à l'exception de soldats à cheval et de quelques badauds qui traînaient là à regarder les feux.

Le temps que Bell parcoure encore huit rues, pour arriver à la Banque Cromwell, le cœur de la ville s'était embrasé. La muraille de feu n'était plus qu'à une dizaine de pâtés de maisons de la banque lorsqu'il arriva au perron qui menait à la grande porte de bronze. Un jeune soldat, il n'avait pas plus de dix-huit ans, l'arrêta en le menaçant de sa baïonnette.

— Si vous essayez de pénétrer dans cette banque, vous êtes mort, lui dit-il d'un ton qui n'appelait pas de réplique.

Bell montra sa carte professionnelle et agrémenta le tout d'un gros mensonge.

— Je suis ici pour inspecter la banque, je viens voir si on peut sauver des livres de comptes et des espèces. Vous ne voulez pas m'accompagner ? J'aurai besoin de bras s'il y a des objets de valeur à évacuer.

— Désolé, monsieur, répondit le soldat, mes ordres sont de patrouiller dans la rue en avant du front de flammes pour m'opposer aux pillages. Et je vous conseille de ne pas rester trop longtemps là-dedans. Le feu sera bientôt là, c'est l'affaire d'une heure.

— Je serai prudent, lui assura Bell

Il grimpa les marches et ouvrit l'une des portes que, fort heureusement, Cromwell n'avait pas refermée à clé. On se serait cru un dimanche. Les vitres des caisses, les bureaux, tout le mobilier paraissaient attendre que les affaires reprennent le lundi matin. Seuls dégâts apparents, les vitraux brisés.

A sa grande surprise, Bell trouva la porte de la chambre forte ouverte. Il entra et s'aperçut très vite que le plus gros des espèces avait disparu. Il ne restait là que des pièces d'or et d'argent, quelques coupures de cinq dollars et moins. Tout cela était rangé dans les tiroirs des caissiers ainsi que dans un certain nombre de bacs. Jacob Cromwell était passé et reparti. Le temps que Bell avait perdu en se portant au secours de ce petit garçon lui avait fait manquer le banquier, venu récupérer ses valeurs en liquide.

Bell en était maintenant certain. Cromwell comptait profiter du désastre pour quitter la ville et passer la frontière. Il pestait à l'idée que sa Locomobile était hors d'usage. Se frayer un chemin à pied au milieu des ruines lui faisait perdre un temps fou et épuisait ses forces. Il sortit de la banque et se dirigea vers l'hôtel des douanes, qui se trouvait lui aussi sur la trajectoire de l'incendie.

Marion n'obéit pas tout à fait aux instructions de Bell. Contrairement à ce qu'il lui avait conseillé, elle monta par les escaliers branlants pour rejoindre son appartement. Elle prit une grosse valise, y entassa des photos de famille, des papiers personnels et des bijoux, avant de poser sur le tout ses meilleurs vêtements. Pliant deux robes et une cape de soie, elle ne put s'empêcher de sourire. Il n'y avait que les femmes pour tenter de sauver leurs plus belles tenues. Un homme n'aurait pas pris tant de soin à emporter ses costumes chics.

Marion tira sa valise vaille que vaille dans les escaliers et rejoignit les sans-abri dans la rue. Des gens qui portaient ou traînaient des coffres remplis du peu qu'ils possédaient, des matelas, quelques menus trésors. Ils grimpaient les collines de la ville, personne ne regardait en arrière pour jeter un dernier coup d'œil à une maison, un appartement. Nul n'avait envie de s'attarder dans les restes démolis ou écrasés des endroits où il avait mené jusqu'à ce jour une existence paisible.

Il faisait nuit, des dizaines de milliers de gens fuyaient les incendies qui faisaient toujours rage. Bizarrement, il n'y avait pas de panique, pas le moindre désordre. Les femmes ne pleuraient pas, les hommes ne montraient rien, aucune colère face au malheur qui s'était abattu sur eux. Derrière eux, des soldats alignés battaient en retraite devant les flammes, pressant la foule, aidant parfois ceux qui, trop épuisés, s'étaient arrêtés pour se reposer.

Tirer ainsi de lourdes malles, au flanc de ces collines escarpées, une rue après l'autre, kilomètre après kilomètre, devint bientôt une tâche trop fatigante.

Leurs propriétaires, découragés, abandonnèrent là des paquets par milliers. Certains qui avaient trouvé des pelles enterrèrent leurs coffres dans des terrains vagues dans l'espoir de les retrouver une fois les incendies maîtrisés.

La force de caractère et la volonté de Marion atteignaient des niveaux qu'elle n'avait jamais connus. Elle portait et tirait tour à tour sa valise, hébétée. Elle avança ainsi pendant des heures et des heures, pas un homme ne lui avait proposé de l'aider. Les hommes et leurs familles ne se préoccupaient que d'une chose, tenter de sauver leurs propres biens. A la fin, au moment où Marion ne put plus rien porter, un jeune garçon lui demanda s'il pouvait lui donner un coup de main. Marion le remercia en pleurant.

Il était cinq heures du matin lorsque ce jeune garçon et Marion atteignirent le parc du Golden Gate. Ils trouvèrent un soldat qui leur indiqua des tentes que l'on avait dressées pour les réfugiés. Elle pénétra dans l'une d'entre elles, remercia le garçon qui refusa l'argent qu'elle lui proposait. Puis elle s'écroula sur un lit de camp et, moins de dix secondes plus tard, s'endormit profondément.

*

Lorsque Bell arriva à l'hôtel des douanes, il eut l'impression d'avancer dans un mur de feu. La nuit était déjà pourtant bien avancée, mais la ville était illuminée par des soubresauts de lueur orangée, une ambiance féerique. Des hordes fuyaient toujours les flammes, mais non sans avoir auparavant chargé à la hâte ce qui se trouvait dans les maisons et dans les magasins dans des carrioles. Les gens attendaient la dernière minute. Le feu encerclait l'hôtel des douanes et menaçait tout cet ensemble de bâtiments. Postés sur les toits des immeubles voisins, des soldats luttaient sans relâche pour étouffer les flammes et tenter de sauver la douane, dont l'étage supérieur avait été sérieusement endommagé par le tremblement de terre. Cela dit, les étages inférieurs étaient intacts, l'armée, la marine et un détachement de *marines* les occupaient. Ils avaient reçu pour mission de fournir et d'entretenir les lances à incendie.

Bell franchit le cordon de sécurité, des soldats postés tout autour du bâtiment, et pénétra dans les lieux. Il trouva Bronson dans une pièce un peu à l'écart du hall. Il discutait avec deux policiers et un officier. Tous étaient penchés sur une grande carte dépliée sur une table de conférence.

Bronson vit arriver dans l'embrasure de la porte un homme couvert de cendres, le visage noir de suie. Il mit plusieurs secondes à le reconnaître. Puis un large sourire éclaira son visage et il s'avança pour serrer Bell dans ses bras.

— Isaac, comme je suis content de vous voir.

— Vous me permettez de m'asseoir, Horace ? répondit Bell, épuisé. J'ai marché très, très longtemps.

— Bien sûr.

Bronson le conduisit à une chaise devant un secrétaire à rouleau.

— Je vais vous chercher une tasse de café. Même avec tous ces incendies, nous n'avons pas trouvé de quoi le faire chauffer – mais tout le monde s'en moque.

— Volontiers, merci.

Bronson en versa une tasse d'une cafetière en émail et la posa sur le bureau devant Bell. Un homme de haute taille, les yeux topaze, avec des cheveux sombres et ébouriffés, s'approcha de Bronson. Il portait une chemise blanche immaculée et une cravate.

— On dirait que vous avez connu des jours meilleurs, dit-il à Bell.

— C'est peu dire.

Bronson se tourna vers l'inconnu.

— Isaac, je vous présente l'écrivain Jack London. Il écrit un livre sur le tremblement de terre.

Bell lui serra la main sans se lever.

— A mon avis, vous aurez matière à écrire dix bouquins.

— Un seul fera l'affaire, répondit London en souriant. Pourriez-vous me raconter ce que vous avez vu ?

Bell lui fit le bref récit de ce à quoi il avait assisté en ville, laissant de côté le plus atroce, cette femme qu'il avait dû abattre dans l'immeuble en feu. Lorsqu'il eut terminé, London le remercia avant de s'approcher d'une table. Il s'assit et prit quelques notes.

— Et Cromwell ? Sa sœur et lui ont-ils survécu ?

— Ils sont bien vivants et en pleine forme. Ils s'apprêtent à passer la frontière.

— En êtes-vous sûr ? demanda Bronson.

— Je suis arrivé trop tard à la banque. La chambre forte avait été nettoyée, plus un seul billet de plus de cinq dollars. Il a dû se tirer avec, allez, trois millions, peut-être quatre.

— Il ne pourra pas sortir de la ville. Du moins, pas tant qu'il y a ce bazar. Les quais sont bondés, il y a des milliers de réfugiés qui tentent de gagner Oakland. Il n'arrivera jamais à emporter pareille somme dans deux simples valises.

— Il trouvera bien le moyen, répliqua Bell en savourant son café froid.

Il se sentait presque redevenu un être humain.

— Et Margaret ? Elle part avec lui ?

Bell hocha la tête.

— Je n'en sais rien. Je suis passé par leur maison avant midi, Margaret faisait comme si elle et Jacob allaient rester en ville et nous faire un procès. Quand j'ai découvert qu'il avait filé avec l'argent de sa banque, je n'ai pas pu retourner à Nob Hill parce que les incendies progressaient toujours. Et j'ai même eu du mal à arriver ici.

— Marion ? s'enquit Bronson.

— Je l'ai envoyée au parc du Golden Gate. Elle y sera plus en sécurité.

Bronson allait répondre, mais un jeune garçon, douze ans tout au plus, arrivait en courant. Il portait une large casquette, un gros chandail et un pantalon court. Il avait visiblement fait une bonne trotte en courant car il était à ce point essoufflé qu'il avait du mal à parler.

— Je... je cherche un monsieur Bronson, réussit-il à articuler à grand-peine.

Bronson leva la tête, soudain intéressé.

— C'est moi, Bronson. Que me veux-tu ?

— Mr. Lasch...

Bronson se tourna vers Bell.

— Lasch est l'un de mes agents. Il participait à notre réunion, juste après le séisme. Il surveille un dépôt de l'administration à la gare de marchandises. Bon, fiston, continue.

— Mr. Lasch m'a dit que vous me donneriez cinq dollars si j'arrivais jusqu'ici et si je vous répétais son message.

— Cinq dollars ?

Bronson jeta un regard soupçonneux au garçon.

— C'est une bien grosse somme pour quelqu'un de ton âge.

Bell sourit, sortit un billet de dix dollars de son portefeuille et le remit au messager.

— Comment t'appelles-tu, mon petit ?

— Stuart Leuthner.

— Tu as fait un long chemin pour aller de la gare jusqu'ici, en traversant les incendies. Prends tes dix dollars et raconte-nous ce que Lasch t'a dit.

— Mr. Lasch m'a dit de dire à Mr. Bronson que le wagon de marchandises garé près de l'entrepôt de Mr. Cromwell n'est plus là.

Bell se pencha pour s'approcher de lui, le regard sombre.

— Répète-moi ça, lui ordonna-t-il.

Le petit garçon le regardait, on lisait une certaine inquiétude dans ses yeux.

— Il a dit que le wagon de Mr. Cromwell était parti.

Bell se tourna vers Bronson.

— Et merde ! murmura-t-il. Il s'est enfui. Puis tendant un second billet de dix dollars au jeune garçon : Où sont tes parents ?

— Ils sont à Jefferson Square, ils aident à distribuer de la nourriture.

— Tu ferais mieux de filer les retrouver, ils doivent s'inquiéter. Et, souviens-toi bien, ne t'approche pas des incendies.

Le garçon écarquilla les yeux en voyant ces deux billets de dix dollars.

— Bon Dieu, vingt dollars. Ça alors ! m'sieur, merci.

Et il sortit en courant du bâtiment.

Bell se laissa retomber dans son siège devant le secrétaire à rouleau.

— Un train ? murmura-t-il. Mais où a-t-il trouvé une locomotive ?

— Tout ce que j'en sais, c'est que les ferries sont bourrés à craquer de gens qui fuient à travers la baie pour aller à Oakland. Là-bas, la Southern Pacific récupère tous les trains de voyageurs qu'elle peut trouver dans un rayon de cent cinquante kilomètres pour les évacuer de la zone. Il n'a sûrement pas pu trouver de locomotive, des mécaniciens et un tender.

— Son wagon ne s'est quand même pas mis à rouler tout seul.

— Croyez-moi, répéta Bronson, aucun wagon de marchandises ne peut traverser jusqu'à Oakland. Les gens uniquement. Les seuls trains qui roulent sont ceux qui arrivent de l'est avec du ravitaillement.

Bell se leva et jeta à Bronson un regard glacial.

— Horace, il me faut une automobile. Je ne vais pas perdre des heures et des heures à faire du stop dans les quartiers de la ville épargnés par les flammes.

— Où comptez-vous aller ?

— Je veux d'abord retrouver Marion pour m'assurer qu'elle est en sûreté. J'irai ensuite à la gare voir le régulateur. Si Cromwell a loué ou volé un train pour quitter la ville, il devrait bien y en avoir une trace là-bas.

Bronson se mit à ricaner :

— Une Ford Model K ferait-elle votre affaire ?

Bell le regarda avec surprise.

— Ce nouveau modèle possède un six-cylindres et aligne près de quarante chevaux. Vous en avez une ?

— Je l'ai empruntée à un important grossiste en légumes. Elle est à vous, à condition de me promettre que vous me la rendrez demain.

— Je vous revaudrai ça, Horace.

Bronson lui mit la main sur l'épaule :

— Pour me rembourser, il vous suffit de nous ramener Cromwell et sa saleté de sœur.

Chapitre 40

Marion avait dormi six heures d'affilée. Lorsqu'elle se réveilla, la tente hébergeait cinq femmes de plus. L'une d'elles, assise au bord de son lit de camp, pleurait. Deux autres avaient l'air complètement perdu, mais les deux dernières avaient résisté et le montraient en allant aider aux cuisines que l'on avait installées dans le parc pour les nécessiteux. Marion se leva, rectifia sa tenue et gagna avec ses nouvelles compagnes les grandes tentes que l'armée avait dressées pour en faire des hôpitaux de fortune.

Un médecin lui expliqua comment soigner et faire les pansements pour les plaies qui ne nécessitaient pas l'intervention des médecins, qui s'occupaient de sauver les blessés les plus grièvement atteints. Elle commença avec des enfants, ce qui l'aida à se réveiller et à surmonter sa fatigue. Beaucoup d'entre eux se montraient si courageux que c'en était à vous fendre le cœur. Après avoir soigné les coupures et les bleus d'une petite fille de trois ans qui venait de perdre sa famille, elle dut se détourner en larmes lorsque, d'une toute petite voix, la fillette la remercia.

Elle passa au lit suivant et s'agenouilla près d'un jeune garçon que l'on avait amené là pour l'opérer. Il avait la jambe brisée. Comme elle lui donnait une couverture, elle sentit une présence derrière elle, avant d'entendre une voix familière.

— Pardonnez-moi, madame l'infirmière, mais je ne peux plus remuer le bras. Vous pourriez regarder ?

Elle fit volte-face, avant de se jeter dans les bras d'Isaac Bell.

— Oh, Isaac, Dieu soit loué ! Tu es sain et sauf. Je me suis tellement inquiétée de toi.

Il lui fit un grand sourire.

— Ce n'est pas la grande forme, mais je tiens toujours debout.

— Comment as-tu fait pour me retrouver ?

— Tu sais, je suis détective, non ? Je me doutais bien que tu marcherais dans les pas de Florence Nightingale[1], tu as un cœur en or et je me suis dit que tu irais soigner ceux qui en avaient besoin, surtout les enfants. Il la serra contre lui et lui glissa à l'oreille : Je suis très fier de vous, Mrs. Bell.

Elle recula un peu pour le regarder dans les yeux, rouge de confusion.

— Mrs. Bell ?

Bell souriait toujours.

— Ce n'est ni l'endroit ni le jour rêvé pour faire ma demande, mais accepterais-tu de m'épouser ?

— Isaac Bell, s'exclama-t-elle, comment osez-vous me faire ça ?

Puis, se radoucissant, elle l'obligea à baisser la tête et l'embrassa. Lorsqu'elle le lâcha, elle lui dit d'une voix malicieuse :

— Bien sûr, que j'accepte de t'épouser. C'est la meilleure offre qu'on m'ait faite aujourd'hui.

---

1. Infirmière anglaise, fondatrice de la Croix-Rouge.

Le sourire de Bell s'effaça, il pinça les lèvres et lui répondit d'un ton plus dur :

— Je ne peux pas rester une minute de plus. Cromwell et Margaret fuient San Francisco à l'heure qu'il est, et je ne compte pas le laisser s'en sortir à si bon compte.

Sa détermination l'effrayait, mais elle le serra dans ses bras.

— Ça arrive tous les jours qu'une jeune fille se voie demander en mariage par un homme qui file sur-le-champ.

Elle l'embrassa encore :

— Mais tu reviens, c'est bien compris ?

— Le plus vite possible.

— Je t'attendrai ici. Je ne crois pas que nous soyons partis d'ici avant longtemps.

Bell lui prit les mains pour les lui baiser. Puis il se détourna et disparut.

*

Retourner à Nob Hill pour voir si Margaret s'était évaporée n'avait même pas effleuré l'esprit de Bell. Il était sûr qu'elle était partie avec son frère.

Tous les palais des riches et des puissants étaient transformés en brasiers. De tous les côtés de la ville arrivait le rugissement des flammes, on entendait des explosions de dynamite.

La Ford Model K était un véhicule léger et rapide. Et costaud. Elle escaladait les monceaux de débris comme un chamois. Sans le savoir, Bell avait pris le même chemin que Cromwell et Abner, longeant le front de mer pour éviter le feu. Cela faisait à peine une demi-heure qu'il avait quitté Marion lorsqu'il s'arrêta devant la rampe qui conduisait à l'entrepôt

420

de Cromwell. Il put vérifier par lui-même que le wagon avait disparu.

Des motrices de service raccordaient des wagons aux trains de voyageurs pour évacuer les gens vers le sud de l'Etat, où les voies étaient encore en état. On déplaçait également des wagons de marchandises pour convoyer des vivres et des médicaments en provenance de Los Angeles. Il reprit la Ford et suivit les voies jusqu'à une baraque en bois. Un panneau accroché au-dessus de la porte indiquait : BUREAU DE RÉGULATION. Bell s'arrêta, sauta à terre et entra.

Plusieurs gratte-papier s'activaient avec leurs paperasses pour répartir les trains, pas un ne leva les yeux à l'arrivée de Bell.

— Où puis-je trouver le chef ? demanda-t-il avec courtoisie.

Un administratif lui montra une porte d'un mouvement de menton.

— Par ici.

Bell trouva celui qu'il cherchait en train d'aligner des chiffres sur un grand tableau noir sur lequel étaient représentées les différentes voies qui arrivaient et sortaient du dépôt. La plaque posée sur le bureau indiquait MORTON GOULD. Un homme de petite taille au menton fuyant avec un nez en bec d'aigle. Le tableau montrait qu'il y avait plus de trente convois disséminés sur les différentes voies qui partaient du dépôt comme une toile d'araignée. Bell ne pouvait s'empêcher de se demander lequel d'entre eux comportait le wagon de Cromwell.

— Mr. Gould ?

Gould se retourna. Il avait devant lui quelqu'un qui semblait avoir fait un aller et retour en enfer.

— Vous ne voyez pas que je suis occupé ? Si vous

cherchez un train pour quitter la ville, il faut aller à la gare de la Southern Pacific – ou ce qu'il en reste.

— Je m'appelle Bell. Je travaille pour l'agence de détectives Van Dorn. Je cherche un wagon de marchandises, numéro d'immatriculation 16455.

Gould s'approcha du tableau.

— La Southern Pacific remue ciel et terre pour transporter des milliers de gens sans abri, pour les sortir de la ville et les embarquer sur des ferries et des remorqueurs à destination d'Oakland. Nous avons rassemblé là-bas des trains de voyageurs qui attendent pour les évacuer. Plus de mille quatre cents voitures doivent arriver en complément de tout le pays. Les wagons – de marchandises comme de voyageurs – qui se trouvent de ce côté-ci de la baie, trois cents en tout, commencent à partir pour le sud de l'Etat. Comment diable voulez-vous que je retrouve un wagon précis là-dedans ?

Bell regarda Gould dans les yeux.

— Ce wagon appartenait à Jacob Cromwell.

— Je ne connais pas de Jacob Cromwell – il se tut et le regarda, l'air légèrement inquiet – de quoi s'agit-il ?

— Vous avez pris une locomotive pour tracter son wagon personnel.

— Vous êtes fou. Je ne m'occupe pas de trains privés dans une situation d'urgence comme celle que nous vivons.

— Combien vous a-t-il payé ?

Le régulateur leva les bras au ciel.

— Je ne me fais pas payer par quelqu'un que je ne connais pas. C'est ridicule.

Bell décida de laisser ce mensonge de côté.

— Quelle était la destination du train de Cromwell ?

— Bon, maintenant, répondit Gould apeuré, sortez d'ici, Van Dorn ou pas.

Bell ôta son chapeau et fit le geste d'épousseter l'intérieur. Ce que vit ensuite le régulateur, c'est qu'il avait en face de lui la gueule d'un derringer. Bell lui appuya les deux canons sur l'orbite gauche.

— Vous avez soixante secondes pour me dire la vérité. Sinon, je vous tirerai une balle qui vous défigurera de façon atroce et vous arrachera les deux yeux. Avez-vous envie de finir vos jours aveugle ?

Gould était révulsé.

— Vous êtes fou.

— Il vous reste cinquante secondes, et vous ne verrez jamais plus rien.

— Vous ne pouvez pas faire ça !

— J'en suis parfaitement capable et je vais le faire, si vous ne me dites pas ce que je veux savoir.

Ce ton glacial et ce regard d'acier, c'était assez pour que Gould croie que l'agent de Van Dorn ne plaisantait pas. Il jetait des coups d'œil autour de lui, hagard, comme pour chercher une échappatoire, mais Bell répéta, imperturbable :

— Trente secondes.

Et il leva le chien du derringer.

Gould s'affaissa, il était fou de terreur.

— Non, je vous en prie, murmura-t-il.

— Parlez !

— C'est bon, reprit Gould à voix basse. Cromwell est venu. Il m'a versé dix mille dollars en espèces pour accrocher son wagon à une locomotive rapide, et il est parti vers le sud.

Bell ferma à demi les yeux, il ne comprenait pas.

— Au sud ?

— C'est le seul moyen de sortir de la ville, expliqua Gould. Tous les ferries capables de transporter des wagons évacuent les gens vers Oakland dans un sens et reviennent avec du ravitaillement. C'était la seule direction possible.

— Quelle destination ?

— San Jose, puis le tour de la baie vers le nord jusqu'à ce que son train parte vers l'est sur la grande ligne qui passe les montagnes, puis traversée du Nevada jusqu'à Salt Lake City.

— Cela fait combien de temps qu'il est parti ? demanda encore Bell.

— Environ quatre heures.

Bell ne le lâchait pas.

— A quelle heure doit-il arriver à Salt Lake City ?

Gould secoua nerveusement la tête.

— Peux pas vous dire. Le mécanicien va perdre du temps sur les voies de garage pour laisser passer les convois des secours. S'il a de la chance, son train sera à Salt Lake City demain en fin d'après-midi.

— Quel type de locomotive lui avez-vous fourni ?

Gould se pencha sur son bureau afin de consulter les notes qui figuraient dans un grand registre.

— Je lui ai donné la 3025, une Pacific 4-6-2 fabriquée par Baldwin.

— Une locomotive rapide ?

— Oui, elle fait partie des plus rapides.

— Quand en aurez-vous une autre de disponible ?

— Pourquoi me demandez-vous ça ?

— Je veux la locomotive la plus rapide dont vous disposez, répondit Bell en menaçant Gould de son derringer. C'est une priorité absolue, la chose est de première importance. Il faut que je rattrape le train de Cromwell.

Gould consulta son grand tableau.

— J'ai la 3455, une 4-4-2, Baldwin Atlantic. Elle

est plus rapide que la Pacific. Mais elle se trouve au dépôt d'Oakland en réparation.

— Combien de temps pour qu'elle soit prête ?

— L'atelier devrait la livrer d'ici trois heures.

— Je la prends, répondit Bell sans la moindre hésitation. Vous la facturerez à Van Dorn.

Gould allait protester et avait l'air de vouloir discutailler, mais, lorsque ses yeux tombèrent sur le derringer, il se ravisa.

— Si je fais ça, je risque de perdre mon boulot et d'aller en prison.

— Donnez-moi cette machine, faites-moi partir vers San José et Salt Lake City, et je ne dirai rien.

Gould poussa un grand soupir de soulagement et commença à remplir les papiers nécessaires pour mettre la locomotive à disposition de l'agence Van Dorn. Lorsqu'il eut terminé, Bell ramassa les documents et les examina pendant un bon moment. Content de ce qu'il avait lu, il sortit du bureau sans un mot de plus, grimpa dans la Ford et prit la route du terminal des ferries.

Chapitre 41

En s'approchant du terminal, Bell fut obligé de se mettre une couverture sur la tête pour se protéger des cendres qui tombaient en pluie fine. A voir ce qu'il avait sous les yeux, Chinatown était complètement détruite et il n'en restait que des centaines de ruines réduites en tisons fumants. Le terminal du ferry avait résisté, seule la tour de l'horloge avait subi quelques dégâts. Bell nota que l'horloge s'était arrêtée à cinq heures douze, l'heure du tremblement de terre.

Les rues et les trottoirs alentour étaient le théâtre de véritables scènes d'émeutes. Des milliers d'habitants fuyaient, persuadés que la ville allait être rasée. On assistait à des scènes de désordre indescriptible, il y avait un chahut monstre dans cette foule qui se bousculait. Certains étaient emmitouflés dans des couvertures et avaient gardé avec eux les biens qu'ils avaient réussi à sauver avant d'embarquer. D'autres tenaient des poussettes ou des carrioles. Pourtant, au milieu de ce cauchemar, les gens restaient polis et courtois, attentionnés même.

Bell s'arrêta près d'un jeune homme sur les quais qui n'avait apparemment rien de mieux à faire que regarder les incendies de l'autre côté de la rue. Il lui montra une pièce de vingt dollars-or.

— Si vous savez conduire une voiture, emmenez celle-ci à la douane et rendez-la de ma part à un certain Horace Bronson, de l'agence de détectives Van Dorn. Cette pièce sera à vous.

Le jeune homme en écarquilla les yeux, pas tant à cause de cette somme d'argent, qu'à la perspective de conduire une automobile.

— Bien, monsieur, répondit-il, tout excité. Je conduis la Maxwell de mon oncle.

Bell le vit avec amusement passer les vitesses et démarrer au milieu de la cohue. Puis il s'éloigna pour se fondre dans la foule en fuite.

En trois jours, plus de deux cent vingt-cinq mille personnes quittèrent la péninsule de San Francisco ; la Southern Pacific Railroad transportait gratuitement tous ceux qui le souhaitaient. Vingt-quatre heures après le séisme, des ferries quittaient San Francisco pour Oakland toutes les heures.

Bell sortit sa carte de Van Dorn et embarqua à bord d'un ferry, le *Buena Vista*. Il trouva une place sur le pont découvert, s'assit au-dessus des roues à aubes et se retourna pour contempler les flammes qui s'élevaient à des dizaines de mètres dans les airs. La fumée, elle, montait à des centaines de mètres. On aurait dit que la ville n'était plus qu'un gigantesque feu de joie.

Arrivé à Oakland, il grimpa en haut de la rampe de débarquement où un responsable des chemins de fer lui indiqua la route de l'atelier où se trouvait sa locomotive. Vu de près, le monstre d'acier offrait un spectacle impressionnant. Il était entièrement peint en noir, de la cabine du mécanicien au tender. Bell estima que la cabine était juchée au moins cinq mètres au-dessus des rails. Les grosses roues motrices faisaient deux mètres quarante de diamètre. A cette époque, le modèle Pacific était ce qui se faisait de mieux en matière de mécanique.

Mais Bell, lui, trouvait à cette locomotive un air méchant et fort laid. Son numéro, 3455, était peint en petits caractères blancs sur le flanc de la cabine ; en lettres plus grosses, on lisait SOUTHERN PACIFIC sur le côté du tender qui alimentait la chaudière en eau et en charbon. Il s'approcha d'un homme qui portait le bleu rayé des mécaniciens et une casquette à visière. Il avait à la main une grosse burette et s'occupait à graisser les roulements des grandes bielles qui joignaient les cylindres et les roues motrices.

— Une bien belle locomotive, lui dit Bell, admiratif.

Le mécanicien leva les yeux. Il était plus petit que Bell, quelques mèches poivre et sel s'échappaient de dessous sa coiffure. Il avait la figure toute marquée d'avoir passé des années, la tête penchée hors de la cabine en plein vent d'un engin lancé à toute vitesse. Ses yeux bleus étaient surmontés de gros sourcils arrondis et broussailleux. Bell jugea qu'il était plus jeune que ce que l'on aurait pu penser.

— Y en a pas de meilleure qu'*Adeline*, lui répondit le mécano.

— *Adeline* ?

— C'est plus facile de s'en souvenir que d'un numéro à quatre chiffres. La plupart des locomotives, on leur donne un nom de femme.

— Eh bien, répondit Bell, toujours aussi impressionné, *Adeline* m'a l'air d'être très puissante.

— Elle est conçue pour les gros trains de voyageurs. Ça fait pas cinq mois qu'elle est sortie des ateliers Baldwin.

— Quelle vitesse peut-elle atteindre ? demanda Bell.

— Ça dépend du nombre de wagons attelés.

— S'il n'y en a pas ?

Le mécanicien réfléchit un moment.

— Sur une longue ligne droite sans obstacle, si la voie est libre, elle peut monter à cent soixante à l'heure.

— Je m'appelle Bell.

Il lui tendit ses documents.

— J'ai loué votre machine pour une mission spéciale.

Le mécano examina les papiers.

— La panoplie Van Dorn, je vois. Et c'est quoi, cette mission spéciale ?

— Vous avez déjà entendu parler du Boucher ?

— Qui n'en a pas entendu parler ? J'ai lu dans le journal qu'il était toujours aussi dangereux.

Bell ne perdit pas son temps à se lancer dans des explications détaillées.

— Nous partons à sa poursuite. Il a loué une Pacific pour tracter son wagon spécial. Il se dirige vers Salt Lake City, puis il devrait bifurquer au nord, direction la frontière canadienne. Je crois qu'il a cinq heures d'avance.

— Plus probablement six, le temps qu'on charge du charbon et qu'on fasse monter la pression.

— On m'a dit qu'elle était en réparation. C'est terminé ?

Le mécanicien fit signe que oui.

— L'atelier a remplacé un roulement défectueux sur une des roues.

— Plus vite on est partis, mieux c'est.

Bell lui tendit la main.

— A propos, mon nom est Isaac Bell.

Le mécano lui serra vigoureusement la poigne.

— Nils Lofgren. Et mon chauffeur, c'est Marvin Long.

Bell sortit sa montre de sa poche pour lire l'heure.

— Je reviens dans trois quarts d'heure.

— On sera à charger le charbon, c'est juste un peu plus haut sur la voie.

Bell partit en pressant le pas vers le terminal d'Oakland et la baraque en bois qui abritait les bureaux de la Western Union. Le télégraphiste lui dit que la seule ligne qui fonctionnait encore était celle de Salt Lake City, qu'il fallait des heures pour recevoir les câbles. Quand Bell lui eut expliqué en quoi consistait sa mission, l'homme se montra plus coopératif.

— C'est quoi, votre message ? lui demanda-t-il. Je vais m'occuper de le transmettre directement à notre bureau de Salt Lake.

Bell avait rédigé le texte suivant :

BUREAU VAN DORN, SALT LAKE CITY. PRIMORDIAL QUE STOPPIEZ LOCOMOTIVE AVEC WAGON DE MARCHANDISES NUMÉRO 16455. BOUCHER À BORD. AGIR AVEC PRÉCAUTIONS. INDIVIDU EXTRÊMEMENT DANGEREUX, L'APPRÉHENDER ET LE RETENIR JUSQU'À MON ARRIVÉE. ISAAC BELL, INSPECTEUR EN CHEF

Il attendit que le télégraphiste ait tapé son message et sortit du bureau. Puis il reprit le chemin de l'atelier. Il grimpa dans la cabine et on lui présenta Long. Un type costaud, de belle carrure, avec des muscles impressionnants qui sortaient des manches de sa chemise en toile. Il était tête nue, ses cheveux roux étaient assortis aux flammes que l'on apercevait par la porte du foyer. Il retira un gant de cuir pour serrer la main de Bell. Il avait une patte dure et pleine de cals d'avoir passé des heures et des heures à pelleter du charbon.

— On y va quand vous voulez, annonça Lofgren.

— On est partis, lui répondit Bell.

Tandis que Long attisait le feu, Lofgren s'installa sur son siège à droite de la cabine, verrouilla la barre Johnson, ouvrit les soupapes et tira deux fois sur la corde qui pendait au-dessus de sa tête. La vapeur alimenta le sifflet, deux coups indiquaient qu'il allait partir en marche avant. Puis Lofgren empoigna le grand levier d'admission et tira en arrière. *Adeline* se mit en branle et prit lentement de la vitesse.

Dix minutes plus tard, Lofgren reçut l'ordre de passer sur la voie principale qui partait vers l'est. Il appuya encore sur le levier, la grosse Atlantic avança. Le convoi traversa le dépôt. Long s'occupait du foyer pour maintenir une combustion régulière, à feu lent. Cela faisait cinq ans qu'il réglait les foyers des locomotives et il avait acquis l'art de ne faire brûler le charbon ni trop lentement ni trop vite. Lofgren se jeta sur le levier d'admission. Les roues motrices se mirent à tourner dans un panache de vapeur et de la fumée noire s'échappa de la haute cheminée.

Bell prit le siège de gauche. Il était soulagé, certain que c'était le dernier épisode de la traque de Cromwell. Il allait pouvoir le remettre entre les mains des autorités à Chicago, mort ou vif.

Les vibrations de la locomotive sur les rails lui parurent très douces, il avait l'impression de flotter sur un lac dans un radeau gonflable. Le sifflement de la vapeur et la chaleur qui sortait du foyer avaient même quelque chose de reposant pour un homme en mission. Ils avaient encore un certain temps devant eux avant d'atteindre Sacramento puis de piquer vers l'est à travers la Sierra Nevada. Bell se laissa aller sur son siège, bâilla un grand coup et ferma les yeux. En moins d'une minute, il dormait d'un profond sommeil, insensible au vacarme de la locomotive qui fonçait à vive allure. *Adeline* poussait son grand pare-buffles devant elle, direction la Sierra Nevada et la passe de Donner.

Chapitre 42

Le torse énorme et les épaules de déménageur d'Abner Weed transpiraient abondamment tandis qu'il enfournait du charbon. Entretenir le foyer était un art dont il n'avait pas la moindre idée. Il se contentait de balancer le charbon par la porte, sans tenir compte des protestations du mécanicien qui lui criait qu'il en mettait trop et que cela allait faire chuter la température.

Si Abner s'était mis à l'ouvrage, c'était uniquement parce que le chauffeur, Ralph Wilbanks, un gros type à la forte carrure, était épuisé d'avoir passé quelques heures à maintenir la pression de vapeur, la vapeur qui permettait à la grosse locomotive Pacific de gravir les pentes de la Sierra Nevada. Ils travaillaient à tour de rôle, une heure au charbon, une heure de repos.

Abner restait en alerte même lorsqu'il était au travail. Il avait passé son Smith & Wesson dans sa ceinture. Il gardait un œil sur le mécanicien, fort occupé à maintenir la vitesse dans les nombreux virages, tout en guettant la présence éventuelle d'un obstacle sur la voie, comme par exemple un train non prévu qui serait arrivé en face. Ils atteignirent enfin le sommet et commencèrent à redescendre vers des plaines désertiques.

— On arrive à Reno, cria Wes Hall, le mécanicien, par-dessus le grondement des flammes.

C'était un homme vif, au visage buriné de cow-boy. Il avait tenté de stopper le train pour protester lorsque ses passagers lui avaient demandé d'accélérer dans les montagnes, mais avait dû céder lorsque Abner, lui mettant son pistolet sur la tempe, avait menacé de les tuer, lui et son chauffeur, s'ils ne faisaient pas ce qu'on leur disait. Les mille dollars en espèces que leur remit Cromwell finirent de les convaincre. Hall et Wilbanks menaient désormais leur locomotive dans les montagnes aussi vite qu'ils osaient.

— Le signal est au rouge, annonça Wilbanks.

Hall lui fit un grand geste pour indiquer qu'il l'avait vu.

— Il va falloir s'arrêter et attendre sur une voie de garage.

Abner pointa son pistolet sur la tête du mécanicien.

— Donnez un grand coup de sifflet, on passe sans s'arrêter.

— On peut pas, répondit Hall en regardant Abner droit dans les yeux. C'est sans doute un express qui transporte du ravitaillement pour San Francisco et qui est sur la même voie que nous. J'aimerais encore mieux que vous m'abattiez, parce qu'une collision avec un autre convoi nous tuerait et interromprait tout le trafic pendant une bonne semaine.

Abner remit le pistolet dans sa ceinture.

— Bon, mais tu reviens sur la voie principale dès que cet express est passé.

Hall commença à refermer la soupape.

— On pourrait en profiter pour refaire du charbon et de l'eau.

— Très bien, mais fais bien attention à toi, sinon, je vous fais un trou dans la tête à tous les deux.

— Ralph et moi, on peut pas aller plus loin. On est morts.

— T'en auras pour ton argent – et tu resteras en vie – si tu continues, dit Abner d'un ton menaçant.

En se penchant dehors du côté gauche, Abner apercevait le dépôt ferroviaire et la petite ville de Reno, dans le Nevada, qui grandissait dans le lointain. Quand ils s'en rapprochèrent, Abner aperçut une silhouette qui agitait un drapeau rouge près d'un poste d'aiguillage. Hall donna un coup de sifflet pour annoncer leur entrée en gare et indiquer qu'il avait compris le signal de ralentir, et qu'il s'apprêtait à quitter la voie principale.

Il arrêta le tender de la Pacific sous une citerne à eau en bois installée sur une tour d'un côté, et un réservoir de charbon de l'autre. Wilbanks sauta sur le tender, attrapa une corde et tira sur la manche fixée au réservoir. L'eau s'écoulait ensuite par gravité. Hall descendit à son tour, une burette d'huile à la main, pour graisser tous les roulements et pièces mobiles de sa locomotive. Comme Cromwell avait refusé que l'on attende l'arrivée du serre-frein, il devait aussi inspecter les roues du tender et du wagon.

Sans cesser de tenir Hall et Wilbanks à l'œil, Abner longea le tender jusqu'au wagon. Il frappa d'abord deux petits coups avec la crosse de son Smith & Wesson, puis attendit un moment avant d'en donner encore deux autres. On déverrouilla la porte de l'intérieur, elle s'entrouvrit. Jacob et Margaret Cromwell étaient dans l'ouverture et se baissèrent pour voir Abner.

— Pourquoi nous sommes-nous arrêtés ? lui demanda Cromwell.

Abner lui montra la locomotive d'un mouvement du menton.

— Nous sommes sur une voie de garage pour laisser passer un express. En attendant, les mécaniciens refont le plein d'eau et de charbon.

— Où sommes-nous ? demanda Margaret.

Contrairement à son habitude, elle portait un pantalon d'homme et une paire de bottes. En haut, elle avait enfilé un chandail bleu et ses cheveux étaient retenus par un bandeau.

— A Reno, lui répondit Abner. Nous sommes sortis de la Sierra. A partir de maintenant, ce sera du terrain plat dans le désert.

— Et l'état de la voie devant nous ? reprit Cromwell. D'autres trains en vue qui vont encore nous retarder ?

— Je vais vérifier avec l'aiguilleur les horaires des trains qui se dirigent vers l'ouest. Mais il faudra attendre pour les laisser passer.

Cromwell sauta à terre et étala une carte sur le sol. Y étaient indiquées toutes les voies ferrées à l'ouest du Mississippi. Il pointa du doigt un point, Reno.

— Bon, on est ici. Le prochain embranchement avec les voies qui partent vers le nord se trouve à Ogden, dans l'Utah.

— Ce n'est pas Salt Lake City ? lui demanda Margaret.

Cromwell hocha négativement la tête.

— La ligne principale de la Southern Pacific rejoint celles de l'Union Pacific au nord de Salt Lake. Nous allons obliquer vers le nord à Ogden et prendre la direction de Missoula, dans le Montana. Puis de là, nous emprunterons la ligne de la Northern Pacific jusqu'au Canada.

Abner ne quittait pas les deux cheminots des yeux. Le chauffeur se débattait avec le charbon qui tombait dans le tender, le mécanicien titubait comme s'il était en transe.

— Les mécanos ne tiennent pas debout. On aura

de la chance s'ils arrivent à faire marcher la locomotive pendant encore deux heures.

Cromwell consulta sa carte.

— Il y a un dépôt à Winnemuca, dans le Nevada, c'est à environ deux cent soixante-dix kilomètres d'ici. Là-bas, on changera d'équipe.

— Et ces deux-là, demanda Abner, qu'est-ce qu'on en fait ? On ne peut pas les laisser courir jusqu'au télégraphe le plus proche et alerter les autorités plus haut sur la ligne.

Cromwell réfléchit un moment.

— Nous allons les garder avec nous, on les fera sauter du train dans une zone désertique. Je ne veux courir aucun risque, avec les agents de Van Dorn. Ils ont dû s'apercevoir que nous étions partis de San Francisco et enverront des câbles pour qu'on stoppe le train. Nous couperons les lignes télégraphiques en chemin.

Margaret contempla les Sierras et la voie par laquelle ils étaient arrivés.

— Tu crois qu'Isaac est sur nos traces ?

— Ce n'est qu'une question de temps, ma chère sœur, lui répondit-il avec son assurance habituelle. Mais, d'ici qu'il ait compris que nous avions quitté San Francisco et qu'il ait trouvé une locomotive pour nous donner la chasse, nous serons déjà à mi-chemin du Canada et il n'aura plus aucune chance de nous arrêter.

Chapitre 43

Adeline était la fierté et la petite chérie de Lofgren, il parlait d'elle comme si sa locomotive était une jolie fille et non un monstre d'acier qui crachait des flammes en gravissant les pentes des Sierras, avant la passe de Donner. Comme elle n'avait pas à tirer deux cents tonnes de wagons remplis de voyageurs, elle avançait sans peine.

L'air printanier était froid et mordant, il y avait encore de la neige sur le sol. La passe de Donner est l'endroit le plus connu de cette zone montagneuse. Elle avait été dans le temps le théâtre d'événements tragiques. Un convoi de douze chariots qui allait devenir célèbre sous le nom de Gens de Donner s'était fait prendre dans le blizzard en 1846. Les passagers avaient enduré de terribles souffrances avant d'être sauvés. Beaucoup avaient survécu en dévorant les morts. Des quatre-vingt-sept hommes, femmes et enfants qu'ils étaient au départ, seuls quarante-cinq étaient arrivés en Californie.

Bell était bien réveillé lorsqu'ils avaient traversé Sacramento. Il trouvait le spectacle superbe : des pics vertigineux, les forêts de pins dont les branches étaient parfois encore alourdies par la neige ; près du sommet, les tunnels creusés à la dynamite par des ouvriers chinois en 1867. *Adeline* s'engouffra dans un long tunnel, le grondement de l'échappement roulait en écho comme des centaines de tambours. Bientôt, un petit rond de lumière apparut dans l'obscurité avant de grandir. Et *Adeline* surgit en plein soleil dans un bruit de tonnerre. Quelques kilomètres plus loin, ils avaient sous les yeux une vue panoramique sur le lac Donner et le train entama sa longue descente en lacets vers le désert.

Un peu mal à l'aise, Bell regardait l'à-pic de trois cents mètres qui ne se trouvait qu'à un mètre de la voie dans un virage serré. Il n'avait pas besoin de houspiller Lofgren pour le presser d'aller plus vite. Le mécanicien poussait la grosse locomotive à près de soixante à l'heure dans les courbes, quinze de plus que la normale.

— Nous sommes au sommet, annonça Lofgren, on va maintenant descendre pendant cent vingt kilomètres.

Bell se mit debout pour laisser à Long le siège du chauffeur, à gauche de la cabine. Long accepta bien volontiers de faire une pause. Lofgren ferma l'alimentation en vapeur et laissa *Adeline* descendre entre les montagnes. Long avait pelleté du charbon presque sans interruption depuis qu'ils étaient arrivés à l'embranchement de Sacramento, tout au long des pentes de la Sierra.

— Je peux vous donner un coup de main ? lui demanda Bell.

— Bien volontiers, répondit Long en allumant sa pipe. Je vous montrerai comment répartir le charbon dans la boîte à feu. Même si nous en avons pour une heure à descendre, il ne faut pas laisser le foyer s'éteindre.

— Il ne suffit pas de le jeter avec la pelle ?

— C'est plus compliqué que ça, répondit Long

dans un sourire. Et puis, on n'appelle pas ça une pelle, mais une *écope de chauffe* taille quatre.

Bell passa les deux heures suivantes devant le fouillis de vannes et de robinets à se faire inculquer les finesses de l'art de la chauffe. Dans les virages, le tender roulait d'un bord sur l'autre et il était difficile d'enfourner le charbon. Cela dit, lorsque *Adeline* était en descente, la tâche n'était pas trop rude. Il suffisait de mettre juste assez de charbon pour entretenir la pression de vapeur. Bell apprit vite à ouvrir la porte en grand d'un coup d'écope et à répartir le charbon sur la grille de chauffe. Au lieu de tout laisser en tas, il acquit rapidement le tour de main qui permettait d'avoir un feu bien brillant et de couleur orangée.

Puis les virages serrés laissèrent place à des courbes plus amples. Une heure plus tard, Bell rendit son écope à Long et le chauffeur cria à Lofgren :

— On n'a plus d'eau et de charbon que pour quatre-vingts kilomètres.

Lofgren fit signe qu'il avait compris, sans quitter les rails des yeux.

— Juste assez pour atteindre Reno. Là-bas, on pourra refaire les pleins et prendre une équipe de relève.

Bell comprit alors que cette course folle dans les montagnes avait fait payer son tribut à Lofgren et à Long. Le mécanicien, épuisé, soumis à une tension permanente, physique et morale, marquait le coup et cela se voyait. L'effort constant qu'il fallait fournir pour maintenir la pression de vapeur dans la montée avait également sapé les forces du chauffeur, qui semblait pourtant infatigable. Il paraissait évident à Bell que les cheminots de Cromwell devaient être dans le même état. Il consulta sa montre, mais il pouvait seulement espérer qu'ils avaient un peu réduit leur retard.

— Combien de temps faudra-t-il pour avoir une nouvelle équipe ? leur demanda Bell.

— Pas plus que le temps nécessaire pour faire le plein d'eau et de charbon, lui dit Lofgren. Puis, souriant d'un air las et découvrant une rangée de dents ébréchées : En supposant que nous ayons de la chance et qu'il y ait des gens sur place.

— Je vous remercie tous les deux, répondit Bell, très sincère. Vous avez fait un boulot héroïque dans les Sierras. Vous avez dû établir un record.

Lofgren sortit sa grosse montre, une Waltham. Le logo de la compagnie était gravé au dos.

— C'est vrai, convint-il en éclatant de rire. Nous avons fait seize minutes de moins que l'ancien record de Marvin, moi et *Adeline*. C'était il y a six mois.

— Vous l'aimez, votre locomotive, pas vrai ?

Lofgren se remit à rire.

— Prenez toutes les locomotives Atlantic : ce sont les plus belles du monde, fabriquées exactement de la même façon, les mêmes dimensions, la même construction. Et pourtant, elles sont toutes différentes – comme les gens, elles ont leur personnalité. Certaines roulent plus vite que d'autres, avec la même pression de vapeur. D'autres exigent de la patience, et certaines ont la poisse, jamais de pot, toujours des problèmes. Mais *Adeline*, elle, c'est un amour. Jamais une plainte ; jamais grincheuse ni capricieuse ou de mauvais poil. Si on la traite comme une dame, elle réagit comme une jument pur-sang et elle gagne les courses.

— A vous entendre, c'est presque un être humain.

— *Adeline*, c'est peut-être que cent sept tonnes de fer et d'acier, mais elle a aussi un cœur.

Ils approchaient de Reno et Lofgren actionna la corde du sifflet pour annoncer qu'il avait l'intention d'aller sur une voie de garage pour faire de l'eau et du charbon. Il tira sur le levier pour ralentir. L'aiguilleur manœuvra son aiguillage pour raccorder les deux voies, comme il l'avait fait auparavant pour le train de Cromwell. Puis il agita un drapeau vert pour indiquer à Lofgren que la voie était libre.

Adeline n'avait pas encore stoppé que Bell sauta à terre. Il traversa le dépôt en courant jusqu'à la gare, semblable à mille autres gares dans tout le pays. Elle avait des murs en planches de bois, des fenêtres arrondies et un toit en pente. Le quai était vide, Bell en conclut que l'on n'attendait pas de train de voyageurs avant un certain temps.

Il entra, passa devant le guichet et gagna le petit bureau du télégraphe. Lorsqu'il franchit le seuil, il trouva deux hommes en grande conversation. Ce qui le frappa, c'est qu'ils avaient l'air sombre et soucieux.

— Je vous demande pardon, dit Bell, je cherche le chef de gare.

Le plus grand des deux l'examina un moment avant de hocher la tête.

— C'est moi. Je m'appelle Burke Pulver. Que puis-je faire pour vous ?

— Avez-vous vu passer un convoi de marchandises qui se dirigeait vers l'est, au cours des dix dernières heures ?

Pulver fit signe que oui.

— Il s'est arrêté sur une voie de garage pendant deux heures, pour laisser passer deux trains express avec du ravitaillement pour les victimes du tremblement de terre de San Francisco.

— Il a pris deux heures de retard ? insista Bell, qui retrouvait de son optimisme. Cela fait combien de temps qu'il est reparti ?

Pulver leva les yeux pour consulter l'horloge Seth Thomas accrochée au mur.

— Je dirais, quatre heures et demie. Pourquoi me demandez-vous cela ?

Bell déclina son identité et lui expliqua en deux mots l'affaire Cromwell.

Pulver le regardait fixement.

— Vous dites que ce train de marchandises avait à son bord le célèbre Boucher ?

— Parfaitement.

— Si seulement j'avais su, j'aurais prévenu le shérif.

Leur retard était moindre que ce que Bell avait craint.

— Avez-vous des conducteurs sous la main ? Les miens sont morts de fatigue après le record qu'ils viennent de battre dans les Sierras.

— Qui est-ce ?

— Lofgren et Long.

Pulver éclata de rire.

— J'aurais dû m'en douter, que ces deux-là allaient essayer de battre leur propre record.

Il consulta le tableau noir accroché au mur.

— J'ai ce qu'il vous faut.

Il réfléchit.

— Je me suis bien dit que ce train avait quelque chose de bizarre. Reno est un arrêt pour les trains qui vont vers l'est comme vers l'ouest. Qu'ils n'aient pas changé de conducteur est quelque chose de très inhabituel. Votre bandit n'ira pas très loin avec un mécano et un chauffeur sur les genoux.

Bell se tourna vers le télégraphiste, un bonhomme chauve avec une casquette verte à visière vissée sur le front et des élastiques sur ses manches de chemise.

— Je voudrais alerter les autorités de toutes les

villes sur le trajet pour leur demander de stopper le train et d'arrêter le bandit. Son nom est Jacob Cromwell.

Le télégraphiste hocha la tête.

— Pas moyen. Les fils sont coupés.

— Je parierais que Cromwell coupe les fils au fur et mesure, fit Bell.

Pulver consultait un autre grand tableau noir fixé sur un autre mur. Il indiquait tous les trains qui devaient passer par Reno.

— Vous aurez vos conducteurs d'ici vingt minutes. Normalement, vous ne devriez pas avoir de problème jusqu'à Elko. Ensuite, j'espère que vous trouverez un télégraphe en état de marche, sinon vous risqueriez de percuter un train qui se dirigerait vers l'ouest.

— Dans ce cas, laissa froidement tomber Bell, j'aurai la satisfaction de savoir que Cromwell se l'est payé avant nous.

Chapitre 44

Adeline fonçait à toute vapeur sur la voie en terrain plat et découvert. Elle frôlait les cent cinquante à l'heure, franchissait en rugissant les ponts jetés sur des ravins asséchés, filant comme l'air à travers des villes et laissant derrière elle les signaux indiquant que la voie était libre. Les poteaux télégraphiques défilaient, formes vagues et brouillées. Une fumée grisâtre mélangée de cendres et d'escarbilles jaillissait de la cheminée avant de s'étaler à l'horizontale au-dessus de la cabine et de se disperser sous l'effet du vent.

Russ Jongewaard occupait le siège du mécanicien, une main sur la manette. C'était un descendant de Viking, à l'air mélancolique. Bill Shea, Irlandais plein d'humour, enfournait du charbon dans le foyer. Lorsque Bell leur avait expliqué qu'il était à la poursuite du célèbre Boucher, ils s'étaient montrés enthousiastes à l'idée de participer à la chasse.

Lofgren et Long étaient là, eux aussi. « Nous sommes volontaires pour tout le reste du voyage, avait dit Lofgren. On sera quatre pour s'entraider et on n'aura pas besoin de s'arrêter pour trouver des relèves. »

Bell participait lui aussi à la corvée de charbon. Sa blessure à la cuisse – la balle que lui avait tirée Cromwell à Telluride – n'était pas complètement cicatrisée, mais tant qu'il ne s'appuyait pas trop dessus, il ne souffrait pas. Ses pelletées étaient moitié moins grosses que celles de Long ou Shea, mais il se rattrapait en maniant son écope deux fois plus vite.

Les deux chauffeurs de la Southern Pacific surveillaient à tour de rôle les niveaux d'eau et de vapeur, vérifiaient que la flamme était correcte et que la chaudière restait juste un poil en dessous de cent livres, à la limite de la zone rouge. Ils examinaient également la fumée qui sortait de la cheminée. Trop claire, ils ajoutaient du charbon. Lorsqu'elle devenait noire, cela voulait dire que le feu était trop violent et qu'il fallait arrêter de l'alimenter.

Sans qu'ils se soient rien dit, Lofgren et Jongewaard se livraient une espèce de concours, mais ce n'était que trop évident. *Adeline* montrait certes l'énorme puissance de sa machine et ses roues motrices tournaient à la vitesse de l'éclair, mais c'est l'énergie et l'endurance de ceux qui la poussaient à ses limites qui établirent ce jour-là un nouveau record de vitesse dans le Nevada. Les mécaniciens avaient pris le mors aux dents et cravachaient dur pour rattraper le train de celui qui avait assassiné tant d'innocents.

En voyant que le sémaphore indiquait la voie libre au-delà d'Elko, Lofgren resta à pleine puissance et traversa le dépôt à cent soixante à l'heure. Les voyageurs qui attendaient leur train sur le quai n'en crurent pas leurs yeux quand ils virent *Adeline* passer comme un énorme boulet de canon.

Il y avait fort heureusement peu d'embranchements et ils étaient assez éloignés les uns des autres – des lignes fugitives qui se détachaient de la voie principale – si bien qu'ils pouvaient conserver leur vitesse sans devoir ralentir. Mais ils furent contraints de s'arrêter à leur corps défendant en arrivant à Wells, puis plus loin encore à Promontory, pour laisser le passage à des convois de secours qui roulaient vers l'ouest. Ils mirent ces arrêts à profit pour refaire de l'eau et du charbon, mais ils avaient perdu au total quatre-vingts minutes.

A chaque arrêt, Bell interrogeait le chef de gare pour savoir où en était le train de Cromwell. A Wells, on lui indiqua que le mécanicien et le chauffeur qui conduisaient sa locomotive depuis le départ d'Oakland avaient été retrouvés par une équipe d'entretien qui inspectait les traverses et les rails. Le chef de gare les avait fait ramener en ville, mais, épuisés et morts de soif, ils tenaient à peine debout. Ils avaient confirmé les craintes de Bell. Cromwell avait fait arrêter fréquemment le train pour que son garde du corps puisse grimper aux poteaux et couper les fils.

— On est à combien derrière ? demanda Lofgren lorsque Bell remonta dans la cabine.

— Le chef de gare me dit qu'ils sont passés il y a trois heures.

— Alors, on a gagné une heure et demie depuis Reno, calcula Long avec un grand sourire.

Leurs efforts commençaient à payer.

— D'ici jusqu'à Ogden, il va falloir que vous ouvriez l'œil. Cromwell coupe les fils du télégraphe. On roulera donc à l'aveuglette si jamais nous tombons sur un train qui se dirige vers l'ouest.

— Pas très gênant, répondit Jongewaard. La compagnie ne va pas courir le risque d'envoyer des trains si on n'arrive pas à prendre contact avec les chefs de gare le long de la ligne principale pour vérifier les horaires. Mais bon, on va rester en alerte, surtout dans les virages, on ne peut pas y voir à plus de quinze cents mètres.

— A quelle distance se trouve Ogden ? demanda Bell.

— Quatre-vingts kilomètres environ, lui dit Jongewaard. On devrait y être d'ici une heure.

*

Lofgren était aux manettes. *Adeline* entra en gare d'Ogden quarante-deux minutes plus tard. Il bifurqua sur la voie de ravitaillement en eau et en charbon et s'immobilisa là. Désormais, la manœuvre était bien au point. Tandis que Long et Shea embarquaient du charbon et de l'eau, Lofgren et Jongewaard vérifièrent la machine, graissèrent les bielles et les roulements. Pendant ce temps, Bell courut à la gare, un grand bâtiment, et se rendit au bureau du régulateur.

Il y trouva, assis à son bureau, un petit homme replet qui regardait par la fenêtre un train de voyageurs qui entrait en gare. Il semblait s'intéresser tout particulièrement aux jolies jeunes femmes qui découvraient leurs chevilles en descendant d'un wagon Pullman. Bell lut son nom sur le petit écriteau posé sur son bureau.

— Mr. Johnston ?

L'homme, après l'avoir examiné, lui fit un sourire affable.

— Oui, c'est moi. Que puis-je pour vous ?

Bell lui raconta à grands traits son histoire, la poursuite de Cromwell et le reste. C'était peut-être la sixième fois qu'il répétait ce discours depuis qu'il avait quitté San Francisco.

— Pourriez-vous me dire à quelle heure son train est passé ?

— Il n'est pas passé du tout, répondit Johnston.

— Il n'est pas passé dans votre gare ? demanda Bell en haussant les sourcils qui en rejoignaient presque son épaisse tignasse blonde.

— Eh oui, fit Johnston en se laissant retomber dans son fauteuil pivotant pour poser le pied sur un tiroir grand ouvert. On les a aiguillés vers la ligne qui part au nord.

— Et pourquoi cela ? demanda sèchement Bell. Ce train n'était pas prévu.

— Une femme assez riche a montré des documents au régulateur qui s'occupe de cet aiguillage, plus haut. Ils indiquaient qu'elle avait loué ce train et qu'elle pouvait rouler jusqu'à Missoula, dans le Montana.

— La sœur du bandit, lâcha Bell. Ils essayent d'atteindre la frontière et de passer au Canada.

Johnston hocha la tête, il comprenait.

— Le régulateur a vérifié avec moi tous les trains qui devaient arriver du sud. Il n'y en avait aucun de prévu jusqu'à demain matin et je lui ai dit de laisser passer le convoi de la dame vers le nord.

— Quand était-ce ?

— Il y a un peu moins de deux heures.

— Il faut que je rattrape ce train, déclara Bell d'un ton décidé. J'aimerais que vous me laissiez continuer jusqu'à Missoula.

— Pourquoi ne passez-vous pas un câble au shérif de Butte en lui demandant d'arrêter ce train et de mettre le bandit et sa sœur à l'ombre ?

— C'est ce que j'essaye de faire depuis que nous avons quitté Reno, mais Cromwell a coupé tous les fils entre ici et là-bas. Pas de raison qu'il n'ait pas continué.

Johnston prit l'air inquiet.

— Mon Dieu, mais il aurait pu y avoir une collision.

— Tant que sa sœur et lui ne sont pas au Canada, ils n'ont rien à perdre, même s'il leur faut pour cela tuer tous ceux qui se mettraient en travers de leur chemin.

Johnston commençait à comprendre la gravité de la situation.

— Rattrapez-le, ce salopard, dit-il le désespoir dans la voix. Je vous donne bien volontiers l'autorisation de continuer jusqu'à Missoula.

— Je vous remercie de votre aide, lui répondit Bell.

— Quel est le numéro de votre train ?

— Ce n'est pas un train, uniquement un tender et la locomotive numéro 3455.

— C'est quoi comme locomotive ?

— Une Baldwin Atlantic 4-4-2, lui répondit Bell.

— C'est une rapide. Et les relèves de conducteurs ?

— J'ai deux équipes avec moi, les premiers ont insisté pour rester jusqu'à ce que nous mettions la main sur ce bandit.

— Dans ce cas, je vous souhaite bonne chance.

Et Johnston se leva pour lui serrer la main.

— Merci.

— Deux heures de retard, ça fait un paquet, reprit tranquillement Johnston.

— Nous en avons repris deux et demie depuis le départ d'Oakland.

Johnston réfléchit un instant.

— Vous vous êtes lancé dans une poursuite qui va être difficile. Ça va se jouer à pas grand-chose.

— Je l'aurai, conclut Bell. Il faut que je l'attrape, sans quoi il recommencera à tuer.

Chapitre 45

Les hommes qui peinaient et suaient pour faire avancer *Adeline* sur les rails gardaient espoir. Ils avaient jeté toutes leurs forces et au-delà dans la bataille pour tenter de réaliser l'impossible. Des hommes et des femmes qui travaillaient aux champs dans des fermes et des ranches le long de la voie abandonnaient ce qu'ils faisaient et regardaient passer à toute vitesse, tout ébahis, cette locomotive. On entendait son sifflet dans le lointain, elle filait sous leurs yeux moins d'une minute après et il n'en restait rien qu'un long panache de fumée.

C'est Lofgren qui occupait la place du mécanicien et il poussait *Adeline* toujours plus vite. Ils traversèrent la frontière qui sépare l'Utah de l'Idaho à plus de cent soixante kilomètres à l'heure. Pocatello, Blackfoot, Idaho Falls défilèrent ainsi avant de disparaître. Les chefs de gare les regardaient défiler, impuissants et incrédules, incapables de comprendre ce que faisait là une locomotive avec uniquement un tender qui sortait de nulle part sans prévenir et passait à une vitesse encore jamais vue.

Avant de partir d'Ogden, Bell s'était procuré une pile de couvertures pour que les hommes puissent somnoler un peu lorsqu'ils n'étaient pas aux commandes ou à la chaudière. Au début, ils n'arrivaient pas à dormir à cause du vacarme des bielles, de la vapeur qui crachait en sifflant et du claquement des roues sur les rails. Mais la fatigue finit par venir à bout de leur résistance et ils arrivèrent à se reposer un peu jusqu'à ce que revienne leur tour de prendre les commandes.

A l'exception de brefs arrêts pour faire de l'eau et du charbon, *Adeline* ne ralentissait jamais. Lors d'un arrêt, à Spencer dans l'Idaho, Bell apprit qu'ils n'avaient plus que cinquante minutes de retard sur Cromwell. Savoir que l'écart se réduisait leur donna du cœur à l'ouvrage et l'énergie de redoubler d'efforts.

Ce qui restait pour Bell un mystère, c'était ce que lui avait raconté le chef de gare à Spencer. La ligne s'arrêtait à Missoula, il n'y avait ensuite qu'une voie secondaire sur cent vingt kilomètres jusqu'au petit port de Woods Bay, dans le Montana, sur le lac Flathead.

— Comment comprenez-vous ça ? lui demanda Lofgren qui venait de céder sa place à Jongewaard.

— Cromwell a dû trouver d'autres mécaniciens après avoir manqué faire mourir le mécanicien et le chauffeur qu'il avait pris à Winnemuca.

Lofgren acquiesça.

— Comme je n'ai pas de renseignements par télégraphe, je suis obligé de croire qu'il les a débarqués au milieu de nulle part et qu'il a contraint les deux autres à monter pour le dernier tronçon jusqu'à la frontière.

— A ce moment-là, il sera obligé de trouver une automobile pour poursuivre son chemin.

Lofgren se tourna vers lui :

— Pourquoi dites-vous ça ?

Bell haussa les épaules.

— Le chef de gare de Spencer m'a appris que les

voies de la Southern Pacific s'arrêtent à Woods Bay, à l'est du lac Flathead. Je suppose que Cromwell n'a pas d'autre moyen que la route pour continuer au nord.

— Je ne suis pas d'accord. A mon avis, il va faire embarquer son train sur le bac qui assure la traversée du lac.

Bell le regardait sans comprendre.

— Le bac ?

Lofgren fit signe que c'était bien ça.

— Les grumes qui viennent du Canada sont embarquées sur des wagons à plates-formes jusqu'à un petit port à l'ouest du lac, Rollins. Quand elles arrivent à Woods Bay, on les embarque sur des wagons qui les déposent dans toutes les scieries du Sud-Ouest.

— Pourquoi la Southern Pacific n'étend-elle pas ses lignes vers le nord, jusqu'au Canada ?

— C'est la Great Northern Railroad qui a la concession pour traverser la frontière au nord des Etats-Unis. Elle a construit une voie qui part du débarcadère, à l'ouest de Flathead, vers la frontière au nord. Là, les wagons de grumes qui arrivent des chantiers forestiers par les convois de la Canadian Pacific Railroad sont attelés à ses locomotives. Les dirigeants des deux compagnies n'ont jamais voulu travailler ensemble et n'ont donc jamais construit de voie pour raccorder les deux tronçons.

— Mais comment savez-vous tout ça ?

— J'ai un oncle qui vit à Kalispell, au-dessus du lac. Il a pris sa retraite, mais il a travaillé comme mécanicien pour la Great Northern Railroad. Il conduisait des trains entre Spokane et Helena.

Bell en avait la voix tremblante d'excitation.

— Ainsi donc, ce que vous me dites là, c'est que

Cromwell pourrait faire embarquer son train pour traverser le lac, rejoindre la ligne de la Northern Pacific et passer au Canada sans sortir de son wagon.

— C'est à peu près ça.

— S'il parvient à embarquer sur le bac avant qu'on ait pu l'arrêter...

Il n'acheva pas sa phrase.

Lofgren devina de l'inquiétude dans les yeux de Bell.

— Ne vous en faites pas, Isaac, lui dit-il en essayant de le rassurer, Cromwell ne peut pas être à plus de quinze kilomètres. On va l'avoir.

Bell resta silencieux un long moment. Il mit la main dans sa poche de poitrine et en sortit un bout de papier. Il le déplia posément et le tendit à Lofgren.

Le mécanicien lut ce qui y était écrit puis, sans lever les yeux :

— On dirait une liste de noms.

— C'est ça.

— Les noms de qui ?

Bell avait la voix grave, on l'entendait à peine par-dessus le vacarme que faisait la locomotive.

— Les noms des hommes, des femmes et des enfants que Cromwell a assassinés. Je garde cette liste sur moi depuis que l'on m'a chargé de le retrouver.

Lofgren leva les yeux, il regardait par le pare-brise.

— Faudrait que les autres voient ça.

Bell hocha la tête.

— Je pense aussi que c'est le moment.

*

Trois heures plus tard, Lofgren avait repris sa place, *Adeline* commença à ralentir en approchant de Missoula. Lofgren arrêta sa locomotive cinquante mètres avant un aiguillage. Shea sauta à terre, courut le long de la voie, et disposa l'aiguillage en direction du lac Flathead. Il ne fit pas attention à l'aiguilleur qui sortait en courant lui aussi de sa cabane.

— Eh là, vous, qu'est-ce que vous faites ? demanda l'homme tout emmitouflé pour se protéger du vent glacial.

— Pas le temps de vous expliquer, répondit Shea en faisant signe à Lofgren qu'il pouvait y aller.

Adeline passa à petite vitesse et Shea demanda à l'aiguilleur :

— Est-ce qu'un autre train a pris la même voie depuis une heure ?

L'aiguilleur hocha la tête.

— Oui, et eux aussi, ils ont pris la voie secondaire sans me demander la permission.

— Ça fait combien de temps ? demanda Shea.

— Environ vingt minutes.

Sans se donner la peine de répondre, Shea courut derrière *Adeline* et se hissa dans la cabine.

— D'après l'aiguilleur, le train de Cromwell a pris la ligne secondaire il y a plus d'une vingtaine de minutes.

— Presque une demi heure d'avance ? dit Jongewaard, que cela laissait pensif. Ça va être juste.

Il poussa le levier d'admission en butée et, cinq minutes après avoir passé l'aiguillage, *Adeline* fonçait à cent trente à l'heure.

Ils finirent par apercevoir la rive est du lac Flathead. Long de quarante-cinq kilomètres et large de vingt-cinq, ce lac de l'Ouest américain occupe une surface de cinq cents kilomètres carrés avec une profondeur moyenne de cinquante-cinq mètres.

Ils attaquaient maintenant la phase finale de cette traque longue et épuisante. Lofgren prit la place du chauffeur pour aider Jongewaard à surveiller la voie. Bell, Shea et Long alimentaient le foyer. Contrairement à eux, Bell n'avait pas de gants en cuir et il s'enveloppa les mains dans les chiffons dont les mécaniciens se servaient pour essuyer les fuites d'huile. C'était déjà mieux, mais il avait des ampoules plein les paumes d'avoir passé tant d'heures à pelleter du charbon.

Ils atteignirent bientôt une vitesse bien supérieure à ce que cette voie pouvait supporter sous le poids d'un train lancé à pleine puissance. Ils ne ralentissaient même pas pour franchir les ponts, ils négociaient les virages sur le rail extérieur. Une courbe en S qu'ils prirent ainsi fit jaillir des étincelles lorsque le tender frotta contre la locomotive. Fort heureusement, la voie redevint ensuite droite comme un I. Jongewaard réussit à maintenir la même vitesse, plus de cent trente-cinq kilomètres à l'heure, pendant les soixante kilomètres suivants.

— Eurêka ! s'écria Lofgren en montrant quelque chose au loin.

Ils se penchèrent tous à l'extérieur, le vent les faisait pleurer. Mais il était là, six kilomètres, huit peut-être, droit devant. Un minuscule panache de fumée.

Chapitre 46

Margaret, vêtue d'une robe de soie brodée, était étendue sur un canapé et regardait les bulles de champagne monter dans la coupe qu'elle tenait à la main.

— Je me demande si c'est bien vrai.

Cromwell se tourna vers elle.

— Qu'est-ce qui est bien vrai ?

— Que cette coupe aurait été moulée sur le sein de Marie-Antoinette.

Cromwell se mit à rire.

— Il y a un peu de vérité dans cette légende, oui.

Margaret dirigea son regard par la fenêtre que Cromwell avait relevée à l'arrière du wagon – elle était noyée dans la cloison et on ne la voyait pas lorsqu'elle était fermée. Les rails qui brillaient sous les roues semblaient partir à l'infini. Elle vit qu'ils se trouvaient dans une vallée entourée de montagnes boisées.

— Où sommes-nous ?

— Dans la vallée de Flathead, au cœur des montagnes Rocheuses.

— Combien de kilomètres avant la frontière ?

— Trente minutes jusqu'au bac qui traverse le lac, lui dit Cromwell en ouvrant la deuxième bouteille de champagne de la journée. Une demi-heure de traversée pour rejoindre la ligne de la Great Northern et nous serons au Canada au coucher du soleil.

Elle leva sa coupe.

— A toi, mon cher frère, et à cette brillante échappée de San Francisco. Que nos prochaines aventures connaissent la même réussite que celle-ci.

Cromwell eut un petit sourire suffisant.

— Je lève mon verre à nos succès.

*

Devant, dans la cabine de la locomotive, Abner pressait les cheminots qu'il avait réquisitionnés dans un petit café près d'une gare en les menaçant de son arme. C'était à Brigham City, dans l'Utah. Leigh Hunt, le mécanicien, un roux aux cheveux bouclés, et son chauffeur, Bob Carr, un type à la voix enrouée qui avait travaillé comme serre-frein avant de devenir chauffeur. Il espérait que cette première promotion lui permettrait un jour d'être promu mécanicien. Ils venaient de quitter leur service et buvaient un café avant de rentrer chez eux lorsque Abner, leur mettant son pistolet sous le menton, les avait contraints à monter dans la cabine de la locomotive qui tirait le wagon de Cromwell.

Quant à l'équipe précédente, Wilbanks et Hall, on les jeta de la locomotive dans un lieu désert en profitant d'un arrêt pendant lequel Abner coupait les fils.

Abner était assis sur le toit du tender, plus haut que la locomotive, ce qui lui permettait de houspiller Hunt et Carr pour qu'ils fassent avancer la Pacific à pleine vitesse jusqu'au lac Flathead. Son attention fut soudain attirée par de gros nuages noirs bourgeonnant vers l'est, au-dessus des montagnes Rocheuses.

— On dirait qu'il y a de l'orage dans l'air, cria-t-il à Carr.

— Le chinook, apparemment, lui cria Carr par-dessus l'épaule tout en continuant à enfourner son charbon dans le foyer.

— C'est quoi, le chinook ? demanda Abner.

— Un vent qui souffle en tempête et qui dévale des Rocheuses. La température peut chuter de plus de vingt degrés en une heure et le vent souffler à plus de cent soixante à l'heure, assez pour faire dérailler des wagons de marchandises.

— Il sera là dans combien de temps ?

— Peut-être une heure, répondit Carr. A peu près quand on arrivera à l'embarcadère du ferry, à Woods Bay. Mais une fois là-bas, on sera obligés d'attendre. Le bac ne fonctionne pas pendant un chinook.

— Et pourquoi ? continua Abner.

— Parce que, avec des vents à cent soixante, le lac se déchaîne. Le vent soulève des vagues de plus de six mètres et le bac n'est pas fait pour naviguer dans ces conditions. L'équipage n'appareille jamais quand il y a du chinook.

— Nous les avons prévenus par télégramme de nous attendre, fit Abner. Nous traverserons, vent ou pas !

*

A l'intérieur du palace roulant de Cromwell, Margaret avait sombré dans un sommeil léger auquel le champagne n'était pas totalement étranger. Son frère se reposait dans son fauteuil en lisant le journal qu'Abner avait ramassé au passage lorsqu'il avait embarqué de force leurs mécaniciens à Brigham City. Le plus gros des articles était consacré au tremble-

459

ment de terre de San Francisco. Cromwell y apprit qu'on avait fini par maîtriser les incendies. Il se demandait si son manoir de Nob Hill et sa banque avaient survécu.

Il leva les yeux en entendant un bruit étrange, un bruit différent du claquement des roues en acier sur les rails. Il était encore faible, on avait l'impression que cela venait de loin. Il se raidit en reconnaissant le sifflet d'une locomotive. Cromwell en resta assommé, il venait de comprendre qu'il était poursuivi.

— Bell ! cria-t-il dans une explosion de rage.

Margaret, réveillée en sursaut, se rassit.

— Mais pourquoi est-ce que tu cries comme ça ?

— Bell ! hurla Cromwell. Il nous suit depuis San Francisco.

— Qu'est-ce que tu racontes ?

— Ecoute, lui intima-t-il. Ecoute bien.

C'est alors qu'elle l'entendit, le bruit inimitable d'un sifflet à vapeur. Il était à peine perceptible, mais il n'y avait pas à s'y tromper.

Margaret se précipita vers la fenêtre arrière pour regarder la voie. Elle eut l'impression de recevoir un coup de poing dans l'estomac. Ce qu'elle voyait, c'était un panache de fumée noire qui s'élevait derrière une courbe, au-dessus d'un rideau d'arbres.

— Il faut que tu préviennes Abner ! cria-t-elle.

Cromwell y avait déjà pensé. Il escalada l'échelle qui permettait d'accéder à l'ouverture dans le toit du wagon. Il repoussa le volet, se mit debout sur le toit et tira un coup de revolver pour attirer l'attention d'Abner au-dessus du fracas de la locomotive. Abner entendit la détonation et recula sur le toit du tender. Il s'approcha à trois ou quatre mètres.

— Il y a un train qui arrive derrière nous, lui cria Cromwell.

Abner était obligé d'écarter les jambes pour résister au roulis et au tangage du tender. Il essaya de voir ce qui se passait au-dessus du wagon de marchandises. A présent, le train qui arrivait était sorti de la courbe, on le distinguait nettement dans le lointain. Il s'agissait d'une locomotive et d'un tender, pas de wagons. Il arrivait très vite sur eux, à voir la fumée qui se faisait balayer par le vent à la sortie de la cheminée.

Maintenant, les deux trains étaient à portée de vue et d'oreille. Le bac de Woods Bay, sur le lac Flathead, n'était plus qu'à trente kilomètres.

Chapitre 47

Adeline ressemblait à un pur-sang qui effectue une remontée phénoménale dans le dernier virage avant la ligne d'arrivée, bousculant le peloton et volant vers la victoire. On ne distinguait plus très nettement les bielles qui entraînaient les énormes roues motrices. Jamais aucune locomotive n'avait foncé aussi vite. Depuis le dépôt d'Oakland jusqu'au Montana, elle avait parcouru plus de distance et plus vite que toutes les machines existantes. Personne n'était là pour la chronométrer, mais ni ceux qui se trouvaient à son bord ni ceux qui l'avaient vue passer en trombe ne pouvaient en douter : en ligne droite et sur les portions de terrain plat, elle dépassait les cent cinquante à l'heure.

Jongewaard maintenait le levier d'admission en butée, poussant *Adeline* sur des rails qui n'avaient jamais été prévus pour ça. Les deux mécaniciens occupaient les sièges de la cabine, les yeux fixés sur les rails qui se déroulaient devant eux. Bell et Long pelletaient, Shea ratissait sans cesse le feu pour qu'il brûle de façon aussi homogène que possible et produise le maximum de chaleur.

Le bruit saccadé de la vapeur qui s'échappait était devenu un sifflement continu. La fumée jaillissait de la cheminée en un nuage de plus en plus volumineux.

Bell arrêtait de temps en temps de pelleter pour observer le train qui grossissait de minute en minute. Inutile d'essayer de tromper Cromwell plus longtemps. Il tira sur la corde du sifflet et lâcha un coup prolongé, emporté par le vent qui commençait à balayer le lac. Bell esquissa un sourire. Il espérait que Cromwell avait deviné qui était à ses trousses, prêt à le saisir à la gorge.

Il se retourna pour observer le ciel et put constater qu'il avait beaucoup changé. De bleu marine qu'il était, il s'était transformé en un voile gris. C'était le chinook qui soufflait des montagnes Rocheuses en direction de l'est. Des tourbillons de poussière, des feuilles et de légers débris s'envolaient comme du son qui sort du tarare. En moins de vingt minutes, les eaux du lac Flathead, habituellement d'un calme mortel, étaient devenues un fouillis de vagues.

Puis, soudain, Jongewaard et Lofgren s'écrièrent d'une seule voix :

— Charrette sur la voie !

Tous les yeux se tournèrent dans cette direction.

Un fermier avec sa charrette de foin tirée par deux chevaux se trouvait sur une route qui traversait les rails. Il avait dû entendre le sifflet de la locomotive, songea Bell, mais avait totalement sous-estimé la vitesse du train et cru qu'il avait tout son temps pour passer. Jongewaard tira sur la barre Johnson pour renverser la vapeur, les roues motrices ralentirent avant de s'arrêter puis de repartir dans l'autre sens. La locomotive freina.

Lorsque le fermier comprit que ce monstre d'acier n'était plus qu'à cent mètres, il fouetta ses chevaux dans une tentative désespérée pour les sortir du chemin de ce danger mortel qui lui fonçait dessus. Mais il était déjà trop tard.

Adeline fracassa la charrette dans un grand envol de foin, de planches, d'éclis et de roues brisées. Les hommes qui se trouvaient dans la cabine se baissèrent instinctivement pour se protéger derrière la chaudière. Des débris crépitaient sur les flancs de la machine, ils passèrent par-dessus le toit avant d'aller percuter le tender.

Miraculeusement, les chevaux avaient bondi et avaient réussi à s'en tirer sans dommage. Bell et ses compagnons n'assistèrent pas à ce qui était arrivé au fermier. Dès que Jongewaard eut réussi à stopper, une centaine de mètres plus loin, Bell et les autres sautèrent de la cabine et revinrent en courant jusqu'au croisement.

Fort soulagés, ils retrouvèrent le fermier allongé à moins de deux mètres des rails. Apparemment, il avait réussi à sauver ses abattis. Il s'était remis en position assise et regardait, hagard, un tas de débris, tout ce qui restait de sa charrette.

— Etes-vous blessé ? lui demanda Bell, fou d'inquiétude.

Le fermier se tâta bras et jambes, il avait à la tête une grosse bosse qui enflait.

— Juste quelques plaies et bosses, murmura-t-il. Mais, l'un dans l'autre, Dieu soit loué, je suis en un seul morceau.

— Vos chevaux n'ont rien, eux non plus.

Shea et Long l'aidèrent à se remettre debout. Puis ils l'accompagnèrent jusqu'à ses chevaux, lesquels avaient apparemment déjà oublié qu'ils avaient frôlé la mort. Ils broutaient tranquillement sur les bas-côtés. Le fermier fut ravi de retrouver ses animaux en pleine forme, mais la perte de sa charrette, éparpillée en miettes un peu partout, le mit de fort méchante humeur.

Bell devina ce qu'il pensait et lui tendit sa carte professionnelle.

— Ecrivez à mon agence de détectives, lui dit-il. On vous remboursera pour la perte de votre charrette.

— Ce ne sera pas la compagnie de chemins de fer ? lui demanda le fermier, tout surpris.

— Ce n'est pas sa faute. Mais c'est une longue histoire, vous lirez ça dans les journaux.

Bell se retourna et aperçut, dépité, la fumée de la locomotive de Cromwell qui disparaissait dans le lointain. Il se refusait à croire qu'il avait échoué si près du but. Mais tout n'était pas perdu. Jongewaard était déjà allé chercher *Adeline* pour les ramasser au passage.

Voyant que le fermier était en état de repartir tout seul, Jongewaard cria à Bell :

— Allez hop, tout le monde embarque. On n'a pas de temps à perdre.

Bell, Lofgren et le chauffeur n'étaient pas plus tôt remontés dans la cabine que Jongewaard avait remis *Adeline* en route pour reprendre la course-poursuite. Le chinook soufflait fort à présent. Le vent soulevait de la poussière et des feuilles mortes, tout s'envolait comme l'écume des vagues qui s'écrasent sur la plage. La visibilité était tombée à moins de deux cents mètres.

Jongewaard était dans l'impossibilité de regarder dehors, il se serait mis de la poussière plein les yeux. Il était donc contraint de scruter le paysage à travers le pare-brise. Il n'avait pas le choix, il fit ralentir *Adeline* et leur vitesse tomba de cent vingt à soixante-dix kilomètres à l'heure.

Il aperçut un sémaphore près de la voie, le drapeau était en position horizontale, indiquant qu'il devait stopper, mais il n'en tint pas compte. Le panneau suivant annonçait l'arrivée à Woods Bay. Ne connaissant pas exactement la distance qui les séparait encore de l'embarcadère, il ralentit davantage. *Adeline* roulait désormais à quarante à l'heure.

Jongewaard se tourna vers Bell.

— Désolé de ralentir, mais je ne sais pas si les quais de la gare sont à cinq cents mètres ou à huit kilomètres. J'ai réduit la vitesse au cas où on tomberait sur le wagon du bandit ou sur des wagons de grumes qui attendraient sur la voie principale.

— A votre avis, lui demanda Bell, nous avons perdu combien de temps ?

— D'après ma montre, une dizaine de minutes.

— On les aura, reprit Bell, mais il le croyait modérément. Il est peu probable que le bac se risque à traverser par le temps qu'il fait.

Bell avait raison sur un point. En temps normal, le bac ne fonctionnait pas par un temps pareil, mais ils manquèrent tout de même le bateau car il avait sous-estimé Cromwell. Le Boucher et sa sœur n'allaient pas s'avouer vaincus si facilement.

Cromwell et Margaret ne s'étaient pas arrêtés. Leur convoi passait en ce moment même du quai sur le bateau.

Chapitre 48

Le bac attendait à l'embarcadère lorsque le train de Cromwell arriva. La locomotive bifurqua pour emprunter la voie qui donnait accès au ponton en bois. Mais elle ne pouvait pas aller plus loin. Les trois hommes qui formaient l'équipage du bac avaient décidé qu'il n'était pas prudent de traverser pendant le passage du chinook, le temps de laisser les eaux du lac se calmer. Ils s'étaient installés dans la petite cuisine et buvaient leur café en lisant le journal. Ils ne réagirent pas plus que ça lorsque le train de Cromwell embarqua.

Cromwell sortit de son wagon et s'approcha de la locomotive. La violence du vent l'obligeait à marcher courbé. Il s'arrêta pour regarder les vagues qui forcissaient et faisaient bouillonner le lac. Ce spectacle lui rappelait la mer en furie. Puis il se concentra sur le bac, propulsé par une machine à vapeur et des roues à aubes.

Sur une pancarte en bois à demi effacée et fixée sur l'abri de barre, était indiqué son nom, KALISPELL. La peinture était écaillée, le pont en bois usé et à moitié pourri. Ce bac avait beaucoup vécu – beaucoup trop. Mais pour Cromwell, il était encore assez résistant pour supporter le vent violent et les creux que formaient les vagues. Il avait le sentiment qu'il pouvait encore passer sur la rive ouest. Cela dit, l'équipage restait invisible et cela l'énervait.

Il se tourna de l'autre côté, vers la voie ferrée. Soulagé, il vit que le train qui les poursuivait n'était toujours pas en vue, sans savoir pour autant ce qui avait pu ainsi le retarder. Mais peu importe, ce n'était pas le moment de traînasser. Il fit signe à Abner dans la cabine de la locomotive.

— Assurez-vous que le chauffeur alimente le foyer, que nous ayons de la vapeur en arrivant sur la ligne de la Great Northern.

— C'est comme si c'était fait, répondit Abner en pointant le canon de son pistolet sur Carr, le chauffeur, qui avait assisté à cet échange.

— T'as entendu, mec. Continue à pelleter.

— Vous avez vu l'équipage ?

Abner haussa les épaules :

— Non, personne.

— Vaudrait mieux les secouer, il faut que nous partions d'ici. La locomotive qui est derrière nous peut arriver à tout instant.

— Et les cheminots ? demanda Abner. Si je les laisse seuls, ils vont essayer de se tirer.

— Larguez les amarres, lui ordonna Cromwell. Ils ne pourront pas s'en aller si nous nous éloignons de l'embarcadère. Je vais m'occuper moi-même de l'équipage.

Abner sauta sur le pont et courut à l'embarcadère. Il trouva les aussières passées à l'avant et à l'arrière. Les vagues qui arrivaient du milieu du lac faisaient rouler le bac. Abner attendit que le bac s'éloigne et que les amarres se raidissent. Lorsque l'eau se retira, les aussières mollirent et Abner les ôta de leurs bites avant de les jeter par-dessus les bastingages du *Kalis-*

pell. Il sauta comme un chat à bord et retourna dans la cabine de la locomotive.

Cromwell prit l'échelle qui montait à l'abri de navigation. Se retrouver protégé du vent qui hurlait faisait du bien. Il trouva le local vide et prit la descente qui menait à la cuisine. Il y découvrit l'équipage qui lisait sans trop se soucier de rien. Ils levèrent les yeux en le voyant arriver, pas plus intéressés que ça.

— C'est vous, Mr. Cromwell ? lui dit un gros barbu au visage rougeaud en manteau de bûcheron en laine rouge.

— Oui, c'est moi.

— On nous a prévenus que votre train allait embarquer. C'est moi le capitaine, Jack Boss, à votre service.

L'attitude très décontractée de Boss, qui était resté assis, ainsi que ses deux hommes d'équipage, tout aussi indifférents, fit monter la moutarde au nez de Cromwell.

— Il est de la plus haute importance que nous appareillions immédiatement.

Boss branla du chef.

— Pas moyen. Le lac danse la java. Vaut mieux attendre que la tempête se calme.

Aussi calmement que s'il allumait un cigare, Cromwell sortit son Colt .38 de sa poche de poitrine et tira une balle dans le front de l'un des matelots. L'homme tomba comme une chiffe, les yeux grands ouverts, comme s'il continuait à lire son journal.

— Mon Dieu, mon Dieu ! réussit à balbutier Boss, tétanisé.

Cromwell retourna son arme contre le second matelot, qui tremblait de tous ses membres.

— Vous appareillez immédiatement, ou je le tue comme le premier.

— Vous êtes fou, bredouilla Boss.

— Mon domestique a déjà largué les amarres. Je vous suggère de ne pas perdre de temps en protestations inutiles.

Boss jeta un dernier regard au mort, puis, comme dans un état second, se mit debout. Il jeta à Cromwell un regard mêlé de dégoût et de fureur.

— Vous pourriez tout aussi bien nous tuer tous, protesta-t-il. Nous y resterons avant d'être arrivés de l'autre côté.

— Nous allons courir le risque, répliqua Cromwell d'une voix dure et l'air venimeux.

Boss se tourna vers son matelot, Mark Ragan.

— Va falloir que tu armes la machine tout seul.

Ragan, jeune homme qui n'avait pas encore dix-sept ans, était tout pâle. Il fit signe qu'il avait compris.

— Je m'en sortirai.

— Fais chauffer la chaudière, qu'on ait assez de vapeur pour mettre en route.

Le matelot quitta la cuisine sans se faire prier et se laissa glisser sur l'échelle qui menait à la machine. Boss, Cromwell sur les talons, monta à la passerelle.

Cromwell ne le quittait pas des yeux.

— Ne vous avisez pas de désobéir à mes ordres, patron, ou votre marin à la machine mourra. Et je n'hésiterai pas à vous abattre si vous ne m'emmenez pas jusqu'à la voie ferrée sur l'autre rive.

— Vous êtes vraiment une sale ordure, lui jeta Boss, ivre de rage.

Cromwell éclata d'un gros rire et lui lança un regard glacé, un regard mortel. Puis il fit demi-tour et quitta l'abri.

Pendant qu'il regagnait son wagon, il entendit un sifflement strident à quelques centaines de mètres. Puis ses oreilles saisirent un autre bruit, de la vapeur qui s'échappait et les roues d'une locomotive qui tressautaient sur les rails. A travers les débris balayés par le chinook, il vit une grosse machine émerger du brouillard.

Trop tard, se dit-il complaisamment. Le *Kalispell* s'était déjà éloigné du quai, un mètre ou deux. Rien ni personne ne pouvait désormais l'arrêter. Souriant tout seul, il regagna son wagon et grimpa à l'intérieur.

*

Dans un grand grincement, Jongewaard immobilisa *Adeline* à dix mètres seulement de la fin de la voie. Les grosses roues motrices n'avaient pas arrêté de tourner que Bell sautait de la cabine. Il se mit à courir vers le bac. Le bateau dérivait entre les pilotis, les roues à aubes se mettaient en branle. Lorsque Bell arriva au bord, il était à trois mètres.

Sans hésiter et sans réfléchir, il ne recula même pas pour prendre son élan et sauta. Il savait que la distance ne lui permettrait pas de retomber sur ses pieds, mais il tendit les bras et s'accrocha à la rambarde. Il resta accroché là à se balancer comme un pendule contre la coque du bac. Il manqua de peu lâcher prise et tomber dans l'eau lorsque l'impact lui coupa la respiration. Il s'accrocha le temps de reprendre son souffle, mais il avait horriblement mal à la poitrine. Au prix de souffrances atroces, il se hissa par-dessus la rambarde et se retrouva sur le pont à côté du wagon de Cromwell.

Il passa la main sur son thorax, il s'était sans doute cassé deux côtes. Serrant les dents pour vaincre la douleur, il se remit debout avec peine et s'accrocha à un barreau de l'échelle qui permettait d'accéder au toit du wagon pour résister au tangage et au roulis du bac qui plongeait dans les creux levés par le chinook. A mesure que le *Kalispell* gagnait les eaux plus profondes, les vagues commencèrent à déferler par-dessus l'étrave et à noyer le pont, bas sur l'eau, jusqu'à lécher les roues de la locomotive. Ce vent terrible venait de faire monter la température d'une dizaine de degrés.

Bell chassa toute prudence de son esprit. Il ouvrit la porte de chargement du wagon et se laissa rouler sur le plancher. Sa poitrine lui faisait un mal atroce, mais il tenait son Colt .45 à la main. La surprise jouait pour lui. Cromwell, croyant que c'était Abner qui arrivait, ne s'alarma pas. Il vit trop tard qu'il avait en face de lui son pire ennemi.

— Salut, Jacob, lui dit Bell avec un sourire des plus avenant. Je ne vous ai pas trop manqué ?

Il y eut un moment de silence incrédule.

Bell se mit d'abord à genoux, puis sur ses pieds, le Colt toujours braqué sur la poitrine de Cromwell. Il referma la porte du wagon pour se protéger des bourrasques qui montaient à l'assaut du vieux bac. Il fit rapidement l'état des lieux.

— Bien bien bien, fit-il, fort intéressé par ce qu'il voyait. Mes compliments.

De sa main libre, il balaya le mobilier exotique.

— Ainsi, c'est dans ce wagon de luxe que vous disparaissiez après avoir perpétré vos crimes ?

— Je suis heureux de voir que vous appréciez, répondit Cromwell sur le ton de la conversation.

Bell sourit, mais sans cesser de surveiller et sans baisser son Colt. Il jeta un coup d'œil aux malles en cuir alignées contre un flanc du wagon.

— L'argent de votre banque. Doit y en avoir pour une jolie somme.

— Assez pour me lancer dans une nouvelle entreprise, répondit Cromwell, toujours aussi cordial.

472

— Vous nous avez suivis ? lui demanda Margaret, qui n'en revenait toujours pas.

C'était plus une question qu'un simple constat.

— *Suivis* n'est pas le terme qui convient. *Poursuivis* serait plus exact.

Comme on pouvait s'y attendre, Cromwell avait retrouvé de son assurance :

— Comment avez-vous fait pour arriver si vite ?

— Grâce au ciel, j'avais une locomotive plus rapide et des cheminots qui en voulaient.

— Vous saviez que Margaret et moi avions quitté San Francisco ?

— J'ai suivi ce wagon de marchandises à la trace et je me suis dit que vous aviez dû le repeindre en lui donnant une nouvelle immatriculation. Mes hommes le surveillaient en permanence, et attendaient le moment où vous en feriez de nouveau usage. Malheureusement, il y a eu ce tremblement de terre et ils ont eu plus urgent à faire.

— Et c'est alors que vous avez découvert qu'il avait disparu du dépôt ? suggéra Cromwell.

Bell acquiesça.

— C'est seulement ensuite que je suis passé à votre banque, où j'ai vu que vous aviez vidé la chambre forte de toutes les grosses coupures.

— Mais comment avez-vous deviné que nous nous dirigions vers le Canada ?

— Le régulateur du bureau de la Southern Pacific, répondit Bell en faisant un mensonge pour ne pas mettre Marion en cause. Je lui ai mis un pistolet sur la tempe et je l'ai convaincu de m'avouer sur quelle voie votre train était parti. Il suffisait de deviner le reste à partir de là.

— Très ingénieux, Mr. Bell.

Cromwell, sa coupe de champagne à la main, le regardait avec intérêt.

— On dirait que j'ai la fâcheuse habitude de vous sous-estimer.

— Vous m'avez vous-même pris de court une ou deux fois.

Margaret reprit dans un murmure, on l'entendait à peine :

— Qu'allez-vous faire ?

La première surprise passée, elle sombrait dans le désespoir.

— Conduire votre frère chez un shérif lorsque nous aurons touché terre. Ensuite, obtenir les documents nécessaires pour vous emmener tous les deux à Chicago. Vous aurez droit à un procès expéditif, avec un jury qui ne sera pas composé de tous vos petits copains. Ensuite, il sera pendu pour ses crimes.

Bell, le regard glacial, ne souriait plus et se fit menaçant.

— Et vous, ma chère Margaret, vous passerez sans doute les plus belles années de votre vie dans une prison fédérale.

Il surprit un échange de coups d'œil fugitifs entre Cromwell et sa sœur. Il devait se contenter d'imaginer ce qu'ils pensaient de tout ça, mais il était bien certain que cela ne présageait rien de bon. Cromwell se laissa tomber dans le fond d'un canapé.

— Nous risquons de mettre un certain temps à traverser, avec ce mauvais temps.

Comme pour confirmer ses dires, la bouteille de champagne glissa de la table et tomba sur le plancher.

— Quel dommage, j'allais vous proposer une coupe.

Bell ne savait pas à quel endroit Cromwell cachait son Colt.

— Je ne bois jamais en service, répondit-il, facétieux.

Le wagon subit un nouveau mouvement violent, le bac partit à la gîte. Toute la coque vibrait, une des roues à aubes était sortie de l'eau. Margaret étouffa un cri d'effroi en voyant l'eau qui formait des flaques de plus en plus larges près de la porte de chargement.

*

Dehors, on entendait le vent hurler. Le *Kalispell* craquait de toutes ses membrures et geignait devant l'assaut des vagues qui couraient sur toute la longueur du lac Flathead. Le vieux bateau fatigué enfonçait avec peine son étrave dans les lames soulevées par la tempête, avant de retomber maladroitement dans les creux. Une vague plus haute que les autres avait brisé les vitres sur l'avant et des trombes d'eau inondaient l'abri de barre.

Le capitaine Boss releva le col de son manteau, désespérément accroché à la barre. Les embruns lui trempaient la figure et les mains.

Le porte-voix de la machine se mit à siffler. Boss se pencha.

— Passerelle ?

La voix de Ragan avait un ton caverneux.

— Capitaine, ça prend l'eau en bas.

— Les pompes n'étalent pas ?

— Pour le moment, si. Mais la coque craque de partout, c'est terrifiant. J'ai peur que les cloisons ne cèdent.

— Tiens-toi prêt à évacuer si ça empire. Monte sur le toit de la cuisine et enlève les saisines du canot.

— Bien, répondit Ragan. Et vous, capitaine ?

— Appelle-moi quand tu quitteras la machine. J'essaierai d'aller te rejoindre si j'y arrive.

— Et ceux du train ? On peut pas les abandonner comme ça.

Boss était un homme d'une haute valeur morale, craignant Dieu et doué d'une force intérieure comme tous les gens de la vieille école. Tous ceux qui vivaient près du lac le respectaient. Il scruta le paysage à travers la vitre brisée, essayant de distinguer la rive. Les eaux en furie balayaient l'avant. Il en était sûr désormais, le *Kalispell* n'allait pas y arriver.

— Ça, dit-il lentement, c'est mon affaire. Débrouille-toi de ton côté.

— Dieu vous garde, capitaine.

On n'entendait plus rien dans le tube acoustique.

Chapitre 49

Ce chinook qui soufflait en tourbillons fut, de mémoire d'homme, le pire qu'on eût jamais vu. Des granges se firent aplatir, des toits furent emportés, des arbres déracinés avec leurs souches, les lignes de télégraphe et de téléphone, coupées. Les vents chauds qui balayaient la surface du lac Flathead et fouettaient les eaux levaient des vagues qui secouaient sans pitié ce vieux *Kalispell* à bout de bord. Il ballottait entre les lames. Le canot dont le capitaine Boss espérait qu'il leur sauverait la vie avait déjà été arraché, réduit en miettes et emporté par les eaux.

Boss se débattait avec la barre, dans un effort désespéré pour essayer de faire route vers la rive ouest, qui n'était plus maintenant qu'à trois mille mètres. Il nourrissait l'espoir, le mince espoir, qu'ils pourraient atteindre le petit port de Rollins, mais au fond de lui-même, il savait que tout jouait contre lui et son bateau. Le bac risquait à tout instant de chavirer.

Sans la locomotive, son tender et le wagon, sans le poids qu'ils représentaient, le *Kalispell* aurait été plus haut sur l'eau et n'aurait pas autant souffert des grosses vagues qui balayaient le pont de chargement surbaissé. Se tournant vers l'étrave, Boss constata qu'elle était sérieusement endommagée. On voyait déjà des planches de bordé tordues, détachées des membrures.

Ses vêtements et sa veste de bûcheron étaient trempés. Lâchant la barre d'une main, il approcha le tube acoustique de ses lèvres et siffla. Près de trente secondes s'écoulèrent avant que Ragan ne réponde.

— Oui, capitaine ?

— Comment ça se passe, en bas ?

— J'ai toujours de la vapeur, mais l'eau monte.

On sentait que sa voix tremblait de peur.

— J'en ai jusqu'aux chevilles.

— Lorsque ça t'arrivera aux genoux, tu montes, lui ordonna Boss.

— Faut toujours que j'aille détacher le canot ? demanda Ragan, inquiet.

— T'occupes pas de ça, fit Boss d'un ton amer. Il a été emporté.

La peur de Ragan augmentait.

— Et qu'est-ce qu'on va faire si on doit abandonner le bateau ?

— Prie le ciel qu'il y ait d'assez gros débris pour qu'on puisse s'y accrocher, le temps que la tempête se calme.

Boss raccrocha le tube et donna un grand coup de barre pour remettre le bac face à la lame. Une grosse vague prit le *Kalispell* par le flanc bâbord, le bordé s'enfonça dans l'eau. C'était là ce qu'il craignait. S'il se faisait soulever par le côté et qu'il ne parvenait pas à se redresser, ils allaient couler comme une pierre sous le poids du train.

Il continuait de lutter au milieu des rafales. Il jeta un coup d'œil au train et vit, effaré, qu'il bougeait violemment d'avant en arrière. Le bac tombait dans les creux, se faisait bousculer par les crêtes qui léchaient maintenant les roues motrices de la locomotive.

Quant à Bell, il ne tirait pas grande satisfaction de savoir que, si le *Kalispell* sombrait dans les profondeurs du lac, les criminels enfermés dans le wagon périraient avec lui.

*

Dans la locomotive, Hunt et Carr s'accrochaient à tout ce qui leur tombait sous la main, robinet, manomètre, manette, pour éviter de se faire projeter contre la chaudière ou les cloisons de la cabine. Abner était assis dans le siège du chauffeur, les pieds calés contre une plaque fixée sous le pare-brise. Il estimait inutile de braquer son arme sur les deux cheminots, quand tout le monde ne songeait qu'à essayer de ne pas se blesser en tombant. Ce n'était plus Abner qui menaçait les deux hommes, mais la tempête qui faisait rage.

La dernière chose qui serait venue à l'esprit d'Abner, c'était que Hunt et Carr auraient pu méditer de se retourner contre lui. Il ne les avait pas entendus échanger des mots à mi-voix, pas vus se faire de petits signes discrets. Et il n'avait donc rien d'autre à faire pour s'occuper que de regarder avec inquiétude les vagues qui montaient à l'assaut du bac. Le mécanicien tomba de son siège, traversa la cabine, et vint se cogner contre Abner. Surpris tout d'abord, Abner le renvoya rudement de l'autre côté.

Il n'accordait pas la moindre attention à Carr. Le chauffeur continuait à pelleter le charbon, tout en essayant de garder l'équilibre en dépit des mouvements de roulis et des embardées du *Kalispell*. Hunt vint se fracasser contre lui, c'était la seconde fois. Fort irrité, Abner essaya de le renvoyer sur son siège, mais, cette fois, Hunt se jeta sur lui et lui bloqua les bras. Il s'effondra, entraînant sur lui Abner dans sa chute.

Galvanisé par l'action, Carr leva son écope au-dessus de sa tête et en porta un coup violent à Abner entre les omoplates. Le bac tomba dans un creux pile au moment où Carr frappait à la vitesse de l'éclair, mais il manqua la tête d'Abner. Il lui aurait fracassé le crâne s'il avait réussi. Il avait l'impression d'avoir frappé une bille de bois.

Le coup était pourtant terrible, un coup à vous briser les os. N'importe qui en serait resté tout estourbi et se serait évanoui. Pas Abner. Il avait le souffle coupé, le visage tordu par la souffrance. Il se dégagea de la prise de Hunt et réussit à s'agenouiller, il prit son Smith & Wesson et visa Carr. Sans expression particulière, sans ciller, il pressa la détente. Carr s'apprêtait à porter un nouveau coup de pelle, mais il se figea. Il avait reçu la balle en pleine poitrine. Le choc le projeta contre un fouillis de robinets, puis il s'affaissa et tomba à genoux sur le plancher de la cabine.

Sans la moindre hésitation, Abner retourna son arme contre Hunt et lui tira une balle dans l'abdomen. Hunt se plia en deux sans quitter des yeux Abner à qui il jeta un dernier regard plein de haine mêlée de douleur. Il se pencha en arrière, une main crispée sur son ventre et tendit l'autre bras. Abner comprit trop tard ce qu'il avait en tête. Avant qu'il ait eu le temps de réagir, Hunt avait saisi le grand levier du frein en laiton. Il le fit basculer de droite à gauche. Puis, dans un ultime et dernier sursaut, le mourant passa le bras autour de la manette d'admission vapeur, tira dessus, et s'écroula, mort.

Les roues motrices commencèrent à tourner, la locomotive s'ébranla. Abner, encore affaibli par le coup qu'il avait reçu dans le dos, fut trop lent à réagir.

Sa vue se brouillait, il mit trois secondes à comprendre que la locomotive avançait sur le pont du bac. Il n'avait plus le temps de tenter quoi que ce soit pour éviter l'inéluctable. Le temps qu'il atteigne la manette d'admission, la locomotive de cent trente tonnes basculait par l'avant. Elle passa sur l'étrave du *Kalispell* et plongea dans les profondeurs glaciales du lac Flathead.

Chapitre 50

Au début, aucun de ceux qui se trouvaient dans le wagon de Cromwell ne comprit que le train tombait du bac, à cause des violents mouvements qu'ils subissaient sous la force des vagues et du vent. Mais Bell devina vite qu'il s'agissait là de quelque chose de différent. Il sentit que les roues du wagon se mettaient à tourner. Il ouvrit la porte de chargement et prit dans la figure une rafale qui le paralysa un instant. Il baissa la tête et se pencha à l'extérieur. Il avait sous les yeux deux choses sinistres. Tout d'abord, le pont semblait s'incliner vers l'avant à cause du déplacement du train. Ensuite, les quatre roues avant de la locomotive étaient déjà passées par-dessus l'étrave et plongeaient dans les eaux bouillonnantes.

Bell fit volte-face.

— Le train est en train de tomber ! cria-t-il en essayant de dominer la tempête. Vite, sautez pendant qu'il est encore temps !

Cromwell vit qu'il y avait peut-être là une occasion à saisir et ne comprit pas immédiatement la gravité de la situation. Sans un mot, il jaillit de son canapé et sortit son automatique dans le même mouvement. Erreur fatale. Au lieu de presser la détente et de tirer immédiatement sur Bell, il hésita, le temps de lui dire :

— Adieu, Isaac.

Mais sa main partit sur le côté et la balle s'écrasa dans l'encadrement de la porte, à deux doigts de la tête de Bell.

Margaret se précipita devant Cromwell, les yeux étincelants de rage. Elle serrait les lèvres, puis elle prit la parole. Nulle peur, nulle terreur. Elle se tenait là, bien plantée sur ses deux jambes.

— Jacob, dit-elle, ça suffit.

Elle n'eut pas le temps d'en dire plus. Bell l'avait saisie par le poignet et lui cria d'un ton pressant :

— Sautez ! Vite !

Bell était seul à savoir la catastrophe qui se préparait. Il jeta un nouveau coup d'œil par la porte ; la locomotive avait presque disparu sous les vagues, le tender et le wagon glissaient rapidement dans l'eau, entraînés par leur énorme poids. Le pont avait pris une forte gîte, le *Kalispell* était en grand danger de partir au fond avec le train. Le wagon allait basculer par-dessus l'avant, c'était l'affaire de quelques secondes.

Le visage tordu de rage, Cromwell pointa la gueule de son Colt sur Bell, mais Margaret s'interposa entre les deux hommes. Cromwell venait enfin de comprendre le danger. Hagard, il voyait que sa défaite et sa mort étaient là. Il essaya de repousser Margaret pour sauter par la porte, mais elle lui entoura la taille et l'obligea à rester à l'intérieur. Il lui donna un violent coup de crosse sur la joue, le sang jaillit, mais elle s'accrochait à lui dans une étreinte mortelle qu'il ne parvenait pas à desserrer.

Les roues avant du wagon avançaient irrésistiblement en suivant le tender sur le pont du bac. Bell essaya de tirer Margaret vers la porte, mais elle s'accrochait trop fort à son frère. La manche de son chandail bleu se déchira, il lâcha prise. Elle se tourna vers lui, les yeux noyés :

— Je suis désolée, Isaac.

Il essaya de la saisir, mais il était trop tard. Il tomba par la porte.

Il plongea en tournoyant et s'écrasa sur le pont de bois, se fracassant l'épaule, mais pas du côté de ses côtes cassées. Le choc fut tellement rude qu'il en eut le souffle coupé, il souffrait atrocement. Il resta allongé là, à regarder avec horreur le wagon de Cromwell s'enfoncer sous la surface. Il caressa une seconde l'espoir que Margaret avait réussi à passer l'encadrement de la porte, qu'elle était dans l'eau et réussirait peut-être à s'en sortir. Mais le destin en avait décidé autrement. Une muraille d'eau écumeuse noya le wagon par la porte grande ouverte, une vague d'une violence telle qu'il était impossible à quiconque de sortir. Espérant toujours contre tout espoir, Bell gisait étendu sur le pont et regardait les bulles monter des profondeurs. Le bac passa au-dessus. Il avait encore les yeux rivés sur l'endroit où le train s'était enfoncé lorsqu'il disparut, mais ni Margaret ni son frère ne remontèrent à la surface.

L'avant du bac se dressa et la coque, débarrassée de centaines de tonnes de lest, regagna une trentaine de centimètres de tirant d'eau. Presque aussitôt et au grand soulagement du capitaine Boss qui était toujours dans l'abri de barre, le *Kalispell* retrouva de la stabilité et commença à fendre les vagues. Les roues à aubes les emmenaient vers la rive ouest.

Bell mit dix minutes à traverser le pont jusqu'à la porte qui défendait l'échelle de la passerelle. Lorsqu'il arriva là-haut, assez semblable au rat dont on parle toujours en matière de naufrage, Boss le regarda, tout étonné.

— Et vous, d'où est-ce que vous sortez ?

— J'ai sauté sur le pont pendant que vous quittiez l'embarcadère à Woods Bay. Je m'appelle Bell, j'appartiens à l'agence de détectives Van Dorn.

— Vous avez de la chance de ne pas être parti au fond avec les autres.

— Oui, dit-il lentement, j'ai eu de la chance.

— Qui c'étaient, ces gens-là ?

— Deux d'entre eux étaient des cheminots innocents qui avaient été pris en otages. Les deux autres étaient recherchés pour vol et pour meurtre. J'étais sur le point de les appréhender quand nous sommes arrivés au port.

— Pauvres vieux. La noyade n'est pas une manière très agréable de mourir.

Bell était anéanti sous le poids de la culpabilité et de la tristesse. Il tourna vers le lac un visage impassible. Les vagues ne paraissaient plus aussi méchantes, il n'y avait plus qu'un gros clapot. Le chinook tournait à l'est, les vents terribles laissaient place à une légère brise.

— Non, murmura-t-il enfin. Pas agréable du tout.

SORTIE DES PROFONDEURS

16 avril 1950,
Lac Flathead, Montana

Après que l'on eut remonté et déposé sur la barge le tender, derrière la grosse locomotive, les plongeurs s'occupèrent de passer les câbles en acier sous le wagon. Ils les fixèrent à un berceau pour faciliter la manœuvre de remontée. Après tout ce temps et en dépit de la couche de vase qui s'était déposée dessus, on parvenait encore à lire l'inscription SOUTHERN PACIFIC sur les côtés du tender.

Vers la fin de l'après-midi, Bob Kaufman, le directeur des opérations de sauvetage, arpentait nerveusement le pont. On remontait les scaphandriers du fond sur une plate-forme qui se balançait au-dessus de la barge. Il leva les yeux pour observer les nuages, le ciel était sombre mais pas menaçant. Il alluma un cigare en attendant que le chef de plongée se soit débarrassé de son casque en laiton.

Dès que l'homme fut à l'air libre, Kaufman lui demanda :

— Alors, ça ressemble à quoi ?

Le plongeur, chauve, la quarantaine, hocha la tête.

— Les câbles sont saisis. Vous pouvez dire au grutier qu'il peut y aller.

Kaufman fit signe à l'homme qui manœuvrait la grosse grue, dressée sur le pont de la barge.

— Câbles saisis ! lui cria-t-il.

Puis il se tourna vers le vieil homme aux cheveux argentés qui se trouvait à côté de lui.

— Nous sommes parés à remonter le wagon, Mr. Bell.

Isaac Bell fit signe qu'il avait entendu. Il était calme, mais on le sentait anxieux.

— Très bien, Mr. Kaufman. Voyons voir ce qu'il en reste après toutes ces années au fond du lac.

Le grutier mit ses commandes à hisser. Les câbles se raidirent, le moteur diesel qui tournait au ralenti monta en régime, avant de ralentir de nouveau sous le poids du wagon. Cette opération était moins délicate que lorsqu'il avait fallu remonter la locomotive de cent trente tonnes. Lorsque le wagon décolla du fond, l'effort devint moins violent.

Bell regarda le wagon crever la surface avec une fascination un peu morbide. On le hissa assez haut, puis la grue commença à pivoter. Jouant adroitement avec ses manettes, le grutier déposa enfin le wagon sur le pont, derrière la locomotive et son tender.

En revoyant ce train, Bell avait peine à imaginer ce à quoi il ressemblait tant d'années auparavant. Il s'approcha du wagon et dégagea la vase qui recouvrait la plaque d'immatriculation, à peine visible sous la couche qui s'y était déposée. Le numéro, 16455, finit par apparaître.

Puis Bell leva les yeux vers la porte de chargement. Elle était toujours ouverte, comme lorsque le wagon était tombé, voilà si longtemps. Il faisait sombre à l'intérieur car les nuages cachaient le soleil. Les souvenirs le submergeaient, il revoyait ce jour fatal, lorsque le train avait dévalé le pont du bac avant de tomber comme une feuille morte jusqu'au fond du lac. Il redoutait fort ce qu'il allait découvrir à l'intérieur.

Kaufman arriva avec une échelle, celle qu'ils avaient utilisée pour grimper dans la cabine de la locomotive. Il la dressa contre la porte grande ouverte du wagon.

— Après vous, Mr. Bell.

Bell hocha la tête sans un mot et escalada les barreaux. Il s'arrêta sur le seuil et essaya de percer l'obscurité. Il entendait l'eau s'égoutter un peu partout. Un frisson le prit. L'humidité, l'odeur de vase et de saleté évoquaient la mort, une mort épouvantable, maléfique et ensevelie sous une sorte de blancheur.

Les meubles qui avaient été si beaux, tout le décor du wagon ressemblaient maintenant à un paysage de cauchemar. Le sol avec sa moquette était couvert de sédiments sur lesquels avaient proliféré des herbes aquatiques. Le bar délicatement sculpté, le canapé et les fauteuils en cuir, les lustres de chez Tiffany, même les toiles accrochées aux cloisons, tout cela semblait grotesque sous les couches de vase et les plantes diverses. De petits poissons, qui n'avaient pas réussi à s'échapper lorsque le wagon était sorti de l'eau, frétillaient par terre.

Comme pour tenter de retarder l'inévitable, Bell, pataugeant dans la boue, s'avança jusqu'aux cinq malles en cuir. Elles étaient alignées le long d'une cloison, là où il se rappelait les avoir vues en 1906. Il sortit son couteau de poche et ouvrit les serrures rouillées, presque prises dans la masse, de la première malle. Il souleva le couvercle et put constater que la vase avait relativement peu pénétré à l'intérieur. Il saisit délicatement une liasse, le papier des billets était détrempé, mais les coupures avaient gardé leur forme et une certaine tenue. L'encre des dollars-or était nette, on arrivait à lire.

Kaufman, qui l'avait rejoint, regardait, fasciné, les piles de billets empilées dans la malle.

— A votre avis, y en a pour combien là-dedans ?

Bell referma le couvercle et s'approcha des quatre autres malles.

— A vue de nez ? Peut-être quatre ou cinq millions.

— Et qu'est-ce que ça va devenir ? demanda Kaufman dont la prunelle s'allumait.

— On va le rendre à la banque dont les déposants ont été spoliés de leur bien.

— Vaut mieux pas trop en parler à mes gus, fit Kaufman, soudain sérieux. Ils pourraient bien se dire que c'est une prise.

Bell lui fit un sourire.

— Je suis certain que les liquidateurs de San Francisco sauront se montrer généreux, et que vous-même, ainsi que vos hommes, aurez droit à une bonne récompense.

Kaufman, rassuré, laissa son regard se promener sur le wagon.

— Avant qu'il parte par le fond, ce truc a dû être un sacrément joli petit palais sur roues. J'ai encore jamais vu de wagon de marchandises aménagé comme un Pullman.

— On n'avait pas regardé à la dépense, lui dit Bell qui avait sous les yeux plusieurs bouteilles de champagne de prix et de cognac éparpillées dans la vase sur le plancher.

Mais Kaufman changea de tête en voyant deux masses informes étendues par terre.

— C'est les deux que vous poursuiviez ?

Bell acquiesça, l'air très solennel.

— Jacob Cromwell, l'ignoble Boucher, et sa sœur Margaret.

— Le Boucher, répéta lentement Kaufman, horrifié. J'ai toujours cru qu'il s'était évaporé.

— C'est une légende qui a été entretenue pendant toutes ces années car l'argent n'avait jamais été retrouvé.

Les tissus adipeux qui avaient renfermé autrefois la graisse de Cromwell s'étaient déchirés et son corps, comme les cadavres de la locomotive, s'était saponifié. Le corps était cireux. Le célèbre tueur ressemblait maintenant à tout, sauf à quelqu'un qui avait été un être humain bien vivant. Comme s'il s'était transformé en gélatine marron. Son corps était tout recroquevillé, comme s'il s'était tordu de terreur lorsque des tonnes d'eau avaient envahi le wagon qui s'enfonçait derrière la locomotive et sombrait dans le lac. Bell connaissait la vérité. Cromwell avait peut-être lutté pour survivre, mais il n'avait jamais été pris de terreur. Il avait cessé d'être une menace. Son règne de pilleur et d'assassin s'était achevé ici sous les eaux glacées du lac Flathead, quarante-quatre ans plus tôt.

Il s'avança en semant des éclaboussures jusqu'à l'endroit où gisait le corps de Margaret. Ses cheveux, autrefois magnifiques, étaient étalés dans la fange, mêlés d'herbes aquatiques rougeâtres. Ce visage, qui avait été si joli, ressemblait maintenant à l'œuvre qu'un sculpteur aurait laissée inachevée. Bell ne pouvait pas ne pas se souvenir de sa beauté, de sa vivacité, le soir où ils avaient fait connaissance dans l'ascenseur du Brown Palace.

Kaufman le dérangea dans le cours de ses pensées.

— Sa sœur ?

Bell acquiesça. Il se sentait envahi par la tristesse, par un vague sentiment de culpabilité. Ses derniers mots, avant qu'il se fasse éjecter du wagon, revenaient le hanter. Il n'avait jamais pu s'expliquer exactement les sentiments qu'il avait éprouvés pour elle. Ce n'était pas de l'amour, non, plutôt une certaine tendresse mêlée à de la haine. On ne pouvait pas lui pardonner ses activités criminelles, sa complicité avec son frère. Elle méritait certainement de mourir tout autant que lui.

— On peut pas vraiment dire, avec ce qu'on voit maintenant, lui dit Kaufman, mais elle a dû être belle.

— Oui, elle était belle, répondit Bell. Une femme magnifique, pleine de vie, mais entraînée dans le mal.

Il se détourna, plein de tristesse, mais l'œil sec.

*

La barge alla s'amarrer au vieil embarcadère ferroviaire de Rollins, peu avant minuit. Bell s'arrangea avec Kaufman pour que l'on dépose les corps à la morgue la plus proche. Il fallait aussi prévenir les proches de Hunt et de Carr. Il reconnut Joseph Van Dorn qui se trouvait sur le quai avec quatre de ses collaborateurs. Qu'il fût là ne le surprenait pas.

Van Dorn avait quatre-vingts ans passés, mais il était toujours bien droit. Il avait encore tous ses cheveux, devenus gris, ses yeux n'avaient rien perdu de leur vivacité. Bien que ses deux fils aient repris la direction de l'agence, à Washington DC, lui continuait à travailler dans ses vieux bureaux de Chicago. On le consultait souvent sur des dossiers qui n'avaient pu être résolus.

Bell s'avança pour lui serrer la main.

— Ça fait plaisir de vous voir, Joseph. Cela fait un temps fou.

Van Dorn lui fit un large sourire.

— Mon boulot n'est plus aussi intéressant depuis que vous avez pris votre retraite.

— Rien n'aurait pu m'empêcher de m'accrocher à cette affaire.

Van Dorn regardait le wagon. A la faible lumière des quais, il évoquait quelque horrible monstre venu des profondeurs.

— Tout était là ? demanda-t-il. L'argent ?

Bell hocha à peine la tête.

— Et Cromwell ?

— Lui et sa sœur, Margaret.

Van Dorn poussa un grand soupir.

— Bon, une longue histoire qui s'achève. Nous allons pouvoir écrire le dernier chapitre de la légende du Boucher.

— De tous les clients de la Banque Cromwell, fit Bell, il ne doit plus y en avoir beaucoup de vivants pour récupérer leur argent.

— Non, mais leurs héritiers vont être prévenus de l'aubaine.

— J'ai promis à Kaufman et à ses hommes une belle récompense.

— Je vais m'en occuper, lui assura Van Dorn. Et mettant la main sur l'épaule de Bell : Joli boulot, Isaac. Quel dommage que nous n'ayons pas retrouvé ce train cinquante ans plus tôt.

— A l'endroit où il a coulé, le lac fait quatre-vingt-dix mètres de profondeur, lui expliqua Bell. La société de sauvetage qui avait été choisie par les liquidateurs de San Francisco avait dragué en 1907, mais elle n'a rien retrouvé dans le lac.

— Comment ont-ils pu passer à côté ?

— Tout était tombé dans un creux, les dragues sont passées au-dessus.

Van Dorn se retourna et lui montra du menton une voiture garée près du quai.

— J'imagine que vous rentrez chez vous.

— Oui, ma femme m'attend. Nous repartons pour la Californie.

— San Francisco ?

— Je suis tombé amoureux de cette ville pendant mon enquête ; j'ai décidé de rester après le tremblement de terre et de m'y installer. Nous habitons la vieille demeure de Cromwell, sur Nob Hill.

Bell laissa là Van Dorn et regagna sa voiture. La peinture bleu métallisé de la décapotable brillait sous les lampadaires du quai. C'était une Packard Custom Super 8, année 1950. L'air de la nuit était frais, la capote était pourtant baissée.

Une femme se tenait au volant. Elle portait un chapeau très élégant sur ses cheveux qu'elle avait teints pour leur garder leur blondeur d'origine. Elle regarda Bell s'approcher, elle avait des yeux vert lagon, comme au jour où Bell avait fait sa connaissance. Quelques pattes-d'oie marquaient la commissure des yeux, mais c'étaient les rides de quelqu'un qui riait facilement et ses traits avaient conservé beaucoup plus que les traces de leur ancienne beauté.

Bell ouvrit la porte et se glissa dans le siège du passager. Elle se pencha pour l'embrasser sur les lèvres, puis recula un peu et lui décocha un sourire malicieux.

— C'est pas trop tôt.

— La journée a été longue, lui répondit-il avec un soupir.

Marion mit le contact et fit démarrer le moteur.

— Tu as trouvé ce que tu cherchais ?

— Jacob et Margaret, l'argent, tout était là.

Marion contemplait les eaux sombres du lac.

— J'aimerais pouvoir dire que je suis désolée, mais je ne peux pas m'empêcher d'avoir du ressentiment de ne pas avoir été au courant plus tôt de leurs crimes effroyables.

Bell n'avait pas envie de s'attarder sur les Cromwell. Il demanda à Marion pour changer de sujet :

— Tu as prévenu les gosses ?

Marion appuya sur l'accélérateur et quitta le quai pour reprendre la nationale.

— Oui, cet après-midi, tous les quatre. Dès que nous serons rentrés, ils nous embarquent pour fêter notre anniversaire.

Il posa la main sur son genou.

— Tu te sens d'attaque pour conduire toute la nuit ?

Elle lui sourit et déposa un léger baiser sur sa main.

— Plus vite on sera à la maison, mieux on se portera.

Ils restèrent longtemps sans dire un mot, perdus dans leurs pensées, dans le souvenir de ces événements si anciens. Ni l'un ni l'autre ne se retournèrent une seule fois pour jeter un dernier regard au train.

Clive Cussler
dans Le Livre de Poche

Atlantide   n° 17301

De 1858 à avril 2000 dans les eaux glacées de l'Antarctique : une course-poursuite qui va mener Dirk Pitt vers le
plus hallucinant des complots : un plan d'anéantissement
planétaire, au terme duquel des êtres issus de manipulations
génétiques succéderaient à l'humanité…

Cyclope   n° 7529

Dirk Pitt découvre des cadavres dans un antique dirigeable.
Il découvre aussi qu'il existerait, sur la face cachée de la
Lune, une base où Américains et Soviétiques se livrent une
guerre impitoyable afin de contrôler l'espace.

Dragon   n° 7604

L'explosion dans le Pacifique Nord d'un cargo transportant
des voitures japonaises, c'est un accident. Mais dès lors
que cette explosion est d'origine nucléaire, c'est une
énigme. Une énigme taillée sur mesure pour Dirk Pitt…

Iceberg   n° 17120

Sur le garde-côte *Catawaba*, pas très loin de l'Islande,
Hunnewell, spécialiste des formations glaciaires, et Dirk
Pitt. Un iceberg dérive, emportant avec lui, nettement visi-
ble, un bateau emprisonné dans sa gangue de glace. Les

deux hommes doivent percer les secrets de cet incroyable vaisseau fantôme.

L'Incroyable Secret   n° 7499

Deux des meilleurs agents secrets du monde, Dirk Pitt et un Anglais, Brian Shaw, s'affrontent pour mettre la main sur un document qui vaut de l'or et qui pourrait déclencher une guerre.

Mayday !   *n° 17245*

Des signaux de détresse au-dessus de la mer Égée ! Aux commandes de son hydravion, Dirk Pitt n'en croit pas ses oreilles. La base aérienne américaine de Brady Field a été presque totalement détruite et ses jets anéantis... par un biplan datant de la Première Guerre mondiale !

Odyssée   n° 37140

Au large des Caraïbes, une boue rouge s'étale au fond de l'océan, décimant la faune et la flore. Dans un laboratoire sous-marin, la fille et le fils de Dirk Pitt, Summer et Dirk Jr, étudient ce phénomène inquiétant.

Onde de choc   n° 17062

Maeve Dorsett, dont le père est un des plus gros diamantaires du monde, est abandonnée sur une île de l'Antarctique. Dirk Pitt, qui enquête sur les causes inexpliquées d'une épidémie qui ravage la faune, découvre l'existence d'une nouvelle technique d'extraction minière : l'onde de choc, ou convergence acoustique.

L'Or des Incas   n° 17000

1532 : les derniers survivants du peuple Inca cachent au cœur des Andes un somptueux trésor : une chaîne en or, si lourde qu'il faut deux cents hommes pour la porter.

1998 : l'or des Incas suscite beaucoup de convoitises, en particulier celles de trafiquants d'œuvres d'art, décidés à tout pour atteindre leurs fins. Dirk Pitt se trouve là au bon moment…

Panique à la Maison-Blanche   n° 7507

Golfe de Cook, Alaska. Le *Catawba*, un garde-côte, vient à la rescousse d'un bateau en détresse. Les ponts sont déserts. À bord de l'*Amie Marie*, tous sont morts, même le chat.

Raz de marée   n° 17179

Des dizaines de cadavres, au fond d'un lac près de Seattle. Des Chinois, exclusivement. Telle est la macabre découverte que fait Dirk Pitt, qui s'attaque ici à un des trafics les plus monstrueux et les plus lucratifs qu'aient imaginé les mafias modernes : le trafic d'êtres humains.

Renflouez le Titanic !   n° 17202

Pour mettre au point un système antimissile, des savants américains ont besoin d'un métal rare, le byzanium, dont le seul stock existant avait été, semble-t-il, embarqué à bord du *Titanic* en avril 1912. Les caisses de byzanium se trouvent à plus de 3 600 mètres de fond dans l'Atlantique Nord !

Sahara   n° 7643

D'où vient la terrible marée rouge surgie dans le delta du Niger, et grosse de menaces pour la protection de l'environnement ? Quel rapport avec la disparition en 1930, en plein Sahara, de l'aviatrice Kitty Manock ? Ou celle d'un bateau américain, soixante-dix ans plus tôt ?

Trésor   n° 7566

La découverte des secrets de la bibliothèque d'Alexandrie bouleverse l'équilibre international. Zélotes de l'islam et réseaux terroristes menacent de renverser des gouvernements et de plonger le monde dans le chaos. Face à eux, Dirk Pitt…

Vixen 03   n° 17159

Vixen 03 : c'est le nom d'un gros Bœing de l'armée américaine, disparu en janvier 1954 au cours d'une mission. Une trentaine d'années plus tard, Dirk Pitt localise l'appareil dans un lac du Colorado. Il ne tarde pas à apprendre quelle cargaison mortelle transportait le *Vixen 03* : une culture de bacilles de la peste, particulièrement virulente.

Vortex   n° 17189

Le Vortex : un coin de mer noyé dans les brumes où des dizaines de navires ont disparu sans laisser de traces. La dernière victime : le sous-marin nucléaire *Starbuck*. Sa disparition fait planer une terrible menace sur la défense nationale américaine en même temps que sur la paix.

Walhalla   n° 37122

Lors de son voyage inaugural, le *Dauphin d'émeraude,* luxueux navire de croisière, prend soudainement feu et sombre. Dirk Pitt et une équipe de la NUMA parviennent à sauver une partie de l'équipage et des passagers. Une aventure qui va mener notre héros sur les traces du capitaine Nemo, jusqu'au Walhalla, le paradis des Vikings…

GLACE DE FEU, 2005.
L'OR BLEU, 2002.
SERPENT, 2000.

Série Oregon

Avec Jack du Brul
CORSAIRE, 2011.
CROISIÈRE FATALE, 2011.
RIVAGE MORTEL, 2010.
QUART MORTEL, 2008.

Avec Craig Dirgo
PIERRE SACRÉE, 2007.
BOUDDHA, 2005.

Avec Grant Blackwood
L'OR DE SPARTE, 2012.

Avec Justin Scott
LE SABOTEUR, 2012.

Série Chasseurs d'épaves

CHASSEURS D'ÉPAVES, NOUVELLES AVENTURES, 2006.
CHASSEURS D'ÉPAVES, 1996.

Le Livre de Poche s'engage pour
l'environnement en réduisant
l'empreinte carbone de ses livres.
Celle de cet exemplaire est de :
450 g éq. CO₂
PAPIER À BASE DE   Rendez-vous sur
FIBRES CERTIFIÉES   www.livredepoche-durable.fr

Composition réalisée par PCA

Achevé d'imprimer en septembre 2012 en France par
CPI BRODARD ET TAUPIN
La Flèche (Sarthe)
N° d'impression : 70243
Dépôt légal 1ʳᵉ publication : octobre 2012
LIBRAIRIE GÉNÉRALE FRANÇAISE
31, rue de Fleurus – 75278 Paris Cedex 06

31/5852/4